Angela L. Forster

Faule Ernte

Die Autorin
Angela L. Forster lebt und arbeitet im Hamburger Süden, dessen bezaubernde Landschaft mit der Nähe zum Alten Land und der Lüneburger Heide sie immer wieder zu neuen Geschichten inspiriert.

Das Buch
Zwischen Boskop und Braeburn:
Der fünfte Fall für die Ermittler Taler und Seefeld
Petra Taler schwebt auf Wolke Sieben und kehrt nur ungern früher aus dem Urlaub mit ihrer neuen Liebe Staatsanwalt Jan Lüdersen zurück. Doch Jahrzehnte alte Überreste einer Toten werden im gerade trocken gelegten Keller ihres alten Bauernhauses im Alten Land gefunden. Klar, dass Petra das keine Ruhe lässt. Und kaum ist sie wieder in der Heimat taucht auch eine weitaus frischere Leiche auf. Der griesgrämige Rentner Gustav Hilkens wurde mit einer Axt erschlagen. Der Kreis potentieller Täter scheint groß, aber alle Verdächtigen haben ein Alibi. Und so treten Petra und ihr Kollege Seefeld auf der Stelle. Als ein weiterer Toter gefunden wird, kommt die Ermittlung erst richtig ins Rollen …

Von Angela L. Forster sind bei Midnight erschienen:
In der Reihe Ein-Petra-Taler-Krimi:
Opfergabe
Wer Rache sät
Faule Ernte

Angela L. Forster

Faule Ernte

Mord im Alten Land

Kriminalroman

MIDNIGHT

MIX
Papier aus verantwortungsvollen Quellen
FSC® C083411
www.fsc.org

Originalausgabe bei Midnight
Midnight ist ein Digitalverlag
der Ullstein Buchverlage GmbH, Berlin Mai 2018

Umschlaggestaltung: zero-media.net, München
Titelabbildung: © FinePic®
Satz: Pinkuin Satz und Datentechnik, Berlin
Druck- und Bindearbeiten: CPI books GmbH, Leck
ISBN 978-3-95819-939-2

Nichts ist leichter als Selbstbetrug,
denn was der Mensch wahr haben
möchte, hält er auch für wahr.

Demosthenes (413 v. Chr.)

1.

Über Nacht waren die Temperaturen auf acht Grad gefallen. Hauptkommissarin Petra Taler fröstelte, als sie am Morgen am Hamburger Flughafen aus dem Flugzeug stieg. Sie zog die übergeworfene Strickjacke fester um den Körper und eilte zur Kofferausgabe. Von einem Bein auf das andere trippelnd stand sie am Laufband und sah auf die vielen Gepäckstücke, nach denen Menschen neben ihr griffen und lachend verschwanden. Nur ihr Koffer, den sie in Neapel mit einigen Kleidungsstücken vor vier Wochen gekauft hatte, weil sie aus Hamburg spontan nach Neapel geflogen war, fehlte. Genervt verließ Petra die Halle, nachdem ihr der Beamte der Flughafenabteilung Lost and Found schulterzuckend mitgeteilt hatte, ihr Koffer sei auf dem Weg nach Granada.

Oberkommissar Nils Seefeld erwartete sie am verabredeten Treffpunkt neben dem Schalter der Bundespolizei, wo sie sich vor vier Wochen nach dem gelösten Fall des Zeitungsjungen getrennt hatten.

»Hallo Chefin, wo waren Sie so lange? Ihr Flieger ist vor einer Dreiviertelstunde gelandet. Und wo ist Ihr Koffer?«

»Seefeld, ich grüße Sie. Mein Koffer ist verschwunden.«

»Na, das ist ja typisch. Ständig verschwinden auf dem Flughafen die Koffer. Wissen Sie noch, wie Monika und mir letztes Jahr in den Flitterwochen, als wir in die Dominikanische Republik reisten, auch das Gepäck verschwand.«

»Ich dachte, es sei vertauscht worden.«

»Ja, ein Ehepaar, das nach Malaysia unterwegs war, hatte

unsere Koffer und wir die ihren erwischt. Die Dinger sehen ja auch alle gleich aus. Eine Woche trugen wir nur diese scheußlich bunten Kaftane, die uns das Hotel anschleppte.«

»Ich weiß, Seefeld. Sie haben mir unendlich viele Bilder auf mein Handy geschickt. Wo steht Ihr Wagen? Es ist schweinekalt.«

»Auf dem Parkplatz. Wie geht es Herrn Staatsanwalt und seiner Mutter? Konnte er alles regeln?«

»Ja, alles im Griff. Seitdem er bei seiner Mutter im Restaurant präsent ist, kommt keiner, um sie zu erpressen.«

»Hoffentlich bleibt das so. Immerhin ist Neapel die Hochburg der Mafia und der größte Drogenumschlagplatz Europas.«

»Schutzgelderpressungen sind in Neapel ebenso an der Tagesordnung wie überall in Europa, Seefeld. Überall herrschen Licht und Schatten. Haben Sie schon einmal die vielbesungene Capri-Insel besucht? Oder Pompeji, die begrabene Stadt, oder Pozzuoli?«

»Nein.«

»Capris Küste ist traumhaft. Es gibt viele versteckte Buchten, fernab der Touristen.«

»Hm. Vielleicht fahr ich mal hin. Will unser Staatsanwalt in Neapel bleiben?«

»Wären Sie froh?«

»Bevor Sie mit ihm und er mit Ihnen … Ich freue mich, wenn er wiederkommt. Der neue Staatsanwalt … Holla, die Waldfee, was ein Widerling.«

Petra grinste. Lüdersen hatte sie vorgewarnt. Und mit der Meinung, Thoralf Puhphal biete als zuständiger Staatsanwalt einen jämmerlichen Ersatz für Jan Maria Lorenzo Lüdersen, stand Seefeld auf der Wache nicht allein da. Ihr gefiel der Aushilfsstaatsanwalt schon vom Hörensagen nicht, aber sie musste sich mit ihm anfreunden. Und vielleicht blieb es ja ruhig in Hamburgs südlichen Vororten, bis Lüdersen aus Neapel wiederkam.

Petra und Seefeld überquerten die Straße vor der Flughafenhalle und hielten auf die Terminalparkplätze zu. Außerhalb der Ankunftshalle pfiff der Wind an diesem Mittwochmorgen noch eisiger um die Ecken. Es war stockdunkel. Auch die vereinzelt brennenden Laternen brachten kaum Licht. Doch trotz des frühen Morgens an diesem letzten Septembertag, waren auf dem Flughafengelände so viele Menschen unterwegs, wie in Hamburgs Innenstadt zum Sommerschlussverkauf.

Sie huschte in den Wagen und zog den Gurt über dem Körper stramm. »Brr, ist das kalt.«

»Wird gleich warm.« Seefeld ließ den Motor an, tippte auf dem Display des Bordcomputers und stellte die Sitzheizung ein. Drei Minuten später durchströmte Petras Rücken bis runter zu den Oberschenkeln eine angenehme Wärme.

»Ich will als Erstes auf die Wache.« Petra klappte die Sonnenblende herunter und sah in den rechteckigen, beleuchteten Spiegel. In drei Monaten wurde sie dreißig. Die vier Wochen unter italienischer Sonne hatten ihrem immer etwas blassen Teint einen gesunden Schimmer geschenkt. Sie klemmte eine dunkle Locke hinter das Ohr, wischte den verschmierten, schwarzen Kajalstrich unter den Augen weg und klappte die Sonnenblende wieder hoch.

»Das denk ich mir. Allerdings haben die Untersuchungen der Knochen aus Ihrem Kellerbrunnen nichts Neues ergeben. Heiner meint, er schießt sich mit seinem Kollegen auf 1915 als Todesjahr der Frau ein. Und dass sie höchstens sechzehn Jahre alt war. Ob ein Verbrechen vorliegt …« Seefeld zuckte die Schultern. »Die Untersuchungen laufen.«

Kurz nach acht Uhr betraten Petra und Seefeld die Wache. Kollege Schneider saß an der Zentrale und telefonierte. Als er Petra entdeckte, hob er grüßend die Hand. Hinter ihm spuckte der Drucker ein paar Seiten aus. Aus dem Aufenthaltsraum wehten Gesprächsfetzen zu ihr herüber. Petra blieb vor der geöffneten Tür stehen und nickte grüßend zu den Kollegen der Schutzpolizei, deren Schicht begonnen hatte und die noch schnell einen Schluck Kaffee tranken, bevor es auf Streife ging.

Obwohl sie Teetrinkerin war, verlockte Petra heute Morgen der würzige Duft, den die gesponserte Kaffeemaschine ihres Chefs Friedrichsen ausgurgelte. Aber wenn sie Kaffee trinken würde, dürfte es nur koffeinfreier sein. Und Cola gab es für sie auch keine mehr. Zwei Getränke, auf die sie verzichten konnte. Keine Zigarette zu rauchen, fiel ihr sichtlich schwerer, auch, wenn sie sich das Rauchen längst hatte abgewöhnen wollen. Jetzt musste es sein. Petra war schwanger.

Erzählt hatte sie es bisher niemandem, nicht einmal Lüdersen. Er wäre sofort mit nach Hamburg geflogen und hätte sie in Watte gewickelt. Und nichts hätte sie mehr auf die Palme gebracht, als den Tag mit hochgelegten Beinen vor dem Fernseher zu sitzen. Womöglich Babysocken zu stricken, endlose Videos über Geburten zu sehen und Erziehungsratgeber zu lesen. Dass ihre erste gemeinsame Nacht, die in Petras Badewanne begann und im Schlafzimmer fortgesetzt worden war, Früchte getragen hatte, konnte sie ihm gestehen, sobald er nach Hamburg kam.

Petra öffnete die Tür zum Vorraum ihres gemeinsamen Büros, in dem sie mit Seefeld allein arbeitete, nachdem Kollege Axel Berger zur Hamburger Sitte gewechselt und Richard Winter, der Leiter der Abteilung Mord, in den Vorruhestand getreten war. Nun standen zwei Schreibtische leer, was Petra durch die eingetretene, ruhigere Arbeitsweise als angenehm empfand.

Sie hatte nicht damit gerechnet, dass Hedda Oberwerk, ihre Sekretärin, an ihrem Arbeitsplatz saß und in die Tasten klimperte. Normalerweise trudelte sie, während ihrer Teilzeit, nicht vor zehn Uhr ein. Bei Petras Eintreten sah Hedda zu den Kommissaren hoch. Für einen Augenblick strauchelte sie mit ihrer Blindschreibetechnik. Die Sechzigerin mit ihrer fröhlichen bunten Garderobe bot einen Lichtpunkt in der grauen Büroeinrichtung.

»Guten Morgen, Frau Taler. Sie hier?«

»Guten Morgen, Frau Oberwerk.«

»Hedda.«

»Stimmt. Hedda. Ja, ich bin wieder da.«

Hedda Oberwerk, als etwas unwirsch bekannt, wollte tunlichst beim Vornamen genannt werden. Bisher war Petra mit ihr nicht richtig warm geworden, was daran lag, dass Hedda erst sechs Wochen zur Kur gefahren war und Petra hinterher im Krankenhaus lag. Auf dem nächsten Betriebsausflug, den ihr Chef und Polizeirat Uwe Friedrichsen mit einer Krimilesung auf einem Hamburger Schaufelraddampfer geplant hatte, würde sie sich Hedda zwischen Krabbenbrötchen, Matjeshappen und Gulaschsuppe annähern. So der Plan.

Petra zuckte zusammen, als hinter ihr ein Kollege der Schutzpolizei einen Obdachlosen abführte.

»Lass mich los, du Bulle!«, schimpfte der Mann finster.

Der Abgeführte war der stadtbekannte Penner Reinhard Blume, der in Harburg Stadt in der Einkaufsmeile Phönix-Center gerne lautstark Weltuntergangsprophezeiungen kundtat.

»Ihr werdet es sehen. Noch drei Tage, dann ist es so weit. Der Himmel wird schwarz, und die Sonne und der Mond explodieren. Und *Puff*, alles ist weg. Und du auch, du Bulle. Merk dir meine Worte.«

»Ja, auch gut. Vorher gehen wir den Rausch ausschlafen.« Mit gekonntem Griff hielt der Uniformierte den Obdachlosen fest am Arm und schob ihn Richtung Ausnüchterungszelle.

Petra hörte Reinhard Blume noch palavern, als sie die Tür zu Heddas Vorzimmer geschlossen hatte.

»Der arme Mann«, sagte Hedda. »Der glaubt tatsächlich, dass in drei Tagen die Welt untergeht.«

»Das kann man nie wissen, Hedda. Nur geht sie bei Herrn Blume unter, wenn er mit seinem Freund Mister Fusel eine rauschende Party gefeiert hat«, sagte sie und drückte die Klinke ihres Büros.

Sie zog ihre Strickjacke aus und hängte sie an den Garderobenhaken. Im Gegensatz zu draußen war es ihr hier drinnen zu warm. Der Wechsel von warm auf kalt und umgedreht brachte ihren Kreislauf durcheinander. Sie griff aus der Mineralwasserkiste eine Flasche, zog den Schreibtischstuhl unter dem Tisch hervor und setzte sich. Draußen dämmerte es und ein paar Vögel begannen ihr Morgengezwitscher.

Während sie wartete, bis ihr Computer hochfuhr, öffnete sie die Wasserflasche und trank einen kräftigen Schluck. Aus der Schreibtischschublade wühlte sie einen Müsliriegel. Schokolade und Banane. Sie ignorierte das Haltbarkeitsdatum, das seit einem halben Jahr überschritten war, wie die etwas gräulich scheinenden Schokostücke, die zwischen glänzenden Körnern wie Bergspitzen hervorstachen.

»Das sieht nicht mehr gut aus«, hörte sie Seefeld mit diesem Unterton sagen, der andeutete, wenn sie den Riegel weiterfutterte, sie garantiert die schwarzen Pocken heimsuchten.

»Was?«

»Dieses Teil, was Sie futtern. Wie lange lag es in Ihrer Schublade?« Oberkommissar Nils Seefeld war ein pedantischer Achtunddreißiger. Ging es um Haltbarkeitsdaten und Gesundheitsfragen, hielt er immer eine Antwort parat. »Gab es im Flugzeug nichts zu essen?«

»Doch«, antwortete Petra kurz. Sollte sie jetzt sagen, dass sie ständig Hunger überfiel und sie bereits drei Kilo zugenommen hatte? Dass das sicher mit ihrer Schwangerschaft, und wenn nicht damit, dann mit ihrer emotionalen Konstellation zu tun hatte, die davon rührte, dass sie noch niemandem ihr kleines Geheimnis erzählt hatte. Sie es nicht einmal Jan Maria Lorenzo Lüdersen, dem Vater ihres ungeborenen Kindes erzählt hatte, weil sie es als zu früh empfand. Wer wusste schon, was noch passieren konnte? Zudem gab es in Neapel nie den richtigen Zeitpunkt für ein Gespräch. Lüdersens auswärtige Termine mit Restaurantbesitzern, die wie seine Mutter Schutzgelderpressern ausgeliefert waren, forderten Zeit. Seine Besuche bei der örtlichen Polizei und den Bürgermeistern, wo gemeinsame Konzepte aufgestellt wurden, um der Erpresser habhaft zu werden, duldeten keinen Aufschub. Dann half er, wie Petra, im *Mare Verdi,* dem Restaurant seiner Mutter. Abends krochen sie hundemüde ins Bett.

Es war nicht so, dass sie Lüdersen, der seine Wurzeln einer italienischen Mutter und einem norwegischen Vater verdankte, nicht traute und ihn nicht liebte. Letzte Woche hatten sie Verlobung gefeiert. Das rauschende Fest, zu dem auch Lüdersens Schwester Juliana Carina und sein Vater aus Norwegen angereist waren, dauerte zwei Tage.

Petra staunte über die Anzahl der Menschen, die aus allen Richtungen auf den Marktplatz und ins *Mare Verdi* strömten, sie reichlich beschenkten, gratulierten und fruchtbaren Kindersegen wünschten. Dass der Pfarrer sie am nächsten Tag in Vomeros Kirche gleich verheiratete, konnte sie gerade noch abwenden. Eine Verlobung ja, aber eine überstürzte Ehe …

»Sie sind ein Hypochonder, Seefeld.« Petra riss sich los von neapolitanischen Verlobungsgästen, die noch auf dem Marktplatz feierten, als sie längst im Bett lag.

»Stimmt nicht. Ein Hypochonder hat Angst krank zu sein. Ich habe nur Angst, von solchen Sachen krank zu werden.« Er nickte zum Riegel, dessen letzten Rest Petra gerade in den Mund steckte.

Vor ihrem Büro hörte sie Friedrichsen ein Telefonat führen. Wahrscheinlich hatte er mitbekommen, dass sie auf der Wache eingetroffen war. Petra brauchte nicht lange überlegen, bis es an der Tür klopfte, ihr Chef den Kopf ins Büro steckte und mit wiegenden Schritten über die Schwelle trat.

»Frau Taler. Wie schön, Sie im Dienst zu sehen, dann hat Kollege Seefeld ja wieder Unterstützung.«

»Morgen, Chef. Nein. Ich habe noch eineinhalb Wochen Urlaub und bin nur hier, weil …«

»… weil in Ihrem Keller Menschenknochen liegen. Ich frage mich auch, wie die da hinkommen. Was eine mysteriöse Angelegenheit«, fuhr er ihr über den Mund. »Doch solange kein

Gewaltverbrechen dahintersteckt, hat es keine Eile. Knochen aus dem 19. Jahrhundert stehen nicht auf unserer Prioritätsliste. Und jetzt will ich Ihre Arbeit nicht weiter stören. Ihr Kollege wird mit Ihnen durchsprechen, was anliegt. Ein paar Einbrüche, Vandalismusfälle und drei, vier gestohlene Autos. Nicht wahr, Herr Seefeld?«

»Das stimmt, Chef. Aber Frau Taler hat …«

»Nun, die sollten schnell erledigt sein«, würgte Friedrichsen auch Oberkommissar Nils Seefelds Worte ab, bevor er sich an Petra wandte. »Es war ruhig auf der Wache. Solange Sie unter südlicher Sonne lagen, gab es nicht einen Mordfall zu bearbeiten.« Polizeirat Uwe Friedrichsen blinzelte wie ein Habicht über seine Brille.

Petra verzog das Gesicht. Sie wusste, was Friedrichsen mit seinen zweideutigen Worten beabsichtigte zu sagen. Seit sie aus München ins vererbte Bauernhaus ihrer Oma Johanna ins Alte Land nach Jork Königreich gezogen war, rissen die Mordfälle im Hamburger Süderelbegebiet nicht ab. Auf der Wache wurde getuschelt, Hauptkommissarin Petra Taler gelte als schlechtes Omen und inspiriere die Mörder zu ihren Taten.

Petra atmete auf, als Friedrichsen verschwand. Gereizt stieß sie sich vom Schreibtisch ab und stand auf. Sie stellte den Wasserboiler über dem Waschbecken auf volle Pulle und wartete, bis das Wasser kochte. Dann nahm sie einen Teebeutel aus der Packung, hängte ihn in den Becher und füllte mit kochendem Wasser auf. Der aufsteigende Pfefferminzgeruch erinnerte sie an Oma Johannas Kräutermischung aus der Vorratskammer, die langsam zuende ging. Zuende ging bei *ihr* nichts. In sieben Monaten würde sie einem neuen Erdenbürger das Leben schenken. Für eine dreißigjährige Frau der richtige Zeitpunkt. Nur, wie sah das Lüdersen? Was sagte er zu einem Kind?

Auf dem Marktplatz vor dem *Mare Verdi* war er vor der Dorfgemeinschaft auf die Knie gegangen und hatte ihr einen Platinring mit einem funkelnden Diamanten an den Finger gesteckt. In Neapel hatte sie den Ring getragen, aber im Flugzeug abgenommen und in die Innentasche ihrer Handtasche gesteckt. Den Menschen um sie herum zu verkünden, sie sei schwanger und verlobt aus dem Urlaub zurückgekehrt, dafür fühlte sie sich nicht bereit. Und ihrer Mutter Rede und Antwort zu stehen, dafür fühlte sie sich erst recht nicht bereit.

»Dann schieben Sie mir mal ein paar ungelöste Diebstähle rüber, Seefeld.«

»Sie haben Urlaub.«

»Ich bleib ja nur so lange, bis ich weiß, wie weit Jensen mit den Untersuchungen der Kellerknochen ist, dann verschwinde ich.« Petra hatte kaum ausgesprochen, als Friedrichsen erneut in der Tür stand. Diesmal sparte er sich das Anklopfen. Vorwurfsvoll sah Petra hoch.

»Da hab ich doch das Wichtigste vergessen ... Bitte, Frau Taler, die Schlüssel für Ihren Dienstwagen. Na ja, Schlüssel sind es ja eigentlich nicht. Funktioniert heutzutage ja alles mit Knopfdruck.« Er drückte Petra ein schwarzes, ovales Plastikteil in die Hand. »Ein BMW, nagelneu, für eine bayrische Kommissarin extra aus dem Heimatland geordert. Er hat Klimaanlage, ABS, CD-Spieler, Sitzheizung, beheizbare Außenspiegel, Rückfahrkamera ...« Friedrichsen bremste nicht mit seinen Aufzählungen der hochtechnischen Details, die in dem Wagen steckten. Ihren Einspruch, sie sei auch mit Richard Winters altem Dienstwagen zufrieden, schmetterte er großzügig ab. »Er steht auf dem Hof, wenn Sie aus dem Fenster sehen ...« Friedrichsen reckte den Hals über Petras Schreibtisch. »Das schwarze Schmuckstück.«

»Aha.« Gelangweilt folgte Petra Friedrichsens Blick. »Sie meinen den Wagen neben der Eibenhecke.«

»Genau. Gestern geliefert.«

»Ich bekomme einen nagelneuen BMW Geländewagen?«

»Ja, es kann nicht sein, dass unsere Hauptkommissarin mit einem verbeulten Käfer zu Tatorten tuckert. Noch dazu ohne Polizeifunk.«

»Den könnten wir einbauen«, wandte Petra ein.

»Nein. Was das alles kostet. Auf ausdrücklichen Wunsch oberster Stelle, haben Sie … Ich hab jetzt keine Zeit mehr. Mich erwarten Termine.« Damit zog er sich, bevor Petra nachhaken konnte, wer dieses protzige Teil als ihren Dienstwagen erwählt hatte, aus dem Büro zurück. Jeder Kollege auf der Wache fragte sich, was Friedrichsen für Termine hatte, die ihn ständig drängten. Einige Stimmen behaupteten, er besuche ein Haartransplantationszentrum. Petra konnte keinen zusätzlichen Haarwuchs auf seiner Halbglatze erkennen, der vorher nicht da gewesen wäre.

Es war nicht seine Person, die Petra auf den Geist ging, sondern seine Flatterhaftigkeit der Arbeitsmoral, über Fälle hinwegzuagieren, die er für unwichtig erachtete. Zudem ließ er sie kaum ausreden. Und wenn, tat er, als würde er ihr nicht zuhören, um mit einer Tirade an Regeln daherzukommen.

Im Flugzeug hatte sie darüber nachgedacht, während der Schwangerschaft halbtags zu arbeiten. In ihrem Bauernhaus gab es einiges zu tun. Elektriker, Fliesenleger, Tischler und Klempner gaben sich die Klinke in die Hand. Die neue Küche wurde eingebaut, Fliesen abgeschlagen und Sanitärgeräte in den unteren zwei Gästebädern installiert. Zudem sollte Horst, ihr Untermieter, in ein geräumigeres Zimmer im Winkelanbau umziehen.

»Wissen Sie, Seefeld, wer den Auftrag gegeben hat, mir einen Dienstwagen vor die Tür zu stellen?«, maulte Petra, als Friedrichsen verschwunden war.

»Nein, keine Ahnung. Wir haben alle gestaunt.«

»Wir?«

»Die Belegschaft.«

»Scheiße!« Sie hasste Sonderbehandlungen, die zu Gerede unter Kollegen führten.

»Freuen Sie sich. Bekäme ich einen nagelneuen Dienstwagen vor die Tür gestellt … Wissen Sie überhaupt, was der kostet?«

»Mir ist egal, was der kostet. Ich will meinen Blauen fahren. Er gehörte meiner Oma und meinem Opa. Huhn Henriette hat ihre Nester in der Beule des Kotflügels gebaut.«

»Ja, genau. Er gehörte ihrer Oma und ihrem Opa und den Hühnern zum Nestbau. Ihr Käfer ist antiquarisch, Chefin.«

»Na und. Was ist schlimm daran? Er fährt und bringt mich überall hin.«

»Ist nur die Frage, wie lange noch. Gönnen Sie Ihrem Blauen den Ruhestand.«

»Nein. Ich will den Neuen nicht.« Angesäuert griff Petra zum Telefon und wählte die Nummer des Rechtsmediziners Heiner Jensen. »Heiner, ich bin es, Petra. Grüß dich.«

»Hey, Petra. Wie ich an der Rufnummer erkenne, bist du im Büro. Welche Laus ist dir über die Leber gelaufen? Du hörst dich an, als hätte dir Friedrichsen in deine Ermittlungen gespuckt.«

»Er hat mir als Dienstwagen einen nagelneuen BMW Geländewagen auf den Hof gestellt. Auf Veranlassung von oberster Stelle. Hast du eine Ahnung, wer dahintersteckt?«

»Nein, meine Liebe, da kann ich nicht helfen. Aber ein BMW hat was. Ich musste allerdings alleine in die Tasche greifen. Welches Modell hast du gekriegt?«

»Keine Ahnung. So ein riesiger Schlitten, wo ich einen Kran brauche, um einzusteigen.«

»Wow. Da kannst du elektrisch die Höhe zum Einsteigen verstellen.« Heiner Jensen war aus dem Häuschen. »Aber sag, warum bist du in Hamburg? War dir das katastrophenreiche Neapel zu langweilig?«

»Nein. Kennst du Neapel?«

»Ja. Vor fünfzehn Jahren haben meine Ex und ich die Reise bei einem Preisausschreiben gewonnen. Einmal und nie wieder. Einquartiert wurden wir in ein Dreisternehotel in der Pampa. Aber was die drei Sterne nennen, nennen wir Baracke. An den Fassaden bröckelte der Putz. Überall Müllberge. Bis zum Meer fuhren wir vierzig Kilometer. Nachts hielten uns die Clankämpfe der Camorra auf den Straßen wach. Aber die Bettwanzen, die wir als Souvenir mit nach Hause brachten, setzten dem Ganzen die Krone auf. Ich hoffe, du hast schönere Erinnerungen.«

»Oje, das hört sich schrecklich an. Ich hab bei Lüdersens Mutter gewohnt und wundervolle Wochen verbracht.«

»Sei froh. Und was kann ich der glücklichen Heimgekehrten Gutes tun?«

»Du darfst mir verraten, was es mit dem Knochenfund auf sich hat.« Dass sie auch ins Alte Land zurückgekehrt war, weil es einige private Dinge zu klären gab, verschwieg sie.

»Ich hätte dir schon Nachricht gegeben. Deswegen hättest du deinen Urlaub mit meinem Freund Jan nicht abbrechen müssen. Wie geht es ihm?«

»Gut. Lass uns ein anderes Mal plaudern, ich bin auf Neuigkeiten gespannt.«

»Klar. Mein Kollege Rudolf aus Bremen, Linda, eine engagierte Molekularbiologin und ich, fanden heraus, die Knochen gehören einer Frau, das weißt du ja bereits. Weiter, dass sie in dem Brunnen seit mindestens hundert Jahren lagen. Allerdings können Knochen über Jahrhunderte erhalten bleiben. Und da das Wasser bei dir im Keller mit Huminsäuren angereichert ist, die den Mikroorganismen eine schnelle Verwesung des Körpers verwehrt haben, sind solche Funde geläufig. Um es zu erklären, dein Keller ähnelt einem Moorgebiet, ist für das Alte Land typisch. Moorgebiet gibt es dort immer noch. Hinter der Dritten Meile des Alten Landes, der Francoper Straße und weiter in Neuwiedenthal, überfluteten vor dreißig, fünfunddreißig Jahren grundsätzlich bei Starkregen die Keller der neu errichteten Reihenhäuser. Die Bauherren schlampten beim Bau. Entweder wollten sie nur verkaufen oder sie haben sich nicht ausreichend über die Bodenstruktur informiert. Wenn du mich fragst, war es Ersteres. Na jedenfalls hätten sie keine Keller bauen dürfen. Heute sind die Böden in dieser Häuserregion nahezu trockengelegt. Aber zu deinem Keller: Die saure Erdbestimmung ermöglichte uns, genügend Knochen- und Kleidungssubstanz zu finden. Das Knochengerüst war fast vollständig erhalten.«

Petra erinnerte sich an den merkwürdigen Geruch im Keller. Die Handwerker, Horst und sie hatten es auf die Feuchtigkeit geschoben. Jetzt war es geklärt.

»Und im C1-Wirbel, das ist der Atlaswirbel, der erste Halswirbel, und im Axis, dem zweiten Halswirbel, fanden wir einen Splitter«, berichtete Jensen weiter. »Dieser Splitter aus Eichenholz kann nur in die Wirbel eingedrungen sein, wenn ein kräftiger Stoß oder Schlag mit einem zersplitterten Stab, Brett, Stuhl- oder Tischbein oder Ähnlichem hinter dem Opfer ausgeführt wurde.«

»Ich hab es geahnt, Heiner. Es war Mord. Wer wickelt sich sonst in Laken und lässt sich in einen Brunnen fallen. Verdammt!«

»So sieht es aus, Kollegin. In deinem Keller wurde vor gut hundert Jahren ein Mord begangen. Obwohl, ob die Tat in deinem Keller geschah oder die Tote zu dir ins Haus gebracht und in den Brunnen geworfen wurde, weiß ich nicht. Um den Brunnen herum haben Kowalski und seine Truppe nichts gefunden, was auf ein Verbrechen hinweisen würde.«

»Das ist auch schon egal. Gefunden wurde sie in meinem Haus. Den Namen der Toten hast du nicht zufällig, oder?«

Heiner Jensen lachte auf. »Nee, aber sie war sechzehn Jahre alt, ein Meter sechzig groß, plus zwei bis vier Zentimeter, hatte rotblonde Haare und eine leicht rundliche Statur. Was dir nicht viel hilft. Aber damit deine Spürnase was zu tun kriegt, haben wir eine Isotopenanalyse durchgeführt. Na ja, ich hab nur assistiert, meine Kollegen sind die Spezialisten, geht es darum, eine Biographie in den Knochen zu erstellen. Auch das will ich dir kurz erklären: Isotope sind unterschiedlich schwere Atomarten eines Elements. Jeder Mensch nimmt sie von Geburt an durch Nahrung, Luft und Wasser in den Körper auf. Die Isotopenverhältnisse des Wasserstoffs und Sauerstoffs in einem Körper sagen aus, in welchem Klima der Mensch gelebt hat. Deine Kellertote war eindeutig irischer Abstammung. Das bestätigen auch die Proben des Kleiderstoffs, der aus einer irischen Fabrik nahe Cork stammt. Nur das Laken, in das sie eingewickelt war, kommt aus einer anderen Region, dazu gleich. Weiter untersuchten wir die vorhandenen Zähne. Der darin enthaltene Stickstoff gab den Aufschluss, dass sie ihre Kindheit am Meer verbracht, wenig Fleisch, eher viel Fisch und Gemüse gegessen hat. Sie muss irgendwo an der Küste gelebt haben. Dann gab es einen Bruch, einen Wechsel ihres Lebensraumes, was zu einer weiteren Untersuchung führte, die uns die Bleiisotopenwerte vermittelte. Wir fanden heraus, dass sie sich ungefähr mit dreizehn, vierzehn Jahren anders ernährte. Sie aß mehr Fleisch und weniger Fisch und mehr Getreideprodukte, wie es bei uns zu der Zeit in Deutschland üblich war. Das blieb so, bis zu ihrem Tod. Sie hat in Deutschland auf einem Bauernhof gelebt, wo rege Viehhaltung betrieben wurde. Dein Bauernhaus oder eines der Gegend. Das wiederum erzählt uns das Leinengewebe. Es stammt aus einer Hausweberei, die es früher vielerorts in und um Hamburg herum gab, hauptsächlich im Alten Land, wo Bauernleinen gewebt wurde. Vielleicht hilft dir das bei deiner Ahnensuche.«

»Ein Mädchen aus Irland lag über hundert Jahre ermordet in meinem Haus. Heiner, das kann nicht sein. Meine Oma erzählte mir nur über holländische Vorfahren.«

»Nun ja, bei euch in der Familie werden nicht erst seit ein paar Wochen Ländergene gemischt, sondern schon Jahre früher.«

Petra hörte, wie Jensen am anderen Ende der Leitung vergnügt gluckste. Heiner Jensen war ein lustiger Vierziger. Seine knapp ein Meter achtzig waren muskelbepackt. Und obwohl er mit seinen blonden Haaren nicht Petras Typ entsprach, ließ sie sich im letzten Jahr zu einer ungezwungenen Liaison verführen. Eine einmalige Verbindung, von der sich Heiner mehr als Petra erhofft hatte.

»Mist«, fluchte sie leise. »Und du kannst mir nicht sagen, ob mein Keller der Tatort ist?«

»Nein. Mach dir keine Hoffnungen auf Ergebnisse. Außer du betest um ein Wunder. Was ich dir sagen kann, ist, der Täter muss mindestens ein Meter fünfundachtzig groß gewesen sein. Das beweist der Eintritt des Holzspanes.«

Auf Wunder wartete Petra nicht. Immerhin war ihr Opa Jonathan nicht nur ein erfolgreicher Pianist, sondern auch englischer Soldat, den Oma Johannas Verwandten im Keller des Bauernhauses versteckt hielten, bis der Krieg zu Ende ging. Und da ihr Vater von einem Engländer gezeugt wurde, floss in ihren Adern zumindest ein viertel Liter englisches Blut. Eine Verbindung konnte sie nicht ausschließen. Vielleicht erklärte sich damit ihre Liebe zu Irland. »Mist«, fluchte Petra erneut, als ihr einfiel, was Friedrichsen vor ein paar Minuten gesagt hatte. *Solange es kein Gewaltverbrechen ist, hat es Zeit.* Zeit hatte es, aber ein Mord war ein Mord. Und kaum war sie eine Stunde auf der Wache, ging es los. Zog sie tatsächlich die Morde an? War sie, wie die Kollegen munkelten, das schlechte Omen der Süderelbe? Und hatte einer ihrer Ahnen den Mord an dem sechzehnjährigen Mädchen verübt?

2.

»Opa! Opa!«, rief die kleine Emily über den Gartenzaun des Einfamilienhauses in Meckelfeld.

»Komme, meine Kleine.« Gustav Hilken legte die Tageszeitung beiseite und beeilte sich, aus seinem Sessel aufzustehen, um über die Terrasse zum Nachbargrundstück zu eilen. Die Dreijährige, die mit ihrer Mutter Melanie am Gartenzaun stand, streckte ihre dünnen Arme nach dem alten Mann aus. Dass Emily nicht seine Enkeltochter war, störte den alten Mann keineswegs. »Na, was gibt es denn?«

»Emily will unbedingt zu dir, Gustav, sie ist nicht mehr aufzuhalten. Sie nörgelt den ganzen Vormittag.« Melanie Prack lächelte den Witwer lasziv an. Ihre falschen Wimpern, und die mit dunklem Kajal umrandeten Augen hielten den Alten gefangen. Ihn faszinierte die Siebenundzwanzigjährige, die ihn in eine Erregung versetzte, von der er seit Jahren träumte.

Seit seine Frau vor fünf Jahren gestorben war, hatte er keinen weiblichen Körper mehr berührt. Bei seiner Nachbarin Melanie, die vor einem Jahr samt Ehemann und Tochter Emily, Bruder, Schwägerin sowie ihren Eltern in das Vierzimmerhäuschen nebenan eingezogen war, war alles anders. Er fühlte sich fit, geistig wie körperlich, auch wenn er in seinem Alter Arbeiten langsamer erledigte. Nur bisher kam er bei Melanie, die sich gerne umarmen und anfassen ließ, nicht weiter als mit seinen Händen auf ihren kleinen, mageren Hintern. Er mochte das. Dicke ausladende Hinterteile waren ihm zuwider. In seiner Familie gab es nur große und schlanke Menschen.

»Na, komm rüber. Willst du ein Dracheneis mit bunten Perlen?«

Die Kleine nickte eifrig mit dem Kopf, und ihre braunen Zöpfe wippten über ihrer Schulter. Mit ihren Armen in der Luft wedelnd, reckte sie sich dem Alten entgegen.

»Ich komme sie in einer Stunde abholen«, rief Melanie ihm hinterher, als Hilken bereits die Terrassentür seines Hauses erreicht hatte. »Ich muss mit dir etwas besprechen.«

»Ist gut«, rief Hilken zurück und winkte der jungen Frau.

* * *

Die Tankanzeige des BMW Geländewagens blinkte wie verrückt, als Petra auf die B 73 lenkte. »So ein Mist«, schimpfte sie. Friedrichsen hätte wenigstens für einen vollen Tank sorgen können, wenn er ihr dieses schwarze Monster schon andrehte, in dem sie sich verloren fühlte mit all den technischen Spielereien. Alleine das Lenkrad mit seinen Knöpfen ähnelte einem Flugzeugcockpit. Petra war überfordert.

Sie steuerte in Neu Wulmstorf die Tankstelle hinter der Blitzanlage an. Während ein Servicemitarbeiter bat, für sie tanken zu dürfen, kaufte sie eine Tüte Lakritzpfötchen.

Als sie in Jork ankam, war die Hälfte der Lakritze aufgegessen. Wenn sie so weiterfutterte, sprengte sie bald den Knopf der Jeanshose. Sie lenkte den Wagen neben ihren Blauen auf die eingefahrene Rasenfläche vor dem Haupthaus. Nachdem sie sich vergewissert hatte, dass alle Funktionen auf null standen, stieg sie aus. Das gab es in ihrem Blauen nicht, wenn sie den Schlüssel umdrehte, herrschte Ruhe. Hier gab es keinen Schlüssel, sondern nur einen eiförmigen Plastikkey, auf dem sie herumdrücken konnte.

In der Bauernküche auf dem Tisch stand eine Kanne Tee aus Omas restlichen Kräutervorräten und ein Teller mit Butterkuchen. Auf dem Herd köchelte eine Hühnersuppe.

»Na, Fräuleinschen, da bist ja wieder«, begrüßte sie Horst. »Zu Hause ist es am Schönsten. Stimmt's?« Der Zweiundfünfziger mit den lustigen, grünbraunen Augen nahm Petra in den Arm. Auch Kater Fritzi kam angelaufen und rieb schnurrend sein Köpfchen an Petras Beinen.

»Ach, meine beiden Männer, was bin ich froh, wieder bei euch zu sein.« Petra bückte sich und nahm den Kater auf den Arm, den Horst vor einem Jahr als Handvoll aus seinem Rucksack hatte purzeln lassen. Sofort stupste er sein rosafarbenes Näschen in Petras Gesicht und schob seinen Kopf in ihre Locken.

»Was ist das für ein Wagen?« Horst lugte über Petras Schulter.

»Mein neuer Dienstwagen, vom Chef aufgedrückt.«

»Na, das ist ja ein Teil.«

»Ich will ihn nicht, Horst. Ich will meinen Blauen fahren.«

»Wer und was hindert dich?«

»Mein Chef. Er sagt, mein Blauer hat keinen Polizeifunk und einbauen will er den nicht, das wäre zu teuer. Wie bescheuert. Was wohl teurer ist, ein neuer Wagen oder eine Polizeifunkanlage? Außerdem hätte den Wagen einer von oberster Stelle angeordnet, nur bevor er mit dem Namen rausgerückt ist, war er verschwunden.«

»Vielleicht kommt der Wagen auf Anordnung deines Vaters.«

»Nein. Was hat ein Münchner Richter vom Oberlandesgericht mit meinem Hamburger Dienstwagen zu schaffen?«

Horst zuckte die Schultern. »Erzähl, Fräuleinschen, wie war es in Neapel?«

»Später, Horst«, sagte Petra und setzte den Kater auf den Fliesenboden der Küche. »Erst will ich wissen, wie weit die Arbeiten im Keller sind. Ist der Brunnen verschwunden?« Sie nickte, als Horst ihr Tee einschenken wollte, und schob sich auf einen der Küchenstühle an den langen Tisch, der schon zu Oma Johannas Zeiten in der Küche stand. Ein Möbel, das sie nie weggeben würde.

»Ja, Schnulle, Brauner Bär und sein Kumpel Willi durften ja nicht anfangen, bevor deine Astronauten alles freigegeben und sämtliche Knochen eingesammelt haben.«

»Und?«

»Der Brunnen ist platt. Seit ein paar Tagen wird der Keller trockengelegt. Noch eine Woche, bis die Elektriker und Maurer kommen, um zu sehen, welche Schäden am Fundament und der Elektrik durch die Feuchtigkeit entstanden sind. Sie meinten, wir dürfen froh sein, dass wir nicht gegrillt wurden, wenn wir das Licht eingeschaltet haben.«

»Das sind gute Neuigkeiten, nicht Fritzi?«, sagte Petra und streichelte den Kater, der inzwischen auf dem Küchentisch lag, alle Viere von sich streckte, und sich den cremefarbenen Bauch kraulen ließ. »Ich frag mich, warum hat Oma Johanna nie über irische, sondern nur über holländische Vorfahren erzählt.«

»Die Tote war aus Irland?«

»Ja.«

»Hm.« Horst kratzte sich nachdenklich im Nacken. »Vielleicht wusste deine Oma es nicht. Oder es hat sich jemand ins Haus eingeschlichen. Du hast gesagt, deine Urgroßeltern haben im Krieg viele Polen und Engländer in den geheimen Kellerräumen versteckt.«

»Darüber hab ich auch nachgedacht.«

»Sind denn alte Knochen, ob aus Irland oder Holland oder sonst woher noch wichtig, Fräuleinschen?«

»Jetzt ja. Die forensischen Untersuchungen ergaben, dass es ein Mord war.«

»Ein Mord! Hier im Haus! Ja da halt einer die Uhren an«, sagte Horst. Mit der Faust schlug er auf den Tisch. Fritzi zuckte zusammen und verschwand fauchend ans andere Ende des Tisches. Mit zurückgelegten Ohren fixierten seine bernsteinfarbenen Augen Horsts Bewegungen.

»Ob hier im Haus ist unklar, aber ein Mord an einer Sechzehnjährigen ist gewiss. Morgen gehe ich auf den Speicher und sehe mir noch einmal alle Briefe an. Eine Woche habe ich ja noch, bevor mein Dienst beginnt. Vielleicht finde ich eine Spur.«

»Das ist vernünftig, Fräuleinschen, aber was ist mit … bist du oder bist du nicht …«

»Was, Horst?«, fragte Petra, obwohl sie genau wusste, worauf Horst anspielte. Zwei Tage vor Abschluss des letzten Falles hatte Horst, bevor sie es sich eingestehen wollte, ihr ihre Schwangerschaft angesehen.

»Ja, bin ich, Horst. Aber ich warne dich, wenn du ein Wort zu Lüdersen oder jemand anderem sagst …«

»Schon klar, Fräuleinschen. Hörst du, Fritzi, wir kriegen Nachwuchs. Mensch, was ein Ding. Dein Frauchen und ich … und Lüdersen werden Eltern. Es kommt Leben in die Bude.« Mit den Fingerspitzen trommelte er auf die Holzplatte des Tisches, bis Fritzi, vorsichtig, mit dem Bauch auf dem Holztisch rutschend, auf ihn zurobbte.

»Die Bude muss bis dahin fertig sein«, sagte Petra und lächelte.

»Das kriegen wir hin. Mensch, Fräuleinschen, wann ist es denn, ich meine, wann geht's denn los.«

»In sieben Monaten.«

Der nächste Morgen begann für Petra nach einer tiefen traumlosen Nacht. Es war Mittag, als sie aufstand, Leggins, Plüschsocken und den dicken Wollpulli anzog und nach unten in die Küche trottete. Horst stand auf dem Hof und rief drei Pflückern, die an der Hauswand lehnten, irgendetwas zu. Kater Fritzi saß auf einem Stapel Holzkisten und beobachtete, wie Horst die Pflücker dirigierte, die auf Paletten aufgestapelte Apfelkisten in den geöffneten CA-Raum zu fahren. Als Kind erzählte Oma ihr über den Raum, den viele Höfe im Alten Land zur Lagerung der Ernte einsetzten. Ein Kühlraum, der Obst und Gemüse in einen ein- bis zwölfmonatigen Schlaf fallen ließ. Noch eine Woche, dann war auch die Apfelernte für dieses Jahr abgeschlossen. Es war ein gutes Jahr mit einer reichlichen Ernte. Die Einnahmen hatten die Ausgaben für den Hofladen und den Selbstbedienungsstand an der Einfahrt des Hauses und die Arbeitslöhne der Pflücker amortisiert.

Petra sah auf ihr Handy. Drei SMS von Lüdersen.

Du hast dich nicht gemeldet, meine Bella. Bist du gut zu Hause angekommen? Ich vermisse dich schon jetzt wieder.

Jede Nachricht enthielt den gleichen Wortlaut.

Ich vermisse dich. Ich liebe dich. Ich brauche dich.

Petra erging es nicht anders. Seitdem sie in Neapel ins Flugzeug gestiegen war, vermisste sie ihren heimlichen Verlobten. Sie schickte eine kurze SMS zurück, steckte zwei Scheiben Toast in den Toaster und stellte den Wasserkocher an.

Verträumt saß sie am Küchentisch, frühstückte und schaute auf den Hof, wo Horst noch immer wie ein Derwisch die Pflücker koordinierte. Bei der Vorstellung, ein Kleinkind mit Lüdersens dunklen Haaren und dunklen Augen würde auf dem Hof spielen, lächelte sie. Doch gleich darauf überkam sie ein schlechtes Gewissen, dass sie ihr süßes Geheimnis noch nicht mit ihm geteilt hatte.

Petra griff nach einer Wasserflasche und ging auf den Speicher. Hier hatte sie vor sechs Wochen, als sie vor Zahnschmerzen nicht schlafen konnte, mit dem Ausmisten begonnen. Die Zahnschmerzen beseitigte ein einfühlsamer neapolitanischer Zahnarzt. Viele Gegenstände ihrer Großeltern, die Petra nicht behalten wollte, Kleidung, Töpfe, einige Möbel, hatten Caritaseinrichtungen abgeholt. Die Holztruhe, mit den Unmengen an Briefen, stand weiter an ihrem Platz.

Sie stellte die Wasserflasche auf den Boden neben das weinrote Sofa und setzte sich. Sie öffnete den Holzdeckel. Würde sie hier drinnen Antworten auf die Vergangenheit und den Tod des sechzehnjährigen irischen Mädchens finden? Es war Mord. Doch ob der Mord im Keller, im Haus oder anderswo geschehen war, war ungewiss. Wäre die Brunnentote nicht mit vier Schichten Leinen umwickelt gewesen, hätten die nicht den Abfluss verstopft, nicht ihren Keller überflutet, wäre das Verbrechen nie ans Tageslicht gekommen. Ein Mord in ihrem Haus. Das wurde persönlich.

3.

»Ich würde heute noch das Wohnzimmerfenster putzen, Herr Hilken.« Erika Bachkötter beobachtete den alten, hageren Mann, der in der Küche stand und ein Fertiggericht in die Mikrowelle schob, auf deren vergilbter Kunststoffoberfläche sich weitere Fertiggerichte stapelten.

»Ja, machen Sie nur. Ich marschiere gleich nach dem Essen nach oben und packe meinen Koffer.«

»Heute? Sie fahren doch erst in einer Woche.«

»Ja, aber davor ist mein Geburtstag. Ich muss noch ins Lokal, um das Menü zu besprechen, und die Rede liegt auch erst halb fertig bei mir auf dem Schreibtisch. Das wird mir sonst alles zu viel.«

»Wie viele Gäste haben Sie geladen?«

»Mit Ihnen und Ihrem Mann sind wir zweiundvierzig. Und dass ich es nicht vergesse, bitte, hier ist die offizielle Einladungskarte.«

»Ach, Herr Hilken, da bin ich platt. Ich, zwischen Ihren Gästen. Was eine Ehre.«

»Sie sind zwanzig Jahre bei uns in Diensten, Frau Bachkötter.« Hilken räusperte sich. »Nun ja, das gehört sich so, denke ich«, sagte er, als täte er dem guten Ton genüge. »Einige meiner Bekannten werden mich sicherlich schief ansehen, weil ich sie nicht eingeladen habe, aber wenn es darum geht, müsste ich hundertfünfzig Leute einladen. Irgendwo muss Schluss sein. Finden Sie nicht?«

Erika Bachkötter wusste, Gustav Hilken übertrieb maßlos.

Niemals hatte er hundertfünfzig Bekannte noch Freunde. Die, die er hatte, waren an einer Hand abzuzählen. »Wo werden Sie feiern?«

»Im Restaurant *Poseidon* bei uns in Meckelfeld. Der Besitzer zaubert uns eigenhändig ein Fünf-Gänge-Menü.«

»Oh, wie schön. Wir haben da im letzten Jahr unsere Silberhochzeit gefeiert. Das andere Restaurant im Ort ist viel zu teuer, und dieses fürchterliche, hochnäsige Personal. Vor drei Jahren schenkte unsere Tochter uns zum Hochzeitstag einen Gutschein für ein Candle-Light-Dinner in dem Restaurant. Was meinen Sie, Herr Hilken ...« Erika Bachkötter holte tief Luft. »Da kamen wir an und nicht einmal ein Tisch war für uns reserviert, geschweige gedeckt. Von wegen Candle-Light-Dinner. Keine Kerze war zu sehen, nur eine graue Tischdecke an einem Zweiertisch mitten im Raum haben sie uns aufgelegt. Nun sagen Sie, Herr Hilken, das ist doch kein romantisches Dinner. Mitten im Raum.«

»Nein. Aber man hört ja auch immer mehr Beschwerden. Auch das Essen hat nachgelassen. Nein. Wir sind im *Poseidon* wunderbar bedient. Ich bin da sehr gerne. Der Sonntagsbrunch ist ausgezeichnet. Aber wie auch immer, ich will meinen Koffer fertig packen. In sieben Tagen ist die Feier. Am Samstagvormittag will ich auf den Friedhof zu Margarete, Sonntag ausruhen und Montag los. Und Elisa und ihre Mutter Doris kommen vor meinem Geburtstag aus Braunschweig. Und sehen Sie, gut dass wir darüber reden. Ich muss im Hotel *Dubrovnik* ein Zimmer für die beiden buchen. Sie reisen übermorgen an und bleiben bis nächsten Montag, weil wir zusammen nach Sylt fahren. Ich hab sie eingeladen. Sie waren noch nie auf der Insel.«

»Ach, nach Sylt möchte ich auch mal fahren. Sie haben es gut, Herr Hilken. Drei, viermal im Jahr Urlaub«, schwärmte die Sechzigerin, die mit einer Reinigungsflasche und einem Tuch in der Hand verträumt am Türrahmen lehnte. »Mein Mann sagt, heutzutage kann man ja nirgendwo mehr hinfahren. Überall Terroranschläge. Aber ich weiß, das ist es nicht, er will nur kein

Geld ausgeben. Er ist geizig. Gestern hab ich mir einen Lippenstift gekauft, da sagte er, meine natürliche Farbe reicht und das Geld solle ich für sinnvollere Dinge ausgeben. Nur was er sinnvoll nennt, ist ein Bierkasten auf dem Balkon. Dafür muss Geld da sein. Und wenn ich nach Hause komme, hält er die Hand auf und kassiert, was ich bei Ihnen verdient habe.« Die Putzfrau zog ein Taschentuch aus der Kitteltasche und schnäuzte sich die Nase. »Stellen Sie sich vor, Herr Hilken, letzte Woche wollte ich meine Mutter im Seniorenheim besuchen und ihr einen Blumenstrauß mitbringen.« Das Taschentuch fuhr erneut an ihre rote Nase. »Da sagt mein Mann, das sei unnütz, weil die Alte eh nichts mehr rafft. So hat er sich ausgedrückt. *Nichts mehr rafft*. Gut, sie ist dement, aber sie ist meine Mutter.«

Gustav Hilken schnaufte. »Ja, das ist furchtbar«, sagte er. Von dem Elend, das seine Haushälterin mit ihrem Ehemann ausstand, hörte er seit Jahren. Er selbst brauchte nicht auf den Euro achten. Sein früherer Beamtenberuf, den er im höheren Dienst als Direktor bei der Bundesbahn ausgeübt hatte, brachte ihm eine ordentliche Pension. Zudem bekam er die Witwenrente seiner Frau und die Mieten der zwei Hamburger Eigentumswohnungen.

Das Pling der Mikrowelle, die bekannt gab, dass Kassler mit Sauerkraut und Kartoffelpüree fertig waren, unterbrach die beiden in ihrem Gespräch. Erika Bachkötter verschwand mit dem Tuch, der Reinigungsflasche und dem froschgrünen Eimerchen im Wohnzimmer. Gustav Hilken öffnete die von vergangenen Mahlzeiten bespritzte Glastür der Mikrowelle, setzte sich an den quadratischen Resopaltisch und riss die Folie von der Plastikschale. Mit der Gabel stocherte er im Püree, das als Klumpen in einer der drei weißen Plastikecken klebte, als sein Telefon im Wohnzimmer klingelte. Gustav hörte, wie seine Haushälterin den Anrufer abwimmelte.

»Wer war das?«, rief er aus der Küche, während er sich eine Gabel braunes schleimiges Kraut in den Mund steckte.

»Diese Schülerin aus Braunschweig. Ihr fehle die monatliche Überweisung für Kanada. Sie wollte Sie sprechen. Ich hab ihr gesagt, Sie wären beim Essen und müssten hinterher packen«, sagte die Haushälterin, als sie in die Küche zurückkehrte. »Wissen Sie, Herr Hilken, es ist ja Ihr Geld, doch diese Göre könnte arbeiten, wenn sie einen so teuren Austausch in einem fremden Land machen will. Alt genug ist sie. Zeitung austragen, Apothekendienst, Babysitting. Für Siebzehnjährige gibt es genug Möglichkeiten. Meine Kinder haben das auch gemacht. Da muss man nicht fremde Leute anbetteln. Ich meine, fünfzehntausend Euro sind ja kein Pappenstiel. Und dabei bleibt es nicht, das kann ich Ihnen sagen. Die nutzt Sie aus.«

»Da mögen Sie recht haben, Frau Bachkötter. Aber bei einem jungen, hübschen Mädchen kann ich nicht Nein sagen und …«

»… und Sie sind in vier Tagen achtzig Jahre und scharwenzeln noch immer …« Erika Bachkötter schwieg.

Gustav Hilken verzog den Mund, was nicht an dem klumpigen Püree, sondern an Erika Bachkötters ehrlichen Worten lag und daran, was sie nicht gesagt hatte. Wenn sie sich nicht so lange kennen würden, hätte er ihr jetzt den Marsch geblasen. »Ja«, sagte er kleinlaut. »Ich kürze ja. Den Zuschuss für den Führerschein hab ich ihr nicht gegeben und die monatlichen Einkäufe mit ihrer Mutter hab ich auch eingestellt.«

»Na, solange es dauert, Herr Hilken. Solange es dauert. Ich erinnere Sie nur an den neuen Laptop, wie sie Sie da über den Tisch gezogen hat. Wenn Sie Ihr Geld verschleudern wollen, spenden Sie es sinnigeren Organisationen. Dem Tierschutz, da gibt es genug hilflose Lebewesen. Oder einem Hospiz oder einer Kinderweltgruppe oder was weiß ich, wo es hilfsbedürftige Einrichtungen gibt. Ich verstehe Sie nicht. Als Ihre Frau noch lebte …«

Die Haustür schwang auf und Melanie Prack mit einem Wäschekorb unter dem Arm betrat den Flur. An Frau Bachkötter vorbei drängelte sie in die Küche.

»Hallo, Gustav.«

»Hallo, schöne Nachbarin. Wie ich sehe, willst du waschen?« Er nickte zum prall gefüllten Wäschekorb, der einen Berg Kinderwäsche enthielt.

»Ja, unsere Maschine ist besetzt.« Melanie Prack rollte mit den Augen. »Seit heute Morgen hängt Susanne im Keller. Das macht sie wieder absichtlich, Gustav«. Melanie stoppte neben der Haushälterin. »Ich geh schnell in den Keller. Das ist die erste Ladung, ich komme gleich noch einmal und bringe den zweiten Schwung. Waschpulver und Weichspüler hast du genügend?«

»Ja, ja, ist alles da.«

Ein leises Okay ließ vermuten, dass Melanie bereits die letzten Kellerstufen erreicht hatte.

»Ich wusste gar nicht, dass die Nachbarn einen Schlüssel für Ihr Haus haben, Herr Hilken?«, flüsterte Erika Bachkötter.

»Ja. Wenn ich wegfahre, macht Melanie ab und an das Licht an, damit es aussieht, als sei jemand zu Hause.«

»Aha. Ich versteh sowieso nicht, warum viermal bei Ihnen eingebrochen wurde. Das ist so unwahrscheinlich, als schlüge der Blitz zweimal ins gleiche Dach ein.«

Hilken nickte und steckte das letzte Stück Fleisch in den Mund. Er kaute, schluckte und sagte: »Das geht ja seit einem Jahr. Ständig wird in der Gegend eingebrochen.« Er hob die Plastikschale an den Mund und schlürfte den Soßenrest aus einem Dreieck.

Erika Bachkötter nickte. »Ja, furchtbar. Das Wohnen bei uns im Ort war mal richtig schön.« Sie stöhnte. »Neulich wurde bei unserem Nachbarn die Garage aufgebrochen und das Auto ausgeschlachtet, und gegenüber haben sie dem Nachbarn die Hecke angezündet. Die schrecken vor nichts zurück, diese Banditen. Nur gut, dass bis jetzt keiner der Hauseigentümer verletzt wurde. Sieht man im Fernsehen in der Sendung *Aktenzeichen*. Da werden die Besitzer brutal niedergeschlagen und ermordet. Die kennen kein Pardon.«

»Bei mir kommt keiner mehr rein. Vor einer Woche hat der

Glaser eine Sicherheitsscheibe in die Terrassentür eingesetzt«, setzte Hilken hinterher, warf die Plastikschale in den Müll und wusch das Besteck ab. Er nahm ein Geschirrtuch und polierte Messer und Gabel so sorgfältig, als putze er Silberbesteck.

»Trotzdem, Herr Hilken, da können Sie sagen, was Sie wollen, die Einbrüche sitzen. Das hinterlässt ein Trauma. Da kann man nicht mehr ruhig schlafen. Mich würde jedes kleinste Geräusch verrückt machen.«

»Ja. Aber bisher wurde bei mir ja nur eingebrochen, wenn ich nicht zu Hause war.«

»Da hat Sie bestimmt jemand beobachtet, wenn Sie weggefahren sind. Das muss doch rauszukriegen sein. Ich finde das komisch. Ich meine, wer weiß denn, dass Sie wegfahren. Doch nur die Familie, Nachbarn oder vielleicht Bekannte.«

Stöhnend hängte Hilken das Geschirrtuch an den Küchenhaken, das Edelstahlbesteck landete klappernd in der Schublade. Die Einbrüche hatten durchaus Spuren in seiner Psyche hinterlassen und er konnte sich nicht erklären, dass immer bei ihm eingebrochen wurde, wenn er nach Sylt oder auf den Friedhof zu seiner Frau fuhr.

Dreimal kamen die Diebe durch die Terrassentür. Das erste Mal stahlen sie den Schmuck seiner Frau, die Kamera, eine kleinere Münzsammlung und Geld, das er für seine Reinmachefrau in den Fernsehschrank gelegt hatte. Beim zweiten Einbruch, der am frühen Abend an einem Sonntag geschah, fehlten zwei Bilder ohne großen Wert und einige Kleinteile. Der dritte Einbruch hinterließ lediglich den Schaden einer zerbrochenen Terrassentür. Die Polizei vermutete, die Diebe wurden bei ihrer Tat gestört.

Merkwürdig verhielt es sich beim vierten Einbruch. Melanie, die mit ihrem Ehemann zusammen ihr Kind in Gustavs Badewanne wusch, weil drüben im Haus das warme Wasser ausgefallen war, hörte ein Geräusch im Wohnzimmer. Als das Ehepaar rufend die Treppe hinunterrannte, sahen sie zwei Männer aus der Haustür stürmen. Die daraufhin alarmierten Beamten entdeckten keine Einbruchsspuren. Melanie und ihr Mann mussten die Haustür aufgelassen haben, wodurch die Einbrecher eindringen konnten. Doch Melanie versicherte, die Tür sei verschlossen gewesen.

»Ach, Gustav«, sagte Melanie Prack, als sie aus dem Keller heraufkam. »Bernd fährt gleich nach Hamburg. Weißt du, ob genug Sprit im Tank ist?«

Hilken nickte. »Ich hab gestern getankt, weil ich auf den Friedhof fahren und die Herbstbepflanzung machen will.«

»Prima. Bis nachher.«

»Fahren die auch mit Ihrem Auto?«, fragte Erika Bachkötter in vorwurfsvollem Ton, als die Haustür ins Schloss fiel. Sie unterließ es, die Nachbarn beim Namen zu nennen. »Mein Mann sagt immer: Seine Frau und sein Auto verleiht man nicht. Man weiß nie, ob man beides zurückbekommt.«

Gustav Hilken lächelte. Er hatte genug von dem Gespräch über seine Nachbarn. Er tat was er wollte. »Können Sie den Wohnzimmertisch mit Kaffeegedeck eindecken und die Torte vom Bäcker aus der Bahnhofstraße holen? Meine Kinder kommen heute Nachmittag zu Besuch.«

»Oh, wie schön, dass Ihre Kinder Sie wieder besuchen. Sie wollen Ihnen sicher bei Ihrer Geburtstagsrede helfen. Nicht?« Dass sie die Wohnzimmerfenster putzen wollte, hatte sie vergessen.

»Die wollen was anderes, Frau Bachkötter, davon können Sie ausgehen. Denen passt es nicht, dass ich die Hälfte meines Grundstückes den Nachbarn geben will. Sie wollen noch einmal mit mir reden. Als hätten wir das nicht zur Genüge getan.«

»Wenn ich sagen dürfte, Herr Hilken, finde ich das von Ihren Kindern nur verständlich. Immerhin sind das fremde Menschen, an die Sie über fünfhundert Quadratmeter Grund nur für einen reellen Wert, wie es notariell heißt, für 'n Appel und 'n Ei verschleudern.« Frau Bachkötter zog die Mundwinkel an.

»Ich verschleudere nicht, Frau Bachkötter. Ich verkaufe.«

»Für einen symbolischen Euro, Herr Hilken, das können Sie nicht verkaufen nennen. Wirklich nicht. Da kann ich Ihre Kinder verstehen.«

»Ja, nur sind die ja nie da, wenn ich sie brauche. Melanie und ihre Familie gehen für mich einkaufen oder helfen beim Aufräumen im Keller. Wie war es denn, als ich das Wohnzimmer streichen wollte. Die Schrankwand mit den Büchern musste abgebaut werden. Und wer hat es gemacht? Fremde Menschen. Bekannte aus Sinstorf. Gestrichen hat ein Maler, und die Bekannten haben stundenlang die Bücher abgestaubt, den Schrank wieder aufgebaut und alles an Klimbim sauber gemacht und eingeräumt. Die wollten nicht einmal, dass ich sie zum Essen einlade. Alles umsonst. Meine Kinder hatten keine Zeit. Silke meinte, sie hätte im Heim mit den Jugendlichen einen Ausflug geplant. Beate vergnügte sich mit Jonny Walker, und mein feiner Herr Sohn Bankdirektor Ingo fuhr über das Wochenende mit seiner Familie ins Ferienhäuschen nach Dänemark. So sind meine Kinder. Und nicht zum ersten Mal läuft das so ab.«

»An diesem Umstand sind Sie nicht unschuldig, Herr Hilken. Sie fahren über jegliche Feriertage nach Sylt. Ob Weihnachten, Ostern oder an den Geburtstagen Ihrer Kinder und der vier entzückenden Enkelsöhne.«

»Ich hasse Familienfeiern. Wenn meine Kinder das nicht verstehen, ist das nicht mein Problem. Langt schon, dass sie mich nötigen, meinen Achtzigsten zu feiern. Seit ich zwanzig bin, feiere ich keinen Geburtstag, warum muss ich das jetzt? Aus Höflichkeit der Verwandtschaft, den Nachbarn und Freunden gegenüber. Warum?«

»Weil es sich gehört. Achtzig wird man nur einmal im Leben. Und den Tag sollte man mit seinen Lieben feiern. Es gibt nämlich Menschen, die Sie trotz allem mögen.«

»Trotz allem was, Frau Bachkötter?«

»Trotz Ihrer Vergangenheit, Sturheit und Launen. Sie machen

so lange, bis sich die restlichen Freunde auch noch von Ihnen verabschieden. Und zwar die, die es nicht auf Ihr Geld oder Haus abgesehen haben.« Jetzt war es raus.

»Ich bin stur?«

»Es ist Ihre Art. Und seitdem diese Familie vor einem Jahr neben Ihnen eingezogen ist, haben Sie sich verändert. Sie sind nur noch auf die da drüben fixiert und vergraulen alle Menschen, die es wirklich ehrlich mit Ihnen meinen.«

»Ich mag die Familie eben. Und ich bin der Opa der kleinen Emily. Ich wollte immer eine Enkeltochter. Jetzt habe ich zwei. Elisa und Emily.«

»Herr Hilken, würden wir uns nicht so lange kennen, würde es mir im Traum nicht einfallen, Ihnen zu sagen, dass ein Kind in dem Alter mit dem Wort Opa nichts anfangen kann. Das haben ihm seine Eltern eingetrichtert, um Sie einzulullen. Das sieht ein Blinder, was diese Frau mit ihrer Gefolgschaft mit Ihnen vorhat. Und die Braunschweiger sind auch nicht besser.«

»Ich sehe gar nichts, Frau Bachkötter«, sagte Gustav Hilken. Das Gespräch begann, ihn zu ärgern. Er schnaufte. Seine Haushälterin fand heute einfach kein Ende.

»Dann sind Sie der Einzige. Ihre gesamte Nachbarschaft, bis runter zum Bahnhof, tuschelt über Ihr Verhalten und fragt sich, ob … Na ja, ob …«

»Ja?«

»Nun, ob bei Ihnen im Oberstübchen noch alles in Ordnung ist.«

Hilken schüttelte genervt den Kopf. »Sollen Sie. Die sind nur eifersüchtig, dass ich mich mit Melanie gut verstehe.«

»Das hat nichts mit Eifersucht zu tun, Herr Hilken, sondern damit, dass sie sich über Sie lustig machen. Wenn Ihre Frau noch leben würde, Herr Hilken …« Erika Bachkötter stoppte. »Ich bin mir sicher, sie wäre mit vielen Dingen nicht einverstanden.«

»Das kann sein. Aber Margarete ist nicht mehr da und sie hätte gewollt, dass ich glücklich bin.«

»Ja, weil sie Sie geliebt hat, hat sie sich vieles gefallen lassen, sogar die …«

»Frau Bachkötter, jetzt gehen Sie zu weit.«

»Warum, Herr Hilken? Nennen wir das Kind beim Namen. Sie haben Ihre Frau betrogen. Ich weiß es, Ihre Kinder wissen es. Und der Grund, warum sie sich immer nach Sylt verziehen, ist nicht, dass Sie Familienfeiern verabscheuen, sondern weil Sie Angst haben, dass Geschichten zutage kommen, die Ihnen Ihre Maske vom Gesicht reißen. Und Ihre Kinder kommen nicht, weil Sie Ihre Frau ins Grab getrieben haben. Das werden sie Ihnen nie verzeihen. Auch nicht, dass Sie Ihre Kinder während der Studienzeiten nie finanziell unterstützt haben. Sie mussten hart arbeiten. Das hat mir alles Ihre Frau erzählt.«

»Meine Kinder sollten lernen, was es heißt, auf eigenen Füßen zu stehen. Arbeit kann nicht schaden.«

»Das mag sein. Nur wenn Sie der wildfremden Braunschweiger Göre einen Ein-Jahres-Aufenthalt in Kanada bezahlen und den Pracks erlauben, Sie auszunehmen wie eine Weihnachtsgans, Sie den Geburtstag ihrer Enkelsöhne vergessen und selten auf einen Anruf oder eine Nachricht auf diesem WhatsApp Ihrer Kinder reagieren, wenn sie sich schon einmal melden, müssen Sie sich nicht wundern. Und wenn Sie das bei Ihren wenigen Freunden und Bekannten auch so halten, dann sind Sie bald alle los.«

»Schluss jetzt, Frau Bachkötter! Ich will nichts mehr hören! Das geht Sie überhaupt nichts an!«

»Da haben Sie recht, Herr Hilken, das geht mich nichts an. Aber einer muss Ihnen ja ab und zu die Wahrheit sagen, auch, wenn Sie sie nicht hören wollen. Für die da drüben sind Sie nur das Goldene Kalb. Und wenn Sie glauben, dass Sie mit Ihren Großzügigkeiten das Feld ertragreich aussähen, dann kann ich Ihnen die faule Ernte jetzt schon voraussagen. Die sehen Ihnen mit falschen Augen ins Gesicht und lachen hinter Ihrem Rücken. Und die Braunschweiger ebenso und wer weiß, wem Sie noch alles den Hintern pudern und sich zum Clown machen. Und nun mach ich flott, damit ich die Fenster fertigkriege und Ihren Kuchen holen kann.« Erika Bachkötter machte auf dem Absatz ihrer geblümten Gummisandalen kehrt und eilte Richtung Wohnzimmer.

4.

Bis in die Abendstunden hinein hatte Petra auf dem Speicher gesessen. Unmengen an Briefen aus Holland, England, Polen und sogar einige aus Irland, hatte sie aus der Truhe und einer zweiten Kiste hervorgekramt, die sie hinter einem samtblauen Ohrensessel gefunden hatte. Auch ein Stapel Liebesbriefe, umwickelt mit einer roten Schleife, lag in der Holzkiste. Nach Jahresdatum, Adresse und Land geordnet, stapelten sich die vergilbten Briefe inzwischen auf dem Küchentisch wie im Kaufhaus auf einem Ladentisch. Für die Briefe in polnischer und holländischer Sprache bräuchte sie einen Übersetzer, die englischen und irischen Briefe konnte sie alleine durchlesen.

In den nächsten vier Tagen tat Petra nichts, als sich auszuruhen, einen Termin bei ihrer Frauenärztin zu vereinbaren, Briefe zu übersetzen und Nachforschungen bezüglich ihrer Ahnen anzustellen. Doch so sehr sie sich bemühte und auch ihren Vater in München anrief und um Hilfe bat, so sehr liefen ihre Ergebnisse ins Leere. Die Ahnengalerie reichte bis ins 16. Jahrhundert. Es war unmöglich, jeden Verwandten zu erfassen. Und wenn die Tote keine Verwandte war, wo sollte sie suchen? Auch der Leinenstoff, in dem das Mädchen eingewickelt war, gab bisher keinen Aufschluss. Petra hatte die Handwerkskammer, Dachkammer und das Weltwirtschaftsarchiv angerufen und um Hilfe gebeten. Doch entweder waren die Mitarbeiter, die ihr weiterhelfen konnten, krank oder im Urlaub.

Die polnischen und holländischen Briefe hatte Petra beiseitegelegt und sich auf die englischen und irischen Briefe konzentriert. Meist las sie sich durch Liebesbriefe junger Menschen, die während des Ersten Weltkriegs gelebt hatten. Briefe, die von Jork nach Irland oder Irland nach Jork gesandt wurden. Es gab also eindeutig eine Verbindung von diesem Haus zu der grünen Insel.

Petra nahm eine Apfelspalte, die Horst auf einem Teller aufgestapelt auf den Küchentisch gestellt hatte. Aufessen. Vitamine sind wichtig, hatte er gesagt. Da verschwieg sie Lüdersen ihre Schwangerschaft, um nicht wie eine Kranke behandelt zu werden, jetzt fing Horst an. Sie musste das schnellstens unterbinden, überlegte sie, als ihr Handy auf dem Küchentisch vibrierte. Ohne auf die Anruferkennung zu achten, nahm sie ab.

»Taler«, sagte sie, als Oberkommissar Nils Seefeld kurz darauf den Satz sagte, den sie nicht hören wollte.

»Wir haben eine Leiche, Chefin.«

»Seefeld, heute ist zwar Montag, aber ich bin erst nächsten Montag im Dienst. Können Sie nicht …«

»Nein. Unser verehrter Chef Friedrichsen und Staatsanwalt Puhphal sind schon auf dem Weg. In der Straße Dirkensweg in Meckelfeld liegt ein Mann auf seinem Sofa.«

»Und was macht er da? Ein Mittagsschläfchen?«

»Mit einer Axt im Schädel ist das sicher ungemütlich.«

Petra stöhnte. »Wer ist es?«

»Gustav Hilken, Witwer, achtzig Jahre.«

»Wer hat ihn gefunden?«

»Zwei Braunschweigerinnen. Eine Siebzehnjährige mit ihrer Mutter. Er wollte sie abholen, weil sie heute mit dem Autozug nach Sylt fahren wollten. Als er nicht kam und nicht an sein Telefon ging, machten sie sich Sorgen und sind zu ihm gefahren.«

»Von Braunschweig nach Meckelfeld?«

»Nein. Sie wohnen in einem Meckelfelder Hotel. Sie kamen zum achtzigsten Geburtstag des Herrn Hilken. Der Geburtstag war Freitag. Heute, am Montagmittag, wollten alle drei in den Urlaub.«

»Okay, Seefeld, das langt für den Anfang. Ich fahr gleich los.«

Petra schlüpfte in die Turnschuhe, zog die Steppjacke an, steckte eine Wasserflasche und das Paket Butterkekse in die Handtasche und eilte aus der Haustür. Als sie im Blauen den Schlüssel drehte und der Motor mit bekanntem Brummen antwortete, fiel ihr ein, dass sie Friedrichsen und Staatsanwalt Puhphal am Tatort treffen würde.

»Tut mir leid, mein Blauer«, sagte sie und streichelte das Lenkrad. »Ich verspreche dir, zum alten Eisen gehörst du noch lange nicht.« Petra stieg wieder aus und wühlte aus ihrer Handtasche das Plastikei. Sich am Lenkrad des BMWs hochziehend, hangelte sie sich auf den Fahrersitz, drückte den Startknopf und lenkte rückwärts, bis sie den Wagen wenden konnte. Wo war nur dieser verdammte Knopf, von dem Heiner gesprochen hatte, der den Wagen elektrisch tieferlegte?

Sie lenkte die Auffahrt ihres Bauernhauses hinunter und weiter auf die Königreicher Hauptstraße. Der Verkehr war zäher als gewöhnlich, was an den vielen Traktoren lag, die während der Erntezeit mit ihren Anhängern geladener Äpfel und Birnen durch das Alte Land tuckerten. Petra kannte die enge, zweispurige Fahrbahn mit den vielen, engen Kurven und verstand nicht, wenn stadtfremde Wagen riskante Überholmanöver erprobten, nur, um später in Seitenlage auf dem Deich zu landen. Geduld war gefragt, von der sie allerdings momentan auch wenig besaß. Petra drückte aufs Gaspedal und überholte waghalsig einen Traktor, der mit seinen zwei Hängern die Landstraße entlangkroch. »Herrschaftszeiten, was knatterst du hier so langsam durch die Prärie.« Sie fluchte und machte einen kleinen Schlenker. Vor dem Traktor ordnete sie sich wieder in die Fahrbahn ein. Der Wagen hatte Pfeffer unter dem Hintern. Sie lächelte und gab erneut Gas, als es über die Estebrücke ging. Vorbei an Apfelpantagen, wo Pflücker ihre Arme zu Bäumen hochreckten, wie den vielen reetgedeckten Bauernhäusern mit plattdeutschen Segenssprüchen über Hauseingängen.

Nach einer guten halben Stunde war sie in Meckelfeld am Anfang der Straße Dirkensweg angekommen. Als sie in die 30er Zone einbog, ging sie vom Gas. Vor einem weißen Haus mit verwildertem Vorgarten parkte Seefelds Hyundai und Friedrichsens Dienstwagen. Ein Streifenwagen mit blinkendem Blaulicht stand neben dem Wagen der Spurensicherung. Einige Nachbarn steckten hinter Gartenzäunen oder auf dem Bürgersteig wispernd die Köpfe zusammen. Petra parkte auf der anderen Straßenseite hinter Heiner Jensens Wagen, stieg aus und ging auf die Dreiergruppe der Männer zu.

»Und Sie, Frau Taler, sind hierfür verantwortlich?«, begrüßte der Staatsanwalt sie wenig herzlich.

»Wurden wir uns schon vorgestellt? Herr …«

»Entschuldigung. Toralf Puhphal, Staatsanwalt. Vertretender Staatsanwalt für Herrn Jan Lorenzen.«

»Sie meinen Ihren Kollegen Jan Maria Lorenzo Lüdersen.«

»Natürlich«, sagte der Mann ohne den Anflug eines Lächelns.

Toralf Puhphal trug einen dunkelblauen Anzug und einen steingrauen Trenchcoat. Petra schätzte ihn auf Mitte fünfzig und ein paar Zentimeter kleiner als sie mit einem Meter zweiundsiebzig. Puhphal, mit braunlederner Aktentasche unter dem Arm, ähnelte eher einem Gerichtsvollzieher, der zu einem Termin anrauschte, als einem Staatsanwalt. Dennoch konnte Puhphal, wie Lüdersen erzählte, ordentlich in die Luft gehen. Und das tat er, nahm man ihn beim ersten Zusammentreffen nicht ernst, was möglicherweise an seiner Größe oder der 70er-Jahre-Hornbrille oder daran lag, dass im Gericht getuschelt wurde, er habe auf dem Rücken einen Löwenkopf tätowiert. Ein Beweis stand bisher aus. Allerdings langte der Gedanke an eine gigantische Löwenmähne, die auf einem Rücken Platz gefunden haben sollte, der sich im Größenverhältnis eines Zwölfjährigen bewegte.

Petra stellte sich den hageren Mann im bodenlangen schwarzen Talar vor, der ihn mit Sicherheit verschluckte. Der Film *Big*, in dem Tom Hanks die Hauptrolle spielte, schoss ihr durch den

Kopf. Besonders die Schlussszene, in der sich Hanks von einem erwachsenen Mann in einen zwölfjährigen Jungen zurückverwandelte, wie der Anzug, der um seinen Kinderkörper schlackerte, gingen ihr nicht aus dem Kopf. Für sie mussten Männer groß sein, dunkle Augen und dunkle Haare haben. So wie Lüdersen. Sie vermisste ihn.

Wie schön war ihre letzte gemeinsame Nacht vor ihrem Abflug nach Hamburg. Er hatte gekocht, den Picknickkorb gepackt und war mit ihr zu seinem Lieblingsstrand nach Borgo Marinari gefahren. In die kleine Bucht mit dem feinen, weißen Sandstrand verirrte sich kaum ein Mensch. Sie tranken Wein, aßen den Salat aus Tomaten, Mozzarella und Rucola und Lüdersens gefüllten Gemüseteigtaschen. Zum Nachtisch fütterte er sie mit einer köstlichen Panna cotta und Weintrauben, die nach der Süße des Südens schmeckten. Im kleinen Spiel der Verliebten hatte er sie geküsst, bis ihr fast die Luft wegblieb und im weichen Sand geliebt. So intensiv und mit dieser Leidenschaft, die sie jedes Mal so glücklich machte, wenn sie zusammen waren. Anschließend hatten sie sich auf den Rücken gelegt und die Sterne beobachtet. Hand in Hand lagen sie, noch immer schweißnass von ihrem Liebesspiel, unter freiem Himmel. Gestern Abend hatten sie lange geskypt. Da hätte sie die Gelegenheit gehabt, ihm zu sagen, dass sie ein Baby erwarteten. Sie hatte geschwiegen.

Toralf Puhphal blickte Petra missmutig an, sein Gesicht zu einer unfreundlichen Maske verzogen. Nils Seefeld und Uwe Friedrichsen schmunzelten. Petra war klar, woran sie dachten. Wenn die beiden ein Wort über den Mord sagten …

»Na, Frau Taler, wie fährt der Schlitten?«, wollte Friedrichsen nun von Petra wissen.

»Gut. Sagen Sie mir jetzt, wer mir dieses Monster aufgedrückt hat.«

»Später, Frau Taler. Später. Funktioniert alles zu Ihrer Zufriedenheit?«

»Ja«, sagte Petra scharf.

»Haben Sie den Polizeifunksender eingestellt?«

»Ich habe keinen gefunden.« Sie hatte überhaupt nicht gesucht zwischen all den Knöpfen am Armaturenbrett und Lenkrad.

»So, na ja. Ich werde veranlassen, dass man Ihnen eine kleine Einweisung erteilt und die Frequenz einstellt. Wir sind ja nicht mehr dazu gekommen, so schnell waren Sie aus dem Büro verschwunden.«

»Ich hatte noch über eine Woche Urlaub und auch jetzt bin ich eigentlich erst am Montag nächster Woche wieder im Dienst. Sie erinnern sich, Chef. Mein Sonderurlaub. Sie haben ihn genehmigt.«

»Ja. Machen Sie Urlaub, wenn der Fall gelöst ist«, sagte Friedrichsen mit seiner abwimmelnden Art, die Petra wieder innerlich stöhnen ließ. Wie konnte ein Polizeirat nur so oberflächlich mit Fällen oder dem Anliegen seiner Mitarbeiter umgehen.

Irenäus Kowalski, der Chef der Spurensicherung, unterbrach das Gespräch. Mit breitem Grinsen kam er auf Petra zu.

Petra konnte ihn nicht ausstehen. Seine frauenfeindlichen Witze über Kinder, Kirche und Küche, trieben sie regelmäßig zur Weißglut und so weit, bis sie die verwegensten, urbayrischen Flüche ausstieß, die sie im hohen Norden vermeiden wollte. Wäre er nicht ein professioneller Ermittler in seinem Beruf, zumindest waren Kollegen dieser Meinung, hätte sie ihn längst geviertelt und zu Weißwürsten verarbeitet. Bei dem Gedanken, Kowalski durch den Fleischwolf zu drehen, schmunzelte sie. Ein interessanter Mord. Erst vierteln und ab durch den Fleischwolf. Eine Weißwurst mit süßem Senf. Petra lief das Wasser im Mund zusammen, und gleichzeitig schüttelte sie sich ihrer morbiden Gedanken. »Herr Kowalski, was haben Sie für uns?«, fragte sie mit letzten Gedanken an Weißwürste.

»Die Frau Taler, braun gebrannt und erholt aus Neapel heimgekehrt und schon gibt es einen Mord.«

Petra hörte leises Lachen hinter ihrem Rücken.

Das musste ja kommen. Einer riss immer sein blödes Maul auf.

»Was ist nun?«, knurrte Petra ungeduldig, ohne Kowalskis Bemerkungen zu kommentieren. Irenäus Kowalski war klein und rund. Sein birnenförmiger Kopf saß ohne Übergang auf seinem Körper und war eingefasst von einem graubraunen Haarkranz, dessen längste Strähnen er über seine Platte kämmte. Es fehlten nur ein wenig Schminke und eine rote Pappnase, um als Kindergartenclown sein Geld zu verdienen.

»Es gibt keine Einbruchsspuren, weder an der Haustür noch an der Terrassentür, die im Übrigen aus Sicherheitsglas besteht«, sagte der mit aufgesetzter grimmiger Miene, als hätte er Petras Gedanken erraten. »Wobei Sicherheitsglas auch nicht gleich Sicherheitsglas ist, auch da kommt man durch, wenn man weiß wie. Und das Glas an der Terrassentür ist kein hochwertiges Material. Sogar der Stempel, die Gravur, die es als Sicherheitsglas ausweist, ist undeutlich.« Kowalskis Mundwinkel spannten an. Sein Clownsgesicht glühte. »Für das Türschloss der Haustür hat er nur ein paar Cent ausgegeben. Billigste Ware. Ich verstehe die Leute nicht, da kaufen sie ein schickes Auto, fahren in den Urlaub, aber für die Sicherheit an ihrem Haus haben sie keinen Cent über«, sagte er kopfschüttelnd. »Na jedenfalls wäre das Türschloss mit einer Telefonkarte, Bankkarte oder mit einem anderen flachen Gegenstand leicht aufzuhebeln. Dauert keine Minute.«

»Schön. Und ist das hier gemacht worden?«, fragte Petra ungeduldig.

»Das kann ich nicht feststellen.«

»Dann war es ein Raubmord«, spurtete Friedrichsen los.

»Was wollen Sie denn da drinnen holen? Ist alles Schrott.« Kowalski legte die Stirn in Falten und schüttelte erneut den Kopf.

»Das weiß man bei Einbrechern nie, die können alles gebrauchen«, erwiderte Friedrichsen und nickte Staatsanwalt Puhphal zu, als müsse er sich Zustimmung abholen.

Dieser sah ihn mit ungerührter Miene an und fragte: »Wie ist es mit Fingerabdrücken, Herr …?«

»Kowalski. Ja. Es gibt Abdrücke vom Opfer und Abdrücke einer dritten und vierten Person. Auf der Klingel fand sich ebenfalls ein Abdruck. Wir jagen alles durch das AFIS.«

Petra nickte. Hatte der Mörder keine Handschuhe getragen und war in der AFIS registriert, erfuhren sie das in kürzester Zeit. Auf das Automatisierte Fingerabdruckidentifizierungssystem, mit Millionen gespeicherter Fingerabdrücke, konnten sie sich verlassen. »Dann kam der Täter nicht durch die Terrassentür, weil die aus Sicherheitsglas besteht«, stellte Petra fest. Ihre Kopfhaut kribbelte, wie immer, wenn erste Geheimnisse in einem Fall auftauchten.

»Das sagte ich, Frau Taler.« Kowalski warf Petra einen irritierten Blick zu.

»Hat er es versucht?«

»Ja. Es gibt Spuren. Kratzer am Holzrahmen und auf dem Glas, diese sind aber kaum verwertbar. Lange hat er sich nicht aufgehalten und ist zum versteckt liegenden Nebenfenster übergegangen. Hier hat er die Scheibe mit einem Glasschneider bearbeitet. Allerdings äußerst unsachgemäß.«

»Was heißt unsachgemäß?«

»Dass der Schnitt zu schwach und ungleichmäßig auf das Glas traf. Bei jedem Zentimeter wurde neu angesetzt. Ein geübter Einbrecher zieht den Schneider in einer Rundung durch und hebelt das Glas heraus. Hier ist es rausgebröselt und die Scherben lagen auf dem Fensterbrett und auf dem Teppich. Das war kein Fachmann. Aber wenn Sie mir jetzt bitte alle folgen wollen. Ich hab da noch etwas.« Kowalski setzte seine ein Meter zweiundfünfzig in Bewegung und marschierte, gefolgt von Petra, Seefeld, Friedrichsen und Puhphal in die quadratische Diele des weißen Einfamilienhauses. Auf rechter Seite lag die Küche, wo zwei Frauen an einem Küchentisch saßen. Einen Meter weiter auf linker Seite führten steile Steinstufen in den Keller, geradeaus lag das Wohnzimmer.

»Was für eine Hitze«, sagte Petra, nickte zwei Kollegen aus

Kowalskis Team zu und drängte an der offenstehenden Wohnzimmertür vorbei in den Raum.

Auf einem Dreiersofa mit verschmutzter Polsterung lag ein schmächtiger, weißhaariger Mann. Sein Gesicht war dreieckig, die Nase knollenförmig mit großen Poren und wirkte für den kleinen Kopf zu mächtig. Seine Augen waren geschlossen. Er trug eine dunkelblaue Jeanshose, und ein blauweißes gestreiftes Baumwollhemd steckte im Hosenbund, der mit einem braunen, schmucklosen Ledergürtel gehalten wurde. Vor dem Sofa standen schwarze Lederpantoffeln. In seinem Schädel steckte, bis zu Dreiviertel eingedrungen, die Schneide einer Axt. Dunkelrot verkrustetes Blut färbte sein restlich verbliebenes weißes Haupthaar und das cognacfarbene Sofakissen unter seinem Kopf. Im Raum lag dieser typische Alte-Leute-Geruch, der Petra sofort bei Eintritt ins Haus aufgefallen war und der sich mit dem beginnenden Verwesungsgeruch der Leiche in der Raumwärme vermischt hatte. So wie das Opfer dalag, konnten sie einen Kampf ausschließen. Petra sah zur Terrassentür. Dort, wo ein gepflegter Garten sein sollte, lagen aufgeschüttete Erdhaufen, ragten Baumstümpfe aus der Erde, verfaulten Äpfel zwischen abgeholzten Ästen und letzten vertrockneten Herbstblühern. Ein verwildertes Grundstück, das einen trostlosen Anblick bot.

»Wo sind die Zeugen, die den Toten, wie heißt er noch, gefunden haben?« Petra sah zu Seefeld.

»Gustav Hilken. Mutter und Tochter, sitzen in der Küche«, antwortete Seefeld.

»Gut. Sie sollen dableiben, bis ich mit ihnen gesprochen habe. Gibt es eine Frau im Haus?«

»So weit ich bisher herausbekommen habe, war er Witwer«, erklärte Seefeld weiter.

Petra nickte und wandte sich an den Rechtsmediziner, der über dem Opfer gebeugt seiner Arbeit nachging. »Morgen, Heiner. Das Handy auf dem Tisch, gehörte es dem Toten?«

Jensen sah aus seiner gebeugten Haltung zu Petra hoch, seine

Augen begegneten den ihren. Er zuckte die Achseln. »Moin, Petra. Meins ist es nicht.«

»Mitnehmen.« Petra hielt einen Spusikollegen am Ärmelstoff vorm Weitergehen zurück. »Wie sieht es aus, Heiner, was kannst du uns zum Todeszeitpunkt sagen?«

Heiner Jensen stellte sich aufrecht, grüßte Puhphal und Friedrichsen mit kurzem Nicken und sagte: »Zwei Tage. Achtundvierzig bis zweiundfünfzig Stunden ist er tot. Und wie unschwer an den Leichenflecken zu erkennen, die sich nur auf dem Rücken ausgebreitet haben, ist Fundort gleich Tatort. Er wurde auf dem Sofa erschlagen und nicht mehr bewegt.«

»Die Tat geschah am Samstagvormittag.«

Heiner Jensen wiegte unschlüssig den Kopf. »Vielleicht auch am Freitagabend oder erst Sonntagvormittag. Ist dir aufgefallen, dass es hier drinnen brütend heiß ist? Die Heizung im gesamten Haus steht auf volle Pulle. Das ist ein Grund, warum der Verwesungsprozess bereits frühzeitig eingesetzt hat und es hier drinnen müffelt.« Jensen deutete mit dem Kinn auf das fahlblaue Gesicht der Leiche. »Ich hab schon Leichen gesehen, die waren drei Tage tot und sahen aus, als wären sie es seit drei Wochen. Die Temperatur kann viel verschleiern. Und in seinem Alter wäre es verwunderlich, wenn er keine Medikamente eingenommen hat, was den Geruch verstärkt. Ausdunstung und so, aber alles erst …«

»Nach der Obduktion. Schon klar. Aber wenn das Fenster offenstand, müsste es hier drinnen kühler sein.«

»Das Loch in der Fensterscheibe ist nicht sonderlich groß, Petra. Der Einbrecher hat mit einem Glasschneider nur ein faustgroßes Loch geschnitten. Gerade so, um durch die Scheibe greifen und den Fensterriegel öffnen zu können. Als wir eintrafen, war das Fenster angelehnt. Ein Blumentopf stand auf dem Fensterbrett, damit der Wind die Scheibe nicht in den Raum drücken konnte. Außerdem, wie ich schon sagte, war die Heizung in jedem Raum dieses Hauses voll aufgedreht.«

»Genau«, mischte sich Kowalski ein. »Das war, was ich Ihnen sagen wollte. Der Blumentopf vor dem Fenster.«

Petra nickte zu Kowalski. »Merkwürdig. Welcher Einbrecher stellt einen Blumentopf vor das Fenster? Kowalski, haben Sie Erde im Wohnzimmer gefunden? Oder Fußabdrücke?«, rief sie dem Kollegen der Spurensicherung zu, der inzwischen vor der Terrassentür mit einem Pinsel am Fensterbrett hantierte.

»Nein. Drinnen ist alles sauber. Der ist in Socken rein. Hier draußen sehen wir nach Schuhabdrücken. Vielleicht finden wir Brauchbares.«

»Ein Einbrecher, der in Socken durch das Fenster einsteigt, einen alten, schlafenden Mann mit einer Axt erschlägt, ein paar Schubladen aufreißt und durchwühlt, einen Blumentopf vor das Fenster stellt und …« Petra stockte.

»Das ist unwahrscheinlich, Frau Taler«, bemerkte Friedrichsen. »Wie soll er denn durch das Fenster wieder rausgekrabbelt sein, wenn der Blumentopf auf dem Fensterbrett stand.«

»Er ist durch die Vordertür raus, hat seine Schuhe geholt, die auf der Terrasse standen, und ist abmarschiert.« Ihre Erklärung stimmte Petra unzufrieden. In ihrer Laufbahn als Polizistin waren ihr schon einige merkwürdige kriminelle Handlungen begegnet. Ein Einbrecher, der auf Strumpfsocken einbricht, einen Mann erschlägt, einen Blumentopf vor das eingeschlagene Fenster stellt, ums Haus läuft und sich seine Schuhe wieder anzieht, war nicht darunter.

»Nur so funktioniert es«, stimmte ihr Friedrichsen zu.

»Stimmt, Chef. Nur logisch ist das nicht.«

»Wann haben wir es schon mit logischen Verbrechen zu tun, Frau Taler?«

Petra ließ Friedrichsens Frage unbeantwortet und wandte sich an Jensen: »Heiner, wie viel Kraft ist notwendig, damit eine Axt in einen Schädel eindringt, wie es hier geschehen ist?«

»Nicht viel. Ist, als wenn du in eine Wassermelone schlägst. So ungefähr kannst du dir den Widerstand eines Kopfes vorstellen.

Aber was ich noch sagen will: Hilken hat geschlafen, sonst läge sein Körper in anderer Position und der Kopf wäre zum Fenster gewandt. Und falls du einverstanden bist, würde ich die Axt gerne aus dem Kopf entfernen.«

Petra antwortete dem Rechtsmediziner mit kurzer Handbewegung und wendete den Blick zu den Büchern in der Schrankwand, den zwei herausgerissenen Schubladen, verstreuten Papieren und dem eingeschlagenen Fenster. Ihr Magen begann zu grummeln und eine Übelkeit machte sich breit. In ihrem Mund sammelte sich Spucke. Petra versuchte zu schlucken, dann rannte sie auch schon los Richtung Haustür.

»Petra! Hallo? Ist alles in Ordnung?«, rief ihr Jensen hinterher. Petra hörte nicht mehr zu. Sie rannte hinter die Garage und erbrach sich neben einem Gestrüpp abgeknickter Sonnenblumen.

Das war wohl die anhaltende Morgenübelkeit, über die ihre Frauenärztin letzte Woche gesprochen hatte. Lächelnd hatte sie abgewunken und gemeint, ihr ginge es blendend und ihr würde so etwas nicht passieren. Sie wischte mit dem Jackenärmel über den Mund. Ein Ehepaar spazierte vorbei und sah sie kopfschüttelnd an. Ich bin schwanger und nicht besoffen, hätte sie ihnen gerne entgegengeschleudert, doch sie spuckte noch einmal aus und suchte nach den Lakritzpfötchen in der Jackentasche. Sie griff in die Tüte und steckte sich eine kleine Handvoll in den Mund. Der säuerliche Geschmack vermischte sich mit süßherbem Lakritz. Sie kaute, atmete tief durch und ging zurück ins Haus. Friedrichsen, Puhphal, Seefeld und Jensen sahen sie irritiert an.

»Ist alles in Ordnung mit Ihnen? Sie sehen etwas blass aus.«

»Alles in Ordnung«, log sie Friedrichsen an, obwohl ihr noch immer mulmig im Magen war. Mit der Zunge versuchte sie, klebrige Lakritzstückchen von der Innenseite der Zähne zu pulen. »Ich hab nur was Falsches gegessen. Wie geht's hier weiter, Heiner?«, sagte sie und beobachtete, wie der Rechtsmediziner die Axt in einer Beweistüte verstaute und einem Spusikollegen übergab.

»Ich nehme den Herrn jetzt mit, falls ihr ihn nicht mehr braucht«, antwortete er.

»Sicher. Noch eine Frage. Wieso ist er nicht aufgewacht, als das Fenster aufgebrochen wurde?«

»Tja, Petra«, sagte Jensen. »Möglich er war im Tiefschlaf. Wenn ich penne, kannst mich raustragen. Ich krieg dann auch nichts mit.«

»Hm.« Jensens Antwort stimmte sie nachdenklich. Ihr Blick wanderte in den Flur. »Ich sehe keinen Koffer. Ich dachte, er wollte in den Urlaub. Hat jemand Gepäck gesehen?« Sie warf einen Blick in die Runde der Spusikollegen.

»Das Gepäck liegt im Kofferraum seines Wagens«, erklärte ein junger, blonder Kollege. Ein Neuzugang in Kowalskis Truppe.

»Danke. Ich versteh das nicht, Heiner. Warum stellt man die Heizung an und macht noch ein Schläfchen, wenn man Gäste abholen und in den Urlaub fahren will? Das passt nicht zusammen«, überlegte Petra laut.

»Vergiss nicht, er liegt höchstwahrscheinlich seit Samstag hier auf dem Sofa. Wir haben Montag und er wollte erst heute Mittag in den Urlaub.«

»Aber das Gepäck hat er bereits in den Wagen gebracht. Was ist mit Zahnbürste, Shampoo oder Tabletten bis zur Abreise?« Petra schüttelte den Kopf. »Wurden Fingerabdrücke vom Stiel genommen?«

»Irma!«, rief Jensen durch das Zimmer. »Habt ihr Fingerabdrücke vom Axtstiel gesichert?«

»Sicher. Wofür hältst du mich? Für einen Praktikanten?« Bei dem Wort Praktikanten sah sie, wie der blonde Spusikollege Kowalski einen beleidigten Seitenblick zuwarf. »Bei einer Axt heißt das übrigens Stielknauf, Heinerle«, tönte es aus Richtung der Terrasse. Irenäus Kowalski, auf der Wache als »dreifingrige Irma« bekannt, weil ihm an der linken Hand der kleine und der

Ringfinger fehlten, stand mit einem Kollegen am zerbrochenen Fenster. In der Hand hielt er einen grauen Kasten, in der ein Schuhabdruck einer Gipsform aushärtete.

»Warum hat der Täter die Axt nicht mitgenommen? Warum lässt er sie in Hilkens Kopf stecken?«

»Das wirst du rausfinden, liebe Kollegin.« Heiner Jensen stellte sich vor Petra und grinste übermütig. »Kann ich dir sonst noch etwas Gutes tun?«

Was sollte diese Frage jetzt? Spielte er auf ihre gemeinsame kleine Liaison an, von der sie Lüdersen nichts erzählt und über die Heiner geschworen hatte, den Mund zu halten?

»Was ist mit den oberen Zimmern? Sind sie untersucht?«, fragte Petra, ohne Jensen zu antworten.

»Sprich mit Irma. Ich bin nur für das Opfer zuständig. Und wenn es dir sonst gutgeht …« Heiner Jensen griff zu seinem Metallkoffer.

»Einen arbeitsreichen Tag, Heiner«, sagte sie knapp und an Seefeld gewandt: »Wie sieht es mit den Nachbarn links, rechts und gegenüber aus, haben die etwas gesehen oder gehört?«

»Ich bin kurz vor Ihnen angekommen, Chefin. Mit denen hab ich noch nicht gesprochen.«

»Verstehe. Dann sollten wir damit anfangen, nachdem die Braunschweigerinnen befragt wurden.«

»Wenn ich mich vorher kurz einmischen dürfte«, sagte ein Uniformierter, der neben zwei schwarzgekleideten Männern des Bestattungsunternehmens stand und den Petra bisher nur aus den Augenwinkeln wahrgenommen hatte. »Mein Name ist Ralf Busche, Oberwachtmeister der Meckelfelder Wache. Bei Herrn Hilken wurde in diesem Jahr bereits viermal eingebrochen.« Der Uniformierte trat ein paar Schritte vor und stellte sich neben eine in die Jahre gekommene Kiefernanrichte, auf der in Glaspapier eingewickelte Magnum-Wein- und Schnapsflaschen, Pralinenschachteln, ein Präsentkorb und jede Menge an Geburtstagskarten standen. Aufgedruckte goldfarbene 80, einfachere, schlichte

Blumenkarten und die üblichen Spruchkarten, die Glück, Gesundheit und Reichtum wünschten. Gustav Hilken hatten die Glückwünsche weder Gesundheit noch Glück gebracht.

»Wie? Und da rücken Sie erst jetzt mit raus?« Friedrichsen krauste entrüstet die Stirn, sodass sich seine Falten zu einem dicken Balken formten.

»Ich wollte Ihre Ermittlungen nicht stören. In diesem Jahr gab es in Meckelfeld und nach Hittfeld runter etliche Einbrüche«, sagte Busche, als müsse er sich entschuldigen.

»Und darüber haben Sie selbstverständlich ausführliche Unterlagen«, setzte nun Puhphal betont hinterher.

»Selbstverständlich. Alle Unterlagen liegen auf der Wache.«

»Die werde ich einsehen.« Staatsanwalt Puhphal ruckelte an seiner senfgelben gestreiften Krawatte und rückte die Hornbrille auf der Nase zurecht. Petra glaubte, dass er hinter seiner Hornbrille Friedrichsen zublinzelte.

»Ja, ich auch«, sagte Friedrichsen. »Das erledigen wir sofort. Frau Taler, Sie kommen mit Kollege Seefeld alleine klar. Ich erwarte Sie beide später in meinem Büro.«

»Sicher, Chef. Vielleicht möchte Kollege Seefeld auch die Meckelfelder Wache besichtigen.« Petra biss sich auf die Unterlippe. Das Friedrichsen am Tatort aufgetaucht war, um Puhphal Präsenz zu zeigen, war deutlich. Und dass er froh war, den Tatort schnellstens wieder zu verlassen, war ebenfalls nicht zu übersehen.

»Nein, das ist Chefsache«, sagte Seefeld. Schmunzelnd drehte er Puhphal und Friedrichsen den Rücken zu.

Das hatte ihr noch gefehlt. Friedrichsen und Puhphal, ein Gespann, das sie für ihre Ermittlungen brauchte.

»Konnten Sie Festnahmen verzeichnen, Herr Kollege?«, fragte Petra den Oberwachtmeister, während sie Gesprächsfetzen auffing, die Seefeld mit den Männern des Bestattungsinstituts wechselte. »Hamburger Gerichtsmedizin und keinen Umweg, nicht anfassen«, schnappte sie auf, bevor sie sich wieder auf Busche konzentrierte.

»Ja. Zeugen berichteten über Kolonnen von teilweise zwei, drei schwarzhaarigen Männern oder mit Kopftuch verschleierten Frauen, die durch die Straßen zogen und jedes Haus ausspionierten. Vor einer Woche nahmen wir einen Syrer fest, der ein Auto im Bohnenkamp aufbrechen wollte. Anwohner wurden auf den Mann aufmerksam, als der die Straße über eine halbe Stunde rauf und runter marschierte. Im August, im Gewerbegebiet, erwischten wir drei Rumänen. Wir überraschten sie auf unserer Tour, als sie Kreidezeichen an Gartenzäune kritzelten. Diese Hieroglyphen, Zinken, die den Dieben erklären, ob jemand zu Hause ist, ob alte Menschen im Haus wohnen, alleinstehende Frauen, oder ob es überhaupt was zu holen gibt.«

Petra nickte. »Ich las es in der Zeitung.«

»Ja. Die Zinken, Zeichen, wurden mehrmals abgedruckt, um die Hausbesitzer aufmerksam zu machen. Doch es ist keine Straftat mit Kreide zu zeichnen, auch nicht, wenn es sich um Diebeszeichen handelt. Wir nahmen die Personalien der drei Männer auf und ließen sie laufen.« Oberwachtmeister Ralf Busche machte eine kleine Pause und seufzte, dann sagte er: »Man will ja nicht alles auf die armen Menschen schieben, die vor dem Krieg fliehen. Allerdings kann die Tatsache, dass seit dem Menschenstrom, der uns überrollt, die Verbrechensrate gestiegen ist, niemand unter den Teppich kehren. Auch nicht die Damen und Herren Politiker. Es wird immer mehr, Frau Taler, darauf müssen wir uns als Beamte, und auch die Bürger sich einstellen.

»Wie kommt es, dass Sie jetzt hier im Haus sind?«, fragte Petra.

»Ihre Dienststelle informierte uns«, antwortete Oberwachtmeister Ralf Busche. Busche war dreißig, vielleicht fünfunddreißig. Er hatte hellblondes Haar mit beginnenden Geheimratsecken. Seine blauen Augen gaben seiner Person einen aufgeweckten Eindruck.

Petra nickte. Erneut sah sie sich um und fragte sich, was es mit diesem Haus auf sich hatte. Warum wurde *hier* viermal eingebrochen? Die Wohnzimmercouch war abgesessen und die ehemals bunte Farbmusterung verdeckte eine Schmutzschicht. Die vergilbte Kiefernschrankwand, die eine Wandseite einnahm und mit Büchern und Nippeskram bestückt war, war sicher dreißig Jahre alt. Auch fanden sich keine sichtbaren antiquarischen Gegenstände im Raum, die einen Einbruch gelohnt hätten. Und da keine Gardinen die Einsicht in die Räume im Erdgeschoss verdeckten, konnten sich Einbrecher leicht einen Überblick verschaffen. Was hatte die Diebe magnetisch angezogen, in dieses Haus einzubrechen? Und warum lag das Handy des Toten auf dem Tisch, stand der Laptop auf dem Esstisch im Wohnzimmer, der Flachbildschirm an seinem Platz und wurden die Geburtstagsgeschenke nicht angerührt? Irgendetwas passte bei diesem Einbruch und Mord nicht zusammen.

5.

Elisa und Brigitte Gierling aus Braunschweig saßen mit einer Beamtin am Küchentisch, als Petra und Seefeld die Küche betraten. In der Küche roch es so ungelüftet wie im Wohnzimmer. In der Spüle standen eine halbgefüllte Tasse Kaffee und ein Teller mit Brötchenkrümeln, am Tellerrand klebte abgestreifte Butter und rotkörnige Marmelade. Das graue Resopal der Arbeitsplatte splitterte an einigen Stellen und war ebenso in die Jahre gekommen, wie der Rest der Kücheneinrichtung. Den Blick aus dem Fenster verhinderten herunterhängende Blätterzweige und die Trübe des Glases, das schon länger nicht geputzt worden war. Beides legte nur eine magere Aussicht auf einen handtuchbreiten Sandweg frei.

»Frau Gierling«, begann Petra, nachdem die Beamtin die Küche verlassen hatte. »Mein Name ist Petra Taler, ich bin Kommissarin aus Harburg, und das ist mein Kollege Oberkommissar Nils Seefeld.« Petra schwenkte den Blick kurz zu Seefeld, dann zu der Siebzehnjährigen. »Und Sie, oder darf ich du sagen?«

»Ja, ich bin Elisa, und du ist okay.« Sie nickte mit dem Kopf. Blonde Ponysträhnen fielen ihr in die Augen.

»Dich möchte ich bitten, mit meinem Kollegen ins Wohnzimmer zu gehen.« Zeugen vernahm Petra immer getrennt. Etwaige Unstimmigkeiten in den Aussagen konnten so besser erkannt und gedeutet werden. Sie sah Seefeld und Elisa nach und wandte sich an die Mutter: »Nun zu Ihnen, Frau Gierling. Was können Sie mir erzählen? Woher kennen Sie Herrn Hilken? Was hat Sie heute Morgen veranlasst, zu ihm zu fahren?

Wie haben Sie Herrn Hilken gefunden? Alles, was Ihnen einfällt.«

Die blonde Endvierzigerin zuckte die Schultern. Ihr Gesicht trug tiefe Stirn- und Augenfalten. Ihre Haut war aschgrau, und kalter Nikotingeruch umflog ihre Person. Ihre auffallend ordinäre Kleidung mit den schwarzen Leggins, dem bunten Minirock und der eng an der Brust aufspringenden Bluse, die eine Nummer größer dezenter gewirkt hätte, ließ guten Modegeschmack vermissen. Der dreifingerbreite graue Ansatz ihrer blond gefärbten Haare verriet den seit Monaten verpassten Friseurbesuch.

»Meine Tochter und ich«, begann Brigitte Gierling, »sind letzte Woche in Meckelfeld angekommen. Eigentlich wollten wir nur zu Gustavs Geburtstag, doch da wir noch nie in Hamburg waren, sind wir früher angereist, um uns die Stadt anzusehen.«

Ihr nikotingeschwängerter Atem verursachte bei Petra erneute Übelkeit. Sie stand auf und kippte das Küchenfenster. Eine Spinne, gestört in ihrer Ruhe, hangelte sich über das Glas und ließ sich auf einer Blattspitze nieder.

»Gustav hat uns ein Hotelzimmer gleich bei sich in der Nähe gebucht und …« Sie stockte.

»Ja?«, hakte Petra nach, als Brigitte keinen Versuch unternahm weiterzusprechen.

»Wer zahlt jetzt das Zimmer, wenn Gustav tot ist? Ich bin Hartz IV-Empfängerin. Gustav hat alle Rechnungen übernommen.«

»Wann war der Geburtstag des Herrn Hilken?«, fragte Petra ungerührt, ohne auf Brigittes Frage einzugehen.

»Am letzten Freitag.«

»Wann haben Sie die Feier verlassen und sind wieder ins Hotel?«

»Das war spät. Um ein Uhr früh muss es gewesen sein.«

»Ich hörte, Sie wohnen in Braunschweig. In welcher Beziehung standen Sie zu Herrn Hilken?«

»Beziehung? Wie meinen Sie denn das?«, fuhr die Frau in harschem Ton auf.

»Woher kennen Sie Herrn Hilken? Sind Sie mit ihm verwandt oder …«, versuchte Petra, ihre Frage zu verdeutlichen.

»Ach so. Nein. Wir sind nicht verwandt.« Brigitte Gierling machte eine abwertende Geste mit der Hand. Ihre vier silberfarbenen Armringe klimperten. »Wir kennen ihn seit einem Dreivierteljahr. Meine Tochter wollte ein Jahr nach Kanada. Alleine hätte ich das Geld für den Aufenthalt nie zusammenkratzen können. Also haben wir uns an einen Radiosender gewandt und einen Aufruf gestartet, wer Elisa finanziell unterstützen kann.«

»Und Herr Hilken hat sich gemeldet?«

»Ja«, sagte sie kurz. Das Gespräch mit der Kommissarin schien ihr unbehaglich. Ihr Blick huschte in der Küche umher und ihre Bewegungen wurden stetig unruhiger.

»Was kostet ein Aufenthalt in Kanada?«

Brigitte Gierling vermied Blickkontakt. »Für den Anfang fünfzehntausend Euro«, sagte sie zögerlich.

»Und diese Summe übernahm Herr Hilken?« Petra staunte. Sie hatte mit vier- bis fünftausend Euro gerechnet.

»Ja. Er hörte Elisas Aufruf im Radio und meldete sich sofort. Als wir uns persönlich trafen, war er Feuer und Flamme, dass Elisa auf diesem Weg eine neue Sprache lernen will. Und Geld hatte er ja genug.« Der Blick der Endvierzigerin verdunkelte sich erneut. Mit zusammengekniffenen Lippen schnaufte sie durch die Nase ein und aus. Ihre Gedanken standen ihr auf die Stirn geschrieben.

»Und wann soll es für Ihre Tochter losgehen?« Petras amtliche Überlegung spulte weitere Ermittlungen durch. Kontostand des Toten überprüfen, Familie, Bekannte, Nachbarn befragen. Name des Hotels. Alibis. Gab es eine Lebensversicherung? Wer beerbte Gustav Hilken?

»Sie ist bereits in Kanada bei einer Familie. Zurzeit hat sie drei Wochen Ferien.«

»Dann ist die finanzielle Angelegenheit in dieser Sache abgeschlossen.«

»Ja, seit Donnerstag letzter Woche. Gustav hat die restlichen zweitausend Euro an die kanadische Familie überwiesen. Was ein Glück, sonst …«

Petra nickte nachdenklich. »Frau Gierling, Sie fanden Herrn Hilken heute Vormittag. Erzählen Sie mir den genauen Ablauf bis zu Ihrem Anruf bei der Polizei.«

»Na ja, Gustav wollte uns mit dem Auto um halb zwölf vom Hotel abholen, um mit uns zu den Hamburger Landungsbrücken zu fahren. Bei Fisch-Hädrich wollten wir Scholle mit Speckstippe essen und dann sollte es weiter nach Niebüll auf den Autozug gehen. Eine Woche Sylt hat er für uns gebucht. Elisa und ich waren noch nie auf der Insel. Gustav hat immer so geschwärmt.« Sie sah auf die Uhr. »Das Hotel auf Sylt ist gebucht und bezahlt, wir könnten …« Sie verstummte.

Unglaublich. Petra räusperte sich. »Weiter, Frau Gierling.«

»Ja, was soll ich erzählen. Er kam nicht. Wir haben angerufen. Auf dem Festnetz und auf seinem Handy. Etliche Male. Aber nichts. Dabei hatten wir das am Freitag, als er uns vom Lokal zum Hotel gefahren hat, fest vereinbart. Und er lässt uns sitzen.«

»Herr Hilken hat Sie nicht sitzengelassen, Frau Gierling. Er wurde ermordet.« Petra holte tief Luft.

»Doch nicht von mir!« Die Frau griff zur Zigarettenschachtel, die neben dem Salz- und Pfefferstreuer lag und fingerte eine Zigarette hervor. Bevor sie das Feuerzeug griff, schob Petra es zur Seite.

»Sie können draußen rauchen, wenn wir mit dem Gespräch fertig sind«, sagte Petra bestimmend. Sie hielt Brigitte Gierlings wütendem Blick stand und setzte die Befragung fort. »Verstehe ich richtig … Sie haben Herrn Hilken seit Freitagabend weder gesehen noch gesprochen.«

»Ja, so ist es.«

»Warum nicht? Ich meine, Sie sind zu Besuch in Hamburg.

Gab es keine Sehenswürdigkeiten mehr, die er Ihnen zeigen wollte oder die Sie interessierten?«

»Ja. Nein. Gustav wollte es so. Wir haben die Woche viel unternommen. Dampferfahrt, Stadtrundfahrt, Michel, Museum, Oper. Er hat uns überall hingeführt. Er war ja nicht mehr der Jüngste und dann sein Schlaganfall vor drei Monaten. Glücklicherweise war es nur ein kleiner Anfall. Er hat sich schnell erholt. Doch der Trubel um seinen achtzigsten Geburtstag und der Streit auf der Feier haben ihm wieder zugesetzt. Er wollte sich am Samstag und Sonntag erholen, auf den Friedhof zu seiner verstorbenen Frau fahren und Blumen pflanzen. Wir sollten alleine etwas unternehmen. Das haben wir auch getan. Wir sind nach *Planten un Blomen* in den botanischen Garten, bummelten über die Reeperbahn, besuchten das Panoptikum und gingen in die Colonnaden zum Essen.«

Petras innere Stimme meldete sich. Der Gedanke, Brigitte Gierling hatte die Großzügigkeit des Gustav Hilken nur zu gerne ausgenutzt, ließ sie nicht los. Dennoch hatte sie über die Jahre in ihrem Beruf gelernt, keine voreiligen Schlüsse zu ziehen und vorschnell über menschliches Verhalten zu urteilen, bevor nicht Fakten auf dem Tisch lagen. Ihre schmerzenden Haarwurzeln sahen das anders. Sie machten sich bemerkbar, wenn irgendetwas nicht mit rechten Dingen zuging.

»Ich würde gerne etwas über den Streit auf der Geburtstagsfeier erfahren. Um was ging es?«, fragte sie, während sie der Endvierzigerin fest in die graublauen Augen sah.

»Ich weiß nur, dass es um das Grundstück hinter der Terrasse ging. Gustav wollte oder hat es an seine Nachbarn, die Pracks, verschleudert. Seinen Kindern hat das nicht gepasst. Ich hörte, wie sie im Nebenraum darüber stritten. Ich hab nicht gelauscht, falls Sie das denken. Ich stand an der Salatbar und hab das nebenbei mitgekriegt, wie alle anderen.«

»Welche anderen, Frau Gierling?«

»Die anderen Nachbarn und seine Bekannten, die standen

auch an der Salatbar. Den Rest roter Bohnen hat mir die Alte weggeschnappt. Dabei …« Brigitte Gierling stoppte ihren Satz.

»Wie viele Kinder hat Herr Hilken?«

»Drei. Die wohnen außerhalb. Sie besuchen ihn alle Jubeljahre.«

»Warum?«

»Das ist eine haarige Geschichte. So viel weiß ich nicht. Es geht auch um die Pracks, besonders um diese Melanie und um …«

»Ja?«

»Na ja, Familiengeschichten. Solche, die überall auftauchen. Ich will nicht tratschen, nachher stimmt irgendetwas nicht und ich bin die Dumme. Fragen Sie die Kinder.«

»Haben Sie die Namen der Kinder?«

»Nein.« Brigitte Gierling schüttelte den Kopf. »Gustav hat sie erwähnt, aber da wir nie viel über seine Sprösslinge gesprochen haben, hab ich die Namen wieder vergessen. Auf der Feier sah ich sie das erste Mal. Die Nachbarn gegenüber heißen Damm, nee, Dorn. Genau, Dorn. Die Vornamen kenne ich nicht. Und seine Bekannten, warten Sie, ich glaube die heißen … so wie der norddeutsche Moderator … Tiedemann, ja, Tiedemann, so heißen sie. Er mit Vornamen Jörg und sie … Anja. Die saßen uns gegenüber. Er hatte noch eine Haushälterin und einen Gärtner, die Namen hab ich auch vergessen.« Brigitte Gierling lächelte breit und zeigte ein Kronengebiss, wo ein schwarzer Metallrand Zahnfleisch und Keramik trennte.

»Danke«, sagte Petra, nachdem sie die Namen in ihr Notizbüchlein notiert hatte. »Gibt es weitere Verwandte? Geschwister, Schwager oder Schwägerin?«

»Ja, eine Schwester, einen Bruder und eine Schwägerin. Die waren auch auf der Feier. In seiner Willkommensrede hat er sie vorgestellt …« Sie zuckte die Schultern. »Die Namen sind mir entfallen.«

»Kommen wir auf heute Morgen zurück. Sie haben bei Herrn

Hilken angerufen, und da er nicht reagierte, sind Sie zum Haus gefahren.«

»Gelaufen sind wir, ist ja nicht weit.«

»Sie sind gelaufen. Und weiter?«

»Wir haben Sturm geklingelt und an die Tür geklopft, aber Gustav hat nicht aufgemacht. Elisa meinte, vielleicht ist er ja auf dem Weg zu uns, aber sein Wagen stand in der Garage und mit dem wollten wir ja zum Autozug.«

»Sie haben einen Schlüssel für die Garage?«

»Nein, die Garagentür ist unverschlossen.« Brigitte Gierling wartete, bis Petra ihre Antwort aufgeschrieben hatte, dann sagte sie: »Einen Schlüssel haben nur die Pracks.« Sie hob den Arm Richtung Haustür. »Die nebenan lässt er sogar mit seinem Auto fahren.« Die Endvierzigerin setzte ein missbilligendes Lächeln auf.

»Herr Hilken hatte wohl großes Vertrauen in die Nachbarn.«

»Mag sein. Ich mag die Familie nicht.«

»Warum nicht?«

»Einfach so.« Brigitte Gierling zuckte gleichgültig die Schultern.

Petra ließ die lapidare Antwort auf sich beruhen. »Kommen wir wieder zu Ihnen und Ihrer Tochter. Sie haben geklingelt und geklopft, und was taten Sie weiter?«

»Wir sind ums Haus und haben durch die Terrassenscheibe gesehen. Und da lag Gustav. Wie schrecklich.« Brigitte lehnte sich auf dem Küchenstuhl zurück, verschränkte die Arme und rieb sich über beide Unterarme, als wolle sie sich wärmen. »Wie schrecklich«, wiederholte sie. Ihre Augen suchten einen Ruhepunkt und blieben auf der Zigarettenschachtel hängen. »Elisa rief die Polizei. Das war alles.«

»Danke, Frau Gierling. Für das Protokoll und Ihre Personalien erscheinen Sie bitte morgen Vormittag auf der Wache. Ein Kollege wird Ihre Fingerabdrücke nehmen.«

6.

Der Leichnam des Gustav Hilken war in die Rechtsmedizin nach Hamburg gebracht worden. Friedrichsen, Puhphal und Oberwachtmeister Ralf Busche waren zur Meckelfelder Wache aufgebrochen. Kowalski und sein Team suchten im Haus weiter nach Spuren. So blieb genügend Zeit, mit Seefeld die Nachbarn zu befragen.

Die Aussage der siebzehnjährigen Elisa Gierling aus Braunschweig, die Seefeld geführt hatte, ergab zur finanziellen Unterstützung, die Gustav Hilken den Braunschweiger Frauen angedacht hatte, einige Abweichungen gegenüber der ihrer Mutter. Petras Haarwurzeln hatten sie nicht getäuscht. Gustav Hilken wurde mit Schleimereien gestopft wie ein Puter mit Kastanienfüllung zum Erntedankfest. Jeden Monat fuhr er nach Braunschweig und erledigte mit Brigitte Gierling den monatlichen Lebensmitteleinkauf. Er zahlte einen Urlaub nach Spanien, einen an die kanadischen Niagarafälle, wo sie Elisa bei der Austauschfamilie besuchten, genauso wie den Sylt-Aufenthalt. Ob Hotel, Ausflüge, Waschmaschine, Kühlschrank, Laptop, Handy oder Lebensunterhalt, Gustav Hilken hielt das Portemonnaie geöffnet. Für das Wochenende, das sie ohne ihn in Hamburg verbringen sollten, hatte er den Damen fünfhundert Euro in die Tasche gesteckt. Dennoch beschwerte sich die Siebzehnjährige massiv, Gustav Hilken sei in den letzten drei Monaten knauserig geworden. Nicht einmal den Führerschein wollte er bezahlen. Dies läge alles nur an der Prack-Familie, die ihn einseifte und aussaugte.

Ein guter Grund für Petra und Seefeld, mit der Befragung der links liegenden Nachbarschaft zu beginnen.

Zusammen mit Seefeld trat sie vor das Haus. Ein Schwall kalter Luft kam ihnen entgegen. Petra zog den Reißverschluss ihrer Steppjacke bis zum Kinn. Neben der Garage blieben sie stehen.

»Haben Sie eine erste Einschätzung zum Fall, Seefeld?«, fragte sie, die Hände tief in den Jackentaschen vergraben.

»Ich bin zwar kein Spieler, Chefin, doch ich verwette mein Jahresgehalt, wenn das ein normaler Raubmord war. Mich beschleicht ein ungutes Gefühl.«

»Tja, Seefeld. Leider ist das ungute Gefühl bisher unser einziger Ansatzpunkt. Wir werden uns die Akte der Einbrüche ansehen.«

»Ja, das erledige ich. Sie sind im Urlaub, und wenn ich bemerken dürfte: Sie sehen blass um die Nase aus. Geht es Ihnen nicht gut? Sie haben noch nicht eine Zigarette geraucht, seitdem wir hier sind, und geflucht haben Sie auch noch nicht.«

»Das hört sich ja an, als würde ich ständig qualmen und fluchen. So häufig kommt das doch nicht vor, Seefeld.«

»Doch, kommt es.«

»Ach was, das stimmt gar nicht.«

»Mindestens zwei Zigaretten und drei Flüche pro Tag. Ich schwöre«, beteuerte Seefeld mit erhobener Hand als säße er im Zeugenstuhl.

»Das muss am Wetter liegen. In Neapel warm, hier kalt.« Eine bessere Ausrede fiel ihr nicht ein. Nie und nimmer würde er ihr das abkaufen.

»Ja, das wird es sein«, sagte der todernst. »Sie brüten bestimmt was aus, Chefin.«

Petra biss sich auf die Zunge. Hatte Seefeld das jetzt echt gesagt? Entweder hatte er nicht zugehört oder er glaubte ihr den Schmarren. Allerdings brütete sie tatsächlich etwas aus, nur war es keine Erkältung, sondern ein neuer Erdenbürger. Seefeld war ihr Kollege, sie mochte ihn. Als Mensch und weil sie sich auf ihn verlassen konnte, was er, seit sie in Hamburg war, etliche Male in Einsätzen bewiesen hatte. Allerdings war sie weit davon entfernt, ihm ihre Schwangerschaft zu offenbaren. Als Erster sollte es, nach Horst, Lüdersen erfahren, und zwar möglichst bald. Erst dann würde sie es den Kollegen auf der Wache erzählen.

»Gehen wir zu den Nachbarn«, sagte sie, um das Gesprächsthema zu wechseln.

Bevor sie die Garage umrundeten und auf den Bürgersteig traten, eilte ein dunkelhaariger Mittdreißiger um die Ecke auf Gustav Hilkens Garage zu. Irritiert sah er zu den Wagen der Spurensicherung und dem Polizeifahrzeug.

»Was ist hier los?«, fragte er an Petra und Seefeld gewandt.

»Mordkommission. Mein Name ist Petra Taler und das ist mein Kollege Nils Seefeld. Wie heißen Sie?«

»Bernd. Bernd Prack. Ich wohne nebenan. Aber …«

»Und was wollten Sie an Herrn Hilkens Garage?«

»Das Auto holen.«

»Wessen Auto?«

»Na, Gustavs.«

»Sie fahren mit Gustav Hilkens Auto?«

»Ja. Warum?«

»Haben Sie kein eigenes?«, fragte Petra. Bei ihrer Ankunft hatte sie zwei Wagen vor dem Nachbarhaus stehen sehen.

»Doch. Melanie, meine Frau, wusste nicht, ob sie das Auto braucht. Darum wollte ich Gustavs nehmen.«

»Ohne Herrn Hilken zu fragen?«

»Gustav hat gesagt, wenn er seinen Wagen nicht braucht, können wir ihn jederzeit nehmen.«

»Und Sie wissen, dass er ihn jetzt nicht braucht.«

»Ja. Er hat nicht gesagt, dass er wegfahren will. Was soll die Fragerei um Gustavs Auto?«

Petra ließ Pracks Frage unbeantwortet. »Herr Hilken meldet sich bei Ihnen ab, wenn er das Haus verlässt?«

»Meistens.«
»Und Sie besitzen einen Schlüssel?«
»Wofür?«
»Für die Garage und den Wagen.«
»Die Garage ist immer auf und ja … wir haben einen Autoschlüssel.«
Was war dieser Gustav Hilken nur für ein Mensch? »Geben Sie mir den Schlüssel.« Petra streckte die Hand aus.
»Warum? Sagen Sie mir endlich, was geschehen ist.«
»Ihr Nachbar wurde ermordet. Und jetzt her mit dem Autoschlüssel. Ab sofort werden Sie sich mit Ihrer Frau einigen müssen, wer wann wohin mit dem eigenen Wagen fährt oder nicht fährt.«
»Aber … ermordet? Wie? Was?« Bernd Prack schien durcheinander, als er Petra die Schlüssel in die Hand legte. »Wann?«
»Vermutlich am Samstagvormittag«, erwiderte Petra knapp.
»Wie, ich meine …?«
»Wir ermitteln.«
»Das ist ja …« Bernd Prack wandte sich ab und fuhr die offenen Finger durch seine kurzen braunen Haare. »Und wissen Sie, wer es war?«
»Nein. Können Sie sich vorstellen, wer das getan hat?«
»Ich?«, fragte Prack etwas zu schrill. »Woher soll ich wissen, wer Gustav eins über die Rübe gegeben hat?«
»Wie kommen Sie darauf, dass Herr Hilken am Kopf getroffen wurde?«
»Wie? Einfach so. Das weiß ich nicht.« Bernd Prack schluckte.
»Wann haben Sie Ihren Nachbarn das letzte Mal lebend gesehen?«, fragte Seefeld mit einem Notizblock in der Hand.
»Samstagfrüh, gegen acht Uhr, wie immer. Ich habe ihm vom Bäcker zwei Brötchen mitgebracht.«
»Wo waren Sie am Freitagabend, Samstag- und Sonntagvormittag?«
»Ich. Ich war … Freitagabend waren wir auf Gustavs Geburts-

tagsfeier. Meine Frau und ich, meine ganze Familie. Schwägerin, Schwager, die Eltern. Samstagvormittag hab ich gearbeitet. Ich bin Kellner im Restaurant *Fisch-Hädrich* in Hamburg. Sonntag war ich auch arbeiten.«

»Sie meinen das Restaurant an den Hamburger Landungsbrücken.«

»Genau. Samstags und sonntags ist bei uns die Hölle los. Die Touris stehen Schlange am Tresen.«

»Wir werden das überprüfen. Vielen Dank, Herr Prack.«

»Bitte.« Er warf noch einen letzten Blick auf den Autoschlüssel in Petras Hand, eilte zum Nebenhaus und verschwand hinter der Haustür.

»Merkwürdig, oder, Seefeld? Wenn er Hilken so gut kannte, wie es den Anschein hat, hätte er wissen müssen, dass der heute in den Urlaub fahren wollte. Warum wollte er dann das Auto holen?«

»Wir sollten hinterher, Chefin, bevor da drüben große Abstimmung erfolgt.«

Als sie zum Nebenhaus aufbrachen, holperte ein apfelgrüner Wagen über die Berliner Kissen der 30er-Zone. Der Fahrer hielt direkt neben Petra und Seefeld.

»Hallo, Frau Taler, Herr Seefeld. Mein Onkel hat mich angerufen. Ich soll Ihnen beim Fall helfen.«

Sören Ewers, der Neffe ihres Chefs Uwe Friedrichsen und Kommissaranwärter, lachte die Kommissare aus dem geöffneten Fahrerfenster an.

»Fein.« Petra stöhnte leise auf. »Wir wollten zu den Nachbarn.«

»Prima, ich park schnell«, sagte er motiviert und lenkte seinen Toyota in die Lücke, wo vorhin Friedrichsens Dienstwagen gestanden hatte. Sein strubbeliger, blonder Haarschopf, lässig in die Höhe gegelt, leuchtete durch das graue Montagswetter.

Einen übereifrigen Kommissaranwärter konnte sie nicht gebrauchen. Immer schob Friedrichsen ihr seinen Neffen zu.

»Ist die Leiche abtransportiert?«, wollte er wissen, während er seine orangefarbene Steppjacke zuknöpfte und den bunt gestrickten Schal umlegte.

»Ja.« Petra musste unwillkürlich schmunzeln. Sören Ewers war ein dreiundzwanzigjähriger bunter Vogel, zumindest, was seinen Kleidungs- und Frisurenstil betraf. Er war so lebhaft wie sein Äußeres und besaß eine gute dienstliche, vielleicht manchmal zu übersprudelnde Aufnahmegabe. Kam er jedoch näher als fünf Meter an eine Leiche heran, fiel er in sich zusammen wie ein baufälliges Gebäude.

Auf dem Weg zur Haustür der Familie Prack hatte sie Sören Ewers den Fall geschildert.

»Wir müssen mehrere Befragungen gleichzeitig vornehmen, das fordert unsere Aufmerksamkeit. Ich erwarte, Herr Ewers, dass Sie hundertprozentig konzentriert arbeiten. Wir haben einen Mörder, den wir schnellstmöglich schnappen müssen.« Sie sah in die meerblauen Augen des quirligen Anwärters und überlegte, ob sie die Anweisung der Ernsthaftigkeit hinzufügen sollte, entschied sich aber dagegen. Würde sie an den lieben Gott glauben, hätte wahrscheinlich ein Gebet geholfen. Sie ließ den jungen Kollegen zum ersten Mal auf Zeugen los. Hoffentlich ging das gut.

Familie Prack saß versammelt im Wohnzimmer. Das Gespräch über Gustav Hilkens Tod hatte begonnen. Petra sah die Betroffenheit in den Gesichtern der Familienmitglieder.

Als sie sich und ihre Kollegen vorgestellt hatte, versprach sie die Befragung so kurz wie möglich zu halten, doch machte ebenso klar, dass die Ermittlungsarbeit des Falles ehrliche Mitarbeit jedes Einzelnen bedurfte.

Sören Ewers folgte Melanie Prack, der Tochter der Familie, in den ersten Stock des Vier-Zimmer-Einfamilienhauses. Seefeld entfernte sich mit den Eltern Jochen und Heike Prack in die

Küche, während Petra bei den restlichen Familienangehörigen im Wohnzimmer Platz nahm: der achtundzwanzigjährigen Susanne Prack sowie dem fünfunddreißigjährigen Bernd Prack. Zwei Menschen in Petras Alter, denen sie gegenüber auf einem Polstersessel saß und die sie neugierig, jedoch ebenso feindlich anblickten. Als sie die Frage nach dem Aufenthalt gestellt hatte, schlurfte ein junger Mann ins Wohnzimmer, der aussah, als wäre er aus dem Bett gefallen.

Er beugte sich zu Susanne und gab ihr einen Kuss auf den Mund. »Morgen, Süße«, sagte er. Seine Stimme war belegt, wie nach einer durchzechten Nacht. Er hatte die Statur eines Durchschnittsmannes. Ein kleiner Bauchansatz verriet, dass er für ein Fitnesscenter entweder keine Zeit oder Lust fand. Er trug eine schwarze Jeans und ein dunkelgraues Sweatshirt. Doch trotz seiner müden Erscheinung war sein Gesicht sauber rasiert und er duftete dezent nach einem herben Aftershave. Er setzte sich neben Susanne auf das Sofa, dann blieb sein Blick an Petra hängen. »Wir haben Besuch?«

»Hauptkommissarin Petra Taler Harburg, Mordkommission«, stellte sich Petra knapp vor. »Und Sie sind?«

»Kai Prack, der Sohn des Hauses und Susannes Ehemann.« Er erhob sich kurz und nickte Petra zu. »Wie kommen wir zu der Ehre, dass die Mordkommission anrollt? Wie ich sehe, leben noch alle. Oder fast. Wo sind mein Schwesterlein und meine Eltern?«

»Ihre Schwester ist mit einem Kollegen im Obergeschoss, und Ihre Eltern sind bei einem zweiten Kollegen in der Küche.«

»Und um was geht es?«

»Ihr Nachbar Herr Gustav Hilken ist ermordet worden.«

»Den alten Gusti hat es hingerafft. Meine Güte. Und da sind Sie bei uns gelandet, Frau Kommissarin.«

»Wir hörten, Sie stünden in engem Kontakt mit Herrn Hilken.«

»*Sie* ist nicht das richtige Wort, Frau Kommissarin. Melanie und Bernd …« Kai Prack warf einen schnellen Blick zu seinem Schwager auf der anderen Sofaseite, »sind die, die den Alten umgarnt haben.«

»Umgarnt, wie darf ich das verstehen?«

»Gar nicht«, warf Bernd Prack angesäuert ein. »Meinem Schwager passt es nur nicht, dass Gustav zu uns großzügig war und ihn …«

»Bernd, du bist ein Großmaul. Ich habe es nicht nötig, mich so wie ihr, aushalten zu lassen. Im Gegensatz zu dir hab ich einen krisenfesten Job und bin kein Aushilfskellner in einem zweitklassigen Fischimbiss.«

Auch wenn Petra bei Verhören Familienstreitigkeiten aufmerksam folgte – viele Charaktereigenschaften kamen so ans Licht – so ging ihr das jetzt zu weit. Ihre Laune, die seit heute Morgen eh nicht die Beste war, verdunkelte sich zusehends und ihr flauer Magen drehte sich bereits wieder um sich selbst. Sie griff in die Jackentasche und steckte sich vorsorglich zwei Lakritz in den Mund.

»Stopp«, sagte sie harsch, während sie die Lakritze in die rechte Wangentasche schob. »Ihre Streitereien tragen Sie ohne mich aus. Ich will wissen: Wo hielten Sie sich am Samstag- und Sonntagvormittag in der Zeit zwischen acht Uhr bis zwölf Uhr auf? Und alle nacheinander.« Petra nickte zu Susanne.

»Ich war zu Hause«, sagte die Frau, die die Haltung einer Primaballerina besaß. Ihr blondes Haar, zu einem festen und strengen Knoten auf dem Hinterkopf gelegt, klärte ihr herzförmiges Gesicht mit den hohen Wangenknochen. Sie war dezent geschminkt. Der roséfarbene Lippenstift glänzte und auf der Nase tanzten ein paar Sommersprossen. Sie schien das Gegenteil der am frühen Vormittag schon aufgedonnerten Melanie zu sein, die mit dunkel umrandeten Augen und nachgezogenen Augenbrauen ihrem Gesicht ein surreales Aussehen gab. Für den Besuch einer Gothicdisco war es die perfekte Aufmachung.

»Wer hat Sie gesehen?«

»Kai, mein Mann.« Sie griff die Hand des Mannes.

»Stimmt. Ich war auch hier«, sagte der kopfnickend.

»Und Sie, Herr …« Petra zögerte.

»Prack. Bernd Prack.«

»Ja. Stimmt. Wir sahen uns ja bereits. Sie sind Melanie Pracks Ehemann, richtig?«

»Ja.«

»Sie haben den Namen Ihrer Ehefrau angenommen?«

»Ja.« Der Fünfunddreißigjährige blinzelte, als hätte er etwas ins Auge bekommen. Erste Falten legten sich um seine Mundwinkel.

»Gut.« Petra notierte die Familienzugehörigkeiten in ihr Notizbüchlein. »Und wo waren Sie am Samstagvormittag?« Sie schluckte letzte Lakritzstückchen.

»Samstagvormittag ging ich Brötchenholen. Das hab ich Ihnen schon vor Gustis Garage gesagt.«

»Sie waren zwei Stunden beim Bäcker?«

»Nein. Vielleicht eine halbe Stunde, dann …«

»Von wann bis wann gingen Sie Brötchen holen?«

»Das hab ich auch schon gesagt. Es muss gegen acht Uhr gewesen sein. Genau weiß ich es nicht mehr.«

»Ich weiß es«, meldete sich Susanne zu Wort. »Du bist kurz nach sieben Uhr los und warst um halb acht zu Hause. Ich weiß das so genau, weil eure Tochter ein Theater wegen der Strumpfhose gemacht hat, die sie anziehen sollte. Sie hat so laut gebrüllt, dass ich aufgewacht bin.«

»Na bitte, Frau Kommissarin, da haben Sie Ihre Antwort.«

»Sie sagten, Sie haben Herrn Hilken zwei Brötchen mitgebracht.«

»Ja. Ein Mohn- und ein Kürbiskernbrötchen.«

»Kam er Ihnen irgendwie verändert vor?«

»Nee, alles wie immer. Oder na ja, fast. Er sah etwas blass um die Nase aus. Aber mit achtzig Lenzen auf dem Buckel ist das nicht verwunderlich.«

»Sind Sie ins Haus gegangen, als Sie ihm die Brötchen gebracht haben?«

»Nein. Ich hab nur geklingelt und gewartet, bis er aufgemacht hat. Ich gab ihm die Brötchen und bin rüber. Ein paar Minuten später bin ich zur Arbeit gefahren.«

»Und Sie beide«, Petra sah zu Susanne und Kai Prack, »wie haben Sie den Samstagvormittag verbracht?«

»Ich musste auch arbeiten, um neun bin ich losgefahren«, antwortete Kai Prack.

Petras Blick lag auf Susanne. »Ich war hier und hab die Küche geschrubbt. Der Backofen war fällig.«

»Und am Sonntagvormittag?«

»Zwischen acht und zwölf Uhr. Richtig?«

Petra nickte.

»Sonntag hab ich bis …«, sie schielte zu ihrem Mann, »… hab ich bis elf Uhr im Bett gelegen. Ich wollte ausschlafen.«

»Und Sie?«, fragte Petra, als sie Kai Pracks mürrischen Blick auffing, den er seiner Frau zuwarf.

»Ich war arbeiten. Frühschicht. Um fünf Uhr bin ich aus dem Haus.«

»Am Sonntag?«

»Ja. Ich bin Busfahrer. Einer muss das Geld ranschaffen, wenn wir hier raus wollen.« Sein strafender Blick hing weiter auf seiner Frau.

»Ich hab mich um Arbeit bemüht, nur …«, begann Susanne reumütig.

»Du wolltest die Samstagsanzeigen studieren. Ich hab dir extra noch vor der Arbeit die Zeitung geholt«, warf er ihr vor. »Samstag hast du es nicht getan und Sonntag auch nicht. So wird das nie was mit unserem eigenen Haus.«

»Ich wollte ja.« Sie sah zu Petra. »Aber Samstag wollte Melanie dringend einkaufen und hat gefragt, ob Emily bei mir bleiben kann. Emily will immer dies und das und macht mit ihrem Dickkopf im Supermarkt ein Höllenspektakel, wenn sie etwas nicht bekommt. Sie ist total verzogen«, sagte Susanne und warf ihrem Schwager einen vorwurfsvollen Blick zu. Der presste missbilligend die Lippen zusammen, doch sagte nichts. »Na ja, da Melanie sie nicht mitgenommen hatte, hatte ich das Spektakel zu Hause. Sie mäkelte beim Anziehen und beim Frühstück. Das ging so weit, dass ihre Cornflakes mit der Milch und den Früchten auf dem Küchenboden landeten und ich alles aufwischen durfte. Schöne Sauerei. Die Küche hab ich gewischt und auch den Backofen sauber gemacht.«

»Sie waren mit Emily alleine zu Hause, während ihre Schwägerin einkaufen war«, unterbrach Petra den beginnenden Ehekrach.

»Genau.«

»Wann ist sie losgegangen? Wie lange war Ihre Schwägerin unterwegs?«

»Kurz nach neun muss das gewesen sein. Und wieder kam sie … ungefähr nach einer Dreiviertelstunde.«

»Und hatte sie eingekauft?«

»Ja. Alles Mögliche. Der Kofferraum war proppenvoll. Dabei war ich am Freitag einkaufen. Ich sagte ihr noch, wir hätten alles. Aber sie wollte unbedingt los.«

Petra nickte. Eine Dreiviertelstunde für zwei Läden, das konnte stimmen. Sie schrieb ihre Notizen und wandte sich an Kai Prack. »Sie wollen ausziehen?«

»Sicher. Sehen Sie sich um. Das ist ein Vierzimmerhaus. Wir sind sechs Erwachsene und ein Kleinkind. Nie herrscht Ruhe. Einer streitet immer.«

Die Frage, warum sieben Personen in ein Vierzimmerhaus eingezogen waren, sparte sie sich fürs Erste. »Wir brauchen die Adresse Ihrer Arbeitsstelle.«

Sie wartete auf die Zustimmung des Busfahrers und wandte sich mit der Frage des sonntäglichen Aufenthalts an Bernd Prack, der ihr versicherte, ebenfalls arbeiten gewesen zu sein.

»Und Ihre Frau und Ihre Eltern?«

»Ich bin kurz vor acht aus dem Haus. Meine Frau saß in der Küche beim Frühstücken. Am Samstag wollten meine Schwiegereltern nach Schenefeld auf einen Antikflohmarkt. Meist fahren sie früh um sechs Uhr los. Sie sind Schnäppchenjäger«, erklärte Bernd Prack kurz. »Am Sonntag fuhren sie zu einem Pflanzenmarkt nach Winsen. Sie suchten Winterbepflanzung für den Garten. Die alte Bepflanzung muss dringend raus. Ist nur giftiges Zeug vom Vorbesitzer. Schierling, Tollkirsche, Oleander und so ein Kraut. Für Emily ist das zu gefährlich, man weiß nie, was Dreijährige in den Mund stecken.«

Im Schnelldurchlauf überflog Petra gedanklich die Gewächse vor und hinter ihrem eigenen Haus. An giftige Pflanzen hatte sie nicht gedacht. Sie musste mit Horst reden. Als Gärtner würde er wissen, was an Pflanzen auszureißen wäre. Beruhigt stellte sie die nächste Frage. »Das heißt«, Petra wechselte ihren Blick zu Susanne, »nur Sie, Frau Prack, und ihre Schwägerin hielten sich am Samstag- und Sonntagvormittag im Hause auf.«

»Und Emily, Melanies Tochter«, setzte Susanne hinterher.

»Emily? Wo ist sie?«

»Es ist Montag. Sie ist endlich im Kindergarten.«

»Endlich?«

»Ja. Zwei Jahre warteten wir auf einen Platz, jetzt ist sie drei. Lässt man sich nicht gleich auf die Warteliste setzen, wenn man schwanger ist, hat man verloren. Melanie hat zu lange gewartet.«

»Aha«, sagte Petra nachdenklich. Ein weiterer Punkt, der es auf ihre To-do-Liste geschafft hatte.

»Ja. Leider fühlt sich Emily im Kindergarten nicht wohl. Jeden Morgen weint sie und will nach Hause. Sie sagt, die Kinder würden sie hauen und ärgern«, sagte Susanne.

»Und was sagen die Erzieher?«, wollte Petra eigennützig wissen.

»Das es in der Anpassungsphase normal sei. Ich denke, die sind mit der Menge an Kindern total überfordert. Über dreißig

Kinder für nur eine oder zwei Erzieherinnen. In Rönneburg ist ein Platz bei einer Tagesmutter frei. Wir überlegen, ob wir sie in die kleine Gruppe geben.«

»Ja«, sagte Petra nachdenklich. »Sprechen wir über Ihren Nachbarn. Ist Ihnen in letzter Zeit oder am letzten Samstag- oder Sonntagvormittag irgendjemand Fremdes aufgefallen, der in der Straße die Häuser begutachtet hat?«

»Sie meinen, weil bei Gustav viermal eingebrochen wurde?«, fragte Kai Prack.

»Richtig.«

»Das verstehen wir auch nicht«, mischte sich Bernd Prack ins Gespräch. »Melanie und ich gehen immer rüber und schalten das Licht an, wenn er wegfährt.«

»Sie besitzen einen Schlüssel für das Haus?« Petra sah den Mann ihr gegenüber prüfend an.

»Und für das Auto«, fügte Kai Prack hinzu. »Die beiden haben Gusti ordentlich im Griff.«

»Lass das!«, knurrte Bernd hinterher. »Du fährst auch kostenlos mit Gustavs Auto und hast dich den Sommer über durchgefressen, wenn wir auf der Terrasse gegrillt haben. Also halt den Mund.«

»Nun mal langsam, die Herren. Ich würde gerne erst den Zusammenhang mit dem Schlüssel klären. Sie besitzen einen Haustürschlüssel und einen Autoschlüssel Ihres Nachbarn. Wer kann diese Schlüssel nehmen?«

»Jeder. Sie hängen am Schlüsselbord beim Eingang«, erklärte Susanne und klemmte eine Haarsträhne, die aus ihrem Dutt auf die Wange fiel, hinter das Ohr. »Meist fahren Bernd und Melanie mit Gustavs Auto. Sie sind es auch, die abends mit Gusti im Wohnzimmer saßen. Wir eher selten.«

»Wann haben Sie das letzte Mal mit Herrn Hilken im Wohnzimmer gesessen?«, fragte Petra den Kellner.

Bernd Prack zuckte die Schulter. »Weiß nicht genau«, sagte er gleichgültig. »Letzte Woche.«

»Sie meinen, letzte Woche an Gustav Hilkens Geburtstag.«

»Nein, davor. Mittwoch oder Donnerstag.«

»Sind Sie sicher?«

»Ja. Die Freaks aus Braunschweig saßen mit Gustav beim Abendbrot, als wir mit ihm etwas besprechen wollten.«

»Und das hatten Sie vergessen?«

»Was?«

»Dass er mit den Braunschweiger Damen in den Urlaub fahren wollte.« Petras gezielter Einwurf brachte den Mann durcheinander.

»Ja, ich … ich hab nicht mehr dran gedacht. Meine Frau erzählte es mir vor zehn Minuten. Ich hatte es vergessen.«

»Da wäre Herr Hilken sicher verärgert gewesen, wenn sein Auto mit Ihnen spazieren führe.«

»Ja. Nein. Was soll das? Gustav hat nie den Wagen genommen, wenn er in den Urlaub gefahren ist. Egal wohin.«

»Wie erklären Sie sich dann, dass sein Gepäck im Wagen lag?«

»Wieso muss ich was erklären? Vielleicht wollte er es nicht im Haus rumstehen haben.«

»Und was wollten Sie von Herrn Hilken?«

»Wie?« Bernd Prack räusperte sich.

»Was Sie mit Herrn Hilken besprechen wollten, als sie letzte Woche bei ihm waren?«, wiederholte Petra ihre Frage. Sie warf einen schnellen Blick zum Busfahrer am Sofaende, der kurz davor war in Gelächter auszubrechen. »Mir scheint, Sie brennen geradewegs, mir eine Antwort auf meine Frage zu geben.«

Kai Prack grinste, dann sagte er: »Meine Schwester wollte sich die Nase operieren lassen. Schönheitsoperation, wenn Sie verstehen, Frau Kommissarin. Nur woher soll für solch kostspielige Operation das Geld eines Imbiss-Kellners und einer Hausfrau kommen, wenn kein Goldesel im Keller steht, den sie melken können. Da musste Gusti umgarnt werden. Nur der hatte Besuch von den Braunschweigern. Melanie und Bernd hat es überhaupt nicht geschmeckt, dass die ihn schon gemolken hatten. Sylt und so. Gusti versprach Melanie, die Operation zu bezahlen, aber erst nächsten Monat, da er diesen Monat für seinen Geburtstag und den Urlaub ordentlich in die Tasche greifen musste. Genau so war es, stimmt es nicht, lieber Schwager?«

Bernd Prack schnaufte. »Halt zum Teufel deine vorlaute Schnauze«, blaffte er. »Das ist eine Familienangelegenheit und hat niemanden zu interessieren.«

»Sie irren, Herr Prack«, sagte Petra ernst. »In einem Mordfall ist jedes Detail wichtig, auch die unangenehmen Dinge, die man gerne verschweigen möchte.«

Bernd Prack warf Petra einen eisigen Blick entgegen. »Ja«, sagte er, »Melanie ist unzufrieden mit der Form ihrer Nase. Na und, was ist so schlimm daran? Wofür gibt es heutzutage fähige Ärzte, die der Natur auf die Sprünge helfen. Wir haben Gustav gebeten, uns zweitausend Euro vorzustrecken.«

»Vorstrecken? Mir erzählte er, ihr seid knapp mit Geld und die Operation sei medizinisch notwendig, da Melanie durch die Nase kaum Luft kriegt und Schlafprobleme hätte. Ihr habt ihn so lange belatschert, bis er zugestimmt hat, die Operation zu berappen. Wäre es eine medizinische Sache, hätte die Krankenkasse die Kosten übernommen. Erzähl also keinen Bockmist.«

»Und wenn es so wäre, was geht es dich an, Kai?« Bernd Prack fixierte seinen Schwager mit seinen tiefliegenden grauen Augen. »Dir passt es ja nur nicht, dass du zu Gustav keinen Draht gefunden hast.«

Was für eine harmonische Familie. Petra klappte ihr Notizbüchlein zu. »Ich brauche für das Protokoll Ihre Unterschriften. Morgen um zehn Uhr erwarte ich Sie gemeinsam auf der Wache. Für Fingerabdrücke schicke ich Ihnen einen Kollegen.« Sie hatte genug gehört. Die Familie durfte sich alleine weiterstreiten. Sie stand auf und verabschiedete sich. Gleichzeitig kam Seefeld aus der Küche.

»Hab alles. Und Sie?«, fragte er.

Petra nickte. »Was ist mit unserem Frischling?« Sie sah zur

Dielendecke, wo ein reifengroßer Kronleuchter mit Glassteinen besetzt ein helles Licht-Schatten-Spiel an die Wände warf.

Seefeld zuckte die Schultern. »Ich geh nachsehen.«

»Machen Sie. Ich brauch frische Luft.« Sie nickte zu den Eltern, die ihr finstere, versteinerte Gesichter entgegenwarfen.

Vor dem Nebenhaus verstauten Kowalski und seine Männer ihre Arbeitsgeräte in den Lieferwagen. Sie erteilte Anweisung, die Fingerabdrücke der Pracks zu sichern und stellte sich vor Hilkens Haustür, um auf Seefeld und Ewers zu warten.

Ein zweiter, weißer Lieferwagen parkte auf gegenüberliegender Straßenseite. NFS – Niedersächsisches Fernsehen – stand in dunkelgrüner Schrift auf der Wagenseite. Ein Kameramann lehnte an der Fahrerseite und filmte, während eine Reporterin in ein Mikro sprach, ab und an den Arm hob und auf Gustav Hilkens Haus zeigte. Als sie Petra entdeckte, eilte sie, gefolgt vom Kameramann, über die Straße.

»Hallo, Frau Taler«, rief sie Petra zu. »Nina Albrecht, Reporterin des NFS Fernsehen.« Sie reichte Petra die Hand. Nina Albrecht musste die vierzig überschritten haben. Sie hatte ein ovales, ungeschminktes Gesicht und eine frauliche Figur. Ihr strohblondes Haar war zum Pferdeschwanz gebunden.

»Frau Albrecht.« Petra schob das Mikrophon, das ihr die Reporterin vor den Mund hielt, zur Seite. Dass die Presse im Süderelbegebiet sofort vor Ort war, sobald es einen Toten gab, wunderte sie nicht mehr. Sie wunderte sich nur, dass Katrin Ingelmann und Kai Keltenberg vom Wochenblatt *Regionaler Weitblick* noch nicht eingetroffen waren. »Ich kann Ihnen zurzeit noch keine Auskünfte erteilen.«

»Frau Hauptkommissarin, bitte nur ein paar Einzelheiten, die Sie unseren Zuschauern zu Gustav Hilkens schrecklichem Tod berichten können. Wer könnte der Axtmörder gewesen sein? Haben Sie einen Verdächtigen? Hat das mit den vielen Hauseinbrüchen in Meckelfeld und Umgebung zu tun?« Das Mikrophon auf Abstand haltend, lächelte die Reporterin Petra an.

»Ein Axtmörder? Frau Albrecht, wer hat Ihnen diesen Bären aufgebunden?«

»Stimmt es etwa nicht? Steckte in Gustav Hilkens Schädel keine Axt?«

»Frau Albrecht, ich gebe keine Auskunft zu einem laufenden Verfahren und über Einzelheiten zu dem Mord. Weder zu der Presse noch zu sonst wem«, beendete Petra das Gespräch und wollte der Reporterin den Rücken zudrehen, als ein Blitzlichtgewitter auf sie niederdonnerte. Petra blinzelte der Kamera entgegen und erkannte einen dunkelhaarigen Mann, der sie übermütig angrinste. Sie schätzte ihn auf Anfang dreißig. Mit seinen ein Meter achtzig war er sportlich schlank und in seinen Bewegungen äußerst wendig, wie Petra feststellte. Bevor sie ihn fragen konnte, wer er war, war er verschwunden.

»Dieser Keltenberg vom *Regionalen Weitblick* ist ein aufdringlicher Kerl. Genau wie diese Ingelmann. Die glauben immer, sie kriegen alle Infos noch vor uns, um ihr mageres Fischblatt zu füllen.« Nina Albrecht schüttelte den Kopf.

»Das war Keltenberg vom *Regionalen Weitblick*?«, fragte Petra erstaunt. Ein aufdringlicher Reporter, der ihr im letzten Fall die Kamera direkt vor die Augen gehalten und den Auslöser gedrückt hatte, sodass sie nur Sterne sehen konnte.

»Ja. Ein Widerling. Ständig hängt er uns auf der Pelle und fragt, ob wir Infos für ihn haben.« Nina Albrecht zog eine Grimasse. Sie hielt Petra ihre Visitenkarte hin. »Falls Sie etwas finden, was wir senden dürfen … Würde mich freuen, von Ihnen zu hören. So, jetzt muss ich los, mein Kind wartet an der Schule.«

Petra nickte. Nina Albrecht war ihr sympathisch und fast tat es ihr leid, ihr nicht mehr Informationen geben zu dürfen. »Wenn ich was rausrücken darf …« Petra hob die Karte in die Luft.

Nina Albrecht winkte und eilte über die Straße zurück zu ihrem Wagen.

»War das Nina?«, fragte Seefeld, der mit Ewers auftauchte.

»Nina?«

»Ja, Nina Albrecht vom NFS-Sender.«

»Ja, war sie«, antwortete Petra.

»Sie ist eine der netten und korrekten Reporter. Über zwanzig Jahre ist sie in dem Job.«

»Dann kombiniert sie aber Job und Kind gut durchdacht.«

»Kind, Chefin?«

»Ja, sie sagte, ihr Kind wartet an der Schule.«

»Nina hat fünf Kinder.«

»Fünf?«, fragte Petra erstaunt und beobachtete, wie Nina Albrecht und ihr Kameramann ihre Utensilien im Lieferwagen verstauten.

»Ja. Sie hat es nicht leicht. Ihr erster Mann hat sie wegen einer jüngeren Frau verlassen. Das typische Klischee. Vier Jahre hat sie ihre drei Kinder alleine großgezogen, jetzt ist sie wieder verheiratet und ihr Mann hat auch zwei Kinder mit in die Ehe gebracht. Eine klassische Patchworkfamilie. Sie wohnt in Hausbruch in einer Jugendstilvilla, die ihr Onkel ihr vererbt hat.«

»Woher wissen Sie das alles, Seefeld?«

»Sie ist Monikas Cousine.«

»Sie sind mit ihr verwandt?«

»Nein. Ja. Nur entfernt. Sie haben sie auf meiner Hochzeit kennengelernt. Sie saß bei Ihnen am Tisch.«

»Am Tisch saßen mindestens zwanzig Personen, Seefeld.« Petra überlegte und sagte: »Ja, jetzt wo sie es sagen, ich erinnere mich dunkel an das Gesicht. Allerdings hat mir Jensen ständig Anisschnaps eingeschenkt und ich glaube, es waren ein paar Gläschen zu viel.«

»Sie haben etwas geschwankt, Chefin.« Seefeld schmunzelte, dann sagte er: »Nina können Sie vertrauen. Bisher gab es keine Beschwerden.«

»Gut zu wissen. Wie hat es mit der Vernehmung geklappt?«

»Ich denke«, begann Ewers zögerlich. »Ich denke, ich habe alles aufgeschrieben.«

»Dann ist es doch gutgelaufen.«

»Ja«, sagte er und schien mit seinen Gedanken so weit weg zu sein wie der Mond.

Im Augenblick waren Petras eigene Gefühle so aus dem Gleichgewicht, dass sie keine Überlegung zuließ, was den jungen Anwärter durcheinandergebracht und ihm die Sprache verschlagen hatte. Es war ihr Job, herauszufinden, warum Gustav Hilken ermordet wurde, und sie musste den Täter schnappen. Für mehr war momentan kein Platz.

7.

Petra saß im Büro und nippte an einer Tasse Pfefferminztee. Nachdenklich sah sie auf den Computerbildschirm, auf dem die ausgearbeiteten Aussagen der Pracks, der Braunschweiger Frauen und der umliegenden Nachbarn vorlagen. Familie Schlüter, deren Grundstück an Hilkens linke Gartenseite grenzte, teilte mit, keinen Einbruch beobachtet zu haben. Am Samstagvormittag erledigten sie auf dem Harburger Wochenmarkt ihren Einkauf. Den Sonntagvormittag verbrachten sie bis zum frühen Mittag im Keller, um Gerümpel zu entsorgen, da am Montag der Sperrmülldienst gekommen sei.

Familie Lampert, die neben Schlüters wohnte, fuhr am Freitagabend auf den Campingplatz an die Ostsee, um ihren Wohnwagen für den Winter zu rüsten. Erst am Sonntagabend kehrten sie heim. Die Ehefrau sei zwar noch ins Gewächshaus gegangen, um die letzten Tomaten zu ernten, aber auch da sei ihr bei Hilken nichts Ungewöhnliches aufgefallen. Wobei sie eingestand, nicht darauf geachtet zu haben. Weder ob Licht brannte oder es im Wohnzimmer dunkel war.

Familie Dorn, die im Einzelhaus Hilken gegenüber lebte, blieb mit ihren Angaben zur Tatzeit spärlich. Sie hätten lange gefrühstückt und seien dann in die Stadt zum Einkaufen. Wie die Familien Schlüter und Lambert, sagten sie aus, Gustav Hilken hätte sich im letzten Jahr zum Nachteil verändert. Es schien, als lebte er nur noch für die Prack-Familie. Trafen sie Hilken auf der Straße, benahm er sich wie ausgewechselt. Früher saßen sie, als seine Frau noch lebte, zusammen, tranken Rotwein und plauderten.

Heute hatte er nie Zeit. Es gäbe eine Verabredung mit den Nachbarn, er müsse sie nach Harburg oder Hamburg fahren, er wollte etwas besprechen oder sollte bei schriftlichen Arbeiten helfen. Gustav fand immer eine Ausrede. Letztendlich haben sie sich, wie alle Nachbarn, zurückgezogen.

Als Gustav seine Zuneigung zu der Tochter der Familie Prack erklärte, der Siebenundzwanzigjährigen auf der Straße auf den Hintern fasste, blieb das Gerede und der Spott nicht aus. »Notgeiler alter Trottel«, »geiler Bock«, »je oller je doller«, »Bumsdepp«, »er solle sich schämen«, »dass Margarete, seine Frau, sich im Grab umdrehen und das nie Gutheißen würde«. Und »Gustav müsse sich nicht wundern, fiele er auf die Schnauze, da die Pracks sich wie Vampire an ihm festsaugten«. Die Aussagen der Nachbarn, nach Hilkens Tod, häuften sich in gleicher Weise. Wo vorher hinter vorgehaltener Hand befangen getuschelt wurde, explodierten Meinungen, wurde verurteilt, öffentlich gelästert und Schlussfolgerungen gezogen.

Die Angaben der Senioren Heike und Jochen Prack deckten sich mit denen ihres Schwiegersohnes Bernd. Sie besuchten am Samstag und Sonntag Floh- und Pflanzmärkte. Den Streit zwischen Hilken und seinen Kindern am Freitagabend auf der Geburtstagsfeier hörten sie. Sie dachten sich nichts dabei, da seine Kinder des Öfteren mit ihm stritten.

Allein Melanie Pracks Aussage unterschied sich von der ihrer Schwägerin Susanne. Sören Ewers legte ihr fünf geschriebene Seiten eines A5-Blockes vor. Die wesentlichen Antworten markierte ein dickes Kugelschreibersternchen. Wichtig blieben für Petra nur Melanies Angaben, sie wäre zwei Stunden beim Einkaufen gewesen, während Susannes Aussage eine Dreiviertelstunde Einkauf belegte.

Gustav Hilkens Haushälterin, Erika Bachkötter, die in Meckelfeld wohnte, seine Bekannten, Jörg und Anja Tiedemann aus Sinstorf und den Gärtner Pedro Alvarez hatte Petra am frühen Nachmittag auf die Wache bestellt.

»Sagen Sie, Seefeld, diese Pracks und Gierlings haben den Alten ordentlich geschröpft. Der hat den Geldhahn scheinbar nie zugedreht. Und mir fiel auf, dass weder die Braunschweiger Damen, noch einer der Prack-Familie ein gutes Wort für Hilken übrighatte. Kein, er war ein aufrichtiger Mensch, er war lustig, wir haben ihn geschätzt und gern gehabt. Ich versteh das nicht. Wenn ein Freund oder Bekannter stirbt, werden Charaktereigenschaften erzählt. Hier nicht ein Wort. Den Pracks und Gierlings ging es nur ums Geld. Gustav hat dies und Gustav hat das bezahlt. Nicht einer schätzte seine Person.«

Seefeld nickte zustimmend. »Ja. Und in der Straße hat sich Hilken mit seiner Schwärmerei für diese Melanie ordentlich zum Hampelmann gemacht. Was ich nicht verstehen kann. Eine Schönheit ist die nicht. Wie Schneewittchen, kein ...«

»Wie böse«, fuhr Petra ihrem Kollegen ins Wort, bevor dieser seinen Satz beenden konnte. »Schneewittchen ist wunderschön.«

»Ja. Schneewittchen, aber die Prack doch nicht. Die hat die Schminke mit dem Spachtel aufgetragen. Wie die unter der bunten Fassade aussieht, möchte ich gar nicht wissen. Aber von der Liste können wir die Pracks und Gierlings streichen. Wer schlachtet schon sein Goldenes Kalb?«

»Aus Ihrem Mund, Kollege, ist das ein sehr ländlicher Vergleich.« Petra schmunzelte. »Wo bleibt eigentlich Ewers?«

»Der sitzt bei Onkelchen im Büro und berichtet über seine Erfolge.«

»Aha«, sagte Petra und konzentrierte sich wieder auf die Fallakte. Sie überflog den vor einer Viertelstunde ersten eingegangenen Bericht der Spurensicherung, den Kowalski per Mail gesandt hatte.

Auf dem Stielknauf der Axt befanden sich Hilkens Fingerabdrücke, die des Gärtners und aller Pracks. Die Erdreste, die zwischen Schneide und Stiel klebten, stammten aus Hilkens Gartengrundstück. Weitere Fingerabdrücke im Haus gehörten Hilken, den Pracks, Gierlings und Frau Bachkötter. Vier Abdrücke konnten nicht zugeordnet werden. Die Spuren auf dem Klingelknopf der Vordertür und an der Glasscheibe der Terrassentür stammten von Brigitte Gierling und ihrer Tochter. Am Blumentopf und der zerbrochenen Glasscheibe fanden die Kollegen keine DNS-Spuren. Auch die AFIS-Datenbank konnte keine registrierte Person auffinden. Die Schuhabdrücke, die Kowalski auf der Terrasse und im Haus sichern konnte, stimmten mit Brigitte und Elisa Gierling sowie jedem Prack Familienmitglied und Gustav Hilken überein. Die vier Schuhabdrücke vor der Terrassentür und im Gartenbereich, blieben ebenfalls ohne Zuordnung.

»Na prima«, grollte Petra und drückte die Taste für den Drucker.

»Das bringt uns nicht weiter. Wie sieht es aus, Seefeld, wollen wir in die Kantine? Ich hab Hunger.«

»Jetzt? Es ist halb zwölf. Ich will noch den Bericht über den Ehestreit zu Ende schreiben. Noch zehn Minuten, dann bin ich fertig.«

»Hm«, brummte Petra. Sie wollte nicht als einzige Mitarbeiterin so früh in der Kantine auftauchen. Sie wühlte in ihrer Schreibtischschublade und fischte ein abgepacktes Zweierpaket Zwieback heraus. Sie rümpfte die Nase und liebäugelte mit dem karamellgefüllten Schokoladenriegel, den sie als äußersten Notfall weiter hinten in der Schublade versteckt hatte. Nein, schalt sie sich gedanklich. Nichts Süßes. Was sollte das Baby nur über ihr zügelloses Essverhalten denken? So ein Quatsch, was sollte ein Baby, das so groß war wie eine Kichererbse, schon denken. Petra lächelte und legte ihre Hand auf den Bauch.

Ein Baby. Sie und ein Baby. Wer hätte das gedacht?

8.

Bevor Erika Bachkötter auf der Wache ankam, hatte Petra alles vorbereitet. Auf ihrem Schreibtisch lagen das Aufnahmegerät und ihr Notizbuch, das ihr Freund und Münchner Kollege Christoph Eichberger ihr geschenkt hatte. Ein paar leere Seiten warteten auf Eintragungen. Petra schob das Notizbuch zur Seite und legte einen DIN A4-Zettel an den Platz.

Erika Bachkötter war sechzig Jahre alt und eine schlanke, wendige Person. Ihr kastanienrotes Haar lag kurz geschnitten um ein rundes Gesicht mit tiefblauen Augen. Sie trug eine schwarze Jeans, in deren Bund eine Bluse mit grauweißem Zebramuster steckte. Als Petra ihr den Grund ihres Erscheinens auf der Wache erklärte, sackten die Schultern der aufrechtsitzenden Frau ruckartig herab.

»Ermordet?« Die Frau schnappte hörbar nach Luft. Sie sah aus, als würde sie jeden Moment vom Stuhl kippen.

»Ja.«

»Wie, ich meine, wer … wer hat das getan?«

»Er wurde mit der Axt erschlagen. Seiner Axt. Wer, wissen wir leider noch nicht. Wir stecken in den Ermittlungen. Aber wir sind über jede Hilfe dankbar.«

»Ja. Wie kann ich helfen?«

»Zum Beispiel, ob Ihnen in der letzten Zeit etwas Seltsames an Gustav Hilken aufgefallen ist. Ob Sie wissen, wer das getan haben könnte? Über was haben Sie mit ihm gesprochen? Wie lange arbeiten Sie schon im Hilken-Haushalt? Kennen Sie Freunde, Verwandte? Hatte er Feinde?«

Erika Bachkötter reagierte nicht gleich, sie schien Petras Fragen erst gedanklich zu sortieren. Nach einer Pause begann sie, zügig zu erzählen. »Fast zwanzig Jahre arbeitete ich nebenbei für die Hilkens. Seine Frau, die Margarete, hat mich eingestellt. Als die Kinder klein waren, suchte ich einen Nebenjob. Wir wollten ein Haus bauen und brauchten zusätzliches Geld. Ich bin, war, bis vor fünf Jahren freie Dekorateurin. Zu meinen Kunden zählten Friseure, Elektroläden, Biogeschäfte und viele andere kleine Läden.«

Erika Bachkötter antwortete auf alle Fragen ohne Zögern. Petra hatte keinen Zweifel, die Haushälterin war nicht Hilkens Mörderin. Nach knapp einer Stunde entließ sie Frau Bachkötter. Im Grunde hatte sie nicht mehr erfahren, als das, was die Nachbarn über den Toten erzählt hatten.

Auch die Bekannten Jörg und Anja Tiedemann, ein Ehepaar in den Fünfzigern, die in Harburg-Sinstorf wohnten und die Hilken auf Sylt kennengelernt hatte, konnten Petra keine weiteren Auskünfte geben. Ebenfalls wie alle Nachbarn und Frau Bachkötter, sagten sie aus, Gustav Hilken hätte sich über das letzte Jahr, seit dem Einzug der Nachbarn, nachteilig verändert. Er reagierte selten auf Anrufe, redete sich raus, fand keine Zeit für Gespräche oder Treffen, da er mit Melanie oder einem anderen Mitglied der Prack-Familie beschäftigt sei. Ihre Ratschläge, er möge auf sich achten und sich nicht ausnutzen lassen, schlug er rigoros in den Wind. Als er einen lange verabredeten Termin aufgrund eines Besuches bei den Nachbarn cancelte, lief für die Tiedemanns das Fass über. Ab da hatten sie sich rargemacht, ihn weder angerufen noch besucht. Die Einladungskarte zu seinem Geburtstag warfen sie in den Mülleimer. Dass sie an der Feier doch teilnahmen, lag nur daran, dass sie Gustav nicht enttäuschen wollten. Es war sein achtzigster Geburtstag. Das war das letzte Mal, dass sie ihn gesehen und gesprochen haben.

Der Gärtner Pedro Alvarez, der im Garten für Ordnung gesorgt hatte, arbeitete seit einem Jahr selten bei Hilken. Weiter sagte er aus, Hilken hätte ihn nach dem Tod seiner Frau nur noch zur Unterstützung der groben Arbeiten angefordert. Früher plante und arbeitete er zusammen mit Margarete im Garten. Sie legten einen Teich an. Sie pflanzten Obstbäume, Magnolien und errichteten ein Gewächshaus, in dem Margarete Hibiskuspflanzen züchtete. Heute durfte er alle drei Monate das Dach des Wintergartens putzen oder morsche Äste der Obstbäume entfernen.

Hilkens vier Jahre jüngere Schwester Klara Friedmann saß Petra gegenüber auf dem Besucherstuhl, wo zuvor Erika Bachkötter, Pedro Alvarez und die Tiedemanns gesessen hatten. Mit klaren blauen Augen erzählte sie Gustav Hilkens Lebensweg, als wäre er ein Fremder gewesen. Ein Anzeichen der Rührung ließ die gepflegte, sechsundsiebzigjährige Dame vermissen.

Gustav Hilken wuchs in ärmlichen Verhältnissen auf dem Hamburger Pferdemarkt auf. Sein Vater liebte den Alkohol und Frauen mehr als seine Familie. Als Ältester von drei Kindern, hatte er dafür zu sorgen, dass die Schulbrote für seine Geschwister geschmiert wurden und die Fingernägel sauber waren. Als sein Vater in den Krieg zog, wurde er der »Mann im Haus«. Eine Aufgabe, die er gern übernahm. Er mochte es, Verantwortung zu tragen. Vor allem, wenn er Entscheidungen fällte, die seine Geschwister befolgen mussten. Als sein Vater nicht aus dem Krieg heimkehrte, nahm er bei der Bundesbahn den Job als Schienenarbeiter an. Er war der Mann, er hatte für die Familie zu sorgen. Doch auf öligen, staubigen Eisenbahnschienen wollte er sein Arbeitsleben nicht verbringen. Mit dem Gefühl, oben an die Spitze zu gehören, hangelte er sich von einem Posten zum nächst höheren Posten. Mit zweiundvierzig saß er auf dem Direktorenstuhl. Er hatte es geschafft. Und so wie es war, liebte er es.

»Mein Beileid zum Tod Ihres Bruders«, sagte Petra und stellte ein Glas Mineralwasser auf das Besuchertischchen. »Wann haben Sie Ihren Bruder das letzte Mal lebend gesehen?«

»An seinem Geburtstag, letzten Freitag. Er hatte mich tatsächlich mit meinem Mann eingeladen.« Klara Friedmann sah zu der gelbblühenden Pantoffelblume mit den kleinen braunen Pünktchen, die Hedda ins Büro gestellt hatte. Hier gehört Farbe rein, hatte sie gesagt.

»Ich höre aus Ihren Worten, dass es Unstimmigkeiten zwischen Ihrem Bruder und Ihnen gab.«

»Ja. Die sind lange her.«

»Würden Sie mir dennoch erzählen, um was es sich handelte.«

Klara Friedmann zupfte an ihrem dunkelblauen Kostümjäckchen, lehnte den Rücken an das Polster des Stuhls. »Wie ich schon sagte: In den Kriegswirren lebten wir in Hamburg am Pferdemarkt. Unser Vater war ein Trinker und Rumtreiber. Das Geld, das unsere Mutter verdiente – sie wusch und bügelte für eine reiche Unternehmerfamilie der Gegend – hat er sofort versoffen. Als er in den Krieg zog und nicht heimkehrte, blieben wir Kinder mit unserer Mutter alleine. Gustav war der Mann im Haus. Und so hat er sich auch aufgeführt. Haben wir nicht gemacht, was er wollte, setzte es Schläge. Unser Vater war ihm ein gutes Vorbild.« Klara Friedmann machte eine Pause und trank einen Schluck Mineralwasser. »Ich war achtzehn, damals noch nicht volljährig, und verliebte mich unsterblich. Mein Freund war dreiundzwanzig und ein Angestellter der Familie, für die meine Mutter arbeitete. Wir lernten uns kennen, als er die Wäsche abholte. Es war …« Klara lächelte. Sie brauchte keine erklärenden Worte. Wieder senkte sie den Blick. »Wir wollten nach Amerika auswandern. Ein Onkel von Hermann, so hieß mein Freund, lebte in Louisiana auf einer Ranch. Hermann wollte dort als Verwalter arbeiten und ich hätte vorerst in der Küche geholfen. Gustav hat es nicht gepasst. Er sagte, ich solle weiterhin Mutter beim Waschen und Aufbügeln helfen. Ich könne ebenso zum Lebensunterhalt beisteuern wie er.« Klara Friedmann schloss für einen Wimpernschlag die Augen und atmete tief ein. »Wir haben uns ordentlich in die Haare gekriegt. Am nächsten

Tag bin ich abgehauen. Als ich in den Zug steigen wollte, hat Gustav mich erwischt. Das war es mit Hermann und mir. Zwei Jahre haben wir uns noch geschrieben, dann hab ich nichts mehr von ihm gehört.«

Petra nickte, zaghaft sagte sie: »Erich Hilken, Ihr jüngerer Bruder, war in der Rechtsmedizin. Er hat ihren Bruder identifiziert.«

Klara Friedmann wurde blass. Sie biss sich auf die Unterlippe. »Ja«, sagte sie. »Wie, ich meine, was ...« Ihre Stimme verklang.

»Er wurde mit einer Axt erschlagen.«

»Wie entsetzlich.«

»Ja. Ich hörte über einen Streit auf der Geburtstagsfeier. Was können Sie mir darüber sagen, Frau Friedmann?«

»Gustavs Kinder und er haben gestritten.« Klara Friedmann nickte. »Es ging um die Nachbarn und dieses Mädchen mit seiner Mutter aus Bremen.«

»Braunschweig«, verbesserte Petra.

»Braunschweig. Ja. Sie wissen es, Frau Kommissarin?«

»Ja. Erzählen Sie mir Ihre Version.«

»Was soll ich erzählen? Vor drei Wochen hat Gustav eine Familienkonferenz einberufen. Wir trafen uns alle in seinem Lieblingsrestaurant *Poseidon*. Da, wo wir auch seinen Achtzigsten gefeiert haben. Nach der Kürbissuppe stand er auf und meinte, er müsse Wichtiges verkünden. Er wolle dies offiziell tun, damit alle Menschen um ihn herum Bescheid wüssten und keine Kleckerwirtschaft entstünde. Es ginge um sein Testament, das er notariell zugunsten der Nachbarn und der Braunschweiger ändern wolle. Die Nachbarn bekämen sein Haus und dieses Mädchen und seine Mutter jede eine der zwei Eigentumswohnungen. Das Grundstück sei ja bereits zur Hälfte an die Nachbarn verkauft. Verkauft. Pah. Er hat es verschenkt für einen Euro. Er wollte es nur niemandem sagen. Wir, mein Mann, Erich und meine Schwägerin Mathilda, Margaretes Schwester, haben den abgeholzten Garten gesehen. Wir haben ihn so lange gelöchert, bis er es zugegeben hat. Die wollen ein Haus bauen, weil sie beengt wohnen und es ständig zu Streitigkeiten innerhalb der Familie kommt. Der größte Teil des Gartens ist weg. Margaretes Stolz. Was ein Trauerspiel. Jahrelang hat sie ihn liebevoll gepflegt. Die Blumen, die Obstbäume, der kleine Teich mit den Seerosen. Jetzt ist nach der Terrasse nur noch eineinhalb Meter Rasenfläche vorhanden. Ab da soll das Haus der Nachbarn hochgezogen werden. Was ein Wertverlust.« Klara Friedmann schüttelte den Kopf. »Und seine Kinder dürfen sich mit den Pflichtteilen begnügen. Das Gustav das getan hat. Wie beschämend. Fremde Menschen erben das Haus, was Margaretes Eltern gebaut haben. So besitzen sie drei Häuser in einer Reihe. Ein guter Reibach für die Pracks.«

Petra nickte. Sie dachte an ihren Bruder Günther, als der erfuhr, dass Oma Johanna ihr das Haus im Alten Land vererbt hatte. Noch heute machte er einen Aufstand und hing ihr bei jedem Treffen in den Ohren. »Das ist hart.«

»Und ungerecht. Nur weil Gustav seinen fünften Frühling mit dieser … dieser Frau da drüben erlebte oder erleben wollte, ist er völlig, war er völlig durch den Wind. Die und dieses Mädchen haben ihm eine Gehirnwäsche verpasst, und er hat es nicht mitgekriegt. So verhält man sich nicht seinen Kindern und Verwandten gegenüber. Oder?« Klara Friedmann sah Petra mit graugrünen Augen fragend an.

»Nein, das macht man nicht. Frau Friedmann, wissen Sie, welchen Notar Ihr Bruder beauftragt hat oder beauftragen wollte?«

»Nein. Versuchen Sie es im Ort. Gustav hat nie lange Wege für seine Angelegenheiten zurückgelegt. Ob Zahnarzt, Steuerberater, Optiker oder Bank. Sicher ist auch der Notar in Meckelfeld ansässig.«

»Ihr Bruder war Witwer, Frau Friedmann, darf ich fragen, wie lange?«

»Fünf Jahre.«

»Und seitdem war er, nun, wie soll ich es ausdrücken …« Petra zögerte.

»Auf Freiersfüßen. Ja. Er hat nur zu gerne den Frauen hinterhergesehen und geflirtet. Sogar, wenn er mit Margarete unterwegs war. Das machte ihr zu schaffen. Gesagt hat sie nie etwas.«

»Warum nicht?«

Klara Friedmann zuckte mit ihren schmalen Schultern. »Sie hat ihn geliebt. Aber was er jetzt veranstaltet … veranstaltet hat, wie er das Geld verschleuderte, ihre Witwenrente verschenkte, das hätte sie nie zugelassen. Die arme Margarete.«

»Wissen Sie von den Einbrüchen im Haus Ihres Bruders?«

»Sicher. Viermal sind Diebe eingestiegen. Unglaublich. Vor einer Woche ließ er eine Sicherheitsglasscheibe in die Terrassentür einsetzen. Er sprach es auf seinem Geburtstag an. Meinen Sie, Einbrecher haben Gustav ermordet?«

»Es könnte sein.«

»Verstehe ich nicht. Alle Wertsachen liegen im Schließfach bei der Bank. Aktien, Wertscheine, die wertvollen Münzen. Im Haus liegt nur alter Kram. Bei seiner Pension, der Witwenrente und den Einkünften hätte er sich längst neue Möbel leisten können. Frau Bachkötter klagte ebenfalls. Sie würde die alten Sachen nicht sauberkriegen. Sie war die Einzige, die Gustav ins Gewissen reden konnte. Uns hätte er sofort rausgeschmissen.«

»Noch eine Frage, Frau Friedmann: Wo waren Sie Samstag- und Sonntagfrüh in der Zeit zwischen acht Uhr und zehn Uhr?«

Klara Friedmann lächelte. »Zu Hause mit meinem Mann in unserem Häuschen in Barsbüttel. Am Samstag und Sonntag saßen wir um diese Uhrzeit garantiert im Wintergarten beim Frühstück. Sagen Sie, Frau Taler, was sind das für Menschen, die so etwas tun?«

»Menschen tun die absonderlichsten Dinge, Frau Friedmann. Wir werden versuchen herauszubekommen, wer Ihrem Bruder das angetan hat und warum. Das verspreche ich.«

9.

Petra bremste so stark vor einer gelben Ampel, dass der Hintermann ein Hupkonzert veranstaltete.

»Ja, verdammt! Wie schön, dass deine Hupe funktioniert«, rief sie und drückte ebenfalls kräftig die Hupe.

Ihre Gedanken kreisten um Gustav Hilken. Was war er nur für ein komischer Kauz? War er einsam, nachdem seine Frau gestorben war? Wollte er sich Freunde, eine Familie erkaufen? Den Sex neu erleben? Was war der Grund, warum er sich an Melanie ranmachte und ihr und den Braunschweiger Frauen alles bezahlte?

Drei Stunden hatte sie Gustav Hilkens Bruder, Erich Hilken, und seine Schwägerin Mathilda Wickendorf angehört und befragt. Seefeld sorgte mit Ewers dafür, dass die Bank, der Notar, Ärzte, Versicherungsgesellschaften und Telefonanbieter die Daten übermittelten und für die Kommissare freigaben. An Gustavs Handy, Laptop und Computer, versuchten die Kollegen der Technik, die Passwörter zu knacken.

Beide Geschwister und die Schwägerin sagten aus, sie hätten Gustav nach einem halben Jahr das erste Mal wieder auf seinem Geburtstag gesehen. Er war kein Familienmensch, aber hatte angeblich keine Feinde. Mit seiner Großzügigkeit gegenüber der Prack- und Gierling-Familie hatte er sich zum Narren der Verwandtschaft, Bekannten und Nachbarn gemacht.

Gustav Hilkens Kinder waren für den nächsten Tag auf die Wache bestellt. Silke Buchholz, mit fünfzig die Jüngste der drei Kinder, bestand darauf, ihren Vater im Vorfeld zu sehen.

Da die Kollegen mit Laufarbeiten unterwegs waren, Seefeld

sich der Datenzusammenstellung widmete, Ewers als Anwärter nicht allein die Rechtsmedizin aufsuchen konnte, blieb Petra nichts anders übrig, als sich mit Hilkens Tochter in Heiner Jensens Kellerräumen zu verabreden.

Sie wusste, wie man mit dem Tod umzugehen hatte. Der Tod gehörte zu ihrem Job. Es war ihr Auftrag, dafür zu sorgen, dass die Toten Gerechtigkeit erfuhren. Die Angehörigen mit empfindsamen Worten zu trösten. Worte, die den Schmerz nicht mildern konnten.

Sie musste Lüdersen anrufen. Gern wäre sie längst zu Hause, läge in der Badewanne und würde mit ihm telefonieren. Seit ihrem letzten SMS-Kontakt waren zwei Tage vergangen. Außerdem hatte sie Hunger und es verlangte sie nach einer Zigarette. Doch erst musste sie den Termin mit Silke Buchholz hinter sich bringen.

In der Butenfeldstraße in Hamburg vor den Räumen der Rechtsmedizin stand eine adrette Frau. Petra parkte ihren Geländewagen neben Heiners schnittigen BMW, wo er wirkte wie der eineiige Zwilling. Es dämmerte bereits, als Petra mit Silke Buchholz in Heiners heilige Hallen trat.

»Wann haben Sie Ihren Vater das letzte Mal gesehen?«, fragte Petra auf dem Weg zu den Fahrstühlen.

»Am Freitag, auf seinem achtzigsten Geburtstag.« Silke Buchholz verlangsamte ihre Schritte und senkte den Blick auf den Fliesenboden. Sie war groß und schlank, ihre Haare weißblond. Die spitze Nase in dem dreieckigen Gesicht ähnelte der ihres Vaters. »Wir haben uns gestritten.«

»Über die Nachbarn und den Braunschweiger Teenager?«

»Ja.«

Die Fahrstuhltür öffnete sich und Petra atmete tief ein. *Du schaffst das.* Konzentriert sah sie Silke Buchholz in die Augen, spürte dem leichten Ruckeln der Kabine nach und verfluchte ihre Panikattacken in engen geschlossenen Räumen.

»Wir haben uns in die Haare gekriegt. Beate, meine Schwester, Ingo, mein Bruder und ich. Alle drei haben wir auf Vater eingeredet, er möge endlich zur Vernunft kommen und die Augen aufmachen. Letzte Woche, vor seinem Geburtstag, haben wir ihn besucht. Wir wollten noch einmal mit ihm sprechen. Im *Poseidon*, dem Restaurant bei ihm an der Ecke, hatte er ja erst vor drei Wochen mit uns über sein Testament gesprochen. Aber das mit dem Grundstück … Wir versuchten ihn zu überzeugen, den Vertrag rückgängig zu machen. Hofften, er wäre endlich aufgewacht.« Silke Buchholz machte eine Pause.

Petra wartete, bis sie weitersprach.

»Aber das ist er nicht. Er teilte uns mit, er hätte sein Testament jetzt endgültig zugunsten der Nachbarn und der Göre mit ihrer unverschämten Mutter geändert. Alles wäre notariell beglaubigt. Es wäre unsere Strafe, da wir ja nie Zeit für ihn hätten.«

Die Fahrstuhltür öffnete sich. Petras Fäuste in den Jackentaschen entspannten sich.

»Hatte er recht? Hatten Sie keine Zeit für Ihren Vater.« Petra eilte aus der Kabine und holte ihr Notizbüchlein aus der Tasche.

»Recht, Frau Taler? Was war bei meinem Vater schon Recht? Er war für sein Alter agil, auch wenn er ab und an etwas doppelt erzählte oder vergaß. Hat man ihn angerufen und auf seinen Anrufbeantworter um einen Rückruf gebeten oder ihn per WhatsApp angeschrieben, durfte man keine Antwort erwarten. Das hat ihn alles nicht interessiert. In seiner Küche hängt ein Geburtstagskalender. Aber glauben Sie nicht, dass er einen Geburtstag meiner Schwester oder meines Bruders besuchte. Zu keiner Familienfeier, ob Weihnachten, Ostern oder anderen Feierlichkeiten tauchte er auf. Meine Geschwister und ich haben ihn immer eingeladen. Nicht einmal zu Hochzeiten ist er erschienen. Er schickte eine Postkarte mit Glückwünschen. Er zieht es vor … zog es vor, zu verreisen. Auf den Kilimandscharo, nach Indien, Nepal, Vietnam, und wenn nicht in ferne Länder, dann auf die Insel. Seitdem er nicht mehr so weit fliegen wollte, war Sylt sein Lieblingsreiseziel. Es sind seine Enkelsöhne, Frau Taler, Justus, Daniel, André und Gerald. Jedes Jahr haben meine Schwester und mein Bruder sie angelogen, Opa würde beruflich verreisen. Bis zum zwölften Lebensjahr haben sie es geglaubt.« Silke Buchholz lief eine Träne über die Wange. Sie wischte sie mit dem Handrücken zur Seite. »Mir warf er meine Kinderlosigkeit vor. Ich kümmere mich lieber um fremde aussätzige und kriminelle Bälger, anstatt mir einen Mann zu suchen. Wissen Sie, was er am Freitag auf der Feier gesagt hat. *Im Saal neben mir sitzen meine liebsten Enkelkinder. Elisa und Emily, ich überlege, ob ich sie adoptiere.* Meine Geschwister und ich haben ihn nur angesehen und gehofft, er möge auf der Stelle tot umfallen. Ja, ich gebe es zu. In diesem Moment haben wir ihm den Tod gewünscht. Und meinetwegen können Sie jetzt denken, was Sie wollen.«

In den Jahren ihrer Polizeiarbeit hatte Petra gelernt, dass die meisten Gewaltverbrechen Angehörige oder Bekannte begingen. Menschen, die dem Opfer nahestanden. Sie behandelte Zeugen mit äußerster Vorsicht. Alibis konnten noch so wasserdicht wirken. Sie wusste, oft wurden Alibis fingiert, um die Polizei abzulenken, um den Verdacht von der eigenen Person wegzulenken.

Petra sah von ihrem Notizblock auf. »Sie und ihre Geschwister waren enttäuscht und wütend auf Ihren Vater.«

»Das ist harmlos ausgedrückt.« Silke Buchholz setzte sich auf einen Stuhl in Heiner Jensens Vorraum, den eine Milchglasscheibe vom Leichenschauraum trennte.

Petra nahm ihr gegenüber Platz.

»Unsere Mutter hat er mit seinen Frauengeschichten ins Grab getrieben. Diese Melanie und ihre Schwägerin, die waren nicht die ersten Frauen.«

»Sie meinen, die Schwägerin Susanne Prack hatte auch etwas mit Ihrem Vater?«

»Mit meinem Vater konnte keiner etwas haben, jedenfalls nicht, wie Sie oder alle denken. Er kriegte keinen hoch, um es klar auszudrücken«, stieß sie leicht atemlos hervor.

Petra schluckte. »Aber …«, begann sie, als Silke Buchholz sie unterbrach.

»Mein Vater unterzog sich mit vierzig Jahren einer Vasektomie. Bei der Operation wurden Nervenstränge beschädigt, die für die Erektion zuständig sind. Ab da war für ihn Sense, zumindest der Sex auf normalem Wege. Meine Mutter kam damit klar. Ihn hat es zerfressen. Seine Männlichkeit wurde ihm geraubt. Ihm, dem Direktor Gustav Hilken. Meiner Mutter gab er die Schuld. Sie hätte ihm die Sterilisation vorgeschlagen, und nur für sie hätte er sich unters Messer gelegt, um weiteren Kindersegen zu verhindern. Jahrelang musste sie die schlimmsten Vorwürfe ertragen. Irgendwann fing Vater an, nach Frauen Ausschau zu halten. Nach jüngeren Frauen. Nur bei Blicken blieb es nicht.«

»Er wollte Ihre Mutter bestrafen.«

»Ja. Er wollte ihr zeigen, dass er es trotz seiner Behinderung den Frauen besorgen konnte. Ein Dreckschwein war er.« Silke Buchholz machte eine kurze Pause. »Mein Vater war achtzig Jahre, Frau Taler. Diese Nachbarinnen sind nicht einmal dreißig. Sie hätten seine Urenkelinnen sein können.«

»Vielleicht hat er sie ja als Enkelinnen gesehen.«

Silke Buchholz verschränkte die Arme vor der Brust und schüttelte den Kopf. »Haben Sie mit den Nachbarn und seinen Geschwistern gesprochen?«

Petra nickte.

»Na bitte. Die werden Ihnen alle das Gleiche über meinen Vater erzählt haben. Er hat seine Finger unter jeden gehobenen Rock gesteckt. Und zu gern trug er es in die Öffentlichkeit. Jeder sollte sehen, was er leistete. Obwohl er mit seiner Wilderei erst wieder angefangen hat, als diese Pracks eingezogen sind.«

»Wie darf ich das verstehen?«

»Na ja, nachdem unsere Mutter verstorben war, hat er sich zurückgezogen. Er fuhr zwar in den Urlaub, aber von den Frauen hat er die Finger gelassen. Zumindest haben wir Kinder nichts erfahren. Das hat erst vor einem Jahr begonnen, als die Nachbarn einzogen und er dieses Mädchen und ihre Mutter finanziell unterstützte.«

»War Ihr Vater krank?«

»Im Kopf auf alle Fälle.« Silke Buchholz verzog den Mund. Kleine Fältchen legten sich um ihre Lippen. »Ja. Nein. Vor ein paar Monaten hatte er einen kleinen Schlaganfall. Neurologisch hatte er sich einwandfrei erholt.«

»Nahm er Medikamente?«

»Ja, glaub schon. Etwas für seinen Magen.«

»Auch Schlaftabletten oder Beruhigungsmittel?«

Silke Buchholz schüttelte den Kopf und lächelte. »Mein Vater? Nie und nimmer. Der war der Fels in der Brandung. Den konnte nichts erschüttern.«

»Auch nicht die vier Einbrüche in seinem Haus?«

»Das weiß ich nicht. Er hat nicht darüber gesprochen. Wie gesagt, meine Geschwister und ich waren seltene Gäste in seinem Haus.« Silke Buchholz' braune Augen wirkten trostlos. »Glauben Sie, es war ein Raubmord?«

»Das wissen wir nicht. Hatte Ihr Vater Feinde?«

»Keine, die ich kenne. Viele haben ihn genommen, wie er war. Ein Großmaul, der glaubte, er wäre was Besseres. Die Nachbarn, die früher mit Mutter und ihm zusammensaßen, schnitten ihn. Guten Tag und guten Weg, mehr war nicht mehr drin. Aber ihn umbringen … Nein, da kenne ich keinen.«

»Wo waren Sie am Samstag- und Sonntagvormittag in der Zeit von acht Uhr bis zehn Uhr?«

»Am Samstag lag ich bis neun im Bett. Nach dem Frühstück bin ich einkaufen gefahren und hinterher in die Schwimmhalle, wie jeden Samstag. Am Sonntag um acht Uhr rief mich eine Mitarbeiterin ins Heim. Ein Jugendlicher, der Ausgang hatte, hat bei uns um die Ecke einer alten Dame die Handtasche geklaut.«

»In was für einem Heim arbeiten Sie, Frau Buchholz?«

»Ich bin Leiterin eines Heimes für schwererziehbare Kinder in Alsterdorf.«

»Ein anstrengender Beruf.«

»Nicht mehr und weniger als der Ihrige, Frau Taler. Mit Mördern möchte ich mich auch nicht täglich rumplagen.«

»Ja.« Petra holte tief Luft, dann sagte sie: »Da wir die erste Befragung hinter uns haben, brauche ich nur noch Ihre Unterschrift auf dem Protokoll. Morgen Nachmittag, Frau Buchholz?«

Silke Buchholz nickte.

»Prima. Sind Sie bereit, oder …«

»Ich will ihn sehen.«

Es war stockdunkel, als Petra aus der Gerichtsmedizin trat und auf ihren Dienstwagen zuging. Sie holte tief Luft. Der Geruch nach Desinfektionsmittel und Tod passte momentan in keine Schublade, die sie schließen konnte. Gustav Hilkens Leichnam sah noch blasser, noch toter aus, als er in seinem Wohnzimmer ausgesehen hatte. Petra hatte ein Würgen unterdrücken und sich abseits stellen müssen, als Jensen das grüne Leichentuch von Hilkens Gesicht entfernte.

Silke Buchholz hatte ihren Vater identifiziert. Wie zuvor schien sie unberührt der Tatsache, dass ihr Vater ermordet wurde. Mit kurzem Nicken und den Worten: »Bis morgen, Frau Taler«, war sie eilig verschwunden.

Heiner Jensen hatte Petra den Obduktionsbericht mitgegeben. Gustav Hilkens Todeszeitpunkt und Tag konnte er auf Samstagmittag um zwölf Uhr plus minus einer Stunde eingrenzen. Die Aussage der Tochter, Gustav Hilken hätte sich einer Vasektomie unterzogen, war ebenfalls bestätigt. Ebenso, dass durchtrennte Nervenstränge ihn der Manneskraft beraubt hatten. Jedoch war er kein Fels in der Brandung, wie Silke Buchholz behauptete, da sich in seinem Blut Spuren eines Beruhigungsmittels befanden. Entweder machten dem alten Mann die Einbrüche zu schaffen, oder er hatte sich über etwas aufgeregt. Warum nahm man sonst Beruhigungsmittel?

10.

Auf der Autobahn Richtung Stillhorn zur Abfahrt Harburg staute sich der Verkehr auf allen Fahrspuren. Langsam gewöhnte sich Petra an die Größe des Geländewagens. Zudem hatte ein Automatikgetriebe durchaus Vorzüge. Heiner, der ihr den Knopf für die elektrische Höhenverstellung gezeigt hatte, war aus dem Staunen über die technischen Details des Wagens nicht herausgekommen. Zu gerne hätte er eine Proberunde gedreht, was Petra verhindern konnte, da sie unbedingt nach Hause auf dem Speicher nach weiteren Spuren des irischen Mädchens suchen wollte. Ein Vorwand. Der Tag hatte sie mitgenommen. Sie war ausgelaugt und gestresst. Ein warmes Bad würde ihr guttun.

Sie wechselte auf die rechte Spur und nahm den Abbieger über die Wilhelmsburger Reichsstraße. Der kleine Umweg ohne Stau führte sie entspannter nach Hause.

In Neuenfelde hielt sie am Discounter. Milch, Butter, Brot, Gemüse und ein paar Kleinigkeiten standen auf ihrem Einkaufszettel. Der Einkaufskorb, den sie zum Auto schob, war zum Überlaufen gefüllt. Bis sie alles verstaut hatte, stand ihr der Schweiß auf der Stirn. Eins der fünf Pakete Müsliriegel stopfte sie ins Handschuhfach. »Das Ding ist viel zu klein für den Wagen. Da ist ja in meinem Blauen mehr Platz«, motzte sie laut und ungehalten.

»Dafür hat er viele weitere Vorzüge.« Ein Mann mittleren Alters, der seine Einkäufe in einen Mittelklassewagen lud, lächelte sie freundlich an.

»Das wird sich rausstellen«, antwortete Petra und richtete sich auf.

»Ist er neu?«

»Ja.«

»Sie mögen ihn nicht?«

»Ich gewöhne mich gerade an ihn.«

»Aha«, sagte der Mann. Seine Miene verriet, dass er Petras Ablehnung eines Wagens, in dem jeder Mann gerne hinter dem Lenkrad sitzen würde, keinesfalls verstand.

Petra hob die Hand zum Gruß, stieg in den BMW und kurvte weiter durch das Alte Land über die Estebrücke und in die Königreicher Straße. Als sie vor der Einfahrt ihres Bauernhauses angekommen war, musste sie ordentlich rangieren, so viele Wagen kamen ihr über der langen Auffahrt entgegen. Auch auf dem Hof vor Horsts Hofladen drängten sich die Autos. Verwundert parkte Petra neben ihrem Blauen und stieg aus.

»Das war es. Die Kirschen sind für dieses Jahr aus, hat Horst gesagt.« Eine Frau hielt zwei dreieckige Papiertüten im Arm. »Das sind die besten Kirschen, die das Alte Land zu bieten hat. Und alles in Bio, wo gibt es das zu diesem Preis?«

»Es gibt keine Kirschen mehr?«, fragte Petra verwundert. Sie verkniff sich das Schmunzeln und dachte an die Unmengen Früchte, die Horst eingefroren, zu Marmelade und Saft verarbeitet hatte und deren Vorrat mindestens ein Jahr halten würde. Vor gut einem Jahr hatte sie den damals Obdachlosen auf dem Harburger S-Bahnhof aufgelesen. Im Gegenzug für ein paar Informationen versprach sie ihm eine Nacht im Gästezimmer ihres Bauernhauses. Das aus einer Nacht inzwischen ein Jahr wurde, lag auch an Horsts Gärtnerqualitäten, mit denen er Petras Obstplantage zum Leben erweckt hatte.

»Nur noch ein paar Kilo. Sie müssen sich beeilen, wenn Sie noch welche haben wollen«, sagte die Frau und eilte, die Tüten fest an ihren Oberkörper drückend, zu ihrem Mann ins Auto.

Petra öffnete den Kofferraum und griff nach einem der drei

Einkaufskörbe. Mit freier Hand schloss sie die Haustür auf. Kater Fritzi saß am Küchenfenster und beobachtete angeregt das Treiben auf dem Hof.

»Da ist was los, was Kater«, sagte Petra, stellte den Korb auf den Tisch und küsste Fritzi auf die Stirn, der ihr miauend antwortete und weitere Streicheleinheiten verlangte. Für einen Augenblick stand Petra mit Fritzi auf dem Arm am Küchenfenster und sah dem Gedränge der abfahrenden und ankommenden Autos zu. »Ich muss da noch mal raus.« Sie setzte den Kater zurück auf die Fensterbank und ging auf den Hof. Als sie mit den letzten beiden Einkaufskörben in die Küche kam, saß Fritzi auf dem Küchentisch und knabberte am Möhrengrün, das aus dem Korb ragte.

»Was machst du wieder, du verrückter Kater?« Petra grinste und schob den Kater sanft beiseite. »Du weißt, dass du kein Grünzeug verträgst. Nachher kotzt du wieder alles aus.« Petra hatte gerade ausgesprochen, als der Kater zu würgen anfing. Mit offenem Maul, rausgestreckter Zunge, steifen Gliedern und wellenartigen Bewegungen des Körpers, spuckte er das heruntergeschlungene Möhrenkraut samt Schleim und Haarbüschel auf den Holztisch.

»Na, bitte. Da haben wir die Sauerei. Runter mit dir, du Ferkel.« Petra machte eine wedelnde Handbewegung.

Mit kläglichem »Miau« sprang Fritzi vom Tisch und rannte, als wäre der Teufel hinter ihm her, bis ans hintere Ende der Diele, schob sich durch die Katzenklappe und jagte hinaus auf die Weide.

Petra riss ein paar Haushaltstücher von der Rolle und wischte Fritzis Hinterlassenschaft vom Tisch, als das Telefon im Wohnzimmer klingelte. Sie eilte hinüber und nahm mit Zeigefinger und Daumen den Hörer des Festnetztelefons ab. »Taler.«

»Hallo, meine Schöne, endlich erreiche ich dich. Auf der Wache bist du nicht und auf deinem Handy spricht nur der Anrufbeantworter mit mir.«

»Lüdersen, du, ich … warte einen Augenblick«, sagte Petra und rannte in die Küche. Sie wusch die Hände, schüttelte sie in der Luft und wischte die Restfeuchte in ihre Jeans. »So, da bin ich wieder. Ich habe dich gestern und heute Morgen versucht zu erreichen. Deine Mama sagte, du warst unterwegs.«

»Ja, das stimmt. Wie geht es dir?«

»Gut. Mir geht es gut.«

»Heiner hat mich vor einer Stunde angerufen. Ihr habt einen neuen Fall.«

»Ja. Ein alter Mann ist mit einer Axt in seinem Haus in Meckelfeld erschlagen worden.«

»Kommst du mit Puhphal klar?«

»Bis jetzt hat es funktioniert«, antwortete sie. Je weniger sie mit dem neuen Staatsanwalt zu tun hatte, desto besser. Es gab genug zu tun, da brauchte sie keinen zweiten Friedrichsen im Rücken. »Was wollte Heiner?«

»Nur fragen, wann ich nach Hamburg komme?«

»Und, wann kommst du?«

»Das dauert, meine Schöne. Gestern Abend wurde vor Mamas Restaurant ein Mann zusammengeschlagen. Er liegt im Krankenhaus. Er hat Glück gehabt. Eine Clangruppe sind wir los, eine neue hat sich gebildet. Ich kann sie jetzt nicht alleine lassen.«

»Verstehe. Pass auf deine Mama auf und grüß sie herzlich. Sag ihr, ich vermisse ihre Tagliatelle al limone mit Mozzarella-Pesto-Bällchen.«

»Das mach ich. Ich liebe dich, meine Schöne. In Gedanken liegst du in meinen Armen. Ich versuche, dich nachher noch einmal anzurufen.«

»Ich warte auf deinen Anruf. Und … ich liebe dich auch, Lüdersen.« Petra legte den Hörer auf. Für einen Moment stand sie am Türrahmen angelehnt im Wohnzimmer, die Augen geschlossen und die Arme um ihren Körper geschlungen, als wolle sie sich umarmen.

»Na, Fräuleinschen.« Horst, der in die Diele stürmte, riss Petra aus ihrem Tagtraum. »Wo bist mit deinen Gedanken?«

»Wieder hier, Horst, wieder hier. Hast du Feierabend?«

»Nein. Zehn Kilo Kirschen sind noch da. Ich bin sicher, die gehen heute Abend noch weg. Ich will nur schnell, solange keiner kommt, das Schild vor der Auffahrt entfernen.«

»Was für ein Schild?«

»Dass heute der letzte Tag für den Kirschverkauf ist.«

»Ach deswegen ist hier so ein Gewusel.«

»Jupp. Unsere Kirschen sind begehrt. Ich hab dir ein paar mitgebracht. Hier, für dich. Vitamine.« Er drückte Petra ebensolche Papiertüte in die Hand, wie die Frau auf dem Hof in der Hand hatte.

»Horst, das ist lieb, dass du dich um uns zwei sorgst, nur …«

»Es hat am Hofladen geklingelt. Ich muss raus«, würgte Horst grinsend Petras Satz ab.

Petra ging in die Küche, legte die Kirschtüte auf die Fensterbank und holte Omas Wurzelholzbürste und die Seife aus dem Seifenschrank. Mit kräftigen Bürstenstrichen schrubbte sie den Holztisch. Dann verstaute sie den Einkauf im Kühlschrank und in der Vorratskammer. Nachdem sie sich einen Tee gekocht, zwei Käsebrote geschmiert, eine Handvoll Kirschen gewaschen und alles nach oben ins Badezimmer geschleppt hatte, ließ sie sich ein Bad ein. Mit einem reichlichen Schuss Kokosnussschaum rutschte sie ins warme Wasser und hörte die Nachrichten auf ihrem Handy ab. Viermal hatte Lüdersen versucht sie zu erreichen. Dreimal hinterließ er ihr zärtliche Nachrichten. Einmal hatte er wortlos aufgelegt. Mist, jetzt hatte sie vergessen ihn zu fragen, ob er wusste, wer ihr den Dienstwagen aufgedrückt hatte.

Zwei weitere Nachrichten hatte Seefeld hinterlassen, in denen er um Rückruf bat. Da sich die Stimme ihres Kollegen weder aufgeregt noch sonderlich besorgt anhörte, beschloss sie, den Rückruf zu verschieben, bis sie aus dem Bad kam.

Wohlig rekelte sie sich im Schaumbad, beobachtete über das Dachfenster den anbrechenden Nachthimmel und träumte sich in Lüdersens Arme. Wie schön wäre es, würde er wieder zu ihr in die Wanne steigen. Sie schmunzelte bei dem Gedanken an ihr erstes Mal.

Der heiße Tee und das warme Bad vertrieben die Kälte aus ihren Gliedern, die sie seit ihrer Ankunft in Hamburg gespürt hatte. Als sie die letzten Krümel des Brotes vom Mund wischte, klingelte ihr Handy. Mit der Hand hangelte sie auf das Tablett neben der Wanne und nahm ab, ohne auf das Display zu sehen.

»Na, mein heißer Liebhaber«, flötete sie ins Telefon, »da bist du ja wieder.«

»Ähm, ja. Nein. Ich bin es Seefeld.«

»Seefeld. Entschuldigung, ich hatte … habe gedacht Sie …«

»Schon gut, Chefin.«

»Was gibt es? Ich hoffe, kein neuer Mord.«

»Nein. Alles ruhig. Ich bin die Unterlagen der Wache aus Meckelfeld, über die Einbrüche in Hilkens Haus und in der Umgebung durchgegangen, die Friedrichsen mitgebracht hat. Und da ist mir einer der Diebe aufgefallen. Axel und ich hatten den Mann vor drei Jahren bei einem Raubüberfall mit Körperverletzung in einem Einfamilienhaus im Ort festgesetzt. Damals gab es nicht genug Beweise und wir mussten ihn laufen lassen. Edu Coman heißt er. Ein Rumäne. Vor zwei Wochen kam er wieder ins Gespräch. Wir vermuteten, er war in den Diebstahl der drei Luxuswagen verwickelt, die aus Harburg in einer Nacht verschwanden. Leider verpufften alle Beweise wie Seifenblasen. Wir sollten ihn auf jeden Fall ins Auge fassen.«

»Können wir morgen fassen, Seefeld.«

»Könnten wir. Nur ist das nicht alles, Chefin. Ewers und ich haben bei allen Münzhändlern und Antiquitätenhändler im Umkreis von fünfzig Kilometer angefragt, ob der Schmuck oder die Münzsammlung, die aus Hilkens Haus gestohlen wurde, aufgetaucht ist.«

»Seefeld, kommen Sie auf den Punkt!«

»Bin dabei, Chefin, bin dabei. Einem türkischen Goldhändler in Harburg Stadt wurden vor vier Wochen einige Schmuckstücke angeboten. Er erinnerte sich an Ketten und Armbänder, die er in den Verkauf nehmen wollte. Als er den Mann nach dem Personalausweis fragte, verschwand dieser aus dem Laden.«

»Kann der Händler eine Personenbeschreibung abgeben.«

»Edu Coman ist es nicht.«

»Sondern?«

»Dem Aussehen und der Sprache nach war es ein Deutscher.«

»Haben Sie den Goldhändler für ein Phantombild auf die Wache bestellt?«

»Er kommt morgen Vormittag.«

»Danke, Seefeld. War es das für heute?«

»Ja.«

»Gut. Schönen Abend. Wir sehen uns morgen um neun zur Besprechung.« Petra legte auf und griff nach ein paar Kirschen. Nachdenklich kaute sie das dunkelrote Fruchtfleisch vom Kern.

Vor vier Wochen waren Teile des Schmucks aufgetaucht. Der erste Einbruch in Hilkens Haus, als Schmuck und die Münzsammlung gestohlen wurden, lag ein Dreivierteljahr zurück. Der oder die Täter hatten lange gewartet, bis sie sich entschlossen, die Stücke zu veräußern. Das konnte bedeuten, es war ein erfahrener Täter, der abwartete, bis er die Ware zum Verkauf anbot. Was wiederum bedeutete, er brauchte das Geld nicht sofort. Es war kein Junkie, der dringend Geld benötigte, um Drogen zu kaufen. Zumal er nur die wertvollen Schmuckstücke entwendet hatte. Bernstein- oder Korallenketten, die, wie sie herausfanden, in Geschäften als Ladenhüter galten, hatte er in Hilkens Haus, wie die unechten Ohrstecker und Ringe, nicht angerührt.

Nur wer hatte den Alten so gehasst, um ihm eine Axt in den Schädel zu schlagen? Bei Hilkens magerer Statur hätte es ausgereicht, ihm ein Kissen auf das Gesicht zu drücken. War es ein Einbrecher, der durchdrehte und sichergehen wollte, dass er bei seinem Raubzug nicht gestört wurde? Nur warum lag Hilkens Handy griffbereit, stand der Fernseher im Schrank, lag der Laptop auf dem Esszimmertisch?

Eines war Petra klar, dieser Fall war äußerst verwirrend.

»Alles morgen«, murmelte sie und spuckte den letzten Kirschkern auf die Schale.

11.

Theo Schwalbe saß in seinem dunkelblauen Subaru in der Bremer Straße in Harburg-Eißendorf und starrte durch die Windschutzscheibe auf das *Medusa* auf der gegenüberliegenden Straßenseite. Ein griechisches Restaurant, das in den Siebziger- und Achtzigerjahren einen finanziellen Boom erlebte und die Besitzer zu ihren Altersruhesitzen in der Heimat gebracht hatte.

Über zwei Wochen verfolgte er eine Spur. Drei Luxuswagen aus dem Harburger Umkreis, die er für seine Auftragsgeber nach Übersee transportieren sollte und die Edu, wie er vermutete, hinter seinem Rücken weiterverkauft hatte. Das Geld, das die Araber ihm gegeben und er mit Edu geteilt hatte, steckte in den Traktoren seiner Schwester. Keine gute Ausgangsposition.

Vor sieben Jahren hatte er Edu auf der Hochzeit seiner Schwester im Alten Land, in Cranz, kennengelernt. Als Vorarbeiter auf der Plantage seines Schwagers Knut Henning saß er neben ihm am Hochzeitstisch. Da sich beide als Nichttänzer sträubten, einen Fuß auf das Parkett zu setzen, waren ein Gesprächsthema und weitere Gemeinsamkeiten schnell gefunden. Edu kundschaftete die Häuser und Autos der Harburger Reichen aus, erledigte die Diebstähle. Theo verwandelte das Diebesgut zu Bargeld. Halbe, Halbe. Ein faires Geschäft. Er hatte ihm vertraut. Sieben Jahre. Bis jetzt.

Jetzt hingen ihm seine Partner im Nacken.

Edu war ein Meister des Versteckens. Wenn er nicht gefunden werden wollte, wurde er nicht gefunden. Nicht von ihm.

Theo Schwalbe startete den Motor und stellte die Heizung auf volle Leistung. Er fror. Die Scheibe beschlug. Ungeduldig wartete er, bis die heiße Luft das Glas erwärmte und frei pustete.

Im Alten Land, in Jork Ladekop, hatte seine Suche begonnen. Bis in die späten Herbstmonate hinein arbeiteten hier viele Osteuropäer und Türken als Erntehelfer. Die Bauern hatten sich auf die Erntehelfer eingestellt und Wohnunterkünfte gebaut. Oft lebten hier bis zu fünfzig Männer und Frauen für Monate auf engstem Raum. Durch den ständigen Arbeiterwechsel fiel ein neuer Mann kaum auf. Theo wusste, wo er suchen und fragen musste, damit er die Auskunft bekam, die ihn weiterbrachte.

Edu Coman war ein Meisterdieb, seine Schwäche waren die Frauen. Kira, eine junge Polin, gab ihm den entscheidenden Hinweis. Edu wäre eine Woche bei ihr untergekommen. Als sie in der Plantage zum Pflücken war, hätte er sich mit Sonka, ihrer Mitbewohnerin vergnügt. Daraufhin hatte sie ihn rausgeschmissen. Theo solle es in Harburg im Restaurant *Medusa* versuchen. Angeblich wohne Edu in einer der Altbauwohnungen über dem Restaurant. Und wenn er ihn träfe, solle er ihm einen schönen Gruß ausrichten, eine kleine Abreibung täte ihm gut. Für Edu Coman hielt Theo mehr als nur einen Gruß und eine kleine Abreibung bereit. Als müsse er sich vergewissern, griff er an das Halfter, in dem sein zuverlässiger Partner, seine Glock 17, steckte.

Es ging auf Mitternacht zu. Das Restaurant würde bald schließen. Ein Ehepaar trat aus der Tür. Der Mann zündete eine Zigarette an. Die Frau wedelte mit der Hand in der Luft und schimpfte. Theo schnappte Gesprächsfetzen auf, die über den geöffneten Schlitz des Wagenfensters zu ihm herüberwehten.

Die Bremer Straße war um diese Zeit, mitten in der Woche und außerhalb der Innenstadt, mager besucht. Hinter den Fenstern der aneinandergereihten Mehrfamilienhäuser aus den 50er Jahren verloschen die Lichter, sendeten nur vereinzelt bunte flackernde Strahlen das Fernsehnachtprogramm auf die Straße. Schwalbe grinste. Anstatt mit hunderttausend Euro davonzufliegen, hatte sich Edu unter die Harburger Stadtbevölkerung gemischt. Sein Fehler.

Mit zusammengekniffenen Augen spähte Theo in die Dunkelheit. Das beleuchtete Restaurantschild, wie die Innenbeleuchtung erlosch. Er kurbelte die Scheibe herunter, um besser sehen zu können. Vier Männer und eine Frau traten vor das Restaurant, lachten kurz und gingen ihres Weges. Ein Mann und eine Frau, beide Anfang des Rentenalters, stiegen in einen Kleinwagen. Zwei Männer bewegten sich Richtung Harburg Stadt. Edu Coman war nicht darunter.

»Verdammt«, knurrte er zähneknirschend. »Wo steckst du?«

Im Dachgeschoss ging das Oberlicht an. Theo stieg aus dem Wagen und überquerte die Straße. Am Hauseingang neben dem Restaurant gab es keine Briefkästen. Die Namenschilder an den Klingeln waren unleserlich oder nicht vorhanden. Wenn Edu im Restaurant arbeitete und oben in der Wohnung wohnte, wie es die Polin gesagt hatte, gab es einen Hintereingang, der ihn ins Treppenhaus führte, ohne dass er die Straße betreten musste.

Sechs Klingelschilder. Wo sollte er klingeln? So hatte das keinen Sinn. Er würde nur auffallen. Er käme wieder, wenn Edu arbeitete. Dann würde er sehen, ob er an der richtigen Adresse war.

12.

»Mensch, großer Jan, was machst du hier? Du solltest in Neapel sein.«

»Horst, ohne meine Bella habe ich es nicht mehr ausgehalten. Wo ist sie?«

»Na, arbeiten.«

»Sie hat bis Montag Urlaub.«

»Du kennst sie doch. Da ist der Axtmörder, und wenn ihr Polizeisender auf Empfang steht, ist sie nicht zu halten.«

»Diese Frau macht mich kirre. Ich geh einkaufen. Und du rufst sie jetzt nicht an und verrätst, dass ich wieder da bin. Ich will sie überraschen.«

»Ich brauch nicht auf euch zu warten. Hab verstanden. Aber geh die Sache langsam an. Seitdem sie weiß, dass du ihr den Dienstwagen aufgedrückt hast, ist sie ordentlich geladen.« Horst grinste.

»Danke für den Tipp.« Lüdersen winkte und stieg in seinen Wagen. Horst sah ihm nach, wie er über die Auffahrt des Bauernhauses davonbrauste.

»Ich komme zu spät zur Besprechung«, nörgelte Petra in Lüdersens Armen. Sie lagen nackt aneinandergeschmiegt in Lüdersens Schlafzimmer seiner Penthousewohnung an der Hamburger Elbchaussee.

»Du hast Urlaub, mein fleißiges Bienchen. Und zu gern würde ich dich hier festbinden, aber dann würde ich mir nur deinen Zorn aufhalsen. Und dass will ich mir nicht wieder antun.«

»Was soll das heißen?« Petra stützte sich auf den rechten Ellenbogen und sah Lüdersen fordernd ins Gesicht.

»Na ja, das mit dem Dienstwagen.«

»Das hättest du mir sagen können. Mich vor vollendete Tatsachen stellen, kann ich nicht vertragen. Wenn sich Ewers, Friedrichsens Neffe, nicht verplappert hätte, wüsste ich heute noch nicht, dass du den geordert hast!«

»Ich merk es mir, wenn ich dir das nächste Mal etwas schenke.«

»Wieso schenken? Der Wagen kommt aus dem Staatstopf.«

»Wer sagt das?«

»Friedrichsen, wer sonst. Er meint, der Wagen käme auf Anordnung oberster Stelle.«

»Dieser Fuchs.« Lüdersen schüttelte lächelnd den Kopf. »Nein, meine Bella, einen Wagen dieser Größenordnung kann selbst ich vor Vater Staat nicht rechtfertigen.«

»Wie darf ich das verstehen?«

»Dass es ein Geschenk von mir an dich ist.«

»Das meinst du jetzt nicht ernsthaft.«

»Aber natürlich, meine Schöne. Ich möchte, dass du sicherer auf den Straßen unterwegs bist. Dein Blauer hat ja nicht einmal Airbag. Bist du mir böse?«

Petra holte tief Luft. »Ja, das bin ich«, sagte sie, dann: »Mein Blauer ist eine Erinnerung an meine Großeltern. Und es schmerzt mich, dass du darauf keine Rücksicht nimmst und mir einfach einen Wagen vor die Tür stellst. Dazu kommt, dass die Kollegen glauben, ich bekäme Sonderrechte, und dass Steuergelder keine Rolle spielen, weil wir beide ein Paar sind. Ich kann dieses Getuschel hinter meinem Rücken nicht vertragen. Und Friedrichsen schmückt sich noch mit fremden Federn.«

»Ich weiß, meine Schöne. Es tut mir leid. Ich habe nicht überlegt und zu spontan gehandelt. Ich kenne den Verkäufer. Morgen gehe ich zu ihm und mache den Verkauf rückgängig.«

»Nö.«

»Nö?«

»Nö. Der Wagen gefällt mir. Ich gewöhne mich an ihn. Außerdem hat er Sitzheizung, Klimaanlage, CD-Spieler, Rückfahrkamera, elektrische Höhenverstellung und …«

»Schon gut, schon gut, ich habe verstanden.«

»… und die Männer neben mir an der Ampel blinzeln mir zu«, setzte Petra ihren Satz grinsend fort.

»Wie?«

»Ich bin jetzt eine gute Partie, Lüdersen.« Petra gluckste, als Lüdersens Gesichtszüge verkrampften.

»Du kleines Biest«, sagte er. »Und …«

»Du solltest jetzt nichts sagen, was du später bereust.« Schmunzelnd legte Petra ihm den Zeigefinger auf den Mund.

»Siehst du, genau das meine ich.« Jan Maria Lorenzo Lüdersen nahm ihre Hand, sah Petra zärtlich lächelnd an, hob sie auf seinen Körper und küsste sie leidenschaftlich auf den Mund.

»So nicht, so kommst du mir nicht davon, großer Jan.«

»Nein? Ich dachte, so komme ich immer davon.«

»Nein«, sagte Petra, und spürte, wie seine Männlichkeit erneut an diesem Morgen erwachte und sich an ihre Lenden drückte. »Ich muss dir erst etwas sagen.«

»Können wir das verschieben?«, hauchte er in ihr Ohr, während leichte Seufzer aus seiner Kehle rollten.

»Nein, können wir nicht«, sagte Petra. Es fiel ihr immer schwerer, sich zu konzentrieren. Lüdersens Hände tasteten forschend über ihren Rücken, erfühlten jeden Zentimeter und bescherten ihr eine Gänsehaut nach der anderen. »Es ist wichtig. Es geht um uns. Es gibt da etwas, was ich dir auch noch nicht gesagt habe.« Sie sah in Lüdersens Gesicht. Sein leichter Bartschatten machte ihn noch männlicher, und seine Lippen, die dieses Lächeln trugen und ihn für sie unwiderstehlich machte.

»Dann ist es wirklich wichtig. Leg los«, antwortete er.

Petra holte tief Luft und hing ihren Blick in Lüdersens Augen, die in dem schummrigen Licht, das durch die Verdunklungsjalousien in das grau-weiß-schwarze, supermodern eingerichtete Schlafzimmer fiel, noch ein wenig dunkler als sonst wirkten. Vielleicht auch, weil sein Lachen erstorben war und seine Finger ihren Rücken verlassen und zu ihren Schultern gewandert waren.

»Ich bin schwanger.« Mit einem Stoßseufzer atmete sie aus. Endlich war es raus.

Die zehn Sekunden, die sich Lüdersen Zeit nahm, um zu antworten, seine Miene versteinert in ihr Gesicht warf, verstrichen für Petra wie Stunden. Alle Gedanken, die sie seit der Gewissheit der Schwangerschaft beunruhigten, prallten wie ein Steinschlag auf sie nieder. Sie hätte es ihm verschweigen sollen. Er wollte kein Kind. Warum auch? Sie las es in seinem Gesicht.

»Wie bitte? Höre ich richtig? Ich will nicht veralbert werden!« Seine Worte, fest, hart ohne jegliches Gefühl knallten ohrenbetäubend an die Wände, die verglasten Schwarz-weiß-Graphiken eines ihr unbekannten Künstlers, den grauen Hochglanzschrank, der die Wandseite des Schlafzimmers einnahm. Seine Hände auf ihren Schultern drückten zu.

Petra erschrak, drehte sich aus dem Griff und rollte über seinem Körper auf die Bettkante des schwarzen Lederbettes. Sie hatte mit Vorwürfen oder Lachanfällen, nur nicht mit dieser heftigen abwehrenden Reaktion gerechnet. Sie griff einen Teil der Decke und wickelte ihn um ihren Körper. Ihre Füße baumelten wie bei einem Kleinkind, das auf einem zu hohen Stuhl sitzt, über dem Fußboden. Ein feiner Schweißfilm ihres morgendlichen Liebesaktes trocknete auf ihrer Haut, hinterließ eine fröstelnde Kühle. Ihre Augen blieben am Bild an der Wand hängen. Sie wusste nicht genau, was sie von den schwarzen Strichen auf der weißen Leinwand halten sollte. Irgendwie hielten sie ihren Blick gefangen und irgendwie brachten sie ihre Stimmungslage noch weiter durcheinander. Tränen füllten ihre Augen. Wie konnte sie so dumm sein und glauben, dass er sich so freute, wie sie es inzwischen tat. Die Stille im Raum wurde unerträglich.

Ohne Lüdersen eine passende Antwort zu geben, stand Petra auf und eilte ins Badezimmer. Sie schloss die Tür ab, ging unter die Dusche und zog sich zügig an. Als sie im Flur nach ihrer Jacke und Handtasche griff, tauchte Lüdersen hinter ihr auf und griff ihr um die Taille.

»Hey, was tust du? Lass mich dir erklären, warum ich …« Er zog sie an sich.

Petra drehte sich aus seiner Umarmung. »Du brauchst mir nichts erklären. Wir telefonieren. Ich muss zur Arbeit. Wir haben Besprechung«, würgte sie ihn knapp ab und öffnete die Haustür. Eilig, ohne sich umzudrehen, rannte sie am Fahrstuhl vorbei zum Treppenhaus.

Als sie hechelnd im Erdgeschoss ankam, stand Lüdersen, nur mit einem Handtuch um die Hüften, barfuß in der Eingangshalle des Hauses. Der Pförtner hinter dem Empfangstresen versteckte sich hinter der Tageszeitung.

»Wo willst du hin, Dickkopf?« Lüdersen machte ein paar schnelle Schritte und versperrte Petra die gläserne Eingangstür des Mehrfamilienhauses an der Elbchaussee. Im Haus mit den acht Eigentumswohnungen und zwei Penthousewohnungen wohnten Ärzte, Anwälte und Unternehmer. Wie Lüdersen ihr erzählte, gab es auch einen Schauspieler unter den Mietern. Er bewohnte die zweite der Penthousewohnung im fünften Stock. Bisher war Petra ihm nicht begegnet.

»Zur Arbeit, das hab ich gesagt, und jetzt lass mich durch, ich bin spät dran.« Petra schaute Lüdersen ins Gesicht und wusste, dass ihres tränenverschmiert war. Mit dem Ärmelsaum wischte sie über die Augen.

»Nein, erst wirst du mir sagen, warum du abgerauscht bist, ohne mir zuzuhören.«

»Ich habe genug gehört.«

»Du hast gehört, was du willst, nur nicht das, was ich dir sagen will.«

»Deine Worte waren verständlich.«

»Welche Worte? Die, dass du mich nicht veralbern sollst oder die, wo du mich nicht hast ausreden lassen.«

»Das ist wurscht.«

»Kommst du jetzt bitte mit nach oben, damit wir vernünftig reden können. Mir wird kalt.«

»So wie du läuft man ja auch nicht auf der Straße rum.«

»Kommst du jetzt wieder mit nach oben oder ...«

»Oder?«

»Es langt.« Lüdersen griff Petra um die Hüften und schulterte sie wie einen Kartoffelsack. Sein Handtuch rutschte über die Hüften. Der Pförtner ließ die Zeitung sinken und grinste.

Wild mit den Füßen strampelnd und auf Lüdersens Rücken mit den Fäusten trommelnd, dabei die wildesten bayrischen Flüche ausstoßend, trug er Petra in den Fahrstuhl.

»Hallo, Tommy«, grüßte Lüdersen einen Mann, den Petra aus der geschulterten Position nicht erkennen konnte.

»Hallo Mister Hudson, wen hast du huckepack? Doris Day?«

»Ja, so ungefähr. Musst du zum Dreh?«

»Nein, ich hab auch ein Date. Drück mir die Daumen, dass ich meine Angebetete nicht so überzeugen muss wie du die deine.«

Die Männer lachten, dann öffnete sich die Fahrstuhltür.

Die Tür zum Penthouse stand noch immer offen. Vorsichtig setzte Lüdersen Petra auf dem Schlafzimmerbett ab.

»So«, sagte er und hielt ihr den Mund zu. »Du hast jetzt Pause. Davon abgesehen hab ich dein Weißwurstgebrabbel eh nicht verstanden. Ich nehme jetzt meine Hand von deinem Mund, und du hörst mir zu ohne mich zu unterbrechen, verstanden?«

Petra nickte.

»Ich will keine ...«

»Das hast du schon gesagt«, keifte Petra dazwischen. »Dafür hättest du mich nicht wie einen Mehlsack hier hoch schleppen und über mich lachen müssen. Wer war das überhaupt da im Fahrstuhl?«

»Das war Tommy, der Schauspieler aus der Serie ... verdammt, das ist doch unwichtig. Ich will, dass du mich endlich ausreden lässt. Und ich will keine Lügen mehr über das Thema Kinder hören, das will ich dir die ganze Zeit sagen.«

»Ich habe …«

»Du sollst still sein. Ich bin dran. Als ich mit Rosalie verlobt war, erzählte sie, sie würde ein Kind bekommen. Das war gelogen. Sie wollte, dass ich sie heirate. Aber ich wollte sie nicht heiraten. Weder mit noch ohne Kind. Sie war nicht die Richtige, das hab ich gespürt. Und als du vorhin sagtest, du bist schwanger, dachte ich, du willst mich auch veräppeln.«

»Du hast gedacht, ich will dir ein imaginäres Kind unterjubeln, um dich zu heiraten. Da bist du schiefgewickelt, Herr Staatsanwalt. Ich will dich nicht heiraten, dann wäre ich in Neapel gleich darauf eingegangen.«

»Aber ich will dich heiraten. Ich liebe dich, meine Bella. Du bist die einzige Frau, die zu meinen Marotten passt.«

»Du meinst meine Marotten.«

»Nein, mit deinen komme ich klar, wie du gesehen hast.«

»Das war Freiheitsberaubung.« Petra schmunzelte.

»Und das ist kein Scherz. Wir bekommen ein Kind.« Lüdersens Augen strahlten in einem Glanz, den Petra nie vorher in seinen Augen gesehen hatte.

»Ich war mir schon sicher, bevor ich zu dir nach Neapel flog. Ich habe drei Schwangerschaftstests gemacht, und in Hamburg war ich bei meiner Frauenärztin. Du wirst Vater. Mir ist klar, das ist nicht unbedingt der beste Zeitpunkt für deine Karriere am Gericht, aber so ist es nun mal. Ich hatte das auch noch nicht geplant.«

»Der Job zum Oberstaatsanwalt kann warten. Wann, ich meine wann ist es so weit?«

»Im April nächsten Jahres, wenn alles gutgeht.«

»Natürlich geht alles gut. Was sollte nicht gutgehen? Verdammt, warum hast du mir nichts gesagt? Ich wäre sofort mit dir nach Hamburg geflogen.«

»Weil man in den ersten drei Monaten nie sicher sein kann,

ob das Baby auch uns als Eltern will oder es sich vielleicht anders entscheidet.«

»Wir werden die besten Eltern der Welt. Oh, meine Bella, wie liebe ich dich.« Lüdersen ging auf die Knie und legte seinen Kopf auf Petras Bauch. »Wie liebe ich dich.«

Petra fuhr mit den Händen durch Lüdersens dunkle Haare, verweilte in seinem Nacken. »Bist du dir auch sicher, dass du das willst? Schlaflose Nächte, müde Tage im Büro, die ersten Zähnchen, Koliken, Windeln wechseln, Fläschchen geben mitten in der Nacht und die Kinderkrankheiten. Ein Kind ist eine große Verantwortung.«

»Ja. Ja. Ja. Alles das will ich. Ich will es mit dir, meine Bella. Wie kann ich dir das beweisen? Soll ich noch einmal im Adamskostüm mit dem Fahrstuhl ins Foyer fahren, an jeder Tür dieses Hauses klingeln, auf die Dachterrasse gehen und es über die Elbe schreien. Möchtest du das?«

Petra lachte. »Wäre schön anzusehen.« Petra machte eine Pause. Fordernd sah sie Lüdersen an.

»Du willst, dass ich ...« Lüdersen zweifelte.

Petra lachte laut auf. »Nein, das muss nicht sein. Ich glaube dir.«

»Du bist wirklich ein kleines Biest. Ich liebe dich. Willst du mich endlich heiraten, meine Bella?«

»Du machst mir einen Heiratsantrag. So? Nackt?« Sie hielt ihn auf Armeslänge von sich, als er sie umarmen wollte.

»Na ja, der Pfarrer in Neapel wollte uns ja schon verheiraten. Und immerhin sind wir ja auch verlobt.«

»Ja, der Pfarrer. Nur du hast mich in Neapel nicht gefragt.«

»Ich wollte es ja, aber irgendwie ... Warte, geh nicht weg.« Lüdersen sprang auf und eilte aus dem Schlafzimmer.

Zehn Minuten später trat er in einem schwarzen Anzug mit weißem Hemd ins Schlafzimmer. In der Hand hielt er eine rote, aus Papier gefaltete Rose. Wieder ging er auf die Knie.

13.

Theo Schwalbe fuhr seinen Subaru die Bremer Straße entlang. Gegenüber dem Restaurant *Medusa* hielt er auf dem Parkstreifen vor einem Drogeriemarkt. Durch das Seitenfenster sah er, wie im Restaurant die Lichter angingen. Achtzehn Uhr, der Abendbetrieb begann. Die Dämmerung ermöglichte ihm, dass er unerkannt beobachten konnte, was im Restaurant vor sich ging.

Ein dunkelhaariger Kellner deckte Tische ein. Ob es Edu war, erkannte er nicht. Er musste dichter heran. Er drehte den Wagen und lenkte ihn in eine freie Parklücke auf die Straßenseite des Restaurants. Wie er jetzt stand, konnte er nicht gesehen werden, aber selber gut beobachten. Vorsichtshalber klappte er die Sonnenblenden herunter und setzte sich auf die Rückbank.

Dann sah er, wie Edu im Restaurant auftauchte. Am liebsten wäre Theo sofort ins Restaurant gestürmt, hätte Edu am Kragen gepackt, ihn auf die Straße gezerrt und seine Hinterhältigkeit aus ihm rausgeprügelt. Aber er musste vorsichtig sein. Noch belebten zu viele Menschen die Straße, füllte der Feierabendverkehr den Harburger Stadtteil Eißendorf.

Bis Mitternacht würde Edu arbeiten. Sechs Stunden, in denen Theo genügend Zeit hatte, seine Wohnung zu durchsuchen.

Als eine Gruppe mit drei Frauen und Männern das Restaurant betrat, und Edu mit der Bestellung beschäftig war, huschte Schwalbe aus seinem Wagen. Die Kapuze über den Kopf gestülpt, eilte er am Restaurant vorbei zum Nebeneingang. Die Tür war verschlossen. Er sah auf die Klingelschilder. Sechs Parteien wohnten im Haus. Vier ausländische Namen, die er nicht lesen konnte, da der Regen das Papier, auf dem sie geschrieben waren, aufgeweicht und zerfleddert hatte. Die oberen zwei Schilder waren leer. Eine der Wohnungen gehörte Edu, da war er sicher.

Die Tür sprang auf und eine Frau in einer Burka trat ihm entgegen. Wortlos senkte Theo den Kopf und bevor die Tür ins Schloss fiel, trat er ein. Er überflog die Namen an den Briefkästen, die ebenso unleserlich geschrieben waren wie die der Klingelschilder.

Immer zwei Stufen auf einmal nehmend, eilte er über die Holzstufen des Altbauhauses hinauf. Es roch nach Essen, das mit reichlich Knoblauch oder Zwiebeln gekocht wurde. Der strenge Geruch verflüchtigte sich, je weiter er die Etagen nach oben schritt. Hier übernahm ein modriger, feuchter Geruch die Oberhand. Im Dachgeschoss lagen sich zwei Wohnungen mit dunkelgrünen Holztüren gegenüber. Beide trugen keine Namenschilder. In welcher wohnte Edu?

Theo legte das Ohr an die Tür auf linker Seite. Nichts, alles ruhig. Ebenso auf der rechten Wohnungsseite. So wurde das nichts. Er klingelte. Ein Hund bellte hinter der linken Tür. Theo klingelte erneut. Der Hund schlug wieder an, aber die Tür blieb geschlossen. Edu besaß garantiert keinen Hund.

Mit einem Dietrich öffnete Theo das Türschloss der rechten Wohnung und trat ein.

Die Wohnung war spartanisch eingerichtet. Ein Schlafzimmer, in dem ein Einzelbett, ein Schrank und ein Stuhl standen. Das Bett war ungemacht, als sei jemand aufgestanden, dem es nicht wichtig war, wie das Zimmer aussah und der sowieso bald wieder ins Bett gehen würde. Im Wohnzimmer stand eine abgewetzte Ledergarnitur, ein Eichenholzschrank aus den 70er Jahren und ein rechteckiger Kacheltisch. Der Aschenbecher neben der flaschengroßen Messingvase, in der ein Strauß bunter Plastikblumen steckte, die eine Staubschicht überzog, war übervoll. Die Fernsehzeitung zeigte den gestrigen Tag.

Theo sah sich oberflächlich um, für die Einrichtung war er

nicht hier. Er wollte die Verbindungen und das Geld finden, das ihm Edu abspenstig gemacht hatte. Mit geübtem Blick durchwühlte er den Kleiderschrank. Edus Kleidung, eindeutig. Weiter fand er nichts. Auch in den Schubladen im Wohnzimmer, dem Toilettenspülkasten, im Eiswürfelfach, unter dem Teppich, der Flurkommode und im Bad fand er nicht das, wonach er suchte. Wenn Edu doppeltes Geld für die Wagen kassiert hatte, wie er vermutete, musste er es anderweitig versteckt haben.

Der Hund der Nachbarwohnung schlug an. Theo hielt inne und lugte durch den Spion. Ein Rentner mit einer Einkaufstüte in der Hand schloss die Tür auf und wurde von einem rotbraunen Zwergpinscher stürmisch begrüßt.

»Na, Bruno. Was machst du für einen Krach? Ich bin ja wieder da«, sagte der Alte und schob den Pinscher mit dem Fuß in die Wohnung. »Rein mit dir. Ich hab dir auch was Feines mitgebracht.« Er schloss die Tür.

Theo löste das Auge vom Spion. Sein Blick fiel auf das Telefon, das wie die gesamte Einrichtung aus vergangenen Jahrzehnten stammte. Keine Wahlwiederholung. Ein grüner Kunststoffapparat mit Wählscheibe auf einem gehäkelten Spitzendeckchen. »Scheiß Teil«, blaffte er, als er unter dem Telefon eine kleine Schiebevorrichtung entdeckte. Das herausziehbare Telefonregister.

14.

Im Besprechungsraum warteten alle fünf Kollegen auf Petra, die an dem Fall »Axtmörder« arbeiteten. Petra rutschte auf ihren angestammten Stuhl neben Seefeld, stellte ihren Pappbecher entkoffeinierten Milchkaffee auf den Tisch und nickte in die Runde. Polizeirat Friedrichsen stand wie immer am Kopfende des Tisches und wanderte mit seinem Laserpointer über das aufgestellte Whiteboard. Der rote Punkt fuhr zu den Namen an der Tafel und blieb auf Gustav Hilkens gespaltenem Schädel hängen.

»Jensen und die Spurensicherung haben weitere Berichte geschickt«, sagte er und ließ den Pointer auf den Tisch sinken. »Wir sind diese bereits durchgegangen, Frau Taler.«

»Und würden Sie mich daran teilhaben lassen, Chef«, sagte Petra und nahm einen Schluck aus dem Becher. Seit ihrer Schwangerschaft trank sie lieber Kaffee als Tee, hatte ständig Hunger auf Saures und zehn Minuten später auf Süßes. Dass Schwangere merkwürdige Essensgewohnheiten entwickelten, hatte sie gehört, doch nicht daran geglaubt.

»Das würde zu lange dauern. Wir arbeiten ja seit einer halben Stunde. Kollege Seefeld wird Ihnen die Neuigkeiten berichten. Mich müssen Sie entschuldigen. Ich habe einen Termin in Hamburg mit Staatsanwalt Puhphal. Er erwartet meine persönlichen Informationen zu den Mordfällen. Und Sie alle wissen ja, was zu tun ist. Frau Taler, Sie leiten die Mannschaft.« Friedrichsen nickte in die Runde der Mitarbeiter. »Falls Sie nicht genug Leute haben, holen Sie die Kollegen Arndt oder Liebig zur Hilfe. Kollege Kollmann ist unabkömmlich. Oder sollte ich sagen: wieder mal krank. Und vergessen Sie nicht: Priorität hat der Axtmörder. Die Kellertote später, falls kein weiterer Fall auftaucht.« Friedrichsen grinste, stand auf, klemmte seine Unterlagen unter den Arm, klopfte seinem Neffen auf die Schulter und verschwand.

Petra schnaufte und griff zur Keksdose, die neben der Pumpthermoskanne stand. Leer. Mürrisch schob sie die Dose in die Mitte des Tisches.

»So, Seefeld, schießen Sie los. Was haben wir für brisante Neuigkeiten?«

»Ähm, ja. Irma hat die Auswertung der Schuhabdrücke abgeschlossen. Es sind nur die Abdrücke des Toten, der Braunschweiger, der Haushälterin und der Nachbarn im Haus und auf dem Grundstück zu finden. Faserspuren von Socken oder anderen Kleidungsstücken gibt es keine. Am stümperhaft aufgebrochenen Glas fanden sich nur Fingerabdrücke von den aufgeführten Personen. Die vier vorher nicht zu identifizierenden Abdrücke der Schuhe und Fingerabdrücke gehören Hilkens Kindern und der dreijährigen Emily Prack.«

Petra nickte. »Und was hat Jensen für uns?«

»Er korrigiert den Todeszeitpunkt auf dreizehn bis vierzehn Uhr Samstagmittag. Nach seinen weiteren toxikologischen Blutuntersuchungen hatte Hilken einen ordentlichen Medikamentencocktail intus. Etwas zur Darmreinigung, zur Leberstabilisation, er nahm Vitamin D, Eisen und für uns interessant, das Beruhigungsmittel Valium. Das könnte ihn so außer Gefecht gesetzt haben, dass er den Einbruch nicht bemerkt hat, sagt Heiner.«

»Was heißt, könnte, Seefeld?«

»Dass wir immer noch rätseln, warum vor dem eingeschlagenen Fenster der Blumentopf vor die Scheibe gestellt wurde. Die Wasserflecken auf der Fensterbank ergaben, der Topf hatte bereits vorher dort gestanden. Was uns wiederum sagt, der Einbrecher hatte einen Schlüssel. Wäre er durch das Fenster eingestiegen, wäre der Blumentopf unweigerlich auf den Boden gefallen. Doch es lag keine Erde auf dem Teppich. Was erklärt, warum Hilken nicht aufgewacht ist, da die Scheibe erst nach der Tat aufgebrochen wurde.«

»So weit waren wir schon, Kollege. Wir wissen, die Tat konnte nur jemand ausgeführt haben, der einen Schlüssel besaß. Nur wer? Jeder unserer Verdächtigen hatte einen Schlüssel oder wusste, dass Hilken einen Zweitschlüssel im Vogelhäuschen aufbewahrte. Ob einer der verärgerten Pracks, die Braunschweiger Frauen, seine Haushälterin, seine Nachbarn um ihn herum, der Gärtner oder seine wütenden Kinder. Jeder konnte ihn im Schlaf über den Jordan schicken. Nur wer hat ein Motiv? Die Pracks, die Braunschweiger sowie die Haushälterin können wir vorerst ausschließen. Alle profitierten von Hilkens Großzügigkeit. Vielleicht der Gärtner. Nach Auskunft seiner finanziellen Lage könnte er den zusätzlichen Verdienst für seine studierende Tochter gebrauchen. Ansonsten arbeitet er in einer Harburger Gartenbaufirma, wo auch seine Frau als Verkäuferin beschäftigt ist. Dennoch haben sie ihr Auskommen und kein Motiv, Hilken zu ermorden. Was wir haben, ist der Streit zwischen Hilken und seinen Kindern auf der Geburtstagsfeier. Er hat sein Geld für die Frauen der Nachbarschaft und Braunschweiger nur so rausgehauen, die Hälfte seines Grundstücks verschleudert und sein Testament zugunsten der Nachbarn und der Braunschweiger geändert. Jedes seiner drei Kinder war mehr als angepisst und ließ dies klar und verständlich verlauten.«

»Dann konzentrieren wir uns auf Hilkens Kinder, Chefin?«

Petra nickte. »Sie sind für heute Nachmittag vorgeladen. Wie sieht es aus mit Lebensversicherung, Barvermögen, Sonstiges? Wer bekommt das Haus? Liegt uns Hilkens Testament vor?«

»Darum hab ich mich mit Kollegin Weber gekümmert«, erläuterte Seefeld.«

»Die Unterlagen der Bank und Versicherung sind eingetroffen, das Testament kommt. Notar Neumann hat zwei Tage frei und die Sekretärin konnte die Herausgabe nicht entscheiden. Ich kümmere mich morgen Vormittag um die Unterlagen. Weiter liegen alle Berichte kopiert in den Akten. Bitte«, sagte er, schlug die Seite auf und legte sie Petra vor.

Petra las und sagte: »Bis wir das Testament in Händen halten, würde ich gerne das Phantombild des Mannes sehen, das Kollege Arne Meyer mit dem Goldhändler angefertigt hat. Und konnte jemand Edu Coman auftreiben? Haben wir eine Adresse?« Petra sah von Dradeberg zu Ewers, Weber, Seefeld und Sabert.

»Adresse hab ich, aber Edu Coman ist weg. Er wohnt zur Untermiete in Neuenfelde. Seine Vermieterin sagt, er ist seit vier Wochen nicht aufgetaucht. Was ihr egal sei, da er, als sie ihn das letzte Mal gesehen hat, für drei Monate im Voraus bezahlte«, antwortete Dradeberg.

»Hat er ein Handy. Können wir es orten?«

»Läuft«, antwortete Oberkommissarin Katrin Weber vom Tischende.

»Dann zu dem Phantombild. Wie weit sind wir? Ist es an die Medien rausgegeben?«

»Nein«, mischte sich jetzt Sören Ewers ein. »Arne ist noch dran. Der Händler und er sitzen im Verhörraum und arbeiten an dem Bild.«

»Gut. Kollege Dradeberg, wie ich im Bericht lese, waren Sie in der Technik.« Petra blätterte in der Unterlagenmappe.

»Richtig. Die Kollegen versuchen noch immer, das Passwort des Laptops zu knacken. Auf dem Computer fanden wir nur Gedichte und Bilder. Der Alte war lyrisch angehaucht. Allerdings ist keins für den Fall von Interesse. Der Haufen an Bildern zeigt Seerobben, Meer, Sonnenuntergänge, Fischessen auf Sylt. Ein paar Selfies von ihm und der Jugendlichen mit ihrer Mutter in Kanada, ein paar Bilder von der Landschaft, den Niagarafällen und der Gastfamilie. Die meisten Fotos sind von den Nachbarinnen Melanie und Susanne Prack. Einige scheint er heimlich aufgenommen zu haben. Sie zeigen die Dürre, diese Melanie, im Bikini auf einer Wolldecke im Garten. Die Dateien sind mit Hunderten solcher

Bilder gefüllt. Ich hab sie alle angesehen. Und gehen wir von dem Winkel der Aufnahme aus, hat er sie von seinem kleinen, westlichen Balkon fotografiert. Der Alte war ein geiler Spanner und hat richtig scharfe Bildqualität gezaubert. Und mit scharf meine ich nicht diese Melanie. Er hat sie geknipst, als sie auf dem Rücken und Bauch lag, als sie sich eincremte und mit und ohne Oberteil. Ich denke, anstatt einer Nasenoperation bräuchte die eine andere Operation. Wenn ihr versteht.« Sven Dradebergs Handflächen lagen an seiner Brust. Er lachte.

»Ja, das war ausführlich, Kollege, vielen Dank«, sagte Petra, ohne sich aus der Ruhe bringen zu lassen. Ihr Blick hing auf der Eulennase des blonden achtundzwanzigjährigen Oberkommissars. »Bleiben wir bei Edu Coman. Wovon lebt er?«

»Vom Amt, Chefin«, erklärte Seefeld. »Die letzten drei Jahre hielt er sich mit kleinen Aushilfsjobs über Wasser. Er war Pflücker auf den Plantagen im Alten Land, kurz als Straßenfeger unterwegs oder kellnerte in fünf Harburger Restaurants. Die Hauptzeit lebte er von uns Steuerzahlern.«

»Hat er die Jobs dem Amt angegeben?«

Seefeld nickte.

»Die Pflücksaison ist in ein paar Tagen beendet. Die Polen und Rumänen fahren in die Heimat. Kollege Dradeberg, Sie ordnen an, dass auf Flughäfen und Bahnhöfen verstärkt auf männliche Passagiere, die in diese Länder reisen, geachtet wird. Jeder Mann, der ein Ticket kauft, ist zu überprüfen. Verteilen Sie Comans Foto an alle zuständigen Stellen.« Petra wartete auf das Nicken des Oberkommissars, dann sagte sie: »Als Straßenfeger war er staatlich angestellt, als Kellner gibt es einige Möglichkeiten unter der Hand Geld zu verdienen. Hier können wir ansetzen.«

»Schön und gut, Frau Taler«, wandte Katrin Weber ein, »doch was ist, wenn er in den Diebstahl der Luxuswagen involviert ist und das Geld von seinen Auftragsgebern bereits kassiert hat? Diese Autos bringen gut und gerne eine sechsstellige Summe. Damit lässt es sich eine gewisse Zeit angenehm leben. Möglich er hat sich ins Ausland abgesetzt, und wir verschwenden nur Zeit mit der Suche.«

»Alles möglich, Kollegin. Dennoch möchte ich, dass Sie mit Sabert, Dradeberg und Ewers alle Restaurants von Stade bis Harburg Stadt durchgehen und nach Edu Coman fragen. Machen Sie klar, wer nicht mit der Wahrheit zum Verbleib des Gesuchten rausrückt, dem drohen erhebliche Strafen.«

»Alle? Es gibt Hunderte von Restaurants in der Gegend, Frau Taler. Wie sollen wir das eingrenzen?«

»Teilen Sie sich auf. Kollege Seefeld und ich versuchen uns in der Kreidemalerei und in neuen Kulturen. Wir sehen uns morgen früh zur nächsten Besprechung. Viel Glück, Kollegen.«

»Kreidemalerei, Chefin?«, fragte Seefeld ungläubig, als die Tür des Besprechungsraumes hinter dem letzten Kollegen ins Schloss fiel.

»Ja. Auf einem Platz an der Waltershofer Straße Richtung Finkenwerder lebt ein Sinti-Volk, wo sich die drei Männer aufhalten sollen, deren Personalien Oberwachtmeister Busche aufgenommen hat. Sie erinnern sich, die Kreidezeichnungen an den Gartenzäunen, Garagen und Bürgersteigen. Da fahren wir hin. Vielleicht weiß einer der Gruppe, wo Edu steckt.«

»Och, Chefin, warum wir? Erst diese Bauwagengruppe im letzten Fall und jetzt ein Zigeunerdorf. Muss das sein?«

»Das heißt nicht Zigeuner, Seefeld, sondern Roma oder Sinti.«

»Ach, ist mir egal. Ich will da nicht hin. Ich hab gehört, die essen Igel. Schicken Sie Ewers oder Dradeberg und wir übernehmen ein Teil der Restaurants.«

»Nein. Und jetzt hören Sie mit Ihren Ammenmärchen auf. Wir fahren. Hier sind die Personalien und die Fotos der Männer. Los, hoch mit Ihnen. Am Nachmittag kommen Hilkens Kinder zum Verhör.« Petra stand auf und zog Seefeld am Jackenärmel. »Wir treffen uns auf dem Hof bei meinem Dienstwagen. Ich geh meine Jacke holen.«

»Ja«, murrte Seefeld. »Bis gleich.«

15.

»Mach die Tür auf, du Schwein!« Theo Schwalbe hämmerte mit der Faust gegen das Holz. Der Pinscher schlug an. Die kleinen Kläffer sind die Schlimmsten, überlegte Schwalbe und zielte mit dem Zeigefinger auf die Nachbartür. »Puff«, sagte er und grinste. »Du hast Glück, du Klobürste, ich hab heut gute Laune.« Erneut klopfte er gegen das Holz. Dann wurde die Tür geöffnet und Edu Coman in Unterhose und T-Shirt stand verschlafen in der Tür. Als er seinen Kumpel erkannte, wollte er die Tür wieder zudrücken, doch Schwalbe war schneller und schubste Edu in den Flur.

»So, mein Freund«, sagte er. »Wo sind die Autos?«

»Hey, was soll das, Theo? Mal langsam. Alles im Lot. Wir sind Freunde.«

»Freunde bescheißen sich nicht. Also?«, brodelte Schwalbe.

»Die Autos. Ja. Hör zu, Theo. Ich hab ein großes Ding am Laufen. Ich brauchte etwas Kapital. Wenn alles klappt, kriegst du das Doppelte zurück. Ehrlich.«

Theo Schwalbe preschte vor, packte Edu am Kragen und drückte ihn an die Wand. Das dreibeinige Flurtischchen kippelte, das Telefon rutschte vom Spitzendeckchen, knallte auf den Boden und zersprang. »Ich will nicht das Doppelte, ich will, dass du die Wagen an unsere Auftraggeber auslieferst. Wir haben das Geld bekommen und aufgeteilt. Jetzt ist die Lieferung dran. Die Araber rücken mir auf die Pelle. Und ich kann das Geld nicht zurückgeben, weil es für den Traktor meiner Schwester draufgegangen ist, das weißt du genau. Und jetzt rück raus, wo stehen die Wagen?«

»Ich hab die Autos nicht mehr. Ich sag doch, ich brauchte Kapital.«

»Und da hast du die Wagen weiterverscheuert? Wusste ich es doch. Du machst hinter meinem Rücken Geschäfte und verscherbelst die Wagen anderweitig. Das ist doppelter Verdienst. Und ich bin sicher, du prellst mich nicht zum ersten Mal. Unser Geschäft ist ein paar Nummern zu groß für dich. Du solltest lieber bei deinen kleinen Gaunereien bleiben. Und wenn du die Wagen nicht mehr hast, dann her mit der Kohle. Besser du gibst sie mir, bevor die Araber kommen und ich sie an dich weiterleite. Und ich sag dir, die fackeln nicht lange.« Schwalbe ließ Edus Kragen los und trat einen Schritt rückwärts.

»Hör zu, Theo. Die Kohle ist weg. Warum arbeite ich sonst als Kellner?«

»Wo ist das Geld?« Schwalbes rotes Gesicht verriet seine Wut.

»Es ist im Ausland. Sonka hat es mitgenommen.«

»Sonka? Du meinst die Schlampe von der Apfelplantage.«

»Ja. Ich liebe sie. Na ja, dachte ich.«

»Soso, der Meisterdieb hat sich verguckt.«

»Ja. Nein. Eigentlich wollten wir nach Australien auswandern. Doch eines Morgens war das Miststück mit dem Geld verschwunden.«

»Wo ist sie?« Die Hände zu Fäusten geballt, starrte Schwalbe seinen Partner warnend an.

Edu Coman zuckte die Schultern. »Ich weiß es nicht. Vielleicht ist sie nach Polen abgehauen.«

»Ich glaub dir Scheißkerl kein Wort. Du hast dir die Suppe eingebrockt, du löffelst sie gefälligst aus. Ordere deine Sonka zurück, mit dem Geld. Ich warte achtundvierzig Stunden, wenn nicht … Ich bin größer und klüger als du.« Schwalbe öffnete seine Jacke.

16.

»Hören Sie, Seefeld. Extra für uns gibt es ein Freiluftkonzert.«

»Das ist kein Konzert, das ist Leiergedudel, Chefin. Und wie es hier riecht.«

»Die kochen Igelsuppe.« Petra lachte laut los und stieg aus dem Wagen.

Ein beleibter grauhaariger Mann mit wettergegerbtem Gesicht kam auf Petra und Seefeld zu, noch bevor sie den runden Platz der Wohnwagen betraten. Über einer dunkelblauen Hose trug er ein buntes, blumenbedrucktes Hemd. Doch trotz fröhlicher Kleidung beäugte er sie mit strengem Blick.

Petra zog ihren Ausweis aus der Tasche und hielt ihn hoch, Seefeld tat es ihr gleich.

»Mein Name ist Hauptkommissarin Petra Taler, Kripo Harburg, dies ist mein Kollege Nils Seefeld. Wir stören Sie nur ungern, aber wir haben erfahren, dass sich bei Ihnen drei Männer aufhalten, mit denen wir sprechen müssen.«

Der Mann nickte, machte eine wegwischende Armbewegung, die Musik verstummte, wie alle Laute, die eben den Platz beherrscht hatten. Eine Gruppe Männer, die munter im Rondell musiziert hatten, Kinder die gelacht und getobt, und Frauen, die zur Musik getanzt hatten, blieben wie versteinert sitzen und stehen. Eine Frau, sie mochte an die sechzig sein, saß in einem Stuhl, der blumenumrankt geschmückt war. Hinter ihr standen vier jüngere Frauen, allesamt in bunten Kleidern und von jener erdfarbenen Hautfarbe, wie jedes Gesicht auf diesem Platz, in das Petra blickte.

Der Mann reichte Petra die Hand und zog sie mit sich. »Kommen Sie«, sagte er, ohne Petras Hand loszulassen. »Setzen Sie sich. Wir feiern heute den Geburtstag unseres jüngsten Sohnes Valentino. Trinken und essen Sie mit uns, Frau Kommissarin, Herr Kommissar.«

»Nein. Vielen Dank. Wir sind im Dienst.«

»Und wenn Sie im Dienst sind, fasten Sie?«

»Nein, aber …« Petra sah nach Seefeld, der mit versteinerter Miene auf dem angebotenen Gartenstuhl Platz genommen hatte. Seefeld, ein pedantischer Enddreißiger, der das Besteck der Kantine mit seinem Stofftaschentuch polierte, standen bei dem Gedanken an ein Essen in freier Wildbahn die Worte Cholera, Pest, Schwindsucht und Mundfäule auf der Stirn geschrieben.

»Na dann.« Wieder machte der Mann eine Handbewegung. »Romina, bring Wein für unsere Gäste.«

»Bitte, ich trinke keinen Alkohol. Ich bin …«

»Ah, auch eine Mama. Ich verstehe. Und Sie, Herr Kommissar, Sie vertragen ein Schlückchen oder sind Sie auch der guten Hoffnung?«

»Ähm. Guten Hoffnung? Nein. Wie meine Chefin sagte, ich, wir sind im Dienst.«

»Na gut, ich werde das respektieren«, sagte er, und zu Romina: »Bring unseren Gästen Saft und Wasser, wir wollen einen Trinkspruch aussprechen.«

Die Frau lächelte und machte eine halbe Drehung Richtung eines Wohnwagens, an dessen Fenstern weiße Gardinen und Unmengen von kleinen LED-Lichtern blinkten. Ihr weiter Rock mit den bunten Mustern und Volants, ähnlich einer spanischen Flamencotänzerin, wirbelte mit ihr, ihren dunklen Locken und den klimpernden Armreifen herum, als wolle sie tanzen.

»Das ist nett von Ihnen, Herr …« Es wurde Zeit, dass Petra amtlich wurde.

»Rudko. Wir nennen uns alle beim Vornamen.«

»Herr Rudko, wir suchen diese drei Herren.« Aus ihrer Handtasche zog Petra die Fotos der Rumänen, die ihnen Oberwachtmeister Busche überlassen hatte.

»Später, Frau Kommissarin. Erst trinken und essen wir. Es ist der dreißigste Geburtstag unseres jüngsten Sohnes. Valentino, komm gefälligst her und begrüße unsere Gäste.«

Ein junger Mann löste sich aus einer Gruppe Männer und trat an den Tisch, den Frauen mit gebratenem Huhn, einem Topf duftenden Eintopf, Früchten, Süßspeisen und Karaffen mit dunklem Saft und Wasser füllten. Er trug eine schwarze Hose, um dessen Bund ein breites, rotes Tuch gebunden war. Sein Hemd war mit ebensolchen bunten Blumen bedruckt, wie das seines Vaters.

»Sie sind das Geburtstagskind.« Petra stand auf und reichte dem jungen Mann die Hand. »Meinen herzlichen Glückwunsch.«

Der Mann sah Petra erstaunt an, bedankte sich und blickte hilfesuchend zu seinem Vater, der mit einem Lächeln sagte: »Bei uns wird nicht dem Geburtstagskind gratuliert, sondern der Mutter. Wir feiern und beschenken an dem Tag die Mutter. Ihr gebührt die Ehre. Wir danken ihr, dass sie einem Kind das Leben geschenkt hat.«

»Das wusste ich nicht.« Petra nickte zu der Frau im blumenumrankten Stuhl, die noch immer wortlos dem Gespräch gelauscht hatte.

»Woher auch. Ihr Deutschen interessiert euch nicht für unsere Kultur. Noch heute werden wir verfolgt und diskriminiert. Ihr habt unser Volk ausgeschlossen aus der Gesellschaft. Ihr haltet uns für Diebe, Mörder, und habt uns im Mittelalter sogar der Hexerei beschuldigt. Das hat dazu geführt, dass viele von uns die Wagen verlassen haben und in unterschiedlichste Religionen eingetreten sind.«

»Ich gebe Ihnen recht, Herr Rudko. Wir Deutschen glauben sogar, dass Sie Igel essen.« Petra warf Seefeld einen kurzen Seitenblick zu. »Nur alle über einen Kamm scheren, wäre wohl zu überheblich gedacht. Jede Kultur trägt ihren Anteil daran, wenn die Menschen sich untereinander nicht verstehen oder verstehen wollen. Ihre Kultur ist uns fremd, das gebe ich zu. Aber wie man sieht, gibt es auf beiden Seiten zu lernen. Und der Brauch, die Mutter zum Geburtstag des Kindes zu beschenken und zu feiern, finde ich in der heutigen Zeit, wo Kinder oft den Respekt zu den Eltern verlieren, wunderbar. Auf der anderen Seite sehe ich, dass Frauen in Ihrer Kultur noch immer einen niederen Stand besitzen.« Petra sah auf die Frauen, die umhereilten und die Männer mit Wein und Essen versorgten.

Der Mann lachte auf. »Sie sind eine kluge Frau, Frau Kommissarin. Ich darf Ihnen verraten, unsere Feste unterliegen einer Sinnhaftigkeit. Es müssen Regeln befolgt werden. Eine ist, dass die Frauen den Wein ausschenken. Das mag auf den ersten Blick erniedrigend wirken, aber dafür dürfen unsere Frauen entscheiden, wann es nichts mehr zu trinken gibt. Wenn sie sagen Schluss, ist auch Schluss. Kein Mann wird sich dem widersetzen.«

Petra lachte und sogar Seefeld verzog ansatzweise die Mundwinkel. »Das gefällt mir«, sagte sie und nahm dankend den Teller mit Huhn und Gemüse, den ihr eine andere Frau zuschob.

»Ciu Feston fajro phalon, heißt es bei uns. Man muss die Feste feiern, wie sie fallen. Und bei meinen drei Töchtern und drei Söhnen …« Rudko nickte zu den Frauen, die hinter der Sechzigjährigen standen, dann weiter zu der Gruppe Männer, »Romina, Jelena und Titi, Valentio, Roman und Elek, gibt es immer etwas zu feiern. Wir sind ein lustiges Volk. Und jetzt spielt wieder auf, meine Kinder. Wir wollen Musik.«

»Stopp, Herr Rudko, so freundlich ich mich bei Ihnen aufgenommen fühle, so köstlich ihr Essen ist, wir sind nicht zum Feiern hier.« Petra legte die Gabel auf den halb vollen Teller. »Wir müssen wissen, wo sich die drei Männer aufhalten. Sind sie hier?«

»Nein.«

»Waren sie hier?«

»Ja.«

»Wo sind sie jetzt?«

»Das weiß ich nicht.«

»Sie kennen sie.«

»Ja. Sie gehören nicht zu unserem Clan. Wir wollen sie nicht haben. Wir sind ehrbare Sinti, keine Diebe und Mörder.«

»Verstehe. Weiß jemand anderes von Ihnen vielleicht, wo sich die Männer aufhalten?« Petra sah durch die Menge der Frauen und Männer.

»Sie werden keine Antwort bekommen«, kam von der Frau aus dem blumenumrankten Stuhl.

»Warum nicht?«

»Weil sie erst den Goran um Erlaubnis fragen müssen, ob sie antworten dürfen.«

»Und wer oder was ist der Goran?«

»Der Goran ist der Clanführer und das ist mein Mann.« Ihr Blick lag auf Rudko.

»Das hätten Sie auch gleich sagen können.« Petra verzog die Mundwinkel.

»Wir sind Spielleute, Frau Kommissarin. Musikanten und Komödianten. So haben schon unsere Ahnen ihr Geld auf den Straßen verdient.« Rudko lachte. Ein Goldzahn blitzte. Er winkte seine Familie an den Geburtstagstisch und ließ die Fotos durch die Reihen Männer und Frauen gehen. »Nun, weiß einer von euch wo die drei hin sind, als wir sie davongejagt haben?«

»Sie sind nach Bulgarien. Vor vier Monaten«, sagte ein Mann mittleren Alters, der sich aus der Gruppe löste.

»Woher weißt du das, Adrian?«, fragte Rudko streng.

»Romina hat einem von ihnen aus der Hand gelesen. Na ja, und …«

»Stimmt das, Romina?« Rudko schwenkte einen strengen Blick zu seiner Tochter.

»Ja. Aber ich handelte in unserem Sinne, Vater. Ich sagte ihm, wenn sie nicht in ihr Land zurückkehren, wird ihnen in einer Woche der Kopf abgeschlagen.«

»Gut gemacht, meine Tochter. Auch, wenn du gelogen hast. Oder?«

»Ja.«

»Wie Sie hören, Frau Kommissarin, sind die Männer fort.«

»Und das soll ich glauben?«

»Einer Sinti-Wahrsagerin können Sie alles glauben.«

»Sie hat den Mann angelogen.«

»Das war eine Notlüge, damit wir sie loswerden. Kommen Sie, Romina liest Ihnen auch aus der Hand. Sie ist einzigartig.«

»Nein, vielen Dank, meine Zukunft möchte ich selber erleben. Vielleicht möchten Sie, Seefeld.« Petra warf Seefeld einen verschmitzten Blick zu.

»Nein«, sagte der und schluckte. »Ich …«

»Ach kommen Sie, Herr Kommissar«, sagte Rudko, »nur nicht schüchtern. Romina ist erfahren in ihren Vorhersagungen.« Er zwinkerte seiner Tochter zu. Bevor Seefeld weitere Einwände vorbringen konnte, kniete Romina vor Seefeld im Sand und griff nach seiner Hand.

17.

Petra saß in ihrem Büro und trank einen kräftigen Schluck Wasser. Irgendetwas, das sie beim Clanführer Rudko und seinem fahrenden Volk gegessen hatte, verursachte fürchterliches Sodbrennen. Das Hühnchen konnte es nicht sein, vielleicht der merkwürdige Gemüseeintopf, der so köstlich schmeckte und wo keiner so richtig mit der Sprache rausrückte, was er beinhaltete. Vielleicht war es doch Igelfleisch, das speckig zwischen Paprika, Tomaten und allerlei Gemüsestücken schwamm. Obwohl alle Clanmitglieder in heilloses Gegröle verfielen, als sie Igelfleisch ansprach. Rudkos Frau erklärte, ihre Vermutung sei durchaus kein Gerücht. Ihr Volk der Roma und Sinti aß Igel. Jedoch wurden diese Gerichte nur in Sibirien gegessen, da sie dort in den Wintern meist die einzige Fleischquelle darstellten. Bei dem Gedanken an Igelfleisch musste Petra kräftig aufstoßen. Vielleicht lag ihr Unwohlsein auch an den süßen Backwaren, die sie unbedingt aufessen musste. Was es auch war, es ließ sich nicht mit Wasser eleminieren.

Und auch, wenn sie mit ihren Ermittlungen beim Sinti-Volk keinen Schritt vorangekommen waren, da es aussichtslos schien, die drei Rumänen zu erwischen und sie auch Edu Coman nicht kannten, wollte sie den Besuch nicht missen. Sie hatte einen wunderbaren Einblick in eine spannende Kultur bekommen, die gar nicht weit entfernt war von vielem anderen. Wie überall gab es gute und nachdenkliche, wie lustige Regeln und Sitten. Es gab gegenseitige Achtung, Respekt, Tabus und Grenzen. Und es gab Tradition und Zusammenhalt in einer Gemeinschaft, die die Freiheit der Straße liebte.

Petra sah aus dem Fenster in den Nieselregen, der sich mit der warmen Oktobersonne am Vormittag abgewechselt hatte. Vor einer Viertelstunde hatte sie mit Rechtsmediziner Heiner Jensen und Staatsanwalt Puhphal telefoniert. Jensens Untersuchungen an Gustav Hilken waren endgültig abgeschlossen. Auch Puhphal sah keine Notwendigkeit, einen Toten länger als nötig auf Staatskosten zu beherbergen, wie er es lapidar nannte. Mit kurzen knappen Worten erteilte er die Freigabe von Hilkens Leiche.

Gedankenverloren drehte Petra an ihrem Verlobungsring, den sie heute Morgen wieder angesteckt hatte, als sie aus Lüdersens Penthousewohnung zur Arbeit gefahren war. Bisher hatte noch keiner der Kollegen sie darauf angesprochen, obwohl seit Wochen zahlreiche Diskussionen geführt wurden, wann Lüdersen und sie ihre Beziehung offiziell machen und das aussprechen würden, was jeder auf der Wache wusste. Von dem Heiratsantrag, den ihr Lüdersen heute Morgen im Frack und mit einer roten Papierserviettenrose in der Hand gemacht hatte, ahnte natürlich niemand.

Der Diamant funkelte im Licht der Schreibtischlampe und zauberte ein Lächeln auf Petras Gesicht. Der Ring war wunderschön und saß perfekt an ihrem Finger. Für sie hätte es kein erbsengroßer Stein sein müssen. Außer den superkleinen Creolen trug sie Schmuck nur zu besonderen Anlässen. Meist nur erschwinglichen Titanschmuck, bei dem sie keine Schweißausbrüche überfielen, wenn sie ihn verlor. Der Erbschmuck ihrer Großmutter lag verschlossen in der Kommode im Schlafzimmer in der Schatulle. Die fünfreihige Perlenkette der Altländer Tracht, der Silberschmuck, die Edelsteinketten, Broschen, goldenen Armreifen und Ringe und die Schmuckstücke, die Opa Jonathan seiner Angebeteten von fernen Auslandskonzerten mitgebracht hatte. Ab und an legte Petra einigen Schmuck an, trug ihn ein Wochenende, wenn sie nicht arbeiten musste. Vor ihrem inneren Auge war es dann wieder einer der Tage, an denen Großmutter ihr sagte, dass alles irgendwann ihr gehören würde. Damals, als

Kind, hatte sie nicht gewusst, was sie Oma Johanna antworten sollte. Heute sagte sie *Danke* für die vielen schönen Erinnerungen, die sie mit ihren Großeltern in den Ferien, wenn sie in Jork Königreich im Bauernhaus zu Besuch war, erleben durfte.

Als Petra den letzten Schluck Mineralwasser aus der Flasche getrunken hatte, betrat Seefeld das Büro.

»Na, Seefeld, wie sieht es aus, sind Hilkens Kinder eingetroffen?«

»Sitzen brav wie die Hühner auf der Stange draußen auf der Bank. Soll ich einen reinholen?«

»Ja. Fangen wir mit Silke Buchholz an. Ich hab vorgestern bereits mit ihr in Hamburg bei der Identifizierung ihres Vaters einige Details klären können.«

Oberkommissar Nils Seefeld nickte und öffnete die Bürotür. »Hedda«, sagte er, »bitte bringen Sie uns Frau Silke Buchholz ins Büro.«

Silke Buchholz war ebenso adrett gekleidet, wie vor Jensens Rechtsmedizin. Sie trug ein dem Anlass entsprechendes dunkelblaues Kostüm, das ihr wie maßgeschneidert am Körper saß. Ihr weißblondes Haar war zu einer Banane auf dem Hinterkopf gedreht, aus der nicht eine einzige Strähne herausschaute. Unwillkürlich griff sich Petra an ihren Haarknoten auf dem Oberkopf, den ein japanisches Essstäbchen zusammenhielt.

Sie erfuhren nicht mehr, als das, was Petra bereits in der Pathologie erfahren hatte. Silke Buchholz war Leiterin eines Heimes für schwererziehbare Jugendliche in Hamburg Alsterdorf, wo sie ein paar Straßen weiter ohne Mann und Kinder im dritten Stock einer Zweizimmereigentumswohnung lebte. Ihre finanzielle Lage erlaubte ihr drei, vier Urlaube im Jahr, in denen sie in ferne Südseeländer reiste. Die Galapagosinseln, Hawaii, Dominikanische Republik, die Inseln Maori, Fidschi, Barbados und Tahiti. Auf Petras Frage, warum sie nicht verheiratet war, gab sie an, dass es dafür zu spät sei. Einen Partner in ihrem Alter zu finden, gestalte sich Jahr für Jahr schwieriger. Vor allem, da sie wählerisch und die Männer mit ihrem Beruf als Respektperson und den Worten – bis das der Tod uns scheidet – schwer klarkämen. Sie sei einmal verheiratet gewesen, ein Jahr, doch als sie das Thema Kinder ansprach, verschwand ihr Mann. Diese Erfahrung hätte sie geheilt. Ihr Leben versüßte sie sich seitdem mit regelmäßigen, ausgedehnten Urlauben. Über den Streit am Geburtstag ihres Vaters wiederholte sie die Worte, die Petra bereits ins vorgefertigte Protokoll eingetragen hatte. Die Tatzeit verbrachte sie im Schwimmbad.

Ihre Schwester, Beate Tassen, war mit fünfundfünfzig Jahren die Älteste der Geschwister. Vor vier Jahren war sie aus gesundheitlichen Gründen aus dem Lehramtsberuf ausgeschieden. Sie lebte mit ihrem Mann Wilfried und zwei Söhnen André und Gerald im Hamburger Stadtteil Klein Flottbek. Ihr Mann und die erwachsenen Söhne konnten sie immer weniger auffangen, wenn Angstzustände und Depressionen ihre Mutter einholten und sie zur Flasche griff. Seit einem halben Jahr war sie trocken und besuchte die Selbsthilfegruppe der Anonymen Alkoholiker.

»Ja, so langsam ist wieder ein Familienleben möglich«, sagte die blonde, schlanke Frau. Verschämt senkte sie den Kopf. »Es ist nicht leicht, darüber zu sprechen, Frau Taler. Viele Menschen stempeln einen sofort als asozial oder als Verbrecher ab.«

Petra nickte. Vorurteile gegenüber seelisch kranken Menschen kannte sie reichlich. Von ihren Panikattacken in engen Räumen, die den Auslöser fanden, als sie in die Fänge des Münchner Horoskop-Killers geriet, hatte sie lange Zeit niemanden erzählt. Noch heute bekam sie in Fahrstühlen und geschlossenen engen Räumen Herzrasen, Schweißausbrüche und Schwindelanfälle. Sie hatte nie zur Flasche gegriffen und jegliche Psychopharmaka bewusst von sich geschoben. Aber sie wusste, was es hieß, in einer Depression zu stecken.

»Frau Tassen, bitte sagen Sie mir, um was es im Streit am Geburtstag Ihres Vaters ging.«

»Um dasselbe, um was es eine Woche zuvor ging, Frau Taler. Wir, meine Schwester und mein Bruder waren wütend, dass er das Witwengeld unserer Mutter und seine Pension an Menschen verschleudert hat, die ihn ausnahmen.«

»Das ist ein Grund. Doch Ihr Vater war erwachsen, und wie sein Hausarzt und Notar erklärte, vollkommen, ich darf es einfach ausdrücken, bei Sinnen. Er konnte entscheiden, wie er sein Geld ausgibt. Ob er es zum Fenster hinauswirft oder auf der Straße verschenkt. Wobei dann geklärt hätte werden müssen, ob Ihr Vater schubweise an Verwirrtheit litt. Da dies nicht der Fall war, war gegen seine Großzügigkeit nichts einzuwenden.«

»Ja. Ich weiß, was Sie sagen wollen, Frau Taler. Wir haben uns umsonst aufgeregt. Wissen Sie, unser Vater war kein umgänglicher Mann. Und ich wiederhole, was Sie sicher bereits von meiner Schwester Silke, Tante Klara, Tante Mathilde und Onkel Erich gehört haben. Er war kein Familienmensch, sondern nur auf sich bedacht. Besonders, seitdem das mit seiner Operation schiefgelaufen ist. Sie haben davon gehört?«

Petra nickte. »Frau Tassen, wie stand Ihr Vater zu Ihrer Alkoholsucht?«

»Er hat mich verflucht wie der Teufel das Weihwasser. Die ersten zwei Jahre, wo es mit mir anfing, hat er nichts gemerkt. Erst später. Silke ist es bei einem Besuch rausgerutscht. *Asoziale Schnapsdrossel* hat er mich genannt. Und dass er mir keinen Cent vererben würde, weil ich alles versaufen würde.«

»Wie oft haben Sie Ihren Vater besucht?«

»Vielleicht jedes halbe Jahr einmal. Und immer mit meinen Geschwistern zusammen. Ich war nie alleine bei ihm.«

»Hatten Sie Angst vor Ihrem Vater? War er gewalttätig?«

»Angst?« Nein. Seine Worte waren seine Schläge. Er konnte gnadenlos verletzend sein.« Beate Tassen wirkte ernst, ihre Lippen bildeten eine strenge braunrote Linie.

»Aber das alles war nicht der ausschlaggebende Punkt, warum Sie und Ihre Geschwister mit Ihrem Vater auf seinem

Geburtstag gestritten haben. Oder?« Petra wartete nicht auf Antwort. »Sie waren wütend, dass er sein Grundstück, das Haus, die Eigentumswohnungen und Bargeld den Pracks und Gierlings vermachen wollte und sein Testament dementsprechend beim Notar geändert hatte. Das hat Sie verletzt und so wütend gemacht, dass Sie ihn umgebracht haben.«

»Nein! Warum sollte ich das tun? Er war mein Vater, ob so oder so. Und ja, ich, wir waren wütend. Um nicht zu sagen stinkend sauer, und am liebsten hätten wir ihm alle drei die Gurgel umgedreht und ihn ordentlich durchgeschüttelt. Das Geld, für das unsere Mutter jahrelang gearbeitet hat, schmiss er diesen Schmalzfliegen in den Rachen. Und nachdem er ihnen das Grundstück geschenkt hat, will er ihnen auch noch unser Zuhause vermachen. Das war zu viel. Sollten wir vielleicht gute Miene zum bösen Spiel machen und alles über uns ergehen lassen? Wissen Sie, was er gemacht hat, um uns noch weiter zu demütigen ... Er hat diese, diese aufgetakelten Schmarotzerweiber auf der Feier neben sich an den Geburtstagstisch platziert. Stellen Sie sich das vor, an seinem Geburtstag, wo die Familie an seine Seite gehört, sitzen diese Weiber und grinsen uns Kinder, die wir am Tischende hocken, hämisch an. Alle unsere Verwandten, seine drei Nachbarehepaare, die Bekannten aus Sinstorf und Frau Bachkötter haben nur mit dem Kopf geschüttelt. Keiner von ihnen kam gerne, sondern hat nur aus Höflichkeit die Einladung angenommen. Unser Vater war nicht nur überall unbeliebt, sondern auch der Trottel der Straße. Seine Haushälterin, Frau Bachkötter, erzählte, wie im Supermarkt über ihn, den Alten aus dem Dirkensweg, gewitzelt wurde.«

Petra holte tief Luft. »Vielleicht war Ihr Vater einsam und ...«

»Ach, Frau Taler«, schnitt Beate Tassen ihr das Wort ab. »Der hatte Theater- und Opernabos. Er ging ins Ballett und Konzert. Vier- bis fünfmal im Jahr fuhr er nach Sylt. Er erzählte von den Freunden und Bekannten, die er dort hätte. Aber ...« Beate Tassen verzog das Gesicht. »Wer weiß, was das für Freunde waren.

Möglich nur solche Weiber, die ihn umgarnten, damit er das Portemonnaie öffnete. Wer ihn kannte und es ehrlich mit ihm meinte, hat irgendwann von ihm Abstand gehalten.«

Das Bild, das Petra von Gustav Hilken bekam, wurde immer klarer. Je mehr sie über den Toten erfuhr, je mehr Mitgefühl entwickelte sie für seine Kinder. Gustav Hilken hatte sich Freunde erkauft. Allerdings nur die jungen Frauen, auf die er ein Auge geworfen hatte und mit denen er sich in seinem Alter schmücken konnte. Zumindest glaubte er, er würde sich mit ihnen schmücken. Die Frauen haben ihn genarrt, ihm vorgespielt, wie sehr sie ihn mochten, glücklich waren, ihn kennengelernt zu haben. Schmeicheleien, die Hilkens Herz erwärmt und sein Hirn ausgeschaltet haben. Den Nachbarn und wenigen Bekannten gegenüber verhielt er sich eher despektierlich und pflegte keinen oder wenig Kontakt. Doch sie durfte sich nicht von Beate Tassen in ihrer Arbeit beeinflussen lassen. Sie musste objektiv bleiben.

»Vielleicht haben Sie Ihren Vater ja nicht alleine umgebracht, aber mit Ihren Geschwistern zusammen«, begann Petra. »Jeder von Ihnen besitzt einen Haustürschlüssel. Sie wollten noch einmal mit Ihrem Vater reden. Wollten, dass er das Testament wieder zu Ihren Gunsten umschreibt. Es gab Streit und da haben Sie oder einer Ihrer Geschwister ihn mit Tabletten betäubt, auf das Sofa gelegt, die Axt genommen und Ihren Vater erschlagen. Dann haben Sie das Fenster eingeschlagen, damit es wie ein Einbruch aussieht, von dem es ja bereits vier gab. Was gibt es für ein besseres Motiv?«

»Nein. Ich habe meinen Vater auf seinem Geburtstag das letzte Mal lebend gesehen.«

»Wo waren Sie am Samstag zwischen dreizehn Uhr und vierzehn Uhr, Frau Tassen?«

»Bei den Anonymen Alkoholikern.«

»Wir werden Ihre Angaben überprüfen.«

»Sicher.«

»Ihr Mann, Frau Tassen, begleitet er Sie zu den Gesprächen?«

»Nein. Angehörige können mit dem Therapeuten Einzelgespräche führen, aber sind nie bei einer Gruppensitzung anwesend. Wir sind ein eingeschworenes Team. Jeder vertraut jedem. Keine Lebensgeschichte eines Teilnehmers gelangt vor die Tür. Es ist eine Vertrauensbasis. Aber die ist nicht gegeben, wenn Ehemänner oder Lebenspartner teilnehmen. Es verunsichert. Wir sind krank, auch wenn viele von uns nicht mehr trinken.«

Petra nickte. »Wo war Ihr Mann, während Sie die Selbsthilfegruppe aufsuchten?«

»Zu Hause. Wilfried wollte Fenster putzen.«

»Wie alt sind Ihre Söhne und wo hielten sie sich auf, als Sie die Gruppe besuchten?«

»André ist zweiundzwanzig und Gerald ist zwanzig. Aber Sie verdächtigen doch nicht meinen Mann und meine Kinder. Oder?«

»Wir verdächtigen nicht, Frau Tassen, wir ermitteln. Und um auszuschließen, dass Ihre Familie mit dem Tod Ihres Vaters etwas zu tun hat, brauchen wir Auskünfte.«

»Verstehe. Meine Söhne …« Beate Tassen zögerte. »André war zu Hause bei meinem Mann und Gerald hatte sich mit Freunden über das Wochenende verabredet. Sie sind in die Heide zum Campen gefahren.«

Ingo Hilken, ein zweiundfünfzigjähriger verheirateter Bankdirektor aus Hamburg Volksdorf, geizte ebenfalls nicht mit den Vorwürfen gegenüber seinem Vater. Er war wütend, dass sein Vater die Pension ihrer Mutter und ihr Zuhause in den Schlund der Höllenweiber warf. Er und seine Schwestern hatten bereits Erkundigungen eingezogen, um eine ärztliche Verfügung über die Vollmacht des Vermögens ihres Vaters zu erwirken. Notfalls mit gerichtlichen Maßnahmen. Zu der angegebenen Tatzeit saß er mit Frau und Söhnen beim Frühstück. Seine Aussage stimmte mit denen seiner Schwestern überein.

»Wer frühstückt drei Stunden, Seefeld?«, fragte Petra, als Ingo

Hilken das Büro verlassen hatte. Aus der Schreibtischschublade holte sie eine Packung Müsliriegel. Haselnuss mit Schokolade.

»Na ja, wie er sagte: Brötchen holen, Tisch decken, frühstücken, wöchentliche Familienkonferenz. Da verfliegen drei Stunden im Nu.«

»Schrecklich. So gesittet. Alles nach Plan. Das wär nichts für mich. Möchten Sie einen Riegel? Gestern gekauft.« Petra riss die grünbraune Verpackung auf und hielt sie in Seefelds Richtung.

Seefeld nickte und wollte gerade aufstehen, als ein Müsliriegel durch den Raum flog.

»Auffangen.«

Oberkommissar Seefeld wirbelte mit den Armen in der Luft. Vergeblich. Der Riegel landete hinter ihm im Aktenregal.

»Das Fangen müssen Sie noch lernen, Kollege«, flunkerte Petra.

»Bevor ich es lernen muss, sind Sie dran, Chefin. Kinder wollen immer Fangen spielen.«

»Wie? Was meinen Sie, Seefeld?«

»Chefin, ich bin ja nicht blind. Sie futtern den lieben langen Tag irgendwelches Zeug durcheinander. Trinken entkoffeinierten Kaffee, keinen Tee, rauchen und fluchen nicht. Dann der Zigeuner, ich mein der Sinti, der sie als Mama bezeichnete und von guter Hoffnung sprach. Der Ring an Ihrem Finger und …«

»Ja, ist ja gut, Seefeld. Sie haben mich erwischt. Ja, ich bin schwanger, und wenn alles gutgeht, wird es im April so weit sein und ja, ich bin auch verlobt.«

»Der Fresser hat die Widerspenstige gezähmt oder war es umgedreht?« Seefeld lachte.

»Sehen Sie, das ist genau der Grund, warum ich nichts gesagt habe. Dieser dämliche Polizeiklatsch.«

»Von mir erfährt niemand etwas. Aber wenn Sie den Klunker auf der Arbeit tragen, wird es nicht lange geheim bleiben. Steht schon ein Hochzeitsdatum fest?«

»Ja.«

»Und?«

»Und wir konzentrieren uns auf den Fall. Haben die Kollegen Edu Comans Aufenthaltsort herausgefunden? Ist das Handy geortet? Das Phantombild endlich fertig und an die Medien gegeben? Was ist mit dem Passwort von Hilkens Laptop? Konnten Sie den Notar erreichen?«

»Eins nach dem anderen, Chefin. Edu wird noch gesucht. Dradeberg, Weber, Ewers und Sabert grasen jedes Restaurant von Stade bis Harburg ab. Das dauert. Die Handyortung ergab keinen Treffer. Er hat es aus, oder der Akku ist leer und er hat keine Möglichkeit es aufzuladen. Das Phantombild haben Arne und der Goldhändler fertig und bitte schön, da ist es.« Seefeld wies mit dem Arm auf das Ermittlungsbord, das hinter ihm neben dem Aktenregal stand.

»Hm, das ist ein Allerweltsgesicht. Keine Auffälligkeiten. Das könnte jeder Mann um die dreißig sein, den wir auf der Straße treffen.«

»Na ja, nach vier Wochen. Was will man verlangen? Er sieht in seinem Laden täglich viele Gesichter. Wir haben es dennoch an die Medien weitergegeben.«

»Das war wohl ein Schuss in den Wind, Seefeld. Was ist mit Hilkens Passwort?«

»Geknackt, Chefin. Hilken war mit dem Laptop nur im Internet unterwegs. Onlinebanking, Reisebuchung, Mails, liegt alles in der Akte bei den Unterlagen. Einige Mails gingen an Verlage, denen er seine lyrischen Werke zu Ausschreibungen geschickt hat. Gewonnen hat er nichts. Wenn Sie mich fragen, ich kann mit seinen Gedichten auch nichts anfangen. Alles nur verdrehte Worte eines alten Mannes.« Seefeld rollte mit den Augen. »Wie auch immer. Die meisten Mails schickte er Elisa Gierling und ihrer Mutter. Dann fanden die Kollegen eine Aufrechnung, was er wem wann gekauft und was es gekostet hat. Hilken hat so viel Geld in die Nachbarn und Braunschweiger investiert, da könnte der Staat Ihnen zwei Geländewagen vor die Tür stellen. Das geht von monatlichen Lebensmitteleinkäufen, Schmuck, Kleidung, dreitausend Euro Arztkosten für die Nasenoperation der Prack, Urlaub, Theaterkosten, Zahnarztkosten, der Aufenthalt der Gierling in Kanada für schlappe fünfzehntausend, Laptop, Radio, Gebühren für Handy und so weiter und so weiter. Die Liste ist sieben Seiten lang. Die haben nichts ausgelassen und Hilken ausgequetscht wie eine Zitronenplantage.«

»Nur kurz angemerkt, Seefeld. Der Staat hat meinen Dienstwagen nicht bezahlt. Er war ein Geschenk von Lüdersen. Friedrichsen hat sich fremden Federschmuck aufgesetzt. Aber wäre schön, wenn Sie den Flurfunk zurückhalten. Lüdersen wird in einer Mitarbeiterbesprechung persönlich alle Neuerungen allen Kollegen mitteilen.«

»Entschuldigung. Ich wollte … ich meinte …« Seefeld räusperte sich.

»Schon gut. Was ist mit dem Notar?«

»Das ist hochinteressant, Chefin. Hilken hat sein Testament vor drei Wochen zum Vorteil der Pracks und Gierlings ersetzt. Und hätte er es nicht am Freitagvormittag, an seinem Geburtstag, zum zweiten Mal abgeändert, diesmal zugunsten seiner Kinder und der Enkelsöhne, dürften fremde Menschen sein Erbe antreten. Und das beläuft sich auf Bargeld, Aktien, Wertpapieren und Immobilien. Die Frage ist, warum er das Testament erneut umgestellt hat, wo er doch wütend auf seine Kinder war? Und warum haben die wie die Kesselflicker auf der Feier mit ihm gestritten?«

»Ja, da muss es einen Grund geben. Und ich frage mich, Seefeld, wie sind die Nachbarn und die Braunschweiger mit der erneuten Änderung umgegangen. Hat diese gierige Bagage gewusst, dass sie nun die Nase nur in den Wind halten kann?«

18.

Es war kurz vor achtzehn Uhr, als Petra den Computer ausschaltete und die Akte »Axtmörder« schloss. Für die morgige Besprechung hatte sie alle fortschrittlichen Erkenntnisse eingetragen.

Die Luft war klar und frisch. Der Nieselregen vom Nachmittag hatte sich verzogen. Seefeld war vor einer Stunde in den Feierabend gegangen. Es hatte sich eingespielt, dass sie sich mit der anfallenden Schreibarbeit während eines Mordfalls abwechselten. Heute schrieb sie die Protokolle.

Petra grüßte den Kollegen am Wachtresen und trat hinaus auf den Hof. Ihr Dienstwagen begrüßte sie mit einem Blinken, als Petra auf die Fernbedienung drückte. Nach Jensens Einweisung in die technischen Details des Wagens fühlte sie sich etwas sicherer in der Handhabung. Allerdings waren es bisher erst drei Funktionen, die sie sich merken konnte. Das Radio, der Polizeifunk und die Sitzheizung. Ein Fortschritt. Bei ihrem technischen Sachverstand brauchte sie sicher eine zweite und dritte Erklärung der vielen Knöpfe.

Von der B 73 bog sie in die Waltershofer Straße ein und fuhr Richtung Moorburg weiter in die kurvenreiche Hohenwischer Straße. Sie verlangsamte das Tempo und folgte einem Trecker und seinem Anhänger, der seine tägliche Apfelernte aus der Plantage heimfuhr. Nach zehn Minuten im Schneckentempo startete sie ein Überholmanöver. In der Ferne blitzten Scheinwerfer auf, sie drückte aufs Gas, der Wagen machte einen Ruck und beschleunigte. Vor dem Trecker scherte Petra schwungvoll ein.

Als sie das Ortseingangsschild Jork Königreich passierte, lenkte sie rechts in die Königreicher Straße ein. Die weit auseinander stehenden Straßenlaternen spendeten ein mageres Licht. Tagsüber war der kleine Jorker Gemeindeteil Königreich meist menschenleer, jetzt zur Abendzeit war die Straße ausgestorben. Heruntergelassene Jalousien verdunkelten die Fenster der Einzelhäuser. Der Feierabend hatte begonnen. Familien saßen beim Abendbrot, badeten die Kinder oder sahen fern. Auch die Bauernhäuser, die meist eine lange Auffahrt von der Straße trennte, lagen im Dunkeln.

Petra freute sich wie lange nicht mehr, nach Hause zu kommen. Lüdersen würde da sein, und er hatte versprochen zu kochen. Was er wunderbar konnte. Ein Talent, das ihm seine zauberhafte Mutter in die Wiege gelegt hatte. Italienische Gerichte müssen schmecken, als kämen sie aus dem Himmel auf die Erde, hatte sie ihr in ihrer Restaurantküche gesagt und versucht zu erklären, wie Tortellini gefüllt und gedreht wurden, um das typische Aussehen zu erhalten. Ein aussichtsloser Versuch bei Petras zwei linken Händen.

Als Petra aus dem Auto ausstieg wirbelte ihr der Duft von frischgebackenem Brot, den Kräutern Thymian und Salbei durch das gekippte Küchenfenster entgegen. Berauscht durch die Gerüche und voller Vorfreude schloss Petra die Haustür auf.

Kater Fritzi kam wie immer am Abend als Erster auf sie zugelaufen.

»Mein hübscher Katermann«, sagte Petra und nahm Fritzi auf den Arm. »Na, weißt du schon, was es heute zu essen gibt? Schleichen wir uns in die Küche.« Den Kater im Nacken kraulend betrat sie die Wohnküche. »Hallo, ihr zwei«, begrüßte sie Horst und Lüdersen, die beide in Küchenschürzen gewickelt in einem Kochtopf rührten.

»Hey, wer schleicht sich denn hier von hinten heran? Wir haben dich gar nicht gehört.« Lüdersen wischte sich die Hände an der Schürze ab und nahm, nachdem Petra Fritzi auf den Fußboden entlassen hatte, sie in den Arm und küsste sie auf den Mund.

»Wow. Kannst du mir das unterschreiben, dass ich immer so begrüßt werde, wenn ich nach Hause komme?«, fragte Petra, als sie wieder zu Atem kam.

»Das können wir notariell beurkunden lassen, wenn du das möchtest, meine Schöne.«

Petra lachte. »Ich komme darauf zurück. Was gibt es zu essen?« Mit gestrecktem Oberkörper versuchte sie, in die Töpfe zu sehen.

»Raus, das ist eine Überraschung. Geh du dich frisch machen, setz dich ins Wohnzimmer und such einen schönen Film aus. Wir sind gleich fertig.« Mit sanftem Druck gegen ihren Rücken schob Lüdersen sie aus der Küche.

Petra kam weder dazu, die köstliche Kürbis-Broccoli-Frittata zu probieren, noch die Gnocchi mit Auberginen-Sugo und Büffelmozzarella zu probieren. Auch die Crostata, eine Art Tarte mit Vanillecremefüllung und frischen Früchten, die auf der Fensterbank unter der Tortenglocke stand und auskühlte, musste warten. Das Telefonklingeln, das einsetzte, als Petra die Gabel zur Hand nahm, verhinderte den Feierabend im Hause Taler.

»Chefin, ich bin es.«

»Ich höre es, Seefeld. Was ist los? Ich wollte essen und …«

»Es tut mir leid, aber mich erreichte ein Anruf aus der Zentrale. Zwei Kollegen, die im Hafen Streife fahren, haben eine Leiche aus der Elbe gezogen, gleich unterhalb der Köhlbrandbrücke. Es ist ein Mann. Wir sollen uns das ansehen.«

»Selbstmord?«, fragte Petra. Es kam immer wieder vor, dass sich Selbstmörder von der Köhlbrandbrücke dreiundfünfzig Meter in die Tiefe der Elbe stürzten.

»Er hat ein Loch in der Stirn. Wohl eher Mord. Jensen ist informiert, ebenso Irma und sein Team. Sind alle unterwegs.«

»Ich komme, Seefeld. Halbe Stunde. Wo sind Sie?«

»Schon auf dem Weg.«

»Gut. Bis dann.«

»Tut mir leid, Männer, ich muss los. Willst du mit, Lüdersen oder willst du morgen im Bericht lesen, was los war?«

»Ich weiche keinen Schritt von deiner Seite, meine Schöne.«

»Na, ob mir das immer gefällt?« Petra grinste, doch ihre Worte hatte sie durchaus ernst gemeint. Sie brauchte keinen siamesischen Zwilling, der ihr ständig auf dem Pelz klebte.

»Horst, bitte hol eine Kiste Jonagold aus dem Hofladen und stell sie in meinen Kofferraum. Seefeld hat was gut bei mir.«

»Ja?«

»Ja. Wir haben heute im Sinti-Dorf in Moorburg ermittelt. Er hat gegessen und getrunken und dass, ohne zu murren. Und zu guter Letzt hat ihm noch Romina, eine Tochter des Clanführers, vier Kinder und eine Karriere als Sänger vorhergesagt.«

»Was ist schlimm daran? Vielleicht hat er ja eine überragende Stimme, von der wir nichts wissen. Ich hab ihn noch nicht unter der Dusche trällern gehört. Du etwa?«, fragte Lüdersen schmunzelnd.

»Nein. Aber dass er Sänger in einer Tanzgruppe auf einem Kreuzfahrtschiff werden soll, ist schon befremdlich. Und was wohl Monika dazu sagt? Eine Seemannsbraut mit vier Kindern, winkend und schluchzend am Hafenkai.«

»Über diese Brücke gehe ich noch nicht«, sagte Lüdersen.

»Brücke. Gut, dass du es erwähnst. Wir müssen los.«

Kurz vor einundzwanzig Uhr hatte sich in dieser dunklen Ecke der Köhlbrandbrücke eine Menge an Schaulustigen versammelt. Sie standen oben auf der Deicherhöhung und beobachteten interessiert, was unten am Uferrand vor sich ging. Meist waren es Hafenarbeiter der nahe gelegenen Werft, die sich rauchend zu einer Gruppe zusammengefunden hatten. Auch einige Hundebesitzer, die zur Abendstunde im Nieselregen unterwegs waren, hielten sich tapfer und verfolgten neugierig das Geschehen, das sich ihnen am Elbufer bot.

Heiner Jensen und Irenäus Kowalski waren bereits vor Ort.

Hinter ihren Wagen standen zwei Streifenwagen mit blinkendem Blaulicht und Seefelds Hyundai. Entlang der Hafenstraße entdeckte Petra einige Autos, die sie nicht zuordnen konnte.

Als sie aus ihrem Wagen stieg, sah sie, wie die Reporterin Nina Albrecht vom niedersächsischen Fernsehsender NFS und Kai Keltenberg vom *Regionalen Weitblick*, in die Gruppe der Hafenarbeiter marschierten.

»Wer von den Kollegen hat ihn gefunden?«, fragte Petra, als Seefeld auf sie zukam und vor ihr stehen blieb.

»Kollege Mangold. Er steht da hinten.« Seefeld wies auf einen kräftigen, rotblonden Mann Mitte vierzig, der am Streifenwagen gelehnt eine Zigarette rauchte.

»Wissen wir, wer der Tote ist?«

Seefeld schüttelte den Kopf, und an Lüdersen gewandt: »Übernehmen Sie wieder den Fall?«

»Nein. Ich bin nur die Unterstützung. Ich hab noch Urlaub. Mein Kollege Puhphal wird den Fall führen. Aber warum fragen Sie, Herr Seefeld? Vermissen Sie mich?«

Oberkommissar Nils Seefeld kam nicht zu einer Antwort, als Irenäus Kowalski, der Chef der Spurensicherung, ihr Gespräch unterbrach.

»'n Abend, Herr Staatsanwalt. Sie wieder in Hamburg. Wie schön. Wollen die Herrschaften mir bitte folgen. Vorsicht, der Deich ist rutschig.« Kowalski schlitterte voran. Neben Rechtsmediziner Heiner Jensen, der an einer Bahre stand, auf der ein geschlossener, schwarzer Leichensack lag, blieb er stehen. »So, bitte, hier übernimmt Heiner«, sagte Kowalski, drehte sich um und wandte sich seiner Mannschaft zu, die am Elbufer kleine Schildchen ins Gras steckten.

»Jan, schön dich zu sehen. Wie war die Heimat?«

»Heiner, mein Freund, du weißt, ich bin überall zu Hause, wo es mir gutgeht.«

»Du Kosmopolit hast es gut. Was ist mit unserer Runde, machst du wieder mit? Samstag um neunzehn Uhr.«

»Ich hab Urlaub. Aber nächstes Mal gerne, versprochen. Grüß mir die Jungs.«

»Sie werden enttäuscht sein. Aber ich versuch mein Bestes, dich in einen Heiligenschein zu wickeln.«

Die Männer lachten.

»Wenn die Herren …« Petra räusperte sich. Sie wusste immer noch nicht, was Lüdersen und Jensen meinten, wenn sie sich zu ihrer Runde verabredeten. Bisher hatte keiner der beiden ein Wort verraten.

»Entschuldigung, Petra. Wir quatschen wie die Waschweiber und vergessen deine Anwesenheit.«

»Hm«, machte Petra. »Wer ist er?«

»Sag du es mir, falls du ihn kennst. Ein Selbstmörder ist er jedenfalls nicht, das kann ich ausschließen. Aber wenn ich mir vorstelle …« Jensen warf einen langen Blick in die Höhe zur Brüstung der Köhlbrandbrücke, »dreiundfünzig Meter in die Tiefe zu stürzen! Es müssen nicht nur sehr verzweifelte, sondern auch sehr mutige Menschen sein, die da oben am Rand stehen. Wusstet ihr«, sagte er und wand sich wieder zu Petra, Seefeld und Lüdersen, »dass unser Hamburger Wahrzeichen abgerissen werden soll?«

Die drei Menschen schüttelten den Kopf.

»Stimmt aber. 2030 soll es so weit sein, sagt Bürgermeister Olaf Scholz. Die Brücke hat angeblich verkehrstechnisch ausgedient. Aber sie wollen eine neue Brücke bauen. Dreiundsiebzig Meter hoch und sechzig Meter breite Schiffe soll sie durchlassen können, dabei haben sie die alte Konstruktion gerade für rund sechzig Millionen Euro saniert. Manchmal versteh ich die Stadt Hamburg nicht«, sagte Jensen kopfschüttelnd. »Aber jetzt zu dem Herrn.« Er öffnete den Reißverschluss und schob die Plastikplane zur Seite.

Der Tote lag bekleidet und triefend vor Nässe im Leichensack. Die Nässe aus seiner Kleidung sammelte sich unter dem Mann im Plastik, er schwamm wie im eigenen Saft.

Petra spürte, wie ihr Magen Kapriolen schlug. Mit Mühe gelang es ihr, das Würgen zu unterdrücken. Wie gut, dass sie nichts gegessen hatte. Nicht einmal ein Stückchen von der köstlichen Crostata, die auf dem Fensterbrett stand und die Lüdersen mit Heidelbeeren und Bananenscheiben belegt hatte.

Petra blickte auf das blassgraue Gesicht des Toten. Er hatte ein kantiges Gesicht und braune Haare. Seine dunklen Augen standen offen und starrten in den Harburger Regenhimmel. In der Mitte seiner Stirn war ein fingernagelgroßes Loch.

»Na, wie sieht es aus, Petra, kennst du ihn?«

»Es ist Edu Coman. Seefeld, was sagen Sie?«

»Eindeutig, Chefin.«

»Klärt mich einer auf«, sagte Lüdersen von der Seite.

»Edu Coman«, begann Seefeld, »war als Dieb in gewissen Kreisen bekannt. Axel, mein früherer Partner und ich, waren ihm auf den Fersen. In Harburg verschwanden Luxusautos und es wurde in Villen eingebrochen. Theo Schwalbe war unser Mann, doch nie gab es Beweise, um ihn festnageln zu können. Im »Axtmörderfall« vermuten wir, er war an den Meckelfelder Einbrüchen in Hilkens Haus beteiligt. Es blieb aber nur eine Vermutung, da Hilkens kleines Häuschen Edus Niveau bei weitem unterbot. Leider werden wir das nicht mehr erfahren.«

»Meint ihr, die Mordfälle stehen im Zusammenhang?«

»Das werden wir hoffentlich rauskriegen, Herr Lüdersen«, antwortete Seefeld.

»Ja, hoffentlich«, stimmte Petra ein, bevor sie sich an Jensen wandte: »Hatte er was bei sich? Portemonnaie, Handy?«

»Musst Irma fragen. Ich hab nichts gesehen.«

»Kannst du uns sagen, ob er hier am Ufer erschossen wurde?« Sie warf einen Blick auf Comans Hände, die in Plastiktüten steckten.

»Das glaub ich kaum, wie Irma sagt, hat Kollege Mangold ihn aus dem Geäst da unten herausgezogen. Die Elbströmung hat ihn angeschwemmt und er ist hängengeblieben. Glück für uns, dass er nicht weiter rausgetrieben wurde. Aber möglich ist alles. Ausschließen kann ich, dass er von der Brücke runtergeworfen wurde. Sein Hautgewebe würde eine veränderte Struktur zeigen, die ich euch erspare zu erklären. Allerdings, ob er hier erschossen und dann ins Wasser geworfen wurde oder auf gegenüberliegender Seite der Elbe bei den Containern oder sonst wo auf der Welt …« Heiner Jensen zuckte die Schultern. »Das herauszufinden, ist eure und Irmas Aufgabe.«

»Seefeld, ich will wissen, wer uns Auskunft zur Strömungsgeschwindigkeit der Elbe geben kann. Kümmern Sie sich um die Informationen.«

Seefeld nickte, während er in seinem Notizblock die Anweisung aufschrieb.

»Mit welcher Waffe ist er erschossen worden?«, wandte sich Petra an Heiner Jensen.

»Weiß ich erst, wenn ich das Projektil raushabe. Es steckt noch im Kopf. Aber ich schätze das Kaliber auf neun Millimeter. Möglich es war eine Kurzwaffe der österreichischen Marke Glock.«

»Wie lange lag er im Wasser?«

»Nicht lange. Der Zersetzungsprozess hat noch nicht begonnen. Und wie du siehst, haben auch die Fische noch nicht zugeschlagen.«

»Wie lange, Heiner?«, drängelte jetzt Lüdersen.

Heiner Jensen schob den Ärmel seiner dunkelblauen Steppjacke hoch, sah auf die Armbanduhr. »Es ist kurz nach einundzwanzig Uhr. Vier, fünf Stunden, vielleicht sechs, aber sicher nicht länger. Todeszeitpunkt heute zwischen fünfzehn bis achtzehn Uhr. Ein Frischling, aber genau eingrenzen kann ich die Uhrzeit erst, wenn ich ihn auf dem Tisch hatte.«

»Gut, mach dich an die Arbeit.«

»Erst brauch ich ein paar Stunden Schlaf, mein Guter. Und du, überleg dir das mit Samstag. Wird eine lustige Tour.« Heiner Jensen zog den Reißverschluss des Leichensacks wieder zu. Mit kurzem Winken gab er den stummen Befehl zum Abtransport.

Petra holte tief Luft und sah Jensen nach, wie er hinter dem Deichvorsprung verschwand, bevor sie mit Lüdersen zu Kollege Mangold hinüber schritt.

»'n Abend, Kollege«, sagte sie und stellte sich und Lüdersen vor. »Sie haben die Leiche gefunden. Erzählen Sie, wie kamen Sie an diese Stelle der Elbe.«

»Na ja, wir fuhren Streife, der Siggi und ich. Über die Finkenwerder Straße zum Zollamt Waltershof und weiter den Rugenberger Damm entlang. Ich hatte zu viel Kaffee getrunken und musste dringend was loswerden. Aber es gab keinen Baum und Strauch, wo ich … wo ich kurz hinter verschwinden konnte. Und ein Polizist, der an der Straße … das wäre unpassend. Also bin ich den Deich rauf und runter, und als ich … als ich fertig war, da sah ich im Geäst was im Wasser treiben. Als ich näher ran bin, erkannte ich einen menschlichen Körper. Ich hab sofort nach Siggi gerufen und der hat über Funk Harburg verständigt. In der Zwischenzeit hab ich ihn aus dem Wasser gefischt, hätte ja sein können, dass noch was zu machen ist. Er noch lebt. Aber leider …« Rainer Mangold schüttelte den Kopf. Seine blassgrünen Augen sahen müde aus. »Können wir weiter unsere Runde fahren? Unsere Schicht geht bis zwei Uhr und wir haben noch einige Straßen auf dem Plan.«

»Eine letzte Frage. Ihr Kollege blieb im Auto, als Sie hier unten am Deich …«

»Ja.«

»Gut. Vielen Dank. Ruhige Nacht, Kollege.«

19.

Petras Abend verlief unruhig. Nachdem sie mit Lüdersen und Horst spät gegessen, noch lange über den Fall geredet und müde ins Bett gegangen war, plagte sie Magendrücken. So hatte sie sich den Abend nicht vorgestellt. Kein wohliges gemeinsames Bad in ihrer Badewanne, keine Zärtlichkeiten unter dicken warmen Daunen, sondern nur Magenschmerzen, weil sie vor Hunger alles zu schnell in sich hineingestopft hatte. Aber auch lauwarm schmeckte Lüdersens Essen köstlich. Einzig auf die Fruchttarte mussten sie verzichten, da Fritzi, dieser süßigkeitenvernarrte Kater, jede Blaubeere und Bananenscheibe aus der Tarte herausgepult und in der Küche verteilt hatte. Dass er mit seinem klebrigen, nach vanilleduftendem Fell, eine Wäsche über sich ergehen lassen musste, gefiel ihm gar nicht.

Mit einer Wärmflasche auf dem Magen und Lüdersen Körper im Rücken war sie endlich um zwei Uhr eingeschlafen. Als sie um sieben Uhr aufwachte, stand Lüdersen bereits unter der Dusche und trällerte ein Lied. Petra schnappte italienische Wortfetzen auf, die sie nicht verstand, die sich aber recht fröhlich anhörten. Sie schlich ins Badezimmer, setzte sich auf den Rand der Badewanne und beobachtete den muskulösen Körper hinter der beschlagenen gläsernen Duschwand, der sich rekelnd unter dem Wasserstrahl bewegte. Mit schnellen Handgriffen zog sie ihr Schlafshirt und die Boxershorts aus und schlupfte in die Duschkabine. Der Morgen begann weitaus leidenschaftlicher, als der Abend vergangen war.

»Dann können wir ja die Suche nach Edus Arbeitsplatz einstellen«, bemerkte Katrin Weber bei der morgendlichen Besprechung.

»Nein«, setzte Petra dagegen. »Jetzt ist es erst recht wichtig, dass wir wissen, wo Edu gearbeitet und gelebt hat. Wir brauchen seine Verbindungen. Hat er Angehörige? Seefeld, haben Sie was rausbekommen?«

»Bisher leider nichts, Chefin.«

»Sind wir weiter mit dem Tatort und der Elbströmung?«

»Ja. Ich hab mich beim Bundesamt für Seeschifffahrt und Hydrographie erkundigt. Wenn die Flut kommt, steigt das Wasser von Cuxhaven bis in Richtung Hamburg an. Bei Ebbe fließt es von Hamburg nach Cuxhaven wieder ins Meer. Die Strömungsgeschwindigkeit beträgt ungefähr vier Knoten, das sind siebeneinhalb Stundenkilometer. In dieser Geschwindigkeit fließt das Wasser alle sechs Stunden rein und alle sechs Stunden raus. Hamburg Nordseemündung, Nordseemündung Hamburg. Eine Leiche kann, wie vor ein paar Tagen der Fußballmanager, wenn sie unter der Köhlbrandbrücke ins Wasser geworfen wurde, immer hin- und hergetrieben werden. Sie macht, wenn sie nicht wie in unserem Fall irgendwo hängenbleibt, eine Reise zur Nordsee hin und zurück. Und das immer wieder, bis Fische sie auffressen, das Wasser sie zersetzt, ein glücklicher oder auch unglücklicher Moment der Strömung sie weiter aufs offene Meer hinaustreibt«, erklärte Seefeld. Er trank einen Schluck Kaffee. »Fünfzig Meter weiter fand Irma Schleifspuren. Ebenso einen Schuh, der dem Toten gehörte, wie giftgrüne Kunststofffasern an einem wilden Brombeerstrauch. Es sind Fasern, die von einem Schuhband, vielleicht von einem Turnschuh, stammen könnten.«

»Das grenzt unsere Suche zum Tatort etwas ein.«

»Eben nicht. Irma meint, Edu wurde zwar dort in die Elbe geworfen, aber ob es der Tatort ist, kann er nicht mit Sicherheit bestimmen. Die Schleifspuren führen von der Straße bis zum Uferrand. Doch Edu könnte überall erschossen worden sein.«

»Wird überprüft, ob jemand etwas gesehen oder gehört hat? Weiter vorne die Straße runter sah ich einen Kiosk. Da Jensen die Tatzeit auf fünfzehn Uhr bis achtzehn Uhr eingrenzt, könnte es noch Tageslicht gegeben haben, als der Täter mit Edu an der Brücke ankam. Zumindest bis sechzehn Uhr.«

»Das muss aber nichts heißen, Frau Taler«, mischte sich Sven Dradeberg ins Gespräch. »Der Täter könnte gewartet haben, bis es dunkel wird und Edu dann abgeladen haben. Ab siebzehn Uhr dämmert es bereits.«

»Auch das ist möglich, Kollege. Aber irgendwo muss er ihn ja so lange gelagert haben. Und genau darum ist es wichtig rauszukriegen, wo sich Edu in letzter Zeit aufgehalten hat. Mit wem er gesprochen, wo er gearbeitet und wo er gewohnt hat. Und auch, ob er Verwandte hatte. Gibt es Mutter, Vater, Geschwister, die wir benachrichtigen müssen? Zudem wurde Edu, nach Jensens Untersuchung, mit einer Glock 17 ins Jenseits befördert, ich will wissen, wer so eine Waffe besitzt.«

»Die kann man im Internet kaufen«, mischte sich Sören Ewers ein.

»Richtig, aber auch da ist es nötig, sich zu identifizieren und einen Nachweis zum Tragen einer Waffe zu hinterlegen. Erledigen Sie das, Ewers. Finden Sie heraus, wer im Internet im letzten Jahr so eine Waffe gekauft hat. Dann forsten Sie in unserem Polizeiregister und suchen heraus, ob ein Bekannter eine Glock besitzt. Am besten umgedreht. Erst bei uns nachsehen, dann im Internet.«

»Dann muss ich ja alleine die Restaurants absuchen«, beschwerte sich Katrin Weber.

»Sie holen Kollegin Arndt oder Liebig zur Hilfe. Je nachdem, wer Leerlauf hat.« Petra stand auf und griff zu Friedrichsens Laserpointer. Der rote Punkt tanzte zu Hilkens Haus und dem Fundort von Edus Leiche. »Wo ist die Verbindung zwischen den Toten? Gibt es überhaupt einen Zusammenhang, oder sind es zwei Mordfälle mit zwei verschiedenen Motiven? Hilken wurde mit einer Axt erschlagen. Coman erschossen. Hat jemand einen Vorschlag?«

»Die einzige Verbindung besteht darin, dass Axel und ich Edu wegen der Diebstähle in den Villen und der verschwundenen Autos auf dem Kieker hatten. Doch ohne Beweise.« Seefeld zuckte die Schultern. »Dazu kommt, Hilkens Häuschen ist keine Villa, sondern ein Einfamilienhaus.«

»Aber mit hundertfünfzig Quadratmeter auch kein unbedingt kleines Häuschen. Eine vier- bis fünfköpfige Familie könnte sich dort durchaus wohlfühlen. Allerdings haben Sie recht. Hilkens Haus hält keinem Vergleich zu den Villen des Harburger Geldadels stand. Wie sieht es bei Ihnen aus, Kollege Ewers, sind die Unterlagen mit Ihren Nachrichten vervollständigt?«

»So wie Sie es angeordnet haben, Frau Taler. Jeder ist auf dem neuesten Ermittlungsstand.« Er räusperte sich. »Zumindest, wenn er die Unterlagen gelesen hat.«

»Wunderbar, bitte fassen Sie Ihre Neuerungen mit Ihren Worten zusammen, die Sie im Fall »Axtmörder« weitergeben können.«

»Ja, da haben wir …«, begann er stotternd und löste sich von Ramona Saberts blauen Augen. »Da haben wir … Also Katrin und ich haben die Restaurants im Alten Land von Stade bis Francop abgeklappert. Kollege Dradeberg war mit …«

»Dazu kommen wir noch. Bitte erst Ihre Ermittlungen«, forderte Petra.

»Ja. Wir sind nicht fündig geworden. Edu Coman«, Ewers sah auf sein Unterlagenblatt, »Edu Coman ist dort nirgends bekannt. Auch den Mann auf dem Phantombild erkannte niemand. Heute suchen wir in den Restaurants in Francop, Finkenwerder, Hausbruch und Neugraben.«

»Und sehen Sie einen Zusammenhang zwischen beiden Mordfällen?«

Kommissaranwärter Sören Ewers holte tief Luft. »Nein, bisher nicht.«

»Wie ist es bei Ihnen gelaufen, Kollege Dradeberg?«, fragte Petra.

»Die Hälfte der Restaurants in Harburg und Umgebung sind wir durchgegangen. Meckelfeld, Appelbüttel, Langenbek und die Randgebiete. Nachher geht's in die Harburger Innenstadt, wenn wir schaffen fahren wir noch die Winsener Straße hoch, Resebarg und die Richtung nach Eißendorf bis weiter zur Jahnhöhe.«

»Drücken wir die Daumen, dass wir einen Treffer erhalten. Gab es Anrufe zum Phantombild?«

»Eine Menge«, sagte Dradeberg. »Das ist mein Nachbar, das ist mein Bruder, das ist mein Freund, der sich an mir rächen will. Einmal hörten wir, das ist meine weggelaufene Mischlingshündin Babsie. Brennender interessiert die Leute, ob eine Belohnung ausgesetzt ist. So in etwa läuft das ab, Frau Taler. Vierunddreißig Nachrichten. Hedda hat jede Adresse aufgeschrieben. Die Hälfte sind von Ramona und mir abgearbeitet, sofern sie auf unserer Restauranttour lagen. Alles Nieten. Keiner ähnelt dem Gesuchten. Die anderen Adressen bearbeitete Kollege Ewers. Aber ob etwas rausgekommen ist, weiß ich nicht.«

Die Augen der Kollegen bohrten sich in Ewers Gesicht.

»Ja. Nein. Katrin und ich konnten bisher nur drei Männer erreichen. Gleiches Ergebnis wie bei Kollege Dradeberg.«

»Danke. Inzwischen bekam Hedda zwanzig weitere Adressen zugeflüstert. Wer möchte?« Petra hielt einen Zettel in die Luft.

»Wir nicht«, winkte Dradeberg ab. »Wir helfen Ewers. Aber wie wäre es mit Kollege Kollmann. Friedrichsen sagte, wenn wir Verstärkung brauchen, sollen wir nicht zögern. Und Bernd saß heute Morgen gesund und fröhlich im Aufenthaltsraum und schwang eine seiner Reden.«

»Prima, Dradeberg. Reichen Sie Ihrem ehemaligen Partner alle Adressen weiter. Und alle weiteren Eingänge möge er bei Hedda abholen und ebenfalls abarbeiten.«

Oberkommissar Sven Dradeberg schnaufte. »Wenn es sein muss.« Er und Oberkommissar Bernd Kollmann waren sich nicht sonderlich sympathisch. Einen notorischen Krankfeierer, der seinen Partner im Stich ließ, wollte kein Kollege an seiner Seite.

»Vielleicht sollten wir, wie das Phantombild des Unbekannten im Goldladen, auch Edus Bild an die Medien weitergeben. Wir könnten schneller fündig werden und bleiben von unnötigen Laufereien verschont.«

»Seefeld, sehr gut. Ich hatte …«, sagte Petra, während sie in ihrer Handtasche wühlte. »Genau, hier ist sie. Die Adresse der Reporterin vom NFS-Fernsehsender. Ich rufe sie an. Bis das Bild von Edu erscheint, bleibt alles beim Alten. Laufarbeiten sind angesagt, Kollegen. Einen schönen Tag und bis morgen früh.«

* * *

Nina Albrecht traf eine halbe Stunde nach der Mitarbeiterbesprechung auf der Wache ein.

»Vielen Dank, Frau Taler, dass Sie mich angerufen haben. Klar senden wir das Foto in den Abendnachrichten. Aber wie sieht es mit ein paar Hintergrundinformationen aus?«

»Es ist eine laufende Ermittlung, Frau Albrecht. Aber so viel: Edu Coman war ein achtunddreißigjähriger Rumäne und seit siebzehn Jahren in Deutschland gemeldet. Es gab Vermutungen, er sei in die Villeneinbrüche im Harburger Umland, wie in die gestohlenen Luxuswagen verwickelt. Wir fanden allerdings keine Beweise. Auch ein Zusammenhang im Fall des Meckelfelder »Axtmörders« steht aus. Gefunden wurde Edu Coman unter der Köhlbrandbrücke von einem Kollegen, während dieser Streife fuhr. Ein Selbstmord ist auszuschließen, er wurde erschossen. Wir suchen Angehörige oder Arbeitskollegen des Toten. Im Alten Land arbeitete er als Pflücker. In Harburg als Straßenreiniger, doch keiner seiner Arbeitgeber hatte mehr Informationen als die üblichen Unterlagen. Steuerkarte, Adresse, Herkunft. Von den ehemaligen Pflückkollegen sind viele in ihre Heimatländer Polen, Bulgarien oder Rumänien zurückgekehrt. Als Straßenreiniger hat er einen Monat gearbeitet und mit seinen Kollegen kaum ein paar Worte gewechselt.«

»Das kann ich alles verwerten?«

Petra zögerte. »Ja. Wir brauchen dringend Comans letzten Aufenthaltsort.«

»Gut. Ich setzte mich sofort an den Artikel.« Nina Albrecht sah auf die Uhr. »Allerdings muss ich erst meine Tochter von der Schule holen, aber dann ... Nein, den Artikel schaffe ich heute nicht mehr. Tut mir leid. Ich schreibe ihn morgen Vormittag.«

»Schade. Können wir Ihre Tochter von der Schule holen und ich gebe Ihnen das Vernehmungszimmer als Büro? Es wäre wichtig, dass das Bild so früh wie möglich gesendet wird.«

»Im Grunde wäre das machbar. Nur müsste ich in der Schule anrufen und mit meiner Tochter sprechen. Außerdem brauchen Sie das Passwort, das ich mit ihr vereinbart habe.«

»Passwort?«

»Ja. Wenn sie ein Mann oder eine Frau anspricht und sie mitnehmen will, muss er erst das Passwort sagen, dass nur wir beide kennen. Eine Sicherheitsmaßnahme.« Nina Albrecht stoppte. »Sie ist acht Jahre, meine Jüngste. Ich schreibe und sehe so viel ...« Wieder stoppte die Reporterin. »Ich habe ständig Angst um sie. Am liebsten würde ich sie mir auf den Rücken schnallen und mit mir rumtragen. Aber das geht nicht, und das will sie auch nicht. Haben Sie Kinder, Frau Taler?«

»Nein.«

»Ich habe mit meinem zweiten Mann zusammen fünf Kinder. Aber wenn ich die Zeit zurückdrehen könnte ... Ich glaube, ich hätte nicht ein einziges Kind. Das mag sich für viele hart und überheblich anhören, die immer prophezeien: Kinder sind unsere Zukunft. Doch was ist aus der Welt geworden? Terror, Entführungen, Mord und Totschlag und das vor der eigenen Haustür. Ich erinnere Sie nur an das Ferienheim in Bullenhausen. Ich war im Urlaub, als Sie diesem Schänder zum Opfer gefallen sind. Was eine grauenhafte Geschichte. Die armen Kinder. Und so wird es weitergehen, Frau Taler. Ich liebe meine Kinder und keines möchte ich hergeben, glauben Sie mir, aber hätte ich damals gewusst, was auf uns alles zukommt, mit welcher Brutalität unsere Kinder aufwachsen müssen. Niemals.«

Petra nickte. *Kinder sind die Krönung einer vollkommenen Liebe*, hatte ihre Oma immer gesagt. Jetzt fragte sie sich, was alles auf *sie* zukam. Bisher hatte sie nur daran gedacht, was Lüdersen zu einem Kind sagen würde. An die vielen Dinge, welche Gefahren überall auf ein Kind lauern könnten und die tägliche Angst, mit der sie umzugehen hatte, hatte sie nicht gedacht. Wie konnten sie sich nur wie unaufgeklärte Backfische benehmen, ohne an Konsequenzen zu denken. Augenblicklich wurde ihr speiübel.

Bereits die Nachmittagsnachrichten brachten einen ausführlichen Bericht über Edu Coman, dem Toten aus der Elbe. Nina Albrecht hatte Wort gehalten. Nur die Fakten, die sie mit Petra abgesprochen hatte, flimmerten über den Bildschirm. Sie konnte ihr vertrauen.

In den nächsten zwei Stunden gingen auf der Wache siebzehn Meldungen von Personen ein, die Edu Coman gekannt haben wollten. Ein Kioskbesitzer behauptete, Edu hätte bei ihm Bier und Zigaretten gekauft, und zwei Ehepaare sagten übereinstimmend aus, er hätte sie als Kellner in einem griechischen Restaurant in Harburg bedient. Alle anderen Eingänge entpuppten sich als Verwechslungen.

Sofort nach der Meldung fuhren Petra und Seefeld nach Harburg in die Bremer Straße. Das Restaurant *Medusa*, wo die Ehepaare Edu gesehen haben wollten, machte auf Petra keinen einladenden Eindruck. Sie erinnerte sich an einen Münchner Betriebsausflug, der alle Kollegen nach ausgiebiger Bergtour in ein ähnliches Lokal geführt hatte. Allein bei dem Gedanken an Fleischberge auf übergroßen Tellern drehte sich ihr Magen um. Die Griechen wussten, was die Deutschen in den 70er und 80er Jahren essen wollten. Sie machten ihr Geld mit Fleisch, das sie zuhauf auf Teller stapelten und gierigen Menschen vorsetzten, die unter den Tischen mitgebrachte Plastikdosen füllten.

»Ja, was soll ich sagen?« Ein beleibter grauhaariger Mittsechziger mit Schnurrbart in schwarzer Hose und weißem Hemd stand hinter dem Tresen neben einer gleichaltrigen Frau, die verschüchtert dreinblickte. Mit dunklen Augen blickte er auf Petra, die sich und Seefeld vorgestellt und den Grund ihres Besuchs erklärt hatte.

»Dass, was Sie über Edu Coman wissen, wäre ein Anfang, Herr …«

»Joris Vangelis, das ist meine Frau Melina.«

»Herr Vangelis, könnten wir uns woanders unterhalten?« Petra sah sich um. Der Gastraum war an dem frühen Abend mitten in der Woche gut gefüllt. Zwei Kellner eilten zu den Tischen, um die Gäste zufriedenzustellen. Eine Dreierrunde Frauen, die einen Meter abseits an einem Tisch saß, bekam ihr Essen. Petras Magen rebellierte, als die Gerüche des Gebratenen an ihr vorbeizogen.

»Wir können uns ins Büro setzen, dort sind wir ungestört. Darf ich den Kommissaren etwas zu trinken oder zu essen anbieten?«

»Nein, danke. Wir brauchen nur unsere Auskünfte.«

»Natürlich. Melina, hilfst du bitte unserer Bedienung«, sagte der Gastwirt.

Vangelis führte sie in ein Büro mit einem Schreibtisch, auf dem ein Papierturm zu kippen drohte. In dem weißen Regalteil darüber sah es nicht besser aus. Ein Aktenordner reihte sich an den nächsten.

»Bitte.« Er hob einen Papierstapel zur Seite. Vangelis wartete, bis Petra sich gesetzt hatte, nahm, nachdem Seefeld darauf bestand stehen zu bleiben, auf dem Schreibtischstuhl Platz. Er räusperte sich, dann sagte er: »Edu war seit zwei Monaten bei mir als Kellner beschäftigt. Er kam eines Abends und fragte nach Arbeit. Ich hatte einen Kellner entlassen und so kam er zur rechten Zeit.«

»Er hat ohne Lohnsteuerkarte bei Ihnen gearbeitet.«

Joris Vanelis druckste. »Ja, er wollte es und …«

»Ihnen kam die Steuerhinterziehung auch recht. Verstehe.« Petra warf Seefeld einen konzentrierten Blick zu. Sie ärgerte sich über Arbeitgeber, die ihre Angestellten nicht anmeldeten, um Versicherung und Abgaben zu sparen. Auch bei ihr auf dem Hof tauchten immer wieder Schwarzarbeiter auf und beknieten sie, sie nicht anzumelden.

»Ja. Was wird … werde ich jetzt …«

»Das ist die Sache des Finanzamtes, nicht unsere. Uns interessiert, ob Edu Coman täglich bei Ihnen aushalf.«

»Jeden Abend ab achtzehn Uhr bis Feierabend. Meist bis Mitternacht. Er war fleißig und pünktlich.«

»Haben Sie seine Adresse?«

»Da brauchen Sie nicht weit gehen. Er hat hier im Haus unter dem Dach eine Eineinhalbzimmerwohnung bewohnt. Es ist unsere Gästewohnung, wenn Verwandtschaft aus der Heimat zu Besuch kommt. Aber in den Wintermonaten steht sie leer, also haben wir Edu gesagt, er könne sie nutzen.«

»Besitzen Sie einen Zweitschlüssel?«

»Ja. Ich glaub … warten Sie.« Vangelis wühlte in einer Schreibtischschublade. »Hier, das muss er sein.«

»Wir müssten uns in der Wohnung umsehen und die Kollegen der Spurensicherung benachrichtigen. Edu ist nicht an der Elbe umgebracht worden.«

»Sie meinen, er ist in der Wohnung erschossen worden?«

»Das versuchen wir herauszubekommen. Herr Vangelis, hat Edu erzählt, ob er bedroht wird?«

»Nein. Er war ein ruhiger Mitarbeiter. Freundlich zu den Gästen, charmant zu den weiblichen Gästen. Aber nie aufdringlich, wenn Sie verstehen. Seine Freundlichkeit brachte ihm ordentliches Trinkgeld ein. Meine zwei weiteren Kellner eiferten ihm nach, aber keiner schaffte es, seine Abendgage zu übertreffen.« Der Gastwirt lächelte.

»Gab es deswegen Streitereien unter den Kollegen?«

»Nein. Trinkgelder landen alle in einem Topf und werden am Abend geteilt. Das war mehr ein Wetteifern unter Männern. Mehr nicht.«

»Noch eine Frage. Haben Sie gesehen, ob Edu Besuch bekam? Hat er sich einmal nicht so freundlich einem Gast gegenüber verhalten? Oder erzählte er von Verwandten?«

»Auch da kann ich Ihnen leider nicht helfen. Er hat seine Arbeit gemacht, war freundlich zu den Gästen und ging in die Wohnung.«

»Wir würden gerne Ihre Frau und Ihre Mitarbeiter befragen.«

»Ja.« Vangelis nickte. »Ich werde sie holen.«

Petra und Seefeld erfuhren von Joris Ehefrau nicht mehr, als ihnen ihr Mann erzählt hatte. Auch auf die Fragen, die sie den Mitarbeitern stellten, erhielten sie keine Antworten, die sie nicht bereits erfahren hatten.

Bis Kowalski mit seinem Team an Edu Comans Adresse eingetroffen war, verging eine Dreiviertelstunde, die Petra und Seefeld in der Wohnung verbrachten. Sie suchten Anhaltspunkte, die sie mit Hilkens Mord in Verbindung bringen konnten. Doch wieder blieb ihnen nur eine vage Vermutung.

»Verdammte Scheiße, Seefeld, so kommen wir nicht weiter«, sagte Petra und zog die Latexhandschuhe von den Händen. »Wenn er in die Diebstähle verwickelt gewesen war, muss er irgendwo die Gegenstände oder das Geld, was er dafür bekommen hat, versteckt haben.«

»Er wird einen Partner gehabt haben, Chefin. Anders geht es nicht. In seinem Zimmer in Neuenfelde fanden wir ebenso wenig wie in dieser muffigen Bude.«

»Ja. Lassen Sie uns die Nachbarn befragen und dann in den Feierabend gehen.« Petra öffnete die Wohnungstür und trat in den Flur. Als sie an der gegenüberliegenden Haustür klingeln wollte, drang lautes Männerlachen und Schuhgetrappel über die Altbaustufen in den dritten Stock. Kowalski und seine fünfmannstarke Truppe lärmten wie eine Horde Kindergartenkinder durch den Hausflur.

»Einen wunderschönen guten Abend, Frau Taler. Nils, ich grüße dich«, schnaufte Kowalski. »Sie kriegen wohl nie genug von der Arbeit. Dabei gäbe es für Sie sicher Besseres zu tun?«

»Wie bitte?«, fragte Petra.

»Na, das da.« Kowalski warf einen Blick auf ihren Ring. »Wann ist es so weit?«

»Warum, Kowalski? Denken Sie über ein passendes Geschenk nach?«

»Nein. Ein Set Kochtöpfe und ein Abo für die Kirchenzeitung sind schnell besorgt.«

»Sie sind ein blasierter Kleingeist, Kowalski. Machen Sie Ihre Arbeit und kümmern Sie sich nicht um Sachen, die Sie nichts angehen und von denen Sie nichts verstehen.« Petra starrte ihr Gegenüber durchdringend an. Dieser Mann, dem sie fast auf den Kopf spucken konnte, brachte sie auf die Palme.

»Wow! Hat da einer einen schlechten Tag?«

»Gehen Sie mir aus dem Weg.« Ihre Flüche unterdrückend schob sie sich an dem runden, ein Meter fünfzig großen Kowalski vorbei zur Nachbarstür.

»Warum lassen Sie sich immer wieder von Irma provozieren, Chefin? Sie wissen doch, wie er über Frauen bei der Polizei denkt«, flüsterte Seefeld hinter ihrem Rücken.

»Ja«, brummte Petra und sah dem letzten Mann der Truppe nach, wie der in Edus Wohnung verschwand.

»Sie sind im Stress, oder?«, formulierte Seefeld vorsichtig seine Worte.

Weil meine Hormone verrücktspielen, weil ich es will, weil ich nicht anders kann, hätte sie Seefeld gern geantwortet, sie entschied sich für: »Was geht es diesen Idioten an, was ich privat treibe?«

»Einen Scheißdreck, Chefin. Irma ist ein Trottel, fertig und aus. Wollen wir jetzt?«

»Klar.« Petra warf einen letzten abfälligen Blick zu Edus Haustür. »Machen wir uns an die Arbeit.« Sie drückte die Klingel an der Nachbarstür. Ein Hund fing sofort zu bellen an.

20.

Der Abend begann schließlich für Petra allein in ihrem Bauernhaus. Horst hatte seinen beiden Töchtern versprochen, sie von ihrer Mutter in Wilhelmsburg abzuholen und mit ihnen ins Kino und hinterher in ein Schnellrestaurant zu gehen und alles das zu essen, was ihre Mutter ihnen untersagte. Lüdersen hatte dringende Telefonate mit seiner Mutter und einigen neapolitanischen Restaurantbesitzern zu führen, wofür er die Unterlagen benötigte, die er in seiner Wohnung aufbewahrte. Es könnte Stunden dauern, bis er alles durchgearbeitet hätte, hatte er ihr am Telefon gesagt. Selbst Fritzi war verschwunden.

Petra streckte die Arme in die Höhe und dehnte sich, als wolle sie den Holzbalken der Diele berühren. Sie hatte lange keine Joggingrunde mehr durchs Dorf gemacht. Aber ob sie das jetzt, in ihrem Zustand, noch durfte? Besser nicht, fügte sie im Stillen hinzu und ging in die Küche. Sie öffnete den Kühlschrank, nahm die Reste der Gnocchi mit Auberginen-Sugo und wärmte sie auf höchster Stufe auf dem Herd auf. Mit dem Topf und einem Löffel kuschelte sie sich im Wohnzimmer ins weiche Sofapolster, legte die Füße hoch und schaltete den Fernseher ein. Genüsslich löffelte sie im Topf nach den Gnocchis und sah zu, wie eine Flusspferdmutter mit ihrem Kleinen durch das Okavango-Delta in Botswana schwamm. Eine beruhigende Tierszene war genau das, was sie heute Abend brauchte, um abzuschalten. Petra stellte den Ton aus und folgte interessiert den ruhigen Bildern.

Wo gebaren Flusspferde eigentlich ihre Jungen? Sollte sie sich auch Gedanken über eine Wassergeburt machen? Vielleicht in ihrer eigenen Badewanne? Petra schmunzelte und kratzte den letzten Rest Sugo aus dem Topf. Als ein Krokodil ein Spießbockjunges mit seiner Mutter beim Trinken am Uferrand angriff und es ins Deltawasser zog, fiel ihr fast der Topf aus der Hand. Erschrocken wechselte sie den Kanal. Eindeutig Mutterhormone, die da in ihr aufwallten.

Sie zappte durch die Senderkanäle und blieb bei einem norddeutschen Bericht über das Alte Land und seine Bewohner in den Kriegsjahren hängen. Sie stellte den Ton an.

Die Sprecherin berichtete von Menschen auf Höfen, die auf den Plantagen oder in hauseigenen Webereien arbeiteten. Von Flüchtlingen, Mischehen und Vertreibung. Sie sprach von Verstecken in Kellern und Speichern, die die SS-Soldaten durchwühlten. Konzentriert hörte Petra zu. Als es um Jork Königreich ging, begann das Telefon auf der Anrichte zu klingeln. »Nein, nicht jetzt«, maulte sie. Zögernd stand sie auf. Ein Ohr zum Fernseher, das andere zum nervigen Gebimmel des Telefons gewandt, den Blickkontakt mit dem Bildschirm nicht verlierend, nahm sie den Hörer ab. »Ja.«

»Frau Taler?«

»Ja. Seefeld?«

»Ja, ich bin es. Wir haben das Handy des Toten orten können. Es wurde für fünf Minuten eingeschaltet.«

»Prima. Können Sie später noch einmal anrufen? Ich sehe gerade …«

»Dann ist die Person, die auch Edus Portemonnaie gefunden hat, im Bett.«

»Wie?« Petras Blick war starr auf die Bilder im Fernsehen gerichtet, die Kellergänge in Bauernhäusern zeigten, die den ihren glichen. Mit halbem Ohr hörte sie der Berichterstatterin zu, die über polnische, irische und englische Verbindungen sprach und Morde unter Familienangehörigen erwähnte.

»Ein neunjähriger Junge hat das Handy und das Portemonnaie gefunden, als er mit seinem Vater und dem Hund unterwegs war. Er wohnt in Moorburg. Das ist bei Ihnen um die Ecke.«

»Wie? Nein. Ist es nicht, Seefeld. Aber ich komme. Wie ist die Adresse?«

»Moorburger Elbdeich 123a.«

»Verdammt«, fluchte Petra, legte den Hörer auf und schaltete den Fernseher aus. Sie würde sich die Sendung später in der Mediathek auf dem Laptop in Ruhe ansehen.

Der kleine Constantin war ein neunjähriger, blonder aufgeweckter Junge. Das Handy und das Portemonnaie hatte er bei einem gemeinsamen Spaziergang mit seinem Vater und Labradormischling Rocky gefunden. Seinem Vater hatte er nichts erzählt und das Handy und Portemonnaie eingesteckt. Aber er hätte kein Geld herausgenommen und das Handy wollte er nur ausprobieren, schwor er mit ängstlichen blauen Augen. Er hätte das Ladekabel seiner Eltern genommen und das Handy angeschlossen. Bereits beim ersten Versucht traf Constantin die Pinnummer. 1234. Edu war nicht sehr kreativ.

Das Handy und Portemonnaie hatten kaum vier Meter entfernt des Weges gelegen. Wieso hatte Kowalski das Handy bei seiner Arbeit nicht entdeckt? Dass seine Arbeit auf dem Revier hochgelobt wurde, verstand Petra nicht. Bereits im Fall des Mordes an der Tierarztgattin hatte er geschlampt.

Petra und Seefeld beschlossen ihren Feierabend. Constantin hatte ihnen den Fundort des Handys und des Portemonnaies gezeigt, damit war diese Sache abgeschlossen. Seefeld versprach, das Handy noch am Abend in die KTU zu bringen.

Um zwanzig Uhr saß Petra wieder in ihrem Wagen und fuhr nach Hause. Aus dem Polizeifunk knatterte eine Meldung über eine Ehestreitigkeit, die in einem Einfamilienhaus aus Wilstorf gemeldet wurde. Petra hörte, wie die Kollegen Winkelmann und Arndt meldeten, sie seien in der Nähe und auf dem Weg. Es begann zu regnen. Bevor Petra den Schalter für den Scheibenwischer fand, wischte dieser geräuschlos über das blanke Glas. Das musste der Sensor sein, von dem Heiner gesprochen hatte. Petra brauchte weder Licht einschalten noch den Scheibenwischer betätigen, alles funktionierte automatisch, als säße ein kleines Männchen auf dem Armaturenbrett, das für sie alle Funktionen einschaltete. Als sie den Moorburger Abbieger aus der Hohenwischerstraße auf den Hinterdeich nahm, spürte sie, wie immer, wenn sie gleich zu Hause war, dieses wohlige Gefühl der Geborgenheit. Seit sie nach Jork Königreich in Oma Johannas und Opa Jonathans Bauernhaus gezogen war, wollte sie nie mehr woanders sein als hier im Alten Land. Sie stellte den Polizeifunk aus und das Radio ein. Der Klassiksender spielte Filmmusik. »Bleiben Sie entspannt«, säuselte die Moderatorin und kündigte den nächsten Musiktitel an.

Eine Viertelstunde später fuhr Petra über die Auffahrt zu ihrem Haus. In der Küche brannte Licht, und laute Musik dudelte aus dem gekippten Fenster. Petra konnte sich nicht erinnern, beides angelassen zu haben, bevor sie losgefahren war. War Horst aus dem Kino mit seinen Töchtern zurück? Er wollte erst um zweiundzwanzig Uhr kommen. Petra sah auf die Uhr am Armaturenbrett. Halb neun. Sie stieg aus und schloss die Haustür auf.

»Lüdersen, was machst du hier?«, fragte sie erstaunt, als sie ihren Verlobten in der Küche stehen sah.

»Bella, meine Schöne, nach was sieht es denn aus? Ich koche.«

»Ja, das sehe und rieche ich, aber du wolltest heute Abend zu Hause bleiben.«

»Meine Wohnung ist so leer. Und ich dachte, da gestern Fritzi, der Frechdachs, die Crostata verputzt hat, mache ich dir eine neue mit vielen gesunden Früchten.«

Petra pustete. »Ich freu mich«, sagte sie, obwohl sie sich auf einen ruhigen Abend ohne zusätzliche Kalorien und Gesellschaft eingestellt hatte. Sie liebte Lüdersen, keine Frage. Er war der Mann, auf den sie ihr Leben lang gewartet hatte. Zumindest glaubte sie das bis jetzt. Aber das ging ihr alles viel zu schnell.

Erst die Schwangerschaft, dann die Verlobung in Neapel, jetzt bereits ein Hochzeitsdatum. Ein Ereignis jagte das nächste, ohne dass sie Luft holen konnte.

»Deine Freude scheint sich in Grenzen zu halten.« Lüdersen zog die Schürze aus und nahm Petra in die Arme.

»Nein, alles gut. Ich dachte nur, ich verbringe einen ruhigen Abend alleine.«

»Ich störe dich?« Er lächelte sein Lächeln, bei dem Petra weiche Knie bekam.

»Nein. Aber …« Petra zögerte. Mit ihren Händen fuhr sie Lüdersen durch sein glänzendes dunkles Haar. »Aber ich brauche auch ab und zu einen Abend für mich. Ich bin das nicht gewohnt, dass ständig jemand um mich herumkraucht. Verstehst du?«

»Herumkraucht? Ich krauche um dich herum! Das hört sich an, als wäre ich ein streunender Hund, der dringend ein Frauchen sucht.« Lüdersen zog den Kopf zurück und glitt aus Petras Armen.

»Ich bitte dich, Lüdersen. Rede nicht so einen Blödsinn.«

»Nein. Alles gut. Ich habe verstanden. Dann lass ich die Mutter meines Kindes für heute in Ruhe ihre Einsamkeit genießen. Ich dachte zwar, wir könnten zusammen die Crostata essen und uns über Hochzeit und Babynamen unterhalten, aber bitte …« Lüdersen schob Petra von sich.

»Nun sei nicht eingeschnappt. Das hat doch alles noch Zeit. Das Kind kommt erst in sieben Monaten und heiraten wollten wir …«

»In zweieinhalb Monaten. Am zwölften Dezember, dem Hochzeitstag meiner Eltern«, knurrte Lüdersen.

»Ja, darüber sollten wir auf jeden Fall reden. Immerhin sind deine Eltern geschieden und ich weiß nicht, ob das so ein perfektes Datum für unsere Hochzeit wäre.«

Petra stand wie angewurzelt vor Lüdersen. Ihre gute Laune war dahin.

»So, der zwölfte Dezember ist kein gutes Datum für dich. Die

Dame ist neuerdings abergläubisch, oder kämpft sie mit den Hormonen?«

»Wie bitte? Ich glaube weder an Unheil bringende schwarze Katzen und diesen Kram, und meine Hormone lässt du gefälligst aus dem Spiel.«

»Aber den Termin willst du nicht. Hab verstanden. Bitte, schlag einen anderen Termin vor«, fuhr ihr Lüdersen über den Mund.

»Dafür hab ich jetzt keinen Kopf.«

»Dann hast du ja den ganzen Abend Zeit, dir ein adäquates Datum auszudenken. Mich wirst du entschuldigen.« Lüdersen schnappte seine Jacke, die er über einen Küchenstuhl gelegt hatte, eilte aus der Küche und knallte die Haustür zu, bevor Petra noch ein Wort sagen konnte.

Er ließ sie tatsächlich jetzt stehen und verschwand. Das konnte nicht wahr sein. War das eben wirklich passiert? Sie hatten sich wegen des Hochzeitsdatums gefetzt. Wenn das schon so anfing ... Alles, was mit Hindernissen begann, ging meistens schief. Mit Tränen in den Augen sah sie durch das Küchenfenster, wie Lüdersens Rücklichter vom Auto immer kleiner wurden, als er die Auffahrt hinunterbrauste.

Erst hatte sie geheult, dann geflucht, dann war sie mit einem Paket Schokoladenkekse und dem Laptop auf dem Speicher verschwunden. Sie setzte sich auf das weinrote Sofa, wo sie so oft mit Oma Johanna gesessen hatte, schlang eine Wolldecke um die Beine und legte den Laptop auf die Oberschenkel. Sie rief die Mediathek des Fernsehsenders auf, der vor ihrem Aufbruch nach Moorburg über das Alte Land berichtet hatte. Sie fand die richtige Seite auf Anhieb. Aufmerksam verfolgte sie den Bericht, schrieb jede Info und Querverweise auf, die zu Hauswebereien der Gegend und irischen Flüchtlingen auftauchten.

Oma Johanna und Opa Jonathan waren nicht die einzigen Bauern, die in den Kriegswirren polnischen, englischen und auch irischen Menschen Unterschlupf gewährten. Der Kellergang, den sie als den ihren angesehen hatte, gehörte der Familie Dierks aus Neuenfelde. Durch Zufall hatten sie den Gang entdeckt, als sie eine Wand durchbrachen, um einen Raum zu vergrößern. Gefunden hatten sie vier große, eingerichtete Zimmer mit Betten, Stromradiator, fließendem Wasser, Toilette und Notausgang, der auf die Plantage und weiter zur Elbe führte.

Dann zeigten zwei Nachkommen der Betreiber der Hauswebereien ihre erhaltenen Leinendecken, Stuhlkissen, Rockstoffe und Tücher, bunt gefärbt oder einfarbig. Viele waren aus Flachs im Nebenerwerb zur Landwirtschaft gewebt. Die hohen Räume in den Bauernhäusern boten sich an, um große Webstühle aufzustellen und Mitarbeiter zu beschäftigen, die später für das Militär Schiffstaue und Tarnnetze herstellten. Eine Weberei befand sich im 19. Jahrhundert in Jork Ladekop, kaum zwei Kilometer von Jork Königreich und Petras Bauernhaus entfernt. Die Inhaber, Käthe und Alfred Hagedorn, beide in den Neunzigern, berichteten über ihre Weberei, die ihren Eltern im 18. Jahrhundert gehört hatte. Bis weit nach dem Krieg waren ihre Webarbeiten für sie ein lukrativer Nebenerwerb zu der Obstplantage. Als immer mehr Industrieware aus dem Ausland Deutschland überschwemmte, wurden ihre Stoffe schnell überflüssig. Auch wollte niemand mehr den Preis einer Handarbeit bezahlen, alle mussten sparen.

Petra legte den Laptop beiseite und ordnete den Rest Briefe, die sie in der zweiten Kiste gefunden hatte. Vierzehn vergilbte Umschläge. Alle stammten aus Castletownroche, einem Dorf in Irland nahe Cork. Und alle schrieb eine Frau an einen Mann, der hier im Haus für zwei Jahre gelebt hatte. Die Adresse ihrer Großeltern war deutlich zu erkennen.

Petra kannte das Dorf, das am Awbeg River lag und mit der Hauptattraktion Blackwater Castle für Touristen ein Anziehungspunkt war. Es war die Burg, die Prominente gerne für ein paar Tage beherbergte, die vor dem Fantrubel Ruhe suchten. Als sie vor vier Jahren das letzte Mal mit Klaus, ihrem Exverlobten Cork besucht hatte, waren sie in viele der kleinen Dörfer mit ihren Restaurants, Pubs und Shops eingekehrt. Vor ihrem inneren Auge tauchten die holprigen Straßen auf, über die sich Klaus so aufgeregt hatte. Die weiten Felder, die verwunschenen dunkelgrauen Grabsteine, in die gälische Schriftzüge gemeißelt waren, die sie so faszinierten und Klaus die Langeweile ins Gesicht trieben. Klaus, ein längst abgeschlossenes Kapitel. Jetzt gab es Lüdersen.

Petra spürte, wie sie noch immer wütend auf ihren Verlobten war. Sie legte die Briefe zur Seite. Nachher würde sie sie mit nach unten nehmen und zu den irischen Briefen legen, die sie in der Küchenschublade verwahrte.

Als sie ein kratzendes Geräusch im Treppenhaus vernahm, hob sie den Kopf und lauschte. Es kam aus dem ersten Stock. Petra schlich zur angelehnten Speichertür. Nichts. Das alte Haus erzählte seine eigenen Geschichten. Sie lächelte. Wie oft war sie in den ersten Nächten, die sie im Haus verbracht hatte, aufgewacht. Mit der Pistole in der Hand hatte sie jedes Zimmer vom Haupthaus bis zum verschlossenen Winkelanbau durchsucht. Immer ohne Erfolg. Jedes der achtzehn Zimmer in diesem Bauernhaus war menschenleer.

Sie erschrak, als ihr Telefon auf dem Sofa zu klingeln begann. Mit schnellen Schritten eilte sie zurück und sah auf das Display. Horst.

»Hallo Horst.«

»Hallo Fräuleinschen. Ich hab es auf Festnetz versucht, aber da geht keiner ran.«

»Ja. Ich bin auf dem Speicher.«

»Ach so. Ich wollte nur sagen, dass ich heute bei Barbara übernachte.«

»Oha, Horst. Das ist ja wunderbar.«

»Nein. Nicht, wie du denkst. Barbara hat morgen Geburtstag und mich gefragt, ob ich beim Essen machen helfen kann. Ihre Freundin, die helfen wollte, ist krank, und nun hängt sie auf dem

Schlauch. Sie kriegt morgen Abend Gäste und für die Kollegen auf der Arbeit muss sie Kuchen backen.«

»Gut, dass du mir Bescheid gibst. Hab mich schon gewundert, wo du bleibst.«

»Dachte ich mir. Gute Nacht, Fräuleinschen.«

»Nacht, Horst. Grüß schön.«

Petra legte auf. Wie schön für Horst. Nach fünf Jahren konnte er endlich wieder eine Beziehung zu seinen Kindern aufbauen. Wie sehr hatte er sie vermisst. Petra war froh, dass auch Barbara, seine geschiedene Frau, ein Einsehen gehabt und den Kontakt erlaubt hatte.

Eigentlich hatte Petra gehofft, Lüdersen würde anrufen und sich für sein Benehmen entschuldigen. Aber das ließen wohl sein italienisches Temperament und sein Sturkopf nicht zu.

Nach weiteren Briefen, die sie aus einem Karton gekramt und oberflächlich gelesen hatte, ging sie ins Badezimmer und ließ sich ein Kokosnussschaumbad ein, um den Staub des Speichers und ihren Ärger auf Lüdersen loszuwerden. Mit dem Gedanken an das irische Mädchen aus ihrem Keller stieg sie in die Badewanne, die randvoll mit duftendem Wasser gefüllt war. Petra warf einen Blick durch das Dachfenster in den Sternenhimmel und schloss die Augen.

Eine richtige Entspannung wollte sich für Petra trotz des wohligen Bades nicht einstellen. Ihre Gedanken wanderten zu Gustav Hilken und Edu Coman. Wo lag die Verbindung zwischen den beiden Toten? Was hatten sie übersehen? Morgen Vormittag war Gustav Hilkens Beerdigung. Der Täter ist immer dabei. Petra glaubte daran.

In ein warmes, pfirsichfarbenes Badetuch gewickelt, schlenderte Petra hinunter in den ersten Stock zu ihrem Schlafzimmer. Fritzi saß auf seinen Hinterpfoten vor der verschlossenen Tür, während merkwürdige Brummgeräusche aus seiner Kehle grollten und er mit den Vorderpfoten am Holz der Tür kratzte. Das waren also die Geräusche, die sie gehört hatte.

»Was machst du da, Katermann?«, fragte sie und streichelte Fritzi über das karamellfarbene Köpfchen. »Willst du schon ins Bett?«

Der Kater antwortete auf seine Weise, indem er Petra um die nassen Beine strauchelte.

»Na, komm, wir beide machen es uns heute allein unter der Decke bequem.« Petra öffnete die Tür und staunte, als sie ein brennendes Kerzenmeer und Hunderte verstreute Rosenblüten empfingen. Auf Omas Frisierkommode, den Fensterbrettern, auf den Nachttischen und dem Fußboden standen Teelichter, lagen rote Rosenblüten im Schlafzimmer verstreut. Inmitten all dieser unbeschreiblich schönen Ausschmückung kniete Jan Maria Lorenzo Lüdersen mit einem Rosenstrauß im Arm.

»Es tut mir leid, meine Schöne. Mein Temperament ist mit mir durchgegangen. Nicht du, sondern ich leide an den emotionalen Schwangerschaftssymptomen. Ich habe gelesen, Männer würden mindestens so viel an Gewicht zunehmen wie ihre Frauen und dass ihnen immer übel ist und dass sie durch den Wind sind und …« Seine dunklen Augen glänzten. »… und du hast vollkommen recht. Es ist noch Zeit. Wir beide stecken bis über die Ohren in Arbeit und es gibt viel zu tun. Und du hast ebenso vollkommen recht, wenn …«

»Ach, sei doch still und steh da unten auf, dass ich dich endlich küssen kann«, sagte Petra.

21.

Der Morgen im Büro begann für Petra mit einem Lächeln auf den Lippen. Die Erinnerungen an die vergangene Nacht brachten ihr Herz zum Hüpfen. Wie sehr sie diesen Mann liebte, wurde ihr erst heute Morgen mit aller Kraft bewusst. Dieser Mann, dem sie das erste Mal während des Tierarztmordes begegnet war, den sie insgeheim einen damischen Ochsen und Tintenpisser geschimpft, und in den sie sich nie hatte verlieben wollen. Der Mann, der so unverhofft in ihr Leben getreten war.

Zwei Stunden saß Petra an ihrem Schreibtisch und schrieb an den Berichten. Mit Seefeld war sie um elf Uhr auf dem Meckelfelder Friedhof verabredet, wo Gustav Hilken beigesetzt werden sollte.

Die Kollegen der KTU hatten Gustav Hilkens Handydaten ausgewertet und Hedda per Fax zugesandt. Die Einträge waren meist WhatsApp-Nachrichten von Melanie und Susanne Prack, die ihm ihr finanzielles Leid klagten. Ebenso Brigitte Gierling, die Gustav um Geld bat, Elisa Gierling, die bei ihrer kanadischen Gastfamilie lebte und einige Dinge benötigte, für die ihr das Geld fehlte und Hilken aufkommen sollte. Weitere vier Nachrichten hinterließen Tiedemanns, die fragten, wie es Gustav ginge. Er hätte sich Wochen nicht gemeldet, und wann sie wieder gemeinsam ein Glas Rotwein trinken und ein wenig plaudern würden. Geantwortet hatte Hilken lediglich auf die Nachrichten der Pracks und Gierlings. Die Nachrichten der Bekannten ließ er ebenso unbeantwortet wie die Fragen nach seinem Befinden, die seine Kinder und Geschwister schickten. Auch die WhatsApp-

Meldungen seiner Enkelsöhne ignorierte er. Hilkens letzte Anrufe bezogen sich auf die Bank, den Notar, Zahnarzt und Optiker in der Glüsinger Straße, sowie Anrufe nach Kanada. Silke Buchholz hatte recht: Ihr Vater erledigte alle Alltagsdinge im Ort. Die eingehenden Anrufe hielten sich in Grenzen. Ein Rückruf der Bank und des Notars. Weiter fanden die Kollegen nur eine App, die Hilken auf sein Smartphone geladen hatte, womit er Licht und Heizung einschalten konnte, wenn er unterwegs war.

Dennoch fragte sich Petra, warum Gustav Hilken sich für fremde Menschen mehr interessierte als für seine eigene Familie? Hatten sie ihn irgendwann enttäuscht und rückten nicht mit der Sprache heraus? Nachdenklich las sie ihren Bericht ein weiteres Mal durch. Wo war der Haken? Sie blieb an der Aussage von Erika Bachkötter hängen. Eine Haushälterin weiß viel über die Menschen, für die sie arbeitet. Vor allem, wenn sie seit zwanzig Jahren bei der Familie beschäftigt war. Nach der Beerdigung würde sie einen Zeitpunkt finden, um mit ihr zu reden.

»Wie sieht es mit den Bankauskünften der Hilken-Kinder aus, Seefeld? Hat einer finanzielle Probleme?«

»Steht in der Akte. Seite vierzehn, letzter Absatz. Der Bankdirektor, dieser Ingo Hilken, spekuliert an der Börse, keine großen Aktionen, aber er ist im Minus.« Seefeld grinste. »Ein Bankdirektor seiner eigenen Bank im Minus, gibt es auch selten. Sein Kredit läuft über hunderttausend Euro, und auf dem Haus liegen drei Hypotheken. Er ist nicht flüssig. Ein warmer Geldregen täte ihm gut. Silke Buchholz ist bestens versorgt. Kein Minus, nichts Auffälliges. Sie besitzt ein Sparkonto im fünfstelligen Bereich. Zwei bis dreimal im Jahr zweigt sie ein paar Tausender für Urlaube ab. Bei ihrem Gehalt sind die leicht wieder angespart. Schwesterlein Beate Tassen muss knausern. Sie hing drei Jahre an der Flasche. Psychotherapie, Verhaltenstherapie, dann Psychiatrie. Angeblich hatte der Abstieg mit ihrem Beruf als Lehrerin zu tun. Was genau hab ich nicht rausgekriegt. Ärztliche Schweigepflicht. Jedenfalls hat sie das ordentlich runtergezogen und sie fing an zu trinken. Jetzt ist sie trocken. Ihre Angaben über die Anonymen Alkoholiker stimmen, auch ihr Alibi. Ihr Konto fährt bergauf und bergab. Ist knapp im Portemonnaie. Sie knabbern nicht am Fensterkitt, dennoch schrammt die Familie öfters am Limit. Er arbeitet als Elektroinstallateur und verdient das Geld für die Familie. Allerdings greift der Familie eine Berufsunfähigkeitsversicherung, die auch bei psychischen Problemen zahlt, unter die Arme. So kommen sie klar. Sie zahlen regelmäßig die Raten fürs Haus und die Leasingraten für das Auto.«

Petra nickte. »Aber hat eines der Kinder den Vater mit einer Axt erschlagen, um mehr auf dem Konto zu haben? Hilken hatte doch alles den Pracks und Gierlings überschrieben. Wobei, bei dem Wert des Hauses, den Anlagen und Barvermögen aus dem Schließfach, ist sogar der Pflichtteil ein kleines Vermögen.«

»Vielleicht nicht die Kinder, aber einer der Ehemänner oder ein Enkelsohn?«

»Möglich, Seefeld. Beate Tassen sagte aus, dass während sie bei den Anonymen an der Gruppensitzung teilnahm, ihr Ehemann mit einem der Söhne zu Hause und der zweite Sohn mit Kumpels in der Heide campen war.«

»Richtig.«

»Dann haben wir Männer mit wackeligen Alibis.«

»Auch richtig.«

»Der Bankdirektor saß mit seiner Familie beim Frühstück. Standfest ist das Alibi ebenfalls nicht. Seine Schwester Silke war im Schwimmbad. Aber wer sagt uns, dass sie nicht nach zehn Minuten das Bad wieder verlassen hat und zu ihrem Vater gefahren ist. Ausschließen können wir Hilkens Geschwister und seine Schwägerin. Alle sind über siebzig. Was nichts heißen muss, aber von Seniorenausfahrt an die Nordsee bis Malkurs an der Volkshochschule haben alle Alibis. Wir müssen von vorne anfangen, Seefeld. Wir haben etwas übersehen, das sagen mir meine Haarwurzeln. Suchen Sie Kollegen, die in die Alsterdorfer Schwimmhalle fahren und rauskriegen, wer an dem Tattag Dienst hatte?

Kann sich ein Mitarbeiter des Schwimmbades an die Buchholz erinnern? Dann weiter zu den Nachbarn dieses aalglatten Ingo Hilken aus Volksdorf. Auch da ist es möglich, dass der Briefträger, der Milchmann oder wer auch immer die Familie zur Tatzeit gesehen hat. Das Gleiche bei den Tassens. Die Kollegen sollen alles noch einmal genauestens überprüfen.«

»Geht klar, Chefin.«

»Gut. Und –« Petra hatte noch nicht ausgesprochen, als das Telefon läutete. »Hedda, was gibt es?«

»Die Kollegen der KTU. Ist wichtig, haben sie gesagt. Ich stell durch.«

»Hallo Frau Taler. Werner Sehlmann hier. Wir haben auf Edu Comans Handy die eingehenden Telefonanrufe kontrolliert. Ein Theo Schwalbe hat ihm mehrmals auf den Anrufbeantworter gesprochen. Schwalbe ist ein alter Bekannter. Einbruch, Hehlerei und Geldwäsche. Seit vier Jahren ist er aus dem Knast. Seitdem war es ruhig um ihn. Wie mir scheint, ist er wieder aktiv. Denn die grünen Faserspuren, die wir am Tatort fanden, können wir ihm zuordnen. Und in Comans Wohnung fanden wir ebenfalls Schwalbes DNS-Spuren. Ich maile Ihnen die Adresse des Herrn.«

»Danke Sehlmann«, sagte Petra, legte auf und an Seefeld gewandt: »Wir haben einen Treffer. Ein Bekannter, Theo Schwalbe, hat Spuren unter der Köhlbrandbrücke hinterlassen.«

»Der alte Theo? Tatsächlich?«

»Sie kennen ihn?«

»Ja. Axel und ich haben ihn vor sieben Jahren überführt, als er Diebesgut verschleudern wollte. War 'ne heiße Nummer mit ihm. Sobald ein Einbruch gemeldet wurde, tauchte sein Name auf. Dass wir ihn erwischten, verdankten wir dem Dackel einer Rentnerin. Das war eine echt lustige Geschichte. Theo, auch bekannt als der *Silberstreifen*, trägt nur grüne Turnschuhe mit Silberstreifen. Diese Dinger lässt er sich maßanfertigen. Na, wie auch immer. Als Axel und ich, es muss ein Abend im November gewesen sein, von einer Befragung zurück auf die Wache wollten, hörten wir über Funk von einem Einbruch in einem Einfamilienhaus in Emmelndorf. Da wir in der Nähe waren, haben wir übernommen. Als wir ankamen, hüpfte uns ein kläffender Rauhaardackel entgegen. Er sprang vor uns her, bis wir eine weißhaarige Omi entdeckten, die hinter dem Haus mit einem Besen in der Hand herumfuchtelte. Sie berichtete, sie wäre bei den Nachrichten eingeschlafen, während ein Einbrecher im ersten Stock ihren Schmuck geklaut hätte. Ihr Ludwig hätte ständig gebellt und sie sei aufgewacht. Als sie aus ihrem Sessel aufstand, sah sie, wie ein Mann in den Keller flüchtete. Ludwig nichts wie hinterher. Er erwischte den Einbrecher am Bein und zottelte so lange, bis der einen Schuh verlor. Die Omi versperrte die Kellertür, eilte ums Haus und setzte sich mit einem Besen vor das geöffnete Kellerfenster, wo Theo zuvor eingestiegen war und nun wieder hinauswollte. Sobald er versuchte, durch das Fenster auszukommen, malträtierte sie ihn mit dem Besen. Theo hatte keine Chance. Als wir den grünen Turnschuh mit dem Silberstreifen im Gras neben der Omi liegen sahen, war uns sofort klar, wer da im Kellerloch festsaß. Diese Festnahme war die spektakulärste und zugleich lustigste, die ich je erlebt habe. Meine Güte, an Theo habe ich gar nicht mehr gedacht. Dieses Früchtchen. Aber dass er einen Mord begangen hat, das kann ich nicht glauben. So weit ist er bisher nie gegangen.«

Petra schmunzelte über die kuriose Festnahme und sagte: »Einmal ist immer das erste Mal, Seefeld. Wir nehmen uns den Herrn vor. Fragen Sie Ewers, ob er rausgefunden hat, wer einen Waffenschein für eine Glock 17 besitzt und ob die Schwalbe darunter ist. Was ist mit Hilkens Notar, konnten Sie ihn endlich erreichen?«

»Ja. Und es gibt erstaunliche Neuigkeiten, liegen auch in der Akte.«

»Erzählen Sie.«

»Dr. Kilius Neumann, so heißt der Notar, faxte uns die Kopien des Testaments. Dieses hat Hilken, und jetzt halten Sie sich fest, an seinem achtzigsten Geburtstag am Vormittag erneut geändert. Vor gut drei Wochen zugunsten der Nachbarn und der Braunschweiger, jetzt wieder zugunsten seiner Kinder, Geschwister und der Haushälterin sowie dem Gärtner, die je zehntausend Euro erhalten. Und nun sagen Sie, warum hat er das Testament genau an seinem Geburtstag wieder geändert? Was hat seinen Sinneswandel veranlasst?«

»Gute Frage, Seefeld. Mich würde interessieren, warum er die Änderung seinen Kindern verschwiegen hat?«

»Vielleicht hat er es doch erzählt, und die Kinder haben es nur uns verschwiegen. Die Gierling sagte, sie hätte gehört, dass der Streit um das Grundstück ging. Von dem Testament war keine Rede. Vielleicht stecken die Kinder alle unter einer Decke und haben ihren Vater gemeinschaftlich ermordet, bevor der wieder überlegte, sein Testament erneut zugunsten der Pracks und Gierlings zu ändern. Ein Motiv haben alle drei. Sie sind verdammt wütend, dass ihre Mutter an gebrochenem Herzen gestorben ist. Wie ihr Vater sich den Enkelsöhnen und dem Rest der Familie gegenüber gleichgültig verhalten hat und auch noch diese Emily und Elisa adoptieren wollte. Für mich sind das eine Handvoll Motive, Chefin.«

»Wir nehmen sie alle noch einmal unter die Lupe. Aber jetzt erwartet uns eine Beerdigung, und wenn wir Glück haben, der Täter.«

»Sie glauben, der Täter taucht auf Hilkens Beerdigung auf?«

»So sicher, wie ich glaube, dass meine Mutter vor Freude über meine Schwangerschaft und Heirat mir täglich auf den Nerv gehen wird.«

22.

Die Beerdigung von Gustav Hilken auf dem Meckelfelder Friedhof dauerte keine Stunde und endete mit einem stummen Gebet. Hilkens Geschwister, Kinder und Enkelsöhne, die Pracks und Gierlings sowie Erika Bachkötter, Pedro Alvarez, die Nachbarehepaare und die Bekannten aus Sinstorf und weitere Gäste, die Petra nicht kannte, saßen in der eiskalten Kapelle. Um den aufgestellten Mahagonisarg türmten sich opulente Trauerkränze mit breiten Schleifen und goldfarbenen Schriften. Zwei schwarze, mannshohe Kerzenständer hielten armdicke brennende Kerzen, während weitere Kerzen am linken und rechten Seitenschiff der Kapelle aufgestellt waren. Der Geruch von frischen Blumen, verbranntem Wachs und Tod füllte den Raum, der sich weiter mit Menschen füllte.

Erich Hilkens Rede über seinen Vater verlief in kurzen, knappen Sätzen. Dann übernahm der Pfarrer. Er stand vor der stoffbespannten schwarzen Wand und schmückte die Worte, die ihm Hilkens Kinder und Geschwister in den Mund gelegt hatten, mit eigenem sakralen Gedankengut. Während der Trauerrede schweifte Petras Blick zu Hilkens Kindern. Alle drei saßen in schwarzer Kleidung stumm und reglos auf den Holzbänken in der ersten Reihe. Unter den Trauergästen entdeckte sie auch Hilkens vier Enkelsöhne. In ihren dunkelbauen und schwarzen Anzügen mit enganliegender Krawatte wirkten die jungen Burschen, als hätte ihre Tanzpartnerin sie am Abschlussball versetzt. Ihr Unwohlsein war ihrer stocksteifen Haltung und den verkrampften Gesichtern anzusehen.

Als Bachs instrumentales *Ave Maria* aus den Lautsprechern die Kapelle erfüllte, zückten Hilkens Schwester Klara Friedmann und ihre Schwägerin Mathilde Wickendorf die Taschentücher.

Neben der Eingangstür entdeckte Petra Kai Keltenberg, den Journalisten der hiesigen Lokalzeitung *Regionaler Weitblick*. Machte der Kerl sich tatsächlich auf einer Beerdigung Notizen, die er später in seinem Artikel verwursten konnte!

Die Zeremonie endete mit einem Abschlussgebet, dann wurde der mit roten und weißen Nelken bedeckte Sarg von vier Sargträgern aus der Halle getragen. Petra und Seefeld verließen als letzte Gäste die Kapelle. Noch bevor Petra dem Reporter ihre Meinung sagen konnte, war der verschwunden.

In gebührendem Abstand folgte sie mit Seefeld der Trauergemeinde zum Friedhof. Der Pfarrer stellte sich an das offene Grab und sprach ein letztes Gebet, dann wurde Gustav Hilkens Sarg in die mit Kunstrasen ausgelegte Grube hinabgelassen. Die Sargträger verbeugten sich und traten zur Seite. Ein Trauergast nach dem anderen trat an das Grab, warf eine kleine Schaufel Erde oder eine Blume auf den Sarg. Der Pfarrer schüttelte jedem die Hand, sprach noch ein paar tröstende Worte zu den Verwandten und verließ den Friedhof über den Sandweg hinunter Richtung Kapelle.

Eine halbe Stunde später saßen alle Trauergäste im *Poseidon*, Hilkens Lieblingsrestaurant, an einer langen Tafel. Es gab Brokkolicremesuppe, gebratenes Filet vom Fjordlachs auf frischem Pfannengemüse, Kartoffelecken und Kroketten. Zum Nachtisch wurde warmer Apfelstrudel mit Vanilleeis und Sahne serviert. Petra und Seefeld hatten die Einladung von Hilkens Schwester Klara Friedmann, am Leichenschmaus teilzunehmen, angenommen. Eine Gelegenheit für Petra, ihren knurrenden Magen zu beruhigen und die Hilken-Kinder über das geänderte Testament zu informieren. Hinterher würde sie Theo Schwalbe einen Besuch abstatten.

Als sie Hilkens Kindern von dem erneut geänderten Testament ihres Vaters erzählte, starrten die sie erstaunt an. Sie würden erben. Sie und Hilkens Geschwister, die je fünfzigtausend Euro erhielten, wie jeder zehn der Krügerrandmünzen und den restlichen Goldschmuck seiner Frau, der im Schließfach lagerte. Die zwei Eigentumswohnungen hatte er auf seine vier Enkelsöhne überschrieben. Das Barvermögen, die Lebensversicherung, Aktienpapiere und Einrichtungsgegenstände sowie das Haus bekämen seine Kinder, die sich untereinander einigen sollten. Melanie Prack und ihre Familie, ebenso die Braunschweiger Gierlings gingen leer aus. Lediglich Frau Bachkötter und Pedro Alvarez stand ein Betrag von je zehntausend Euro zu, der sofort auszuzahlen war. Warum ihr Vater sein Testament wieder geändert und ihnen nichts erzählt hatte, war den Hilken-Kindern so unbekannt wie egal. Gesagt hatte er es auf seiner Geburtstagsfeier, als sie mit ihm stritten, jedenfalls nicht.

Den Pracks sackten die Mundwinkel nach unten. Waren sie in Feierlaune gewesen und bestellten angesichts Hilkens Beerdigung nur hinter vorgehaltener Hand ein Glas Champagner nach dem anderen, so erstarrte ihr Grinsen nun zu einer Maske. Als Petra sie gemeinsam bat, vor die Tür des Restaurants zu treten, fuhr Melanie laut auf.

»Oh nein, so lass ich mich nicht abspeisen. Vor drei Wochen erst hat er uns ins Testament eingetragen. Uns hat er das Haus versprochen, nicht seinen Kindern. Ich werde das Testament anfechten.«

»Das steht Ihnen frei«, antwortete Petra. »Doch müssen Sie sich damit abfinden. Herr Hilken hat im Vollbesitz seiner geistigen Kräfte das Testament notariell umschreiben lassen. Es ist rechtsgültig.«

Melanie Prack wurde noch lauter, und Susanne stimmte ein. Beide ließen kein gutes Haar an Gustav Hilken. Alles hatten sie für ihn getan. Ein Zimmer wollten sie in ihrem Haus für ihn einrichten, falls er pflegebedürftig geworden wäre. Ihre Abende haben sie ihm geopfert, damit er nicht alleine zu Hause sitzt. Bei seinen Konzertgängen waren sie an seiner Seite, konnte er sich mit ihrer Gesellschaft schmücken. Einkäufe hatten sie für ihn erledigt, auf sein Haus aufgepasst, wenn er in den Urlaub fuhr. Melanie und Susanne fanden kein Ende. Erst Kai Prack, Susannes Ehemann, beruhigte die aufgebrachten Frauen.

Elisa und Brigitte Gierling reagierten verhalten, doch war ihnen anzusehen, dass sie Gustav Hilken, hätte er noch gelebt, die Pest an den Hals gewünscht hätten. Die Gierlings wie die Pracks verließen grußlos das Restaurant, bevor Erich Hilken die Abschlussworte der Beerdigung seines Bruders anfügen konnte. Erika Bachkötter und Pedro Alvarez freuten sich über den zu erwartenden Geldsegen.

»Und wieder können wir die Pracks und Gierlings ausschließen, Chefin«, resümierte Seefeld. »Die wären ja schön blöd, wenn sie ihrer Geldquelle den Hahn abgedreht hätten, so spendabel, wie Hilken unterwegs war.«

Petra fand die Aussage ihres Kollegen absolut einleuchtend. »Nur, wenn es keiner der Pracks oder Gierlings war, wir weitere Nachbarn auch ausschließen, sind wir wieder am Anfang. Sollten die Pracks und Gierlings es aber gewusst haben, gäbe es wieder ein Motiv. Wobei, wer auf einer Beerdigung ein Glas Champagner nach dem anderen bestellt, glaubt eher, er habe etwas zu feiern.«

»Wie wahr, Chefin. Aber wir haben ja noch unseren *Silberstreifen.*«

»Wen?«

»Theo Schwalbe.«

»Eine Schwalbe macht noch keinen Sommer, hat meine Oma immer gesagt. Und jetzt will ich Apfelstrudel essen. Kommen Sie, Seefeld.«

Auf dem Weg zu Schwalbes Adresse lenkte Seefeld Petras Dienstwagen. Petra saß auf dem Beifahrersitz und hing ihren Gedanken nach. Ihre Brunnentote geisterte durch ihre Gedanken. Einhundert Jahre lag sie im Keller, ohne dass jemand sie entdeckt hatte. Petra lief ein kalter Schauer über den Rücken. In ihrem Münchner Fall war sie in einem Brunnen gefangen gewesen. Hätte Marina, ihre Freundin, sie nicht gefunden … Sie mochte nicht daran denken. Sie beugte sich vor und tippte auf dem Display des Bordcomputers auf die Sitzheizung. Sofort wurde ihr Rücken mollig warm.

Theo Schwalbe wohnte in einem Einfamilienhäuschen in Maschen. Eine Frau um die vierzig öffnete Petra und Seefeld die Haustür.

»Mein Mann ist unter der Dusche«, sagte sie, als Petra sich und Seefeld vorgestellt und den Grund ihres Besuches genannt hatte.

»Dann werden wir warten. Dürfen wir reinkommen?«

Nur widerwillig trat die Frau zur Seite. »Bitte.« Sie hob den Arm und wies in ein Wohnzimmer. »Ich werde meinem Mann sagen, dass Sie da sind. Nehmen Sie Platz.«

Petra nickte und zog einen Esszimmerstuhl aus dunkelbraunem Leder unter einem Bauernholztisch hervor. Eine Einrichtung, die modernes wie altes Mobiliar kombinierte. So wie sie ihr Haus in Jork stückchenweise einrichtete. Die vielen alten Kommoden und Schränke ihrer Großeltern aus edlem Holz harmonierten wunderbar mit einigen neuen Anschaffungen, die sie seit ihrem Einzug getätigt hatte.

Kaum fünf Minuten später schritt ein Mittvierziger die Stufen einer buchenholzfarbenen Treppe herunter. Er war auf Socken, trug ein graues Sweatshirt mit einem Markenaufdruck zu einer grauen Jeans. Seine dunklen, nach hinten gekämmten nassen Haare, durchzogen einige Silbersträhnen.

»Guten Tag.« Er streckte erst Petra, dann Seefeld seine Hand entgegen. »Was kann ich für die Polizei tun?« Er lächelte.

»Wir hoffen, Sie können zur Aufklärung zweier Mordfälle beitragen.« Petra sah dem Mann zu, wie er sich ihr gegenüber an den Esstisch setzte und in der Obstschale nach einem rotgoldenen Apfel griff.

»Ich?« Er legte den Apfel vor sich auf den Tisch.

»Wenn Sie Herr Theo Schwalbe sind.«

»Ja, der bin ich.«

»Kennen Sie Gustav Hilken?« Petra schob das Bild des toten Rentners über den Esstisch.

Theo Schwalbe verzog die Mundwinkel und verneinte. »Noch nie gesehen. Was ist ihm passiert?«

»Er ist erschlagen worden.«

»Ach, der Axtmörder aus Meckelfeld. Ja, ich sah den Bericht im Fernsehen.«

»Richtig. Und wie ist es mit diesem Herrn?« Das Bild Edu Comans schob sich in Schwalbes Sicht.

»Nein, den kenne ich auch nicht. Ist er auch …«

»Nein. Er ist erschossen worden. Mit einer Glock 17. Einer Waffe, wie die, die Sie besitzen.«

»Meine Glock ist nicht die Einzige im Umlauf. Aber natürlich, ich hab gesessen, das ist der feine Unterschied. Verdammt, ich bin doch kein Mörder!« Schwalbe sprang vom Stuhl auf, holte tief Luft und stützte sich mit den Händen auf der Stuhllehne ab. Mit tiefblauen Augen sah er Petra an.

»Wofür brauchen Sie eine Waffe, Herr Schwalbe?«

»Das ist reine Selbstverteidigung. Bei uns wurde letztes Jahr eingebrochen.« Sein Blick wanderte zu seiner Frau, die abseits an einer Kücheninsel stand. Er richtete sich gerade und lehnte sich mit verschränkten Armen an die Wand, die ein Porträtfoto eines Kindes schmückte.

»Ein Dieb, bei dem eingebrochen wurde. Das ist ja was ganz Neues.« Petra grinste. »Wo waren Sie am Dienstag in den späten Nachmittagsstunden in der Zeit von fünfzehn bis siebzehn Uhr?«

»Jetzt langt es aber! Ich habe niemanden umgebracht! Entweder Sie verhaften mich oder verschwinden«, brauste Schwalbe siegessicher auf.

»Dann verhaften wir Sie, aufgrund des Tatverdachts, Edu Coman umgebracht zu haben.«

»Was! Sie spinnen ja! Ich hab Edu …« Schwalbes Fäuste knallten rückwärts an die Wand, das Bild wackelte.

»Sie kennen ihn.«

»Ja. Von früher. Ich traf ihn vor ein paar Jahren auf der Hochzeit meiner Schwester. Aber ich hab ihn nicht auf dem Gewissen.«

»Und wie kommt es, dass wir grüne Kunstfasern an einem Brombeerstrauch an der Köhlbrandbrücke gefunden haben, die Ihre DNS enthalten?«

»Wer sagt das?« Schwalbes Gesicht lief rot an.

»Unser Labor. Es ist erstaunlich, was eine Untersuchung alles zutage fördert. Kleinste Hautpartikel, Fingerabdrücke auf Schnürsenkeln, Blut, Pulverspuren. Also?«

»Also. Also. Ja. Ich bin Edu hinterhergefahren, aber ich hab ihn nicht erschossen.«

»Wer war es dann?«

»Fragen Sie die Männer, zu denen er vor seiner Wohnung ins Auto gestiegen ist.«

»Fangen wir vorne an«, sagte Petra, sich vergewissernd, ob Seefeld mit den Notizen nachkam. »Was wollten Sie von Edu?«

»Er schuldete mir Geld.«

»Wofür?«

»Weiß ich nicht. Hat er nicht gesagt. Ich hab es ihm geliehen und gut. Am Dienstag wollte ich es wiederhaben, unsere Waschmaschine hat den Geist aufgegeben.«

»Das nehm ich Ihnen nicht ab. Er wird Ihnen verraten haben, wofür das Geld war. Oder war es Geld aus dem Diebesgut aus Gustav Hilkens Haus, das Sie gemeinsam verscherbelt haben?«

»Nein. Erstens kenne ich keinen Gustav Hilken und zweitens mache ich keine Brüche mehr. Edu brauchte Geld, ich hab ihm welches geliehen. Wofür, weiß ich nicht. Basta.«

»Wie viel?«

»Einen Tausender.«

»Wenn Sie wussten, wo er wohnt, warum haben sie ihn nicht

besucht und das Geld in der Wohnung eingefordert. Warum warten Sie unten auf der Straße?«

»Weil ich … wir hatten das so verabredet.«

»Hören Sie auf, Schwalbe. Auch in Comans Wohnung haben wir Ihre DNS gefunden. Sie müssen da gewesen sein.«

»Ja. Ich war da. Ich wollte ja das Geld. Aber er sagte, er hätte es nicht mehr.«

»Und da wurden Sie wütend, es gab einen Streit und Sie haben ihn erschossen.«

»So ein Quatsch! Das habe ich nicht. Ich bin wieder abgezwitschert. Aber ich habe ihn beobachtet. Ich wollte wissen, wo er hingeht. Einen Tag später wartete ich in meinem Wagen auf der gegenüberliegenden Straßenseite vor seiner Haustür. Als er aus dem Haus kam und ich ihm hinterher wollte, griffen ihn zwei Männer und schoben ihn in ihren Wagen. Ich bin den dreien gefolgt. Bis zur Brücke, das heißt, am Kiosk hab ich angehalten und beobachtet, wie sie Edu aus dem Auto geschleift haben.«

»Hat er gelebt?«

Schwalbe schüttelte den Kopf. »Sah nicht so aus. Einer trug ihn an den Füßen, der andere an den Armen. Bewegt hat er sich nicht. Sie sind mit Edu den Deich rauf und schnell wieder da gewesen. Ohne Edu.«

»Und weiter.«

»Sie sind in ihren Wagen gestiegen, haben gedreht, und als sie an mir vorbeifuhren, hab ich mich geduckt.«

»Sie können die Männer nicht identifizieren?«

»Doch. In der Bremer Straße konnte ich sie sehen.«

»Und der Wagen. Das Modell. Farbe. Nummernschild.«

»Ein dunkelblauer VW Kombi mit gelbem Nummernschild. Aber die Nummer. Keine Ahnung.«

»Als die Männer an Ihnen vorbeigefahren waren, was haben Sie da gemacht?«

»Na, ich bin ausgestiegen und über den Deich gerannt. Ich

wollte wissen, wo sie Edu hingeschleppt haben. Aber der dümpelte mit einem Loch im Kopf im Elbwasser.«

»Dass Sie ihm mit Ihrer Glock verpasst haben.«

»Nein! Das hab ich doch gesagt. Ich bin kein Mörder.«

»Herr Schwalbe, Sie kommen mit auf die Wache. Ihre Waffe nimmt mein Kollege. Sie werden mit einem Kollegen Phantombilder der Männer erstellen. Und bis geklärt ist, ob aus Ihrer Waffe geschossen wurde, dürfen Sie sich als unser Gast betrachten.«

Der Nachmittag verlief ruhig für Petra und Seefeld. Nur Friedrichsen, der auf Ergebnisse drängte, weil ihm Staatsanwalt Puhfahl im Nacken saß, nervte. Wichtigtuerisch verkündete er die enorme Steigerung ihrer Aufklärungsrate, die keinesfalls abreißen dürfe. Petra und Seefeld sahen sich über ihre Schreibtische hinweg stumm an.

»Wir sind dran, Chef«, schaltete sich Petra ein. »Wir haben alles im Griff.«

»So, na, das hoffe ich. Am Jahresende wird Bilanz gezogen und ich will nicht, dass wir schlechter als unsere Hamburger Kollegen dastehen.« Friedrichsen rieb sich die hohe Stirn, als würde es ihm in seinen Überlegungen helfen. »Machen Sie voran. Ich will Ergebnisse auf meinem Schreibtisch. Bisher sieht es aus, als wenn sie mit den Ermittlungen nur im Trüben herumstochern.«

»Sicher nicht, Chef«, versicherte Petra mit hartem Unterton. »Ich wollte Ihnen in diesem Moment von unserer neuen Spur erzählen. Kollege Dradeberg war in der Hamburger Alsterschwimmhalle, wo Silke Buchholz jeden Samstag ihre Bahnen zieht. Mitarbeiter der Schwimmhalle sagten aus, Frau Buchholz sei seit Jahren Gast. Nur am vergangenen Samstag konnte sie keinen gewohnten Schwimmsport ausführen. Die Halle war wegen Fliesenarbeiten bis zum darauffolgenden Montag geschlossen.«

»Na bitte, das ist doch was. Nageln Sie sie fest. Sie hat ihren

Vater ermordet. Motiv: Sie war eifersüchtig auf die Nachbarn und diese Auswärtigen.«

»Ein Motiv ist es, Chef. Aber ist es auch ein Motiv für eine Frau, die finanziell abgesichert ist und seit Jahren ein ruhiges, zufriedenes Leben führt?«

»Wenn es im Kopf klickt, klickt es. Die ruhigen Mörder sind die Schlimmsten.«

»Amen«, sagte Petra, als Friedrichsen das Büro verlassen hatte. Sie schnaufte gereizt. »Seefeld, rufen Sie Hilkens Kinder und die Enkelsöhne an. Außerdem alle männlichen Pracks und Nachbarn. Ich will sie alle morgen früh auf der Wache sehen. Und wenn Sie schon dabei sind, bestellen Sie mir den Goldhändler ein. Bevor die Bilder der Männer, die unseren Edu angeblich erschossen haben, an die Presse gehen, will ich eine Gegenüberstellung. Vielleicht landen wir bei einem der Herren einen Treffer. Und die Schwalbe stellen wir dazu.«

»Wird erledigt, Chefin. Ich geh dann in den Feierabend?«

»Sicher. Schönen Abend und viel Glück mit dem Makler.«

»Ja, können wir gebrauchen. Irgendwie wird es immer enger bei Monikas Eltern unterm Dach. Bis morgen.«

Petra winkte Seefeld und vertiefte sich wieder in die Akte. Nach einer weiteren halben Stunde schloss sie die Unterlagen. Silke Buchholz hatte gelogen. Warum? Sie trank nicht, hatte keinen Streit mit einem Partner. Und als Leiterin eines Heimes war sie finanziell abgesichert. Zudem zählte sie zu den Frauen, die in ihrem Beruf aufgingen. Mit ihrer Größe von fast ein Meter achtzig, dem sicheren Auftreten und der Sprechweise wirkte sie ausgesprochen autoritär. Dennoch umgab sie die Aura einer liebevollen Mutter, die sich jederzeit behütend vor ihre Schützlinge stellte, um sie zu verteidigen. Konnte diese Frau ihren Vater umgebracht haben, so wie Friedrichsen vermutete?

Petra griff zum Telefon und wählte Erika Bachkötters Nummer. Sie musste mehr über Hilkens Kinder erfahren. Und wenn nicht von seiner Haushälterin, von wem dann?

23.

Petra stand von ihrem Schreibtischstuhl auf und streckte sich. Ihre Muskeln waren verspannt und schmerzten im Nackenbereich. Ihr fehlten die morgendlichen Joggingrunden ins Jorker Stadtzentrum, die ihr den Kopf freipusteten. Sie hob einen Arm nach dem anderen über den Kopf und dehnte ihn, bis es leise in ihren Gelenken knackte. Als sie die Jacke anzog, fiel ihr Blick auf eine dunkelgrüne Papierakte, die ihr Seefeld mit der Bitte auf den Tisch gelegt hatte, ein Urteil über den Fall abzugeben, den er von Kollegen übernommen hatte, da die in einem Mitarbeiterengpass steckten.

Mit offener Jacke rutschte sie auf den Bürostuhl zurück, zog die Akte hervor und schlug sie auf. Es war eine von vier Anzeigen wegen häuslicher Gewalt, die sich in einem Reihenhaus in Wilhelmsburg zugetragen hatte. Eine sechsundreißigjährige Frau hatte ihren zwei Jahre älteren Mann angezeigt und vier Mal die Anzeige zurückgezogen. Angeblich war sie im letzten Jahr zweimal die Treppe hinuntergefallen, dreimal gegen eine Tür gelaufen und einmal hatte sie sich beim Kartoffelschälen so tief in den Arm geschnitten, dass es genäht werden musste. Der behandelnde Krankenhausarzt bezweifelte den Unfallhergang und meldete ihn der Wache. Eine so tiefe Schnittwunde könne nicht mit einem Kartoffelschälmesser verursacht worden sein. Als ein Beamter die Frau aufsuchte, hatte die ihren Mann angezeigt. Mit einer zerbrochenen Bierflasche wäre er auf sie losgegangen, als er betrunken nach Hause kam, dabei sei der Schnitt entstanden. Eine Stunde später zog sie die Anzeige zurück. Es sei ein Unfall und kein Angriff ihres Mannes gewesen.

Die Frau hatte weder zwei linke Hände noch Füße oder war zu dusselig eine Treppe hinunter zu gehen und Kartoffeln zu schälen. Sie lebte einfach mit einem Scheißkerl zusammen, der sie nach Strich und Faden, wie es ihm beliebte, verprügelte. Petra schlug die Akte zu. Wie gern würde sie den Kerl einbuchten und den anderen Gefängnisinsassen zum Fraß vorwerfen.

Petra stand auf. Sie griff zu ihrer Handtasche, als das Telefon auf ihrem Schreibtisch zu läuten begann.

»Bist du Petra Taler aus Jork?«, fragte eine männliche Stimme.

»Ja. Mit wem spreche ich?«

»Ich bins, Paul Targen. Dein Nachbar.«

»Herr Targen. Entschuldigung, ich hab Ihre Stimme nicht erkannt. Was kann ich für Sie tun?«

»Ich war drüben bei dir, Deern, aber Horst sagte, du bist noch am Arbeiten. Wenn du Zeit hast, komm nachher rüber. Hinrich erzählte, in deinem Keller wurde eine Tote gefunden und du willst wissen, wer das sein könnte. Ich kann dir vielleicht helfen.«

»Oh, das wäre wunderbar. Ich komme in einer Stunde. Ist Ihnen das recht?«

»Klar, Deern, mach langsam. Wir laufen nicht weg.«

Petra schob den Stuhl an den Schreibtisch und öffnete die Bürotür zum Vorraum. Hedda Oberwerk saß noch immer am Computer und hackte auf die Tastatur. Heute trug sie ein quietschgelbes Shirt mit Wasserfallkragen und eine schwarze Stoffhose. An ihren Ohrläppchen baumelten goldfarbene Creolen, in deren Ring kleine, bunte Perlen eingearbeitet waren. Als Petra schönen Abend wünschte, nahm sie ihre Brille ab und bat sie Platz zu nehmen.

»Was gibt es, Frau … Hedda?«

»Sie suchen doch Webereien, die im 18. und 19. Jahrhundert in und um das Alte Land ansässig waren. Stimmt's?« Den sonst strengen Gesichtsausdruck der Sechzigjährigen unterbrach ein Lächeln. Bevor Petra antwortete, sagte sie: »Bitte, die habe ich für Sie.« Sie reichte ein ausgedrucktes Blatt über den Schreibtisch. »Vier Webereien. Vielleicht finden Sie dort Nachkommen der Betriebe oder Unterlagen, die Ihnen weiterhelfen.«

»Frau Oberwerk, das …«

»Hedda.«

»Ja, natürlich. Hedda. Das ist ja … ja lieb von Ihnen. Wie sind Sie fündig geworden? Ich hab schon überall nachgefragt und mich von einem Telefonat zum nächsten gehangelt. Handwerkskammer, Dachverbände, sogar mit dem Weltwirtschaftsarchiv und dem Staatsarchiv hab ich Kontakt aufgenommen. Die, die mir weiterhelfen könnten, sind im Urlaub oder krank.«

»Ich hab da eine Bekannte beim 60plus-Yoga, die kennt … ach, das führt zu weit. Die Elfi hat mir die Adressen geschickt und voilà. Hauptsache sie kriegen eine Aufklärung. Eine hundertjährige Leiche im Keller, wer würde da nicht wissen wollen, wer es ist. Zumal Sie als Kommissarin! Und dann handelt es sich auch noch um einen Mord.«

»Was ein Glück, dass ich vor hundert Jahren noch nicht gelebt hab.« Petra grinste. »Ich danke Ihnen … Hedda.«

Auf dem Weg ins Alte Land gingen Petra die Adressen, die ihr Hedda gegeben hatte, nicht mehr aus dem Kopf. Sie hoffte, dass sich Paul Targen und seine Frau an die Betriebe erinnern konnten. Obwohl, Petra stockte. Nein. Wenn, dann Targens Eltern. Aber die lebten nicht mehr. Als Kind hatte sie sie kennenlernen dürfen. Ein ebenso liebenswertes Ehepaar wie Hinrichs Eltern. Als einziges Kind der Targens war Hinrich für Petra allerdings der Teufel in Person gewesen. Die Frösche in ihren Gummistiefeln, die steinharten Kienäpfel auf ihrem Rücken, mit denen er sie beworfen und die Stunden, die er sie in Omas geheime Räume im Keller eingesperrt hatte, wirkten nach. Auch sein heutiger Beruf als Pfarrer änderte nichts an ihrer Einstellung. Obwohl sie wusste, dass Hinrich sie damals wie heute heimlich verehrte und er seine Streiche in Kinder- und Jugendzeiten nur ausgeführt hatte, um ihre Aufmerksamkeit zu erringen. Was er getan hatte, ließ sich nicht ungeschehen machen. Von einem unausstehlichen kurzbeinigen, pickeligen Ziegenbock hatte er sich in einen ansehnlichen, strammen Mann verwandelt, der Petra mit seinem Rauschbart an den Räuber Hotzenplotz erinnerte.

Sie fuhr den Wagen vor das Haupthaus und huschte in den Hofladen. Horst stand hinter dem Ladentisch und sortierte die Schilder der Apfelsorten.

»Ich geh kurz rüber zu den Targens«, sagte sie.

»Klar, mach, Fräuleinschen. Ich räum noch ein wenig auf. Auf dem Herd steht Wirsingkohleintopf. Soll ich den warmmachen?«

»In einer halben Stunde, Horst. Ich beeil mich. Ist Lüdersen da?«

»Nein. Wollte er kommen?«

»Ja. Nein. Ich weiß nicht«, sagte Petra nachdenklich. Seit dem gestrigen Morgen und ihrer gemeinsamen Dusche hatte sie nichts von ihm gehört. Er war nach Hause gefahren und sie zur Arbeit.

Sie winkte Horst und eilte über die Rasenfläche, durch zwei Rabatten, dann in den Vorgarten der Nachbarn.

24.

Das Erste, was Petra am nächsten Morgen tat, als sie die Wache betrat, war den Hörer des Diensttelefons abzuheben, dessen Läuten begann, als sie sich noch einmal bei Hedda für die Adressen bedankte. Petra sah auf das Display. Die Münchner Vorwahl und die Telefonnummer ihrer Eltern. Das konnte nichts Gutes bedeuten. Unmotiviert griff Petra zum Telefon. »Guten Morgen«, flötete sie so fröhlich, wie es ihr möglich war, in den Hörer.

»Kind, wo steckst du? Seit gestern versuche ich, dich zu erreichen«, tönte es grußlos und vorwurfsvoll aus der Leitung.

»Mutter, ich habe zu arbeiten und ab und an auch Feierabend. Was gibt es?«

»Dein Bruder, jetzt hat er, obwohl er im Urlaub das katastrophenreiche Ausmaß der Wüste miterlebt hat, einen Termin für diese Fremdenlegion. In drei Wochen will er losfliegen. Das ist leichtsinnig. Du musst mit ihm reden.«

»Mutter. Das Thema haben wir ausführlich besprochen. Ich finde es nicht leichtsinnig, sondern eher tollkühn. Und was schadet es, wenn er an die Kandare genommen wird und die Erziehung bekommt, die ihr verbockt habt.«

»Was redest du da? Ich habe … Kind, er macht das doch nur, weil …«

»Ja?«

»Weil er dich nicht wieder um Johannas Erbe anbetteln will.«

»Und das ist absolut richtig. Er kriegt keinen Cent.«

»Du bist wie dein Vater. Der verweigert ihm seit neuestem auch jeglichen Unterhalt.«

»Und? Das hat Vater mit mir auch gemacht, als ich nicht in seine Fußstapfen treten wollte. Du erinnerst dich? Ich musste zusehen, wie ich klarkomme. Und Günther wird es lernen. Alt genug ist das dreiunddreißigjährige Küken, das bisher als stolzer Gockel mit elterlicher Kreditkarte sich alle Freiheiten erkaufen konnte. Lass ihn Wüstenstaub schlucken. Es wird seinen Grund haben, warum er von der Bildfläche verschwinden will.«

»Nein. Ja. Er hat …«

»Spucks aus, Mutter. Was hat mein herzallerliebstes Brüderchen für Scheiße ausgefressen, den ihr oder Väterchen Frost nicht geradebügeln wollt?«

»Kind, wie redest du über deinen Vater!«

»Mutter, ich habe keine Zeit für lange private Konversation. Entweder du sagst mir, was los ist, oder …«

»Dein Bruder hat Wettschulden und wurde letzte Woche von drei Männern, solchen Schränken von Geldeintreibern, verprügelt. Seitdem verlässt er nicht das Haus.«

»Was sagt Vater?«

»Der weiß von alledem nichts. Noch nicht. Aber wenn du Günther nicht aushilfst, weiß ich nicht, wie es weitergehen soll.«

»Wie groß soll die Hilfe sein?«

»Vierundzwanzigtausend Euro.«

»Wie bitte? Ich glaub, ich hör nicht richtig!«

»Nun reg dich nicht gleich auf. So viel ist das für dich auch nicht. Oma Johanna hat dir …«

»Nein, Mutter. Sprich mit Vater. Er wird die Angelegenheit für sein zartes Söhnchen klären, wie er es die letzten Jahre getan hat. Ich bin nicht verantwortlich.«

»Kind, ich bitte dich. Ich kann mit Vater nicht reden. Ein Tausender, gut, aber vierundzwanzig. Das ist zu viel. Niemals.«

»Tja, wie es aussieht, heißt es für Günther arbeiten oder ab in die Ferne. Mehr bleibt ihm nicht. Ich bin keine Option. Selbst wenn ich es wollte, wird es nicht gehen. Die Instandsetzungsarbeiten im Haus kosten ein Vermögen. Ich werde heiraten und ihr werdet in sieben Monaten Großeltern. Mein Geld ist verplant. So, und jetzt hab ich keine Zeit mehr. Pfürti, Mutter. Grüß mir Väterchen.«

Petra legte auf. Sie hatte damit gerechnet, dass ihre Mutter erneut anrief, doch das Telefon blieb stumm. Lediglich Friedrichsen steckte den Kopf zur Bürotür herein und fragte nach neuen Erkenntnissen. Diese könne sie ihm erst nach der Gegenüberstellung liefern, erklärte Petra. So schnell, wie er gekommen war, war ihr Chef verschwunden. Seine Termine drängten.

Petra lächelte zu Seefeld herüber, der sich an Friedrichsen vorbei zu seinem Schreibtisch schlängelte.

»Morgen, Chefin. Gibt's Ärger?« Er nickte mit dem Kinn zur Tür, die hinter Friedrichsen schloss.

»Noch nicht. Haben Sie ein Nest gefunden?«

»Ja und Nein. Das Haus ist ein Reihenhaus in Fischbek. Mir ist es da zu eng. Monika findet es kuschelig. Erst sagt sie, in der Siedlung Apfelgarten will sie nicht wohnen, weil ihr der Nachbar in den Topf gucken kann, und jetzt ein Reihenhaus. Versteh einer die Frauen.«

Petra lachte. »Das bedeutet ausharren unterm Dach der Schwiegereltern.«

»Scheint so. Und was liegt hier heute an?«

»Die Hilken-Kinder, Enkelsöhne, Nachbarn, der Goldhändler und Schwalbe stehen auf unserer Liste. Sie müssten für die Gegenüberstellung …« Petra sah auf die Uhr über der Bürotür, deren Zeiger auf neun Uhr rutschte, »gleich eintrudeln.« Sie hatte gerade ausgesprochen, als Hedda an der Tür klopfte und eintrat.

»Nils, Frau Taler.« Hedda Oberwerk nickte zu den Kommissaren. »Frau Buchholz, Frau Tassen mit Mann und Söhnen und Herr Hilken Junior mit Frau und Söhnen sind eingetroffen. Soll ich sie euch reinschicken?«

»Nein. Setzen Sie sie in den Besucherraum. Ist der türkische Goldhändler angekommen?«

»Nein.«

»Gut. Danke, Hedda.« Petra nickte zur Sekretärin, die daraufhin die Tür schloss.

»Was meinen Sie, Seefeld, womit fangen wir an?«

»Warten. Lassen wir sie schmoren, bis der Händler eintrifft. Auch einen Tee?«

Petra nickte und sah ihrem Kollegen zu, wie er den Wasserkocher füllte und Teebeutel in die Becher hängte.

Theo Schwalbe stand neben Ingo Hilken, den Söhnen Daniel und Justus, Beates Ehemann Wilfried, deren Söhne André und Gerald, wie den männlichen Nachbarn in einer Reihe in einem fensterlosen Raum vor einer weißen Wand. Alle Männer blickten zu einem wandlangen Spiegel. In der Hand hielten sie Nummernschilder. Der Goldhändler Hasan Almici stand in einem gesonderten Raum hinter der Spiegelscheibe.

»Nun«, sagte Petra, »erkennen Sie den Mann, der Ihnen die Goldketten und Armbänder verkaufen wollte?«

Hasan Almici zögerte, dann sagte er: »Nein, von denen war es keiner.«

»Sie brauchen keine Angst haben, Herr Almici. Die Männer können Sie nicht sehen. Überlegen Sie bitte genau. Es ist wichtig«, beruhigte Seefeld.

»Nein. Tut mir leid, Herr Kommissar. Vier der Männer sind zu jung, die anderen zu alt. Der Mann, der bei mir in den Laden kam, lag altersmäßig dazwischen. Es ist über vier Wochen her. Bei mir kommen so viele Menschen in den Laden, um etwas zu verkaufen.«

Petra stöhnte. »Gut, ich danke Ihnen. Sie dürfen gehen.« Sie sah dem Händler nach, als der aus dem Raum trat. »Das war unser Trumpf, Kollege. Friedrichsen wird granteln.«

»Granteln?«

»Meckern. Motzen. Ausflippen.«

»Aha. Wir können uns keinen Täter aus dem Ärmel schütteln, Chefin. Geben wir das Phantombild für die Medien frei und sehen, was auf uns zukommt. Übrigens kam der Bericht der Ballistik. Aus Schwalbes Waffe wurde nicht geschossen.«

»Was ist mit den anderen Waffenbesitzern, die eine Glock besitzen?«

»Die sind von Dradeberg und Arndt überprüft. Einige Besitzer sind verstorben, andere haben ein Alibi. Es wird eine illegal gekaufte Waffe sein, mit der Edu erschossen wurde.«

»Herrschaftszeiten! Wir haben nicht ein Bindeglied zwischen den beiden Männern. Keine Verwandten oder Freunde, und mit dem Einbruch und Diebstahl in Hilkens Haus hat weder Edu noch Theo was zu tun. Wir können nur auf die Phantombilder hoffen. Kümmern Sie sich um die Freigabe, Seefeld. Vielleicht sind es Auftragskiller, die auf Hilken und Coman angesetzt wurden und wir finden noch eine Verbindung zwischen den beiden Männern. Ach, und vorher quetschen Sie Ingo Hilken und Beate Tassen noch einmal aus. Und wenn Sie fertig sind, schicken Sie beide zu mir. Ich glaub zwar nicht an Zufälle in unserem Beruf, aber …« Petra zuckte die Schultern. »Ich fühl der Buchholz auf den Zahn. Die muss ausspucken, warum sie uns angelogen hat.«

Silke Buchholz saß Petra gegenüber auf dem Besucherstuhl.

»Was kann ich für Sie tun? Ich dachte, wir hätten alles geklärt.« Irritiert blickte sie Petra an.

»Ja, so ist das bei uns in einem Mordfall. Da tischen uns Zeugen Wahrheiten auf, die sich im Nachhinein als Lügen herausstellen. Und wir können mit der Befragung von vorne beginnen. Was eine Krux. Und jetzt frage ich Sie, Frau Buchholz, wo waren Sie am Samstag nach Ihrem Einkauf? Und kommen Sie nicht wieder mit Ihrer Schwimmbadgeschichte und dem vergessenen Stempel in der Abokarte.«

»Aber ich war schwimmen. Ich gehe jede Woche ins Hallenbad.«

»Schluss jetzt, Frau Buchholz. Wo waren Sie? Die Alsterschwimmhalle hatte wegen Bauarbeiten bis Montag geschlossen.« Petra musterte die Frau durchdringend.

»Ja, darum bin ich ins Harburger Midsommerlandbad gefahren.«

»Und die Eintrittskarte ist gleich mit schwimmen gegangen?«

Silke Buchholz zögerte. »Ja. Nein. Die hab ich nicht aufgehoben.«

»Natürlich nicht. Und dass Sie quer durch die Stadt bis nach Harburg ins Schwimmbad fahren, soll ich Ihnen glauben.«

»Ja. Ich kenne die Halle von früher. Und wenn ich nicht schwimme, fühle ich mich nicht wohl.«

»Und ich fühle mich nicht wohl, wenn man mich anlügt und meine Arbeit behindert. Es geht um den Mord an Ihrem Vater, Frau Buchholz. Ist Ihnen das überhaupt klar?«

Eine leichte Röte legte sich über Silke Buchholz' Wangen. »Ja. Es ...« Sie zögerte. »Sie haben recht, Frau Taler. Ich war nicht schwimmen. Ich bin Samstagfrüh zu meinem Vater gefahren. Ich wollte mit ihm reden. Am Freitagabend, auf seiner Feier, hat er Beate wieder so heftig beschimpft und beleidigt. Sie wäre eine asoziale Schnapsdrossel und es sei kein Wunder, dass sie ihre Arbeit als Lehrerin verloren hätte. Und hätte er von ihrer Sauferei früher gewusst, hätte er sie nie finanziell unterstützt, als sie das Haus gebaut haben.«

»Und darüber sind Sie mit Ihrem Vater so in Streit geraten, dass Sie ihn erschlagen haben.«

»Nein!« Silke Buchholz schüttelte energisch den Kopf. »Das haben wir ... ich, ich nicht getan. Mein Vater war ein Scheißkerl. Aber ich hätte ihn deswegen nie erschlagen. Er war mein Vater.«

»Wer war mit Ihnen bei Ihrem Vater am Samstagmorgen?«

»Niemand. Ich war alleine bei ihm.«

»Wer, Frau Buchholz?«

Silke Buchholz schluckte und kniff die Augen zusammen. »Beate«, sagte sie schwach. Ihre Stimme klang rau. »Er sollte sich bei ihr entschuldigen. Er hat meine Schwester so oft beleidigt, aber was er ihr auf der Feier an den Kopf geworfen hat, war zu viel. Er meinte, es sei alles ihre Schuld, dass er alle Kinder enterbt hat. Sie und ihre Sauferei. Jemand mit so undiszipliniertem Verhalten könne kein Kind von ihm sein.«

Petra griff nach einer Packung Taschentücher von ihrem Schreibtisch und schob sie über den Besuchertisch zu Silke Buchholz.

»Beate sollte sich schuldig fühlen, dass er die Nachbarn und diese Göre aus Braunschweig mit ihrer Mutter als Erben eingesetzt hat. So was hat er geliebt. Einen Keil zwischen Menschen treiben, die sich gut verstehen. Und wenn wir drei Geschwister uns untereinander entzweit hätten, wäre das sein Triumph gewesen. Mein Vater war narzisstisch veranlagt. Er wollte der Mittelpunkt sein und alle durften nach seiner Pfeife tanzen. Wenn es den anderen schlecht ging, und sie um seine Gunst buhlten, blühte er regelrecht auf.« Silke Buchholz nahm ein Taschentuch und tupfte ihre Augen. »Beate und ich sind am frühen Mittag hin und wollten mit ihm reden. Als er nicht aufgemacht hat, aber sein Wagen in der Garage stand, haben wir aufgeschlossen. Er lag auf dem Sofa mit der Axt im Kopf. Aber wir haben ihn nicht ermordet.«

»Und warum haben Sie nicht die Polizei oder den Rettungsdienst gerufen?«

»Wofür? Mein Vater war tot. Und mit einer Axt im Kopf …«

»Sie hätten die Polizei rufen müssen, Frau Buchholz.«

»Ja. Das wollten wir, aber wir dachten, der Verdacht würde auf uns fallen. Beate hat ihren Vater gehasst und ich war auch nicht sonderlich gut auf ihn zu sprechen. Und unser Bruder erst recht nicht. Der hat ihm nie verziehen, dass er Mutter ins Grab getrieben hat.«

»Tja, dass wir Sie verdächtigen, haben Sie geschafft. Immerhin besitzen Sie einen Schlüssel zum Haus Ihres Vaters. Warum eigentlich? Wollte Ihr Vater den nicht wiederhaben?«

»Er wusste es nicht. Und wir haben den Schlüssel behalten. Für alle Fälle.«

»Für den Fall, dass Sie ihn im Schlaf umbringen«, setzte Petra nach.

»So ein Unsinn. Ich sagte bereits, ich …«

»Sie vielleicht nicht, aber was ist mit Ihrer Schwester? Sie sagten, sie hätte ihren Vater gehasst.«

»Ja. Aber Beate ist nicht der Typ, der einen Menschen umbringt. Sie ist ein Sensibelchen, immer gewesen. Als Kind hat Vater sie schon immer verspottet. Nein. Beate war das bestimmt nicht. Sie hat nie alleine unseren Vater besucht.«

»Um welche Uhrzeit waren Sie bei Ihrem Vater?«

»Ungefähr gegen halb zwölf. Diese Nachbarin … diese Aufgedonnerte, Entschuldigung, diese Melanie hat uns gesehen. Was ein Haufen gieriger pietätsloser Menschen. Auf einer Beerdigung einen Champagner nach dem anderen bestellen. Wer macht denn so was?« Silke Buchholz schüttelte den Kopf. »Sie sah uns nach, als wir in den Garten gingen.«

»Melanie Prack war am Haus Ihres Vaters?«

»Nein. Sie stand bei ihrem Auto. Sie lud den Einkauf aus. Zumindest sah es so aus, da sie Tüten aus dem Kofferraum holte.«

»Besitzen Sie eine Waffe, Frau Buchholz?«

»Eine Waffe. Nein. Oder doch. Ja. Entschuldigung, die hab ich vergessen. Ja. Im Heim.«

»Welches Fabrikat?«

»Oh, da muss ich überlegen. War das eine Walther 99 oder eine Walther … Keine Ahnung. Aber ich hab einen Waffenschein.«

Petra nickte. »Ich schicke Ihnen einen Kollegen, er wird sich die Waffe ansehen. Das war es heute wieder fürs Erste. Sie können gehen.«

Die Aussage Beate Tassens glich der ihrer Schwester. Sie bestätigte den Besuch am Samstag bei ihrem Vater. Sie wollten ein für alle Mal Frieden schließen. Er sollte sich für sein ungebührliches Verhalten auf der Geburtstagsfeier entschuldigen. Als er dies nicht tat, uferte das Gespräch zu einem Streit aus. Sie fing zu weinen an und ihr Vater wertete sie erneut als schwaches Lebewesen ab, das er besser nicht gezeugt hätte. Nach dieser Aussage hätten sie sofort das Haus verlassen. Auch die Überprüfung der Waffe aus Silke Buchholz' Büroschublade, die Oberkommissar Sven Dradeberg den Kollegen der KTU zur Untersuchung gebracht hatte, verlief ohne Ergebnis.

Die erneute Befragung Ingo Hilkens, brachte auch keine weiteren wesentlichen Erkenntnisse. Petra konnte ihm nichts nachweisen. Seine Schulden bei der Bank, die Hypotheken, die auf dem Haus lagen, reichten als Indizien nicht aus, zu behaupten, er hätte seinen Vater ermordet. Zumal er nach den Aussagen seines Vaters annehmen musste, die Nachbarn und die Braunschweiger Gierlings würden sein Vermögen erben.

Auch einen Mord im Affekt konnte Petra ausschließen, da Hilken nicht post mortem auf das Sofa gelegt worden war. Es gab keine Blutspuren, die darauf hinwiesen, Hilken hätte gestanden, gesessen oder irgendwo an anderer Stelle im Haus gelegen als auf dem Sofa, als die Axt in seinen Schädel drang.

Petra blieben die Alibis der vier Enkelsöhne. Sie würde alle erneut überprüfen. Und sie würde herausfinden, wer den alten Mann brutal ermordet hatte. Das liebte sie an ihrer Arbeit. Niemals wollte sie, wie ihr Vater, der die Meinung vertrat, sein Beruf sei der Garant für Wohlstand und Freiheit, auf einem Richterstuhl sitzen und Urteile fällen, von denen sie nicht wusste, ob sie rechtens waren. Petra war so in Gedanken versunken, dass sie das Klopfen an der Bürotür überhörte.

»Hey, meine Schöne. Du bist ja so verträumt.«

Sie zuckte zusammen. »Lüdersen, was schleichst du dich hier so rein?«

»Ich habe höflich geklopft«, sagte er und zog Petra aus ihrem Bürostuhl in seine Arme.

»Tut mir leid, ich hab nichts gehört. Was machst du hier?«, fragte sie, Lüdersens sanfte Küsse erwidernd und sich in seine Arme schmiegend.

»Sieh auf die Uhr.« Lüdersen drehte den Kopf zur Bürouhr. »Es ist Mittagszeit. Ich wollte dich fragen, ob du mit mir essen gehst.«

Petra legte ihre Arme um Lüdersens Hals und schmunzelte. »Hunger hab ich, aber eher auf …«

»Ich verstehe.« Er grinste. »Wollen wir die Tür abschließen?«, hauchte er in ihr Ohr. Mit den Fingern fuhr er unter Petras Pullover.

Petra lachte los. »Lass das, ich bin kitzelig.«

»Wie, das wusste ich ja noch nicht. Hier vielleicht?«

Wieder lachte Petra laut los. Dann kam Seefeld ins Büro.

»Oh«, sagte er, als er seine Chefin mit hochgezogenem Pullover im Büro stehen sah. »Ich wollte nicht stören.« Er war schon im Begriff die Tür wieder zu schließen, als Petra ihn zurückrief.

»Bleiben Sie, Seefeld. Es ist nicht so, wie es aussieht.« Sie wand sich aus Lüdersens Umarmung und zog den Pulli über dem T-Shirt zurecht.

Seefeld nickte und schlich zu seinem Schreibtisch. »Herr Lüdersen, schön Sie zu sehen. Wie geht es Ihnen?«, fragte er, kaum den Blick hebend.

»Danke, Herr Seefeld. Alles gut. Und Ihnen?«

»Ja, auch. Danke.«

Petra schmunzelte. »Wir gehen zu Mittag, Kollege. In einer Stunde bin ich wieder da.«

25.

Nach der ersten Veröffentlichung der Phantombilder war eine Flut von Anrufen über die Wache hereingebrochen. Jeder erkannte seinen Nachbarn, Verwandten oder Freund auf einem der Bilder. Seefelds Anruf erreichte Petra, als sie mit Lüdersen und Horst beim Abendbrot saß. Eine Frau aus Cranz, eine Pflückerin, hatte einen der Männer erkannt. Angeblich wäre er mit Edu öfters in Streit geraten. Worum es dabei ging, wollte sie nicht am Telefon erzählen. Ihr Kollege hatte die Frau für den nächsten Tag ins Büro bestellt.

Der Abend gehörte ihrem Verlobten und Horst. Auch Fritzi, der ab und an um ihre Beine schlich, bekam seine Streicheleinheiten. Als sie es sich mit den Männern vor dem Fernseher gemütlich machen wollte, klingelte erneut das Telefon im Wohnzimmer.

Paul Targen.

»Deern, ich hab die Adresse einer früheren Weberei für dich. Der Knut, vom Stammtisch aus Moorburg, wo ich dienstags Karten klopf, der hat Eltern, die leben noch, und die sagen, in Borstel gab es eine Weberei in einem Bauernhaus wo einige irische Mädchen gedient haben. Quakst nicht, dass ich mich umgehört hab. Oder?«

Petra war gerührt. Inzwischen schien ganz Jork und Umgebung nach dem toten irischen Mädchen aus ihrem Kellerbrunnen zu fahnden. Sie lebte eben auf dem Dorf und da blieben Neuigkeiten selten geheim. In diesem Fall hatte es Vorteile.

»Nein. Im Gegenteil.«

»Dann bin ich beruhigt. Ich schick dir gleich Hinrich mit Adresse und Telefonnummer rüber. Aber ruf vorher an, die beiden sind um die neunzig und machen nicht jedem auf, der vor ihrer Tür steht.«

»Tausend Dank, Herr Targen. Aber …«

»Gibt nix zu danken. Mach ich gern, Deern.« Paul Targen hatte aufgelegt, bevor Petra antworten konnte, dass er seinen Sohn nicht bemühen bräuchte, da sie morgen die Adresse holen würde. Hinrich, einen verschmähten Verehrer mit Sitzfleisch, konnte sie wahrlich nicht in ihrem Wohnzimmer gebrauchen.

Müde blinzelte sie auf die grünen digitalen Zahlen des Weckers. Zehn Minuten nach sieben. Viel zu früh. Der Abend war lang gewesen.

Kater Fritzi lag in der Mulde von Lüdersens Kopfkissen. Doch wo war ihr Verlobter? Sie gab Fritzi seinen obligatorischen Kuss auf die Stirn. Der streckte alle Viere in die Luft und gähnte. »Deinem Atem nach hast du schon gefrühstückt, Katermann. Was gab es? Fischfilet?« Petra rümpfte die Nase. Sie kraulte Fritzi hinter den Ohren, vernahm wohliges Schnurren und rollte auf die Bettkante.

Barfuß, in Shirt und Boxershorts, tapste sie über den Flur die Treppe zum Dachboden und Badezimmer hinauf. Lüdersen war nicht zu sehen. Schade. Sie duschte, cremte sich sorgfältig ein und kuschelte sich in den weißen, weichen Bademantel. Als sie die Stufen zum ersten Stock herunterstieg, kroch ihr der Duft warmer Brötchen und Kaffee in die Nase. Sie würde sich schnell anziehen, mit Lüdersen und Horst in der Küche frühstücken und noch vor der Arbeit die Eheleute Lindemann aus Borstel anrufen und ihren Besuch für den heutigen Vormittag ankündigen. Um elf Uhr hatte Seefeld die Pflückerin aus Cranz auf die Wache bestellt. Es blieb genügend Zeit.

Schwungvoll öffnete sie die Schlafzimmertür. Fritzi rannte ihr vor die Füße, miaute und sprintete an ihr vorbei die Treppe hinunter. Auf dem Bett saß Lüdersen mit einem üppig gefüllten Frühstückstablett.

Der Morgen konnte beginnen.

Um kurz vor elf Uhr traf Petra auf der Wache ein. Von unterwegs hatte sie ein zweites Mal bei den Lindemanns angerufen und ihren Besuch auf den Abend verschoben. Das ausgiebige Frühstück mit ihrem Verlobten hatte ihren Zeitplan durcheinandergewürfelt. Angenehm durcheinandergewürfelt. Ein Lächeln lag auf Petras Gesicht.

»Guten Morgen, Kollege«, grüßte sie fröhlich.

»Morgen, Chefin. Ihnen scheint es gutzugehen.«

»Ja. Ihnen nicht?«

»Nein.«

»Was ist los?«

»Monikas Eltern. Sie wünschen sich Enkelkinder. So schnell wie möglich. Heute Morgen beim Frühstück haben sie Monika gefragt ... Entschuldigung, Chefin, aber ...«

»Das ist das Schwiegerelternsyndrom. Sobald man einen Ring am Finger trägt, geht es ihnen nicht schnell genug. Sie meinen es ja eigentlich nur gut. Doch gehen die Fragen manchmal zu weit.«

»Ja, und sie sind peinlich. Sie wollten von Monika wissen, ob sie für ein paar Stunden das Haus verlassen sollen, damit wir ungestört sind.«

»Hoppla. Ja, das ist mehr als peinlich. Ist noch kein Haus in Sicht?«

»Heute haben wir einen neuen Termin. Wenn es klappt, rücken wir Ihnen auf die Pelle. In Rübke wird ein kleiner Resthof verkauft.«

»Ich drück die Daumen.« Petra sah auf die Uhr. »So, was war gestern hier los?«

»Die Hölle. Seit heute Morgen um sieben Uhr schreibe ich an den Berichten, weil ich es gestern Abend nicht mehr geschafft habe. Kollege Schneider hat mir einen Anruf nach dem anderen durchgestellt. Alles Nieten, außer die Pflückerin. Eigentlich müsste sie schon hier sein. Ich hab sie für elf Uhr bestellt.« In diesem Moment klingelte das Diensttelefon. Seefeld nahm ab.

»Ja, Hedda, was gibt es?«

»Eine Tote in der Apfelplantage in Neuenfelde.«

»In Neuenfelde?« Seefelds Polizeisender ratterte. »Nicht in Cranz?«, fragte er.

»Ist dir die Ortschaft wichtig, Nils?«

»Nein. Danke. Schreib die Adresse auf, wir kommen.«

»Was ist los?«

»Was schon, Chefin? Es gibt eine Leiche.«

26.

Der Hof von Bauer Strömer in Neuenfelde war ein landwirtschaftlicher Betrieb mit hundertzwanzig Hektar Land. Die Apfel-, Birnen- und Pflaumenplantagen reichten bis zum Estesperrwerk an die Straße Cranzer Hauptdeich.

Er kenne die Tote nicht, sagte Bauer Strömer aus. Sie sei keine seiner Pflückerinnen. Als er auf die Plantage fuhr, um die restlichen Obstkisten einzusammeln, habe er sie gefunden. Sie lag unter einem Apfelbaum. Angefasst hätte er sie nicht, sondern sofort die Polizei angerufen.

Rechtsmediziner Heiner Jensen und die Spurensicherung, die Seefeld sofort alarmiert hatte, trafen fünf Minuten nach den Kommissaren ein.

»Morgen, Heiner«, sagte Petra.

»Moin, Petra. Nils. Aller guten Dinge sind drei.« Er schmunzelte, während er blaue Latexhandschuhe über die Hände zog. Er ging in die Hocke und begann mit der Untersuchung der Toten. »Dem ersten Anschein nach ist sie erwürgt worden. Könnt ihr die Fingerabdrücke sehen?« Er wies auf die rotblauen Hämatome auf dem Hals der jungen Frau.

»Wie lange liegt sie in der Plantage, was schätzt du, Heiner?«, wollte Seefeld wissen.

»Ich schätze überhaupt nicht, Nils. Ich verlasse mich auf die Lebertemperatur. Gestern Abend um zwanzig Uhr hat sie sich in der idyllischen Landschaft zur Ruhe gebettet. Plus ein bis zwei Stunden.«

»Hm«, knurrte Petra. Mit Heiner Jensens norddeutschem Humor konnte sie nichts anfangen. »Hatte sie Papiere bei sich? Eine Tasche?« Petra sah sich um und trat einen Schritt beiseite, als der Polizeifotograf seine Arbeit verrichten wollte.

»Die Hosen- und Jackentaschen sind leer. Vielleicht findet Irma etwas in der Umgebung.«

»Was meinst du, ist das der Tatort?«

»Kann ich schwer sagen. Muss ich mir im Institut ansehen, wenn ich die Leichenflecke genauer betrachten kann. Allerdings, Schleifspuren sind nicht zu sehen. Möglich ist, sie wurde getragen und hier abgelegt. Ich schätze, sie wiegt höchstens fünfundfünfzig Kilo. Der Täter muss gedacht haben, dass sie hier nicht so schnell gefunden wird. Die Plantage ist abgeerntet. Dass der Bauer seine Kisten einsammeln wollte, damit konnte er nicht rechnen.« Jensen nickte zu einem Berg leerer Obstkisten.

»Du gehst von einem Mann als Täter aus.« Petra sah auf die tote Frau. Sie lag auf dem Rücken. Ein Bein war angewinkelt, eins lag gerade ausgestreckt. Ihre Arme lagen dicht am Körper. Kleine blaue Linien, wie Flüsse durch eine Landschaft, durchzogen ihr fahles Gesicht, schlängelten sich über den Hals und das Dekolleté bis zum Kragen des bunten Strickpullovers. Die schwarze Steppjacke mit dem breiten Strickkragen war an einer Ärmelseite eingerissen, weißes Füllmaterial quoll heraus und die erdbeschmutzte Jeans ließ darauf schließen, dass es sich um eine Arbeitshose handelte. Ihre blonden Haare waren zerzaust und ihre blauen Augen, mit dem leicht trüben Glanz, starrten weit geöffnet in den Himmel.

»Eindeutig ein Mann.«

»Fällt dir sonst noch etwas auf?« Petra nickte zum Fotografen, der mit seiner Kamera auf die linke Seite der Leiche wechselte. Er schien es heute Vormittag eilig zu haben. Es blitzte und klickte im Sekundentakt. »Schluss jetzt, hören Sie mit Ihrer Knipserei auf, bis ich mein Gespräch beendet habe«, murrte sie ungehalten.

Der Fotograf nickte, entschuldigte sich und verschwand hinter einem Baum. Petra sah, wie er eine Zigarette ansteckte. Die könnte sie jetzt auch gebrauchen. Seit zwei Wochen verzichtete sie aufs Rauchen. Leicht fiel es ihr nicht. Immer wieder griff sie unbewusst zum Tabaktäschchen, das noch immer in ihrer Handtasche lag.

»Sie könnte polnischer Abstammung sein und ist höchstens fünfundzwanzig Jahre. Sagte der Bauer nicht etwas von einer Pflückerin?« Heiner Jensen ließ die Verschlüsse seines Koffers zuschnappen.

»Er sagte, es sei keine von seinen Pflückerinnen.«

»Was nicht ausschließt, dass sie eine Saisonarbeiterin eines anderen Hofes ist.«

Petra pustete. »Ja«, sagte sie knapp. Ein Windzug blies Zigarettenrauch in ihre Richtung.

»Ich nehme sie mit und mach mich sofort an die Arbeit. Heute Nachmittag kriegt ihr erste Ergebnisse.«

Petra nickte und verabschiedete Jensen. Mit Seefeld stand sie abseits der Toten und beobachtete Irma und sein Team, die Fußabdrücke sicherten und die Plantage nach Spuren absuchten.

»Was meinen Sie, Seefeld?«

»Wozu, Chefin?«

»Ist sie die Pflückerin, die sie gestern angerufen hat?«

Seefeld zuckte die Schultern. »Gute Frage. Sie sprach mit Akzent, daran kann ich mich erinnern und Heiner sagte, es könne sich um eine Polin handeln.«

»Wir müssen uns beeilen, Seefeld. Die Apfelernte ist spätestens Übermorgen beendet. Die Pflücker fahren in ihre Heimat. Rufen Sie Nina vom NFS-Sender an. Wir brauchen Ihre Hilfe. Es muss noch heute ein Bild der Toten im Fernsehen gesendet werden. Dann will ich, dass jeder Radiosender die Meldung übermittelt, wer die Frau, eventuell eine fünfundzwanzigjährige Pflückerin, aus dem Alten Land kennt, gesehen hat oder vermisst. Und Arndt, Kollmann, Liebig und die gesamte Mannschaft sollen mit einem Foto der Frau auf jeden Hof in Cranz. Irgendjemand wird sie wohl kennen.«

»Wird erledigt, Chefin.«

Petra saß in der Kantine und drehte Spaghetti um die Gabel. Die versalzene Gemüsesoße schob sie an den Rand. Frieda, die Köchin, hatte Urlaub und die Vertretung, eine Jungköchin einer nahegelegenen Betriebsküche, hatte zu tief ins Salzfass gegriffen. Nach dem zweiten Glas Wasser rumorte Petras Magen. Sie ließ den halbvollen Teller stehen und eilte auf die Toilette. Ein Schwall unverdauter Nudeln und saurer Gemüsestücke landete in der Keramik. Sie spülte ihren Mund aus und wusch sich das Gesicht. Ihre Augen waren rot vor Anstrengung, als hätte sie eine Nacht durchgeheult. Mit einem Becher entkoffeiniertem Kaffee, der seit Beginn ihrer Schwangerschaft stets ihren Magen beruhigte, schob sie sich hinter den Schreibtisch. Sie fuhr den Computer hoch, gab das Passwort ein und loggte sich in den Mailaccount ein. Zwei neue Nachrichten.

Rechtsmediziner Heiner Jensen bestätigte seine erste Untersuchung aus der Apfelplantage. Die Würgemahle am Hals der jungen Frau, die durch die Krafteinwirkung Unterblutungen hervorriefen, waren eindeutig. Die Frau, eine Polin, wurde erwürgt. Allerdings unterstrich er seine Hypothese, die Plantage war nicht der Tatort. Die Frau wurde dort nur abgelegt. Seine Täterbeschreibung nach der Untersuchung fiel auf einen schlanken Mann um ein Meter achtzig mit kleinen Händen, die genügend Kraft hatten, die Frau zu erwürgen. Allerdings gab es Abwehrspuren. Unter den Fingernägeln der Frau fand er Hautpartikel und Haare. Diese könnten vom Täter stammen, der am linken Arm einen ordentlichen Kratzer haben müsste. Die DNS-Analyse zum Abgleich in der Datenbank liefe.

Die zweite Mail kam von Irenäus Kowalski. Am Anfang der Plantage, beim Eingang, hatte er ein Handy gefunden. Auch diese

Auswertung liefe. Seine Nachricht war so kurz wie seine Antworten.

Drei tote Menschen in einer Woche. Gab es hier tatsächlich einen Zusammenhang?

Das Diensttelefon läutete. Polizeidirektor Uwe Friedrichsen. Petra nahm ab.

»Chef, was kann ich für Sie tun?«

»Frau Taler, warum erfahre ich nicht, dass es ein weiteres Todesopfer gibt?«

Verdammt. Sie hatte vergessen, Friedrichsen zu informieren. »Das wollte ich. Ich war auf dem Weg zu Ihnen«, log sie.

»Ich erwarte Sie in zwei Minuten.« Friedrichsen legte auf.

Petra stöhnte. Auch das noch. Demotiviert stand sie von ihrem Bürostuhl auf. Ihr Mailaccount meldete einen neuen Eingang.

Sie rutschte zurück auf den Stuhl und öffnete die eingegangene Nachricht. Kowalski teilte mit, das gefundene Handy gehöre einer Kira Pisarkiewiez. Die Adresse wäre in Polen, den Rest müsse sie nachforschen.

Endlich eine Spur. Petra bat Hedda auf dem Weg zu Friedrichsen, in Polen Auskünfte einzuholen, wo sich Kira Pisarkiewiez in Deutschland aufgehalten hatte. Die Tote hatte einen Namen.

Friedrichsen war besänftigt, als Petra ihm von der Spur, die sie jetzt durch Namen und Adresse der Toten aus der Plantage hatten, erzählte.

»Das hätten Sie mir auch am Telefon sagen können, Frau Taler.«

»Chef, Sie wollten, dass ich in Ihr Büro komme.« Petra lächelte.

»So, ja, hab ich gesagt. Stimmt. Aber noch etwas. Herr Staatsanwalt Lüdersen hat sich in zwei Stunden angekündigt. Er erwartet alle Kollegen im Besprechungsraum. Wissen Sie, was er will? Er hat nichts gesagt.«

Petra druckste herum. Sie wusste, was Lüdersen wollte. Endlich dem Getuschel über ihre Liebe und dem Dienstwagen entgegenwirken und reinen Tisch machen. »Puh. Nein. Eigentlich nicht, Chef.«

»Was heißt eigentlich? Was ist das für eine Aussage? Wissen Sie es nun oder wissen Sie es nicht?«

»Chef, selbst wenn ich es wissen würde, wie sähe es denn aus, würde ich einem Staatsanwalt zuvorkommen. Das ist unmöglich, das müssen Sie zugeben.«

»Nun gut, ich sehe, Sie sind integer. Ist ja auch gut so. Wie weit sind Sie mit Ihrer Toten aus dem Keller?«

»Priorität haben die gegenwärtigen drei Mordopfer, Chef, aber ich bin dran. Sobald es Neuigkeiten gibt, klopfe ich bei Ihnen an die Tür.«

»Gut so. Gut so. Das machen Sie. Und jetzt lassen Sie sich nicht weiter aufhalten. Wir haben beide viel zu tun.«

Petra nickte. Aus den Augenwinkeln sah sie, wie Friedrichsen einen Urlaubsprospekt aus der Schreibtischschublade holte.

Auf dem Weg zu ihrem Büro kam ihr Seefeld entgegen.

»Seefeld wir können die Suche nach der Toten aus der Plantage abblasen. Es gibt einen Namen. Irma hat das Handy der Toten, und bereits den Namen und die Adresse rausgefunden. Sie stammt aus Polen. Ihr Name ist Kira Pisarkiewiez.«

»Na super. Nina hat die Suche im Fernsehen bereits gestartet und bei dem Hamburger Radiosender schallt die Suchmeldung jede Stunde über den Äther. Und jetzt?«

»Dann ist es eben so. Wir werden den Zinnober nicht absagen«, sagte Petra und öffnete die Tür zum Vorraum ihres Büros, wo Hedda auf sie wartete.

»Frau Taler. Ich hab die Adresse und die Telefonnummer der Eltern aus Polen. Soll ich anrufen oder …«

»Das erledige ich, vielen Dank, Hedda. Und Moment, bevor ich es vergesse …« Petra eilte in ihr Büro und zog aus einer Papiertüte eine Schachtel Pralinen. »Die sind für Sie. Ein Dankeschön für die Mühe und Zeit, die Sie mit den Webereien verbrachten.«

Über Hedda Oberwerks Gesicht legte sich ein Lächeln. »Frau Taler, das ist ja … Du meine Güte, das hätte doch nicht nötig getan. Dafür bin ich doch da, das ist meine Arbeit. Und so eine große Schachtel.« Verzückt sah sie auf die in Zellophan eingeschweißte blauweiße Pralinenschachtel.

»Sie haben mir so viel geholfen. Auch bei Horst und seiner Frau und den Kindern. Und ich hatte noch keine Zeit, mich bei Ihnen zu bedanken.«

Die Sekretärin senkte verschüchtert den Blick, dankte ein weiteres Mal und reichte Petra den Zettel mit der Adresse der polnischen Familie.

Als Petra und Seefeld nach Cranz zu Bauer Menkes Hof aufbrechen wollten, hielt sie Kollege Schneider an der Zentrale auf.

»Es geht wieder los«, sagte er, einen Schreibblock hochhaltend, auf dem Petra eine Reihe Adressen und Namen erkannte.

»Geben Sie her«, bat sie. »Und wimmeln Sie die Anrufer ab, Kollege. Wir kennen den Namen und die Adresse der Toten. Und informieren Sie die Spusi. Die Polin wurde nicht auf der Plantage umgebracht. Ordern Sie sie ins Alte Land auf Menkes Hof, wo das Opfer als Pflückerin gearbeitet hat. Hier ist die Adresse.«

»Mach ich.« Schneider atmete erleichtert auf.

Bauer Menkes Hof lag in der Straße Estedeich. Seefeld lenkte Petras Wagen über eine zweihundert Meter lange Auffahrt, die beiderseits Birnbäume säumten, die noch vereinzelt verwaiste Früchte trugen. Ein Rabenpärchen pickte im Fallobst, das auf dem Boden lag.

»Das Weib hab ich schon vermisst«, grollte Bauer Menke ungehalten, während er auf das Foto tippte, dass Petra ihm vor die Nase hielt. »Diese Polenweiber, immer das Gleiche mit denen. Erst wollen sie arbeiten und dann sind sie hier und fangen an zu schludern und huren nur rum. Wo steckt sie? Sie muss ihre Bude aufräumen, bevor sie Leine zieht. Ich kürze ihr den Lohn, wenn ich den Krempel am Hals hab.«

»Um das Aufräumen werden Sie nicht herumkommen. Die Frau ist ermordet, genauer gesagt, erwürgt worden.«

»Das hab ich mir gleich gedacht, dass es mit der nicht gut endet! Die hat sich ja ständig krankgemeldet. Wenn Sie mich fragen, die wollt nur nicht arbeiten. Vorgestern noch hab ich sie erwischt, wie sie am Wagen so eines Schnösels stand und mit dem Hintern gewackelt hat. Sie solle arbeiten gehen, sonst ziehe ich ihr Lohn ab, hab ich gesagt. Gelacht hat sie, das faule Miststück und ist mit dem Schlips abgezittert.«

»Kennen Sie den Mann, mit dem sie weggefahren ist?«

»Nein. Aber gesehen hab ich ihn schon mal. Da war er mit noch so einem Kerl da. Ich kann meinen Pflückern ja nicht ihre Freizeitaktivitäten verbieten, aber wenn das so weitergeht …« Menke stöhnte. »Einen Deutschen kriegst ja nicht in die Plantage. Die wollen Urlaubs- und Weihnachtsgeld und am besten noch einen Dienstwagen vor der Tür. So weit kommt das noch. Es gibt genug Arbeitslose in unserem Land. Aber kaum schickt das Amt einen, falls der überhaupt zum Arbeitsbeginn erscheint, hält der es keine drei Tage aus, bis er wieder verschwindet. Die deutschen Arbeiter sind schlimmer als die polnischen.«

Ohne auf Menkes klagende Behauptungen einzugehen, fragte Petra: »Was ist mit dem Auto? Konnten Sie das Fabrikat oder das Nummernschild erkennen?«

»Ein dunkler Kombi war es. Blau, glaub ich. Und das Nummernschild …« Menkes Stirn zog Falten. »Ja, hab mich noch gewundert, das war gelb. Ein Niederländer. Aber mehr?« Er zuckte die Schultern.

»Lebte die Frau während der Saison bei Ihnen in einer Pflückerunterkunft?«

»Ja, leben alle hier. Da hinten, der dritte Eingang auf der linken Seite, Nummer 23, das war ihr Zimmer.«

»Können wir uns das Zimmer ansehen?«

»Sicher. Gehen Sie nur. Und sagen Sie ihrer Genossin, dass sie das Gerümpel der … der anderen gleich mitnehmen kann, wenn sie heute abreist. Ich spiel nicht Müllabfuhr.« Menke nahm die braune Schirmmütze ab und kratzte sich den Kopf unter dem grauen Bürstenhaarschnitt.

»Keine Sorge, Herr Menke. Wir informieren Kollegen, die werden sich um die Habseligkeiten der Toten kümmern.«

»Mir egal, nur raus damit. Für dieses Jahr hab ich die Nase gestrichen voll.«

»Was ein unangenehmer Zeitgenosse«, flüsterte Seefeld, als sie sich ein paar Meter entfernt hatten.

»Ja.« Petra drückte den Klingelknopf der Wohnunterkunft mit der Nummer 23.

Eine junge Frau, die Petra auf das gleiche Alter wie die Tote schätzte, öffnete in grauer Jogginghose und grauem Strickpullover die Tür. Petra stellte sich und Seefeld vor und bat, eintreten zu dürfen. Auf einem der zwei Betten lag ein geöffneter Koffer, in den Kleidungsstücke unordentlich hineingeworfen worden waren. Das gegenüberliegende Bett war zerwühlt, die Bettdecke hing runter, die Matratze lag schief auf dem Lattenrost. Der Kleiderschrank stand ebenso offen und sein Inhalt war, wie der des Koffers auf dem Bett, ein heilloses Durcheinander. Es schien, als hätte hier jemand dringend vor ein paar Minuten nach etwas gesucht. Petra bat um den Ausweis der jungen Frau.

»Sehen Sie auch, was ich sehe, Seefeld?«

»Kira Pisarkiewiez. Als Tote ist sie sehr lebendig.«

»Scheiße!« Petra holte das Bild der toten Frau aus der Handtasche. »Bitte«, sagte sie und hielt der Frau das Foto vor, »wer ist das? Kennen Sie die Frau?«

»Das ist Sonka. Meine Mitbewohnerin«, antwortete sie in gebrochenem Deutsch.

»Und weiter, Sonka …«

»Mazur.«

»Haben Sie die Polizei informiert, dass Sie einen Mann auf dem im Fernsehen gesendeten Phantombild erkannt haben?«

»Nein. Ich sehe selten fern. Ich lese lieber. Ich lerne englisch. Was ist Sonka passiert?«

»Sie ist ermordet worden. Wir fanden sie in einer Apfelplantage in Neuenfelde, wo wir Ihr Handy, Frau Pisarkiewiez, gefunden haben.« Petra war froh, dass sie den Eltern der quicklebendigen Frau nicht erzählt hatte, ihre Tochter wurde in Deutschland ermordet, sondern nur nach dem deutschen Aufenthaltsort gefragt hatte. »Können Sie uns erklären, wie es da hingekommen ist?«

»Sonka hatte mein Handy mitgenommen. Bei ihrem war der Akku leer. Sie hatte vergessen, es aufzuladen.«

»Und das hat Ihnen nichts ausgemacht, dass sie Ihr Telefon benutzte?«

»Nein, wieso? Wir waren Freundinnen.«

»Freundinnen. Sie kennen sich länger?«

»Ja. Nein. Seit drei Jahren. Sie wohnt im polnischen Nachbardorf Czarne. Ich in Szczecinek. Ich hatte sie angesprochen, ob sie nicht auch in Deutschland als Pflückerin arbeiten will. Ich bin schon zum zweiten Mal auf dem Hof und es ist okay. Der Bauer ist zwar ein aufdringlicher Kerl, aber er zahlt gut.«

»Bauer Menke hat sie belästigt?«

»Ja. Er ist ein geiler Bock, aber harmlos. Man kommt mit ihm klar. Nur die Tür muss man abends abschließen. Wenn er getrunken hat, lässt er einem keine Ruhe.«

»Wann haben Sie Ihre Mitbewohnerin das letzte Mal gesehen?«, fragte Petra, während sie sich weiter im spärlich eingerichteten Zimmer umsah.

»Vor zwei Tagen. Sie wollte nach Hamburg fahren und Geschenke für ihre Familie in Polen einkaufen.«

»Sie wollten nicht mitgehen?«

»Nein. Ich erledige den Einkauf immer vor meiner Abreise.«

»Wann fahren Sie in die Heimat?«

»Heute Abend.«

»Ist das nicht ein wenig eng, zeitlich, meine ich?«

»Meine Eltern wollen nicht viel. Nur ein wenig Schokolade und Kaffee. Die Geschäfte haben lange auf und ich brauch weniger tragen, als wenn ich alles erst hier her und wieder wegschleppen muss.«

»Verstehe«, sagte Petra und setzte sich auf einen Holzstuhl, der an einem kleinen quadratischen Tisch stand.

»Sonkas Handy hätten wir gerne.«

Die Frau zögerte. »Das Handy. Ja«, kam stockend. Sie ging auf die Knie und zog unter dem Bett eine schwarze Reisetasche hervor. Aus der Tasche holte sie einige ordentlich gefaltete Kleidungsstücke und legte sie auf das Bett. »Das ist Sonkas Handy.« Sie reichte Petra ein rosafarbenes iPhone.

»Das ist ein teures Gerät«, staunte Petra. »Kennen Sie die Pin-Nummer?«

»Nein. Die weiß ich nicht.« Kira wirkte unsicher.

»Und das sind Sonkas Sachen.« Petra nickte zur geöffneten Reisetasche und den Kleidungsstücken, die sie unter dem Bett hervorgezogen hatte.

Wieder zögerte die Frau. »Nein, es sind meine Sachen.«

»Sie stehlen Ihrer Freundin das Handy. Das ist nicht unbedingt freundschaftlich. Oder wussten Sie, dass sie nicht wiederkommt, dass sie tot ist?«

»Nein! Woher sollte ich das wissen?«

»Das war ja meine Frage, Frau Pisarkiewiez.«

»Nein! Ich …« Die Frau legte die Kleidungsstücke wieder in die Reisetasche und zog den Reißverschluss zu.

»Ich denke, dass Sie uns auf das Revier begleiten. Ihre Abreise werden Sie verschieben müssen.«

»Nein, das geht nicht. Mein Sohn hat in vier Tagen Geburtstag. Er wird fünf. Ich hab ihm versprochen, dass ich dann wieder zu Hause bin. Seit vier Monaten hab ich ihn nicht gesehen.« Sie schob die Reisetasche unter das Bett.

»Das tut mir leid. Ich kann Sie nicht abreisen lassen, bevor wir nicht wissen, wer Ihre Freundin ermordet hat. Würden Sie bitte die Pulloverärmel hochziehen.«

»Wie?«

»Die Ärmel ihres Pullovers. Ziehen Sie die bitte nach oben.«

Mit langsamen Bewegungen schob Kira Pisarkiewiez ihren grauen Strickpullover über die Unterarme.

Nichts. Keine Kratzer.

Petra sah zu Seefeld. »Also gut«, sagte sie. »Wenn Sie versprechen, erst in drei Tagen abzureisen, uns alles erzählen, was wir wissen wollen, können Sie in der Unterkunft bleiben. Vorausgesetzt Bauer Menke ist einverstanden.«

»Ja. Danke.«

Es klingelte an der Tür. Seefeld öffnete. Fünf Kollegen der Spurensicherung traten, gefolgt von Kowalski, in das Zimmer.

»Nun ist genug, Frau Taler«, feixte Kowalski aus seinem weißen Schutzanzug. »Drei Tote in einer Woche. Sie schaffen noch den Rekord.«

»Den hab ich längst geschafft, Kowalski. Sie vergessen meine Kellertote.«

»Stimmt.« Er grinste breit und zog blaue Überschuhe über braune Slipper. »So, Leute, fangen wir an. Wollen Sie helfen, Frau Taler?«

»Ein anderes Mal. Vielen Dank.«

»Gibt es etwas Spezielles, nach dem wir suchen sollen?«

»Suchen Sie, Kowalski. Fangen Sie an«, sagte Petra, und an Seefeld und Kira gewandt: »Wir warten draußen.«

»Nein! Wer sind diese Männer? Sie können hier nicht rein. Dies ist mein Zimmer.« Kira war sichtlich aufgeregt. Ihre verspannte Körperhaltung und die Unruhe, mit der sie versuchte, sich den Männern entgegenzustellen, ließ Petra aufhorchen. Hatte Kira in den Sachen ihrer Freundin etwas gesucht und nicht gefunden? Wenn ja, wusste sie, dass ihre Freundin nicht mehr lebte.

»Haben Sie mir jetzt was zu sagen, Frau Pisarkiewiez?«

Die Polin strich sich die Haare aus dem Gesicht. »Ich möchte meine Tasche mitnehmen«, erwiderte sie ohne Antwort zu geben und war im Begriff, die Reisetasche unter dem Bett hervorzuziehen.

»Nein. Alles im Zimmer wird erst zur Untersuchung auf Spuren in unser Labor gebracht.«

»Ich habe persönliche Sachen, die nichts mit Sonkas Tod zu tun haben. Mein Pass, mein Geld und …«

»Wir werden Ihnen weder das eine noch das andere wegnehmen, Frau Pisakiewiez. Sie bekommen alles zurück.« Petra nickte einem Spusikollegen zu, er möge die Tasche untersuchen und schob Kira aus dem Zimmer.

»Wie sieht es mit Edu Coman und Theo Schwalbe aus? Kennen Sie einen oder beide Herren?« Petra hielt inne und legte die Fotos der Männer Kira in die Hände.

»Edu kannte ich. Er hat auch hier gepflückt. Den anderen hab ich nur ab und zu gesehen.« Kiras unsteter Blick wanderte durch das Fenster der Unterkunft.

»Wo hat Edu gewohnt?«

»Vor zwei Monaten noch hinten in den Männerbuden. Nummer 52 auf der gegenüberliegenden Seite. Dann ist er nach Harburg gezogen.«

»Hat er in der Unterkunft alleine gewohnt?«

»Nein. Die Männer wohnen immer zu zweit oder viert auf einem Zimmer. Vorgestern sind alle abgereist. Sonka und ich und noch zwei Pflückerinnen nebenan sind die Letzten auf dem Hof.«

»Seefeld, wir versuchen es trotzdem. Wenn Irma fertig ist, soll er in Nummer 52 umsiedeln und alles an Spuren sichern, was zu finden ist. Richten Sie ihm das aus. Und befragen Sie die Nachbarinnen.«

»Klar, Chefin.«

Petra sah ihrem Kollegen nach, der über den Innenhof davoneilte.

»Bauer Menke erzählte, Sonka hätte sich mit Männern getroffen. Stimmt das?«

»Schon möglich.« Kira klang verstimmt. Erneut flog ihr Blick durch das Fenster der Unterkunft.

»Was ist los, Frau Pisarkiewiez? Was macht Sie nervös?«

Petra sah die Frau mit den dunklen kurzen Haaren lange an.

»Nichts. Es ist mir nur unangenehm, dass fremde Männer in meinen Sachen wühlen.«

»Da machen Sie sich keine Sorgen. Meine Kollegen sind diskret«, versicherte Petra. »Noch einmal zu Sonka. Sie war ihre Freundin. Was ist mit Männerbekanntschaften, es gab welche. Hab ich recht?«

»Ja. Sonka war keine Heilige. Sie hat nichts anbrennen lassen.«

»Die Männer, von denen Bauer Menke sprach, kannten Sie die?«

»Nein. Es waren Sonkas Freunde, nicht meine. Ich steh nicht auf holländische Machotypen.«

»Holländer?«

»Ja. Holländer, Deutsche oder Polen. Macho ist Macho. Sonka sagte, sie würden aus den Niederlanden kommen. Reiche Knacker, zwanzig oder dreißig Jahre älter als sie. Sie wollte weg von der Plantage. Sich einen reichen Mann suchen. Das Alter wäre ihr egal. Hauptsache er hätte Kohle.«

»Hat sie erzählt, wo sie die Männer kennengelernt hat?«

»Das brauchte sie nicht. Die kamen öfter auf den Hof und hingen immer mit Edu rum. Irgendwann haben sie Sonka angesprochen. Ab da sind sie mit ihr und Edu zusammen weggefahren. Zweimal die Woche, gleich nach dem Pflücken. Am Wochenende hatte sie immer ordentlich Geld in der Tasche. Ich dachte, dass sie … na, Sie wissen schon, dass sie es für Geld treibt. Aber das war es nicht.«

»Sondern?«

»Sie sagte, sie hätte einen lukrativen Putzjob. Ich hab ihr nicht geglaubt. Einmal konnte ich sie belauschen. Edu und Sonka.

Sie dachten, ich wäre beim Pflücken auf der Plantage, aber mir ging es nicht gut. Ich hab früher mit der Arbeit aufgehört. Ich hockte unter dem Fenster und hörte, wie sie über Einbrüche in Häusern reicher Leute sprachen. Sonka war der Lockvogel. Sie klingelte an den Türen und fragte die Besitzer, ob sie eine Putzfrau bräuchten. Meist waren es alte alleinstehende Hausbesitzer. Sobald sie reingebeten wurde, sah Sonka, ob es im Haus was zu holen gab, dann war Edu an der Reihe. Die anderen Männer fuhren sie zu den ausgekundschafteten Häusern und machten die geklauten Gegenstände zu Geld. Sonka und Edu bekamen einen Anteil.«

»Konnten Sie hören, in welchen Stadtteilen Ihr Freund und Ihre Freundin unterwegs waren?«

»Sie sprachen über Hittfeld, Helmsdorf, Neugraben und zuletzt, vor einer Woche über Meckelfeld. Meckelfeld, ja. Sonka machte sich noch lustig über so einen alten Knacker. Der hätte ihr sofort das *Du* angeboten. Er meinte, er hätte eine Putzfrau. Doch für zwei Stunden könne sie gerne zur Unterstützung in der Woche aushelfen. Sein Haus sei groß und es gäbe sicher Aufgaben. Sonka sagte, er sei ein alter Lüstling und in dem Haus gäbe es vom Dachboden bis zum Keller nur Schrott. Alte Möbel und Trödel. Er hätte sie mit dem Tod seiner Frau vollgequatscht und dass er gerade achtzig geworden wäre. Er schöne Frauen gern ansähe und nebenan eine hübsche Frau wohne, die bei ihm Wäsche wusch, einen Schlüssel für sein Haus und Auto hätte. Sie bräuchte sich keine Sorgen machen.«

»Nannte Sonka den Namen des Herrn?« Petra wurde unruhig.

»Nein. Oder doch, warten Sie. So ein komischer Name war das.« Kira zog die Stirn in Falten. »Nein. Ich hab ihn vergessen. Tut mir leid.«

»Das hat alles Sonka erzählt, als Sie unter dem Fenster saßen.«

Kira nickte. »Und Edu sagte …«

Die Polin hatte noch nicht ausgesprochen, als Petras ihren Namen über den Hof rufen hörte.

»Frau Taler!«

Petra drehte sich um. Der junge, blonde Kollege der Spurensicherung, den sie bei Hilken im Wohnzimmer gesehen hatte, hielt ein Päckchen in die Luft.

»Was ist das?«

»Einhundertfünfzigtausend Euro. Haben wir in der schwarzen Reisetasche gefunden.«

»Das ist mein Geld«, fuhr Kira dazwischen. »Edu der Mistkerl …«

»Danke«, sagte Petra an den Kollegen gewandt. »Richten Sie Seefeld aus, dass ich im Wagen auf ihn warte.«

Der Kollege nickte und ging.

»Gehen wir, Frau Pisarkiewiez. Hier draußen wird es mir zu kalt.« Petra öffnete die Hintertür ihres Wagens, ließ Kira einsteigen und setzte sich neben die Frau auf den Rücksitz. Ein Neuwagengeruch stieg ihr in die Nase.

»Bitte. Ich höre.«

»Sonka und Edu haben mich betrogen. Edu war mein Freund. Wir wollten zusammenziehen. Vielleicht in Hamburg bleiben. Sie hat ihm den Kopf verdreht. Und er, er hat nicht gemerkt, wie sie mit ihm spielt, weil sie auf sein …«

»Ja?«

»Sein Geld scharf war.«

»Die Einhundertfünfzigtausend.«

Kira nickte schwach.

»Wo hatte Edu das Geld her?«

»Er hat es mir nicht gesagt. Bestimmt stammt es aus den Einbrüchen.«

»Und das hat Ihnen nichts ausgemacht?«

»Anfangs ja, doch Edu sagte, er wolle damit aufhören. Das Geld würde reichen, um neu anzufangen.«

»Aber Sonka kam dazwischen.«

»Ja. So kann man sagen. Ich dumme Kuh erzählte ihr, dass Edu und ich neu anfangen wollten. Die Pflückerei keine Zukunft sei und wir hundertfünfzigtausend Euro hätten. Hätte ich bloß den Mund gehalten. Bei Geld hört die Freundschaft auf. Stimmt das?«

»Kommt drauf an«, erwiderte Petra.

»Ja. Ab da hat sie sich sofort an Edu rangeschmissen.« Kiras Miene verkrampfte. »Sie wollte immer an die Nordsee, ans Meer ziehen. Das würde sie an Polens Küste Dabki erinnern. Die Hamburger seien ihr zu spießig. Sie brauchte Kapital, diese Schlange. Edu hat sie nicht interessiert. Irgendwann wäre sie mit dem Geld abgehauen.«

»Sie sagten, Sie hätten noch mehr gehört und Edu sagte …«

»Ja. Edu sagte zu Sonka, er müsse eine Zeit untertauchen. Es gäbe ein paar Probleme mit einem Kollegen. Und sie solle das Geld für ihn aufheben.«

»Warum hat er ihr und nicht Ihnen das Geld gegeben?«

»Weiß ich nicht. Ich sag doch, sie hat ihm den Kopf verdreht. Ich war für ihn lange nicht mehr wichtig. Immer nur Sonka, Sonka, Sonka. Sie wäre auf gleicher Wellenlänge, sie verstehe ihn und sei nicht so ernst wie ich.«

»Und warum hat Edu das Geld nicht mitgenommen? Es gibt Schließfächer, wo es leicht ist, Geld zu deponieren.«

Kira zuckte die Schultern. »Das wollte er wohl nicht, weil die Holländer ihn verfolgt hätten. Ich hörte, wie er sich, bevor er verschwand, mit den Männern gestritten hat. Sie haben ihm gedroht. Worum es ging, weiß ich nicht.«

»Sonkas Putzjob hat Sie nicht interessiert?«

»Ich bin streng katholisch erzogen worden. Mit Diebstahl will ich nichts zu tun haben.«

»In Ihrer Reisetasche lagen einhundertfünfzigtausend Euro, die, wie es aussieht, aus Diebstählen stammen.«

»Ja.« Kira senkte den Blick.

»Kurz bevor sie geklingelt haben … Der Fernseher lief und zeigte Sonkas Bild. Und da Edu auch tot ist … Meine Familie kann das Geld gut gebrauchen.«

»Hat Sonka erzählt, wo sie das Geld aufbewahrte?«

»Nein. Aber wo hätte sie es in dem kleinen Zimmer verstecken sollen? Es lag in ihrem Koffer in einer Keksdose.«

Petra erinnerte sich an den durchgewühlten Kleiderschrank und den Koffer auf dem Bett.

»Der Wagen, in den Sonka und Edu eingestiegen sind, können Sie den beschreiben?«

»Dunkelblau. Ein Kombi, glaub ich. Ich kenne mich mit Automarken nicht aus.«

»Würden Sie die Männer wiedererkennen, wenn Sie sie sehen?«

»Nein«, sagte Kira, für Petra viel zu schnell.

»Gut, Frau Pisarkiewiez. Sie können gehen. Möchten Sie das Bild Ihrer toten Freundin behalten?« Petra drückte Kira Sonkas Foto in die Hand. Es war das zweite, unretuschierte Foto aus der Apfelplantage, das der Polizeifotograf gemacht hatte.

»Warum? Was soll ich damit?«

»Es sich ansehen. Sonka ist brutal erwürgt worden. Beim Erwürgen bricht das Zungenbein, die Augen treten aus ihren Höhlen. Und es geht nicht so schnell, wie es in Filmen immer aussieht. Es dauert viel länger. Die Opfer versuchen sich zwei bis drei Minuten gegen den Tod und den Täter zu wehren. Aber sie werden immer schwächer und schwächer.«

»Nein, ich will das Foto nicht«, sagte Kira. Ihre Lider zitterten. Ohne es anzusehen warf sie das Foto über den Beifahrersitz.

»In Ordnung. Ich dachte nur als Erinnerung.«

»Sie wollen mir Angst einjagen.«

»Nun, immerhin ist der Täter noch auf freiem Fuß. Und er weiß jetzt, dass wir Sonka Mazur gefunden haben. Das Fernsehen zeigt jede Stunde ihr Bild. Ebenso sind die Radiosender informiert. Was denken Sie, wo der Mörder zuerst auftauchen wird?«

»Ja. Ist ja schon gut. Ich kann die Männer beschreiben. Waren sie es, die Sonka umgebracht haben?«

»Das werden wir wissen, sobald wir sie haben.«

27.

Der Zeiger der Bürouhr sprang auf neunzehn Uhr, als Petra den Computer ausschaltete. Es war ruhig in den Gängen der Abteilung. Hedda und Seefeld waren vor zwei Stunden nach Hause gegangen. Petra schraubte den Verschluss der Wasserflasche auf, trank einen Schluck und goss den Rest des Flascheninhaltes in den Kaktus auf der Fensterbank. Sie sah aus dem Fenster und gähnte. Alle Einsatzfahrzeuge standen auf dem Platz, der nur schwach von einer kleinen Laterne beleuchtet war. Endlich hatte sie den Bericht fertigstellen können, nachdem auch aus dem Labor Ergebnisse eingetrudelt waren. Auf den Geldscheinen fanden sich Fingerabdrücke, die nicht identifiziert werden konnten. Jedoch auch welche von Edu Coman, Sonka Mazur sowie Kira Pisarkiewiez. Die Phantomzeichnungen, die Kira und der Polizeifotograf angefertigt hatten, glichen Schwalbes Angaben. Alles deutete darauf hin, dass die holländischen Männer Sonka Mazur umgebracht und in die Apfelplantage gelegt hatten. Ob Sonka, als sie bei Seefeld anrief, aus dem Geschäft aussteigen oder sie als Mörder von Edu anzeigen wollte, würde sich hoffentlich klären. Die Fahndung nach allen dunkelblauen Kombis mit niederländischem Kennzeichen lief.

Für Kira schlug Petra eine kleine Pension in Harburg vor. In ihrer Unterkunft war es für sie zu gefährlich, solange Sonkas Mörder frei herumlief. Bauer Menke bekam die Auflage, sofort auf der Wache anzurufen, sobald einer oder beide Holländer auf dem Hof bei ihm auftauchten. Doch was den Fall endgültig vorantrieb, war Kira, der der Name des Alten aus Meckelfeld wieder eingefallen war: Gusti. So sollte Sonka den Mann genannt haben. Es konnte sich nur um Gustav Hilken handeln.

Die endgültige Bestätigung kam, als die Kollegen der KTU auf Sonkas iPhone Videoaufnahmen fanden. Sonka hatte, sobald sie ein Haus betrat, heimlich die Innenräume der Häuser gefilmt. Die Videos zeigten, wie bereitwillig und sorglos die Besitzer die Frau durch ihr Haus führten, und erklärten, wo es für Sonka Arbeit gäbe. Alles Häuser, in denen in den letzten Monaten Einbrüche stattgefunden hatten. Petra erkannte Gustav Hilkens Einrichtungsgegenstände. Friedrichsens Enttäuschung, es gäbe keine Einzelfälle zu lösen, wollte er doch mit einer herausragenden Aufklärungsrate vor Staatsanwalt Puhphal brillieren, hielt sich in Grenzen.

Aber waren die Holländer auch Gustav Hilkens Mörder? Oder war es der ermordete Edu Coman, der Hilken eine Axt in den Schädel geschlagen hatte? Doch woher wusste er von dem versteckten Zweitschlüssel im Vogelhäuschen? Sonka hatte sich über Hilken lustig gemacht. Zudem versprach das abgenutzte Inventar weder für Edu noch für die holländischen Männer Profit. Und wie passte Theo Schwalbe in den Fall? Petras Haarwurzeln stachen wie Nadeln in ihre Kopfhaut.

Um zwanzig Uhr hatte sich Petra in Borstel mit den Eheleuten Lindemann verabredet. Sie freute sich auf das Gespräch. Vielleicht gab es endlich eine klärende Spur zu dem Mädchen aus dem Kellerbrunnen.

Müde vom Tag fuhr Petra eine knappe Stunde später in Borstel in die Straße Struckweg ein. Wäre ihr die Brunnentote nicht so wichtig, wäre sie nach Hause gefahren und hätte sich ins Bett gelegt. Sie fühlte sich ausgelaugt.

Die Eheleute Lindemann baten sie in die gute Stube ihres Bauernhauses. Es war eisig im Wohnzimmer und es roch nach Feuchtigkeit. Sogar durch das harte grüne Polster der Sofagarnitur drang die Kälte. Es war ein Zimmer, das nur für Besuch geöffnet wurde. Alles war penibel sauber. Kein Staubkörnchen lag auf den Vasen, Porzellanfiguren oder den Borden des verschnörkelten Eichenschrankes.

»Deern«, begann Wilhelm Lindemann, »de Paul hett uns angropen un seggt, du söcht een Weeveree, de irische Deerns domals in Lohn und Broot anstellt hebbt.«

»Ähm. Entschuldigung, Herr Lindemann. Könnten Sie bitte Hochdeutsch sprechen. Ich krieg das immer noch nicht so richtig hin mit dem Plattdeutsch.«

»Bist ja eine Deern aus Bayern. Hat denn de Johanna nicht mit dir Platt schnackt, wenn se besucht hast?« Wilhelm Lindemanns graue Augen blinzelten Petra vergnügt an.

»Wenig. Ich verstehe zwar ein paar Wörter, aber das wars leider auch schon«, entschuldigte sich Petra.

»Ja, wird immer weniger. Nur noch wir Alten schnacken Platt, die Jungen kaum noch. Aber zurück. Ich sagte: Das Paul Targen, dein Nachbar, uns angerufen und gesagt hat, dass eine Weberei suchst wo damals vor hundert Jahren irische Deerns in Lohn und Brot standen.«

Das ist richtig, Herr Lindemann«, erwiderte Petra. »In meinem Haus, das mir meine Oma vererbt hat, wurde im Kellerbrunnen eine Tote gefunden.«

»Ja, wir hörten davon. Eine schreckliche Geschichte. Mit Johanna und ihrem Mann Jonathan und einigen Bauern saßen wir früher oft zusammen, ging es um die Ernte oder rechtliche Dinge. Se is in letzt Joar dootbleven.«

»Entschuldigung?«

»Gestorben. Dein Groodmoder ist letzt Jahr gestorben.«

»Vorletztes Jahr.«

»Ja, die Zeit läuft. Meine Greta und ich haben sogar noch deinen Uropa kennengelernt.« Er warf seiner Frau, die Petra gegenüber in einem ebenso grünen Polster Platz genommen hatte, einen kurzen Blick zu. Petra sah, wie die grauhaarige Seniorin schwach nickte. »Ja, und um die Weberei zu finden, musst nicht weit von Königreich fahren, ist gleich in Ladekop um die Ecke. Die Klönnes, Elsa und Rudolf, die beiden besaßen das größte Bauernhaus und die einträglichste Weberei im Alten Land. Und wie wir wissen, haben dort irische Deerns gearbeitet. Ob deine Deern darunter war, kann ich nicht sagen. Die Klönnes sind vor vier Jahren kurz hintereinander verstorben und die Kinder haben den Hof verkauft.«

»Verstehe.« Petra senkte den Blick. Jetzt hatte sie zwar einen weiteren Anhaltspunkt, aber weiter kam sie nicht. Unter den vier Adressen, die Hedda für sie herausgesucht und aufgeschrieben hatte, stand auch Ladekop.

»Ich kann nur sagen, dass dein Uropa öfters mit einer jungen, irischen Deern im Alten Land gesehen wurde.«

»Wie?« Petra hob schlagartig den Blick.

Wilhelm Lindemann grinste verhalten zu seiner Frau. »Nun, dein Uropa war ein Schwerenöter, wenn ich das so ausdrücken darf.«

»Erzählen Sie mir bitte mehr über meinen Urgroßvater.«

»Es ging damals das Gerücht, er würde …«

Wilhelm Lindemann hielt inne, als seine Frau mit verängstigtem Blick einwandte: »Willi, vertell keen Lügen.«

»Dat maak ik nich, mien Gretchen. Nie unnerstell ich einem Godehard Petersen etwas. Du weißt doch, es sind alles nur Geschichten, die uns mien Vader erzählt hat.«

Petra rutschte unruhig auf der harten Polsterung. »Würden Sie mir die Geschichten trotzdem erzählen. Es ist mir sehr wichtig.«

»Nu, was soll ik dir sagen, Deern. Dieser Krieg. Grausam. Sie haben alle eingezogen, die laufen konnten und egal welches Alter. Auch dein Uropa ham se geholt. Im Ersten Weltkrieg hatte er es zum Oberstleutnant gebracht. Da haben sie ihn wieder geholt, obwohl er zweiundsechzig war. Mein Vater war vier Jahre jünger als dein Uropa.« Lindemann lächelte. »Ich sach ja, wie die Zeit vergeht. Nun bin ich dreiundneunzig Jahre. Aber es kommt mir vor, als wäre alles gestern geschehen. Aber ich schweif ab. Godehard und Karl-August kamen in eine Einheit nach Russland. Dann hörten wir am 1. September 1939 Hitlers Rede, dass Polen angegriffen hätte und Deutschland zurückschießen würde. Doch das war eine Lüge, denn in Wirklichkeit haben ja wir, die Deutschen, Polen angegriffen. Mich hat die Wehrmacht zwei Tage später nach Danzig geschickt. Von Russland aus hat Godehard meinen Vater mitgenommen nach …«, begann Wilhelm Lindemann, als seine Frau auffuhr und das Gespräch erneut unterbrach.

»Nu hett dat avers doarmit een Een. Ick will över düsse greigen Sacken nix mehr hüren. Dat weer leeger noog. De vergahn Tiet mutt nu opletzt vergahn sein. Dat is all so lang her. Lett Se de Doden in Freeden, Fro Taler.« Grete Lindemanns Wangen glühten. Ihre Aufregung über das Gespräch war ihr anzusehen.

Petra überfiel ein schlechtes Gewissen, der zweiundneunzigjährigen Frau diese Aufregung zugemutet zu haben.

»Was meine Frau söcht, Deern, ist, dass sie över die gresigen Geschichten kein Wort mehr hören will. Die Vergangenheit muss Vergangenheit bleiben. Und die Toten sollen ihren Frieden haben.«

»Ich verstehe Sie, Frau Lindemann, aber …«

»Nein, Deern, wenn meine Frau sagt, es ist genug, habe auch ich nichts mehr zu sagen. Wir sind nicht mehr die Jüngsten. Und meine Frau hat recht. Die Geschichten reißen alte Wunden auf, die wir nicht mehr wollen. Versuchs bei den Kindern der Klönnes. Möglich, sie haben Unterlagen der Weberei aufgehoben. Sie wohnen in Finkenwerder. Die Adresse musst selber finden.«

»Vielen Dank.« Petra stand auf und reichte Frau Lindemann die Hand. Sie war feucht und klamm.

Horst saß in der Bauernküche und las in einem Hamburger Touristenführer.

»Hallo, Horst. Was suchst du?«, fragte Petra und plumpste auf einen der Küchenstühle.

»Einen Tipp für einen Ausflug, den ich mit meinen beiden Töchtern am Wochenende unternehmen kann.« Er sah von seinem Prospekt auf. »Du siehst schrecklich aus, Fräuleinschen. Du solltest dich ein wenig mehr schonen, jetzt, in deinem Zustand.«

»Vielen Dank für die aufmunternden Worte, Horst.«

»Was ist los?«

»Ich komme von den Lindemanns aus Borstel. Als Wilhelm Lindemann über meinen Uropa Godehard, den angeblichen Schwerenöter, erzählen wollte, blockte Greta Lindemann ab. Sie meinte, sie wolle nichts mehr über die alten Geschichten hören.«

»Und?«

»Nichts. Es gibt kein Und. Wilhelm Lindemann hat sich schützend vor seine Frau gestellt und dichtgemacht. Er meinte, ich solle es bei den Kindern der Klönne versuchen, denen früher der größte Hof und die einträglichste Weberei in Ladekop gehörte. Nur wohnen die Kinder nicht mehr dort. Sie haben den Hof nach dem Tod der Eltern verkauft. Und ich glaube kaum, dass sie alte Kriegsunterlagen oder Papiere einer Weberei mitgenommen haben, die im 19. Jahrhundert existierte. Geschweige denn noch Mitarbeiterlisten aus dem Nachlass ihrer Eltern besitzen. Wer hebt so etwas bei einer Haushaltsauflösung auf?«

»Ja, da magst recht haben, Fräuleinschen.« Horst legte den Prospekt zur Seite. »Komm, trink einen Tee mit mir. Ich habe frisch aufgebrüht.«

Petra nickte, dann klingelte es an der Tür.

28.

Petra hatte damit gerechnet, dass die Atmosphäre auf der Wache nach Lüdersens gestrigen Erklärungen, die ihre Beziehung und sein Geschenk des Dienstwagens betrafen, unruhiger ausfallen würde. Doch sie war wie immer. Keine grinsenden Gesichter oder Tuscheleien empfingen sie. Im Gegenteil. Es wurden Hände geschüttelt und Gratulationen zur Verlobung, geplanten Hochzeit und Petras Schwangerschaft ausgesprochen. Von neugierigen Fragen der Kollegen, ob ein Hochzeitstermin und ein Name für das Kind gefunden seien, blieb sie verschont.

Einzig Friedrichsen, der Petra und Lüdersen in sein Büro gebeten hatte, erwartete mehr als oberflächliche Auskünfte. Sein fragender Blick wanderte von Lüdersen zu Petra. Er erhielt nicht mehr Auskünfte, als dass Petra bis sechs Wochen vor der Geburt weiterarbeiten wolle. Friedrichsens Angebot, in den Innendienst zu wechseln, was ihr bereits Lüdersen vorgeschlagen hatte, hatte sie dankend abgelehnt. Sie wollte keine Schonhaltung. Ihr ging es gut. Einzig auf die Bereitschaftsdienste wollte sie verzichten. Lüdersens tadelnden Seitenblick ignorierte sie kommentarlos.

»Morgen, Chefin«, sagte Seefeld, als er um neun Uhr ins Büro kam. In der Hand trug er zwei Pappbecher mit Kaffee. »Kann es sein, dass wir endlich einen roten Faden gefunden haben?« Er reichte Petra einen Becher. »Ist entkoffeiniert.«

»Danke, den kann ich gebrauchen. Ich hatte einen langen Abend. Horst und ich waren gerade dabei zu überlegen, was mein Uropa wohl für ein Schwerenöter gewesen sein mochte, als

Lüdersen klingelte. Einen armhohen Stapel Unterlagen über das 18. Jahrhundert im Alten Land hat er angeschleppt.«

»Gibt's noch nichts Neues?«

»Nein. Und was haben wir hier? Was ist das für ein roter Faden?«

»Die Holländer.« Er setzte sich hinter seinen Schreibtisch am Fenster.

»Ich weiß nicht? Kiras Aussage klang ehrlich und die Videoaufnahmen auf Sonkas Handy sind eindeutig. Und Edu Coman war unbestreitbar in die Diebstähle verstrickt. Doch muss er mit irgendetwas die Holländer verärgert haben, dass sie ihn erschossen haben. Dass sie Comans Mörder sind, davon können wir ausgehen. Zumal Schwalbe den gleichen Wagen wie Kira erkannte, in den Coman eingestiegen ist. Auch die Phantombilder gleichen sich, außer den Nasen, sonst sind sie identisch.«

»Vielleicht hat er das Diebesgut alleine verscheuert und hat die Holländer übergangen. Die fühlten sich betrogen und …«

»Das könnte sein, Seefeld. Nur der Harburger Goldhändler hat ihn nicht erkannt.«

»Er ist nicht der einzige Händler in Harburg. Und möglich ist auch, dass er nach Hamburg gefahren ist. Dort gibt es Pfandhäuser, den Kiez und Händler ohne Ende.«

»Arbeit ohne Ende, Seefeld. Bevor wir uns Gedanken machen, wo das Diebesgut abgeblieben ist, konzentrieren wir uns auf die Holländer.«

»Aber was ist mit Gustav Hilken? Warum sollten Edus und Sonkas Mörder Hilken umgebracht haben?«

»Edu wurde erschossen und in die Elbe geworfen. Die Mörder haben sich die Mühe gemacht, ihn nach der Tat zu transportieren. Sonka wurde erwürgt und auch sie wurde nicht dort ermordet, wo sie gefunden wurde. Hilken steckte eine Axt im Schädel. Er lag im trauten Heim auf dem Sofa. Drei verschiedene Tötungen. Warum? Wenn sie mit dem Erschießen angefangen haben, warum haben sie damit nicht weitergemacht?« Petra trank einen

Schluck Kaffee. Das heiße Getränk tat gut und wärmte sie. »Meinetwegen Edu und Sonka, aber Hilken passt für mich absolut nicht ins Schema.«

»Was ist mit Theo Schwalbe? Unser Silberstreifen ist ein Meisterdieb und ohne Alibi.« Seefeld sah Petra interessiert an.

»In der Gegenüberstellung ist er rausgefallen und er *hat* ein Alibi. Er war mit seiner Ex beim Anwalt, um das Sorgerecht für die gemeinsame Tochter zu klären. Steht in der Akte, haben Kollegin Arndt und Kollege Kollmann gestern geklärt.«

»Tja, somit sind wir wieder bei unserem unbekannten Täter, der …« Seefeld hatte noch nicht ausgesprochen, als das rote Lämpchen am Diensttelefon zu leuchten begann. Hedda Oberwerk. Er nahm ab.

»Hedda, was gibt es?« Seefeld drückte die Mithörfunktion.

»Bauer Menke aus Cranz hat angerufen. Die Holländer sind aufgetaucht und haben nach Kira Pisarkiewiez gefragt. Als sie über den Hof gebrüllt und jede Unterkunft durchsucht haben, war er so schlau das Kennzeichen aufzuschreiben. Ich bin dabei, den Halter festzustellen.«

»Super, Hedda. Und wenn du ihn hast, her mit dem Namen und der Adresse. Informiere auch jeden Harburger und Hamburger Kollegen. Sie sollen die Augen nach dem Wagen offenhalten. Und fax die Wagennummer an die Taxizentralen, damit sie die Angaben an ihre Fahrer weitergeben.« Seefeld legte auf. »Es geht voran, Chefin.«

Es war dreizehn Uhr durch, als Lüdersen den Kopf zur Bürotür reinsteckte.

»Mittagszeit, Kollegen.« Er sah von Seefeld zu Petra. »Gehen wir zum Essen?«

»Gerne.« Petra legte die Unterlagen beiseite, fuhr den Computer runter und stand auf. Vom Kleiderhaken nahm sie ihre dicke Winterjacke und schlupfte in die Ärmel.

»Was ist mit Ihnen, Kollege Seefeld? Möchten Sie mitkommen? Ich lade Sie zu einer köstlichen Lasagne ein«, fragte Lüdersen.

»Vielen Dank, Herr Staatsanwalt. Ich bin heute wieder Selbstversorger.« Seefeld nickte zu einer froschgrünen Brotdose, die neben einer silberfarbenen Thermoskanne auf dem Fenstersims stand.

Ein üppiges Pastagericht mit zarten Rindfleischstreifen, köstlicher Kapernsoße und ein gemischter Salat landeten in Petras Magen. Sie fühlte sich wohl und endlich wurde ihr wieder wärmer.

Die erste gute Nachricht kam während der Hauptspeise. Seefeld rief an und teilte mit, Hedda hätte den Halter des Wagens ermittelt. Es handelte sich um Marcel Jansen, einen holländischen Bürger aus Utrecht. Bereits vor drei Wochen meldete er seinen Wagen als gestohlen. Die zweite gute Nachricht war: Ein Taxifahrer hätte die Davidwache auf der Reeperbahn informiert, ein passender ausländischer Wagen stünde auf seinem Stammparkplatz vor dem Schmidts Tivoli. Er hätte sich furchtbar aufgeregt und sofortige polizeiliche Hilfe angefordert. Die Kollegen der Wache stellten vor Ort fest, dass es sich um den gesuchten dunkelblauen Kombi mit holländischem Nummernschild handelte. Hinter dem Eingang des Theaters hätten sie gewartet, bis zwei Männer in den Wagen einsteigen wollten und diese festgenommen. Seefeld hatte gebeten, sie nach Harburg auf die Wache zu überstellen, was in zwei Stunden geschehen sollte. Petra gab ihrem Kollegen den Auftrag, er möge Kowalski anhalten, im Wagen nach Edu Comans und Sonka Mazurs DNS zu forschen.

Zeit genug für das Zimteis mit heißem Pflaumenkompott und einem Berg Sahne.

Die beiden Mittvierziger waren aktenkundige, waschechte Harburger Jungs. Zuhälterei, Geldwäscherei, Diebstahl, Körperverletzung. Die Akte der Männer war lang.

Jürgen Huth, dreiundvierzig Jahre und Udo Schieler, einundvierzig Jahre, standen einem wandlangen Spiegel gegenüber, auf deren anderer Seite nacheinander Kira Pisarkiewiez und Theo Schwalbe mit dem Kopf nickten. Die Männer waren identifiziert. Jetzt brauchte Petra ein Geständnis.

Im Vernehmungsraum war es stickig. Es gab kein Fenster und die Heizung brannte auf höchster Stufe.

»Die Hitze ist unerträglich. Wann kommt endlich der Klempner?« Petra wedelte mit der offenen Tür, bis der erste Schwall Heißluft den Raum verlassen hatte. »Seefeld holen Sie uns einen Festgenommen.«

»Wen zuerst?«

»Ist mir wurscht«, sagte sie, während sie die Tür weiter hin und herschwenkte.

Jürgen Huth, ein dunkelhaariger, solariengebräunter Mann, plumpste auf den Stuhl, den ihm ein uniformierter Kollege zurechtschob. Er streckte seine Beine unter den Tisch und lag eher auf dem Stuhl, als dass er saß.

»Herr Huth«, begann Petra und öffnete eine dunkelblaue Papierakte. »Einige Vorstrafen gehen bereits auf Ihr Konto und …«

»Für die ich gesessen habe. Meine Weste ist rein«, polterte er mit Klugscheißer-Blick.

»Aber nicht fleckenlos. Sie haben mit Ihrem Kollegen in Holland einen Wagen gestohlen.« Seefeld beugte sich vor und stützte die Hände auf die Tischplatte.

»Wer sagt das?« Huth sah mit zusammengekniffenen Augenbrauen hoch.

»Sie sind heute Mittag in Hamburg vor dem Schmidts Tivoli in einen gestohlenen Wagen gestiegen. Wer sonst soll das Auto gestohlen haben?« Seefelds Frage war eher eine Antwort.

»Sie sind die Polizei. Sagen Sie es mir«, konterte er, als hätte er in dem Raum das Sagen.

»Gut. Fangen wir anders an«, meldete Petra. Sie zog Gustav Hilkens Foto aus der Akte. »Kennen Sie diesen Mann?«

»Nein.«

»In sein Haus wurde viermal eingebrochen.«

»Und? Was hab ich damit zu tun?«

»Edu Coman und Sonka Mazur waren ihre Handlanger. Mit Ihrem Kollegen haben Sie die Häuser ausspioniert, Sonka als Lockvogel benutzt, um an Videoaufnahmen der Innenräume zu kommen, damit Edu leichtes Spiel hat. Er hat Ihnen das Diebesgut ausgehändigt, das er aus den Häusern gestohlen hat. Sie haben es mit Ihrem Kollegen verscherbelt und Edu und Sonka ihren Anteil ausgezahlt. Das ist die Geschichte.«

»Ich kenne keinen Edu und auch keine Sonka.«

»Und wie Sie die beiden kennen.« Petra knallte die Fotos der beiden Toten auf den Tisch.

»Nein.«

»Wir haben einen Zeugen, der gesehen hat, wie Edu Coman zu Ihnen in den gestohlenen Wagen vor dem Restaurant *Medusa* in der Harburger Bremer Straße eingestiegen ist«, meldete Seefeld.

»Was für einen Zeugen? Der hat sich getäuscht. Ich kenne keinen Edu und die da auf dem Foto kenne ich auch nicht.« Jürgen Huth warf einen kurzen Blick auf die Fotos und wischte sie mit unwirscher Handbewegung über den Tisch auf den Fußboden.

»Ein Zeuge, der Ihnen bis zur Köhlbrandbrücke hinterhergefahren und gesehen hat, wie Sie Edu Coman aus dem Auto getragen und in die Elbe geworfen haben. Nur Pech, dass Edu sich im Gestrüpp verhakt und nicht auf die Nordsee getrieben ist. Herr Huth, wenn Sie gestehen, wäre das bei Ihrem Lebenslauf vorteilhaft. Ich könnte mit dem Staatsanwalt reden und …«, begann Petra, als Huth sie aufgebracht unterbrach.

»Leck mich, Schlampe«, fuhr der auf und spuckte auf den Fußboden.

»Hey, Kollege. Mal langsam. Sie werden meiner Chefin gefälligst mit Respekt gegenübertreten, sonst geht es hier schnell anders. Es kostet mich einen Anruf und Sie schrubben noch heute Abend die Böden in Santa Fu. Haben wir uns verstanden?«

Huth schnaufte. »Ja«, sagte er kleinlaut.

Petra warf Seefeld ein kurzes Nicken zu, dann sagte sie: »Also gut, Herr Huth. Wie mir scheint, wollen Sie nicht aussagen. Schade, Ihr Kollege hat mich schneller verstanden. Das ist eine Sache der Intelligenz. Einer hat immer mehr im Kopf als der andere. Einer ist der Denker, einer der Macher.«

»Was redest du für Scheiße? Udo hat die Schnauze gehalten, das weiß ich genau.«

»Ach ja. Da wäre ich mir an Ihrer Stelle nicht so sicher. Ihr Schweigen ist lediglich für Sie nachteilig. Ich kann warten und bin sicher, unsere Spezialisten finden Ihre DNS, die von Edu und Sonka im Wagen. Und das war es dann, ob Sie schweigen oder nicht.« Petra nickte zum Beamten an der Tür. »Kollege, der Herr möchte in seine Suite.« Sie bückte sich und hob die Fotos vom Fußboden auf.

»Warten Sie, ich ...« Jürgen Huth druckste. »Was ist für mich drin, wenn ich quatsche?«

»Kommt darauf an, ob Ihr Gequatsche für uns Wert hat«, sagte Petra, legte Sonkas Bilder in die Akte und drückte den Knopf des Aufnahmegerätes. »Sie heißen Jürgen Huth, sind dreiundvierzig Jahre und wohnen in Harburg in der Neuen Straße Nummer 24. Ist das richtig?«

Nicken.

»Bitte antworten Sie mit Ja oder Nein.«

»Ja.«

»Sie haben in Holland ein Auto gestohlen.«

Nicken. »Ja.«

»Mit diesem Wagen sind Sie und Ihr Kumpel Udo Schieler in und um Hamburg seit drei Wochen auf Diebestour.«

»Ja.«

»Woher kennen Sie Edu Coman und Sonka Mazur?«

»Wir kennen, kannten Edu seit ein paar Jahren. Auf dem Kiez

wollte er Goldschmuck an zwei unserer Pferdchen verkaufen. Wir haben ihn erwischt und sind uns einig geworden.«

»Sie meinen, Sie konnten ihn überzeugen, für Sie zu arbeiten.«

»Wenn Sie so wollen.« Huth wirkte gelangweilt.

»Und Sonka war ein Pferdchen?«

»Nein. Obwohl sie Potenzial hatte, wollte sie nicht. Überreden konnten wir sie trotzdem, für uns zu arbeiten. Sie war der optimale Lockvogel für die reichen Schrullen und Knacker, die nicht wissen wohin mit ihrem Geld und es nur für Antiquitäten und Schmuck ausgeben. Was für eine Verschwendung.«

»Die reichen Schrullen und Knacker, die in den Häusern leben, die Edu für Sie ausrauben sollte.«

»Genau.«

»Bringt Ihre Zuhälterei nicht genug ein, oder warum verüben Sie zusätzlich Diebstähle?« Seefelds Frage irritierte Huth.

»Das mit der …« Er stockte, kurz, sagte: »Die beiden Frauen arbeiten in ihre Kasse. Wir passen nur auf, dass ihnen nichts passiert und sie nicht beschissen werden.«

»Ach, wie großzügig. Und was zahlen die Damen für den Bodyguardservice?«

Seefelds trockener Humor amüsierte Petra.

»Drei Freier, den Rest können sie behalten.«

»Und Udo ist mit dieser Abmachung einverstanden?«, fragte jetzt Petra. Ihr Lächeln verblasste.

»Ja. Muss er. Die beiden waren vor Jahren meine Schnittchen. Mit Rosi war ich drei Jahre verheiratet.«

»Die Namen Ihrer Schnittchen dürfen Sie uns aufschreiben. Zuvor will ich wissen: Warum haben Sie Edu erschossen?«

»Ich hab nichts gemacht. Udo hat ihn kaltgemacht. Den Edu und die da.« Er nickte zu Petras Unterlagen. »Ich hab noch gesagt, er soll es gut sein lassen. Aber Udo kriegt ja die Nase nicht voll.«

»Er schnupft?«

»Wie?«

»Sie haben gesagt, er kriegt die Nase nicht voll. Schnupft er Kokain?«

»Nein. Den Hals, mein ich. Er kriegt den Hals nicht voll.«

»Das Gleiche sagt auch Ihr Kollege über Sie aus. Damit können wir nichts anfangen. Wir brauchen ein wenig mehr Informationen. Warum wurde Edu von Ihnen erschossen?«

»Nicht von mir, von Udo. Weil der Edu uns nach Strich und Faden beschissen hat. Udo war darüber stinksauer. Wir kundschaften alles aus und Edu sagt bei jedem Haus, da war nicht viel zu holen. Dabei hat er die Hälfte mit der Schlampe Sonka vertickt.«

»Und das war für Sie Grund, zwei Menschen zu töten?«

»Ich war das nicht! Verdammt! Haben Sie nicht zugehört? Udo hat die Betrüger kaltgemacht!«, stieß Huth aufgeregt hervor. »Von der Schlampe wusste ich nicht mal was. Das Bild hab ich im Fernsehen gesehen und Udo darauf angesprochen. Er meinte, sie hätte ihn auf einem Phantombild erkannt und wolle uns bei den Bullen verpfeifen, wenn wir ihren Anteil nicht erhöhen. Udo ist ratzfaz auf hundertachtzig, wenn Sie verstehen. Wenn man ihm an die Wäsche will, fackelt er nicht lange.«

»Edu ist mit einer Glock 17 erschossen worden. Wo ist die Waffe?«

»In Harburg. In Udos Wohnung.«

»Besitzen Sie einen Waffenschein?«

»Nein. Und Udo auch nicht, das weiß ich. Die Waffe hat er auf dem Kiez unter der Hand gekauft. Ist ein paar Jahre her.«

Petra nickte. »Sie wohnen beide in Harburg in der Neuen Straße 24?«

»Ja. Udo im Erdgeschoss und ich in der ersten Etage.«

»Wir brauchen Ihren Haustürschlüssel.«

Jürgen Huth griff in die Hosentasche und zog ein Schlüsselbund heraus. »Bitte«, sagte er. Das Bund mit vier Schlüsseln klimperte auf den Holztisch, dann sagte er: »Was ist jetzt für mich drin? Ich hab doch alles erzählt.«

»Erst einmal die normalen Untersuchungen. Wir werden Ihre Wohnung auf den Kopf stellen, das gestohlene Auto untersuchen, Ihre DNS ermitteln und sehen, ob Sie Schmauchspuren an den Händen haben. Was herauskommt, wenn Sie nicht gelogen, Edu nicht erschossen haben und Ihre Fingerabdrücke nicht zu denen an Sonkas Hals passen …« Petra zuckte die Schultern. »Möglich, Sie kommen mit zwei dicken blauen Augen davon. Abgesehen von den Diebstählen. Da stehen Sie, mit Ihrem Register«, Petra legte die flache Hand auf die Akte, »am Abgrund einer Klippe. Und der Axt in Gustav Hilkens Schädel.«

»Was? Was willst du mir jetzt noch anhängen?«

»Den Mord an dem Rentner Gustav Hilken aus Meckelfeld. Er wurde mit einer Axt erschlagen.«

»Nein! Ich kenne keinen Gustav Hilken. Wer soll denn das sein?«

»Der Herr hier.« Petra öffnete die Akte und legte Huth zum zweiten Mal das Bild des toten Hilken vor.

»Den kenne ich nicht.«

»Aber Sie kennen die Einrichtung seines Hauses, die Sonka gefilmt hat. Bitte.« Petra startete das Video auf dem Smartphone, wie Hilken Sonka durch das Haus führte.«

»Ja. Das … Da war nichts zu holen. Alles nur Schrott. Das Haus haben Udo und ich, nachdem Sonka uns das Video gezeigt hat, von der Liste gestrichen.«

»Eine Liste. Interessant. Die dürfen Sie uns auch überlassen.«

»Scheiße, ja. Sie liegt bei mir unter dem Fernseher. War es das jetzt oder kommst du mit noch mehr Toten, die ich umgebracht haben soll?«

»Sie dürfen es sich in unserem Gästezimmer gemütlich machen. Meine Kollegen werden für alle Untersuchungen bei Ihnen anklopfen.«

Aus Udo Schieler war, wie Jürgen Huth sagte, ohne anwaltlichen Beistand kein Wort herauszubekommen. Doch sprachen alle

Beweise gegen ihn. Die Glock 17, die die Kollegen in Schielers Wohnung gefunden hatten, war nicht registriert, passte aber mit dem Geschoss und der im Wagen gefundenen Hülse zusammen. Dazu kamen die Schmauchspuren an Schielers Händen, seine Fingerabdrücke auf Sonka Mazurs Hals und der lange, tiefe Kratzer auf seinem linken Unterarm, Sonkas Abwehrspuren. Dass sie den niederländischen Wagen gestohlen hatten, konnte auch er nicht abstreiten. Ebenso nicht, dass er Edu und Sonka im Wagen ermordet und an die Fundstellen transportiert hatte. Die Beweise reichten locker aus, Udo Schieler des Mordes an zwei Menschen anzuklagen. Der Mord an Gustav Hilken war ihm nicht nachzuweisen. Für Huth wie Schieler gab es keinen Grund, Edu auf Diebestour in ein Haus zu schicken, das nur mit alten Möbeln ausgestattet war. Die gestohlenen Schmuckstücke, Münzen und Bargeld, die bei Hilken entwendet wurden, lagen in Schränken, die nicht bei Sonkas Besuch geöffnet wurden. Warum auch? Es ging um eine Putzstelle und nicht um Schrank- und Schubladeninhalte. Und wie festgestellt werden konnte, fanden sich bei allen Hauseinbrüchen Edu Comans Schuhabdrücke. Warum sollte er seine Schuhe bei Hilken ausgezogen haben? Auch auf der Liste der Hausadressen, die Jürgen Huth erwähnt hatte, war Hilkens Haus durchgestrichen.

Petra ging in ihr Büro und knallte die Akte auf den Schreibtisch. Einerseits war sie mehr als zufrieden. Sie hatten zwei Mordfälle gelöst. Andererseits fehlte noch immer eine Spur zu Gustav Hilkens Mörder.

Sie kramte in der Schreibtischschublade nach dem letzten Schokoladenriegel, riss das Papier auf und biss hinein. Der süße Karamell unter der Schokolade klebte an ihren Zähnen. Es war unglaublich, wie hungrig sie in letzter Zeit war. Ständig futterte sie ungesundes Zeug. Sie warf den angebissenen Riegel in den Papierkorb und griff zu zwei Äpfeln, die auf der Fensterbank lagen. Mit gutem Gewissen sah sie Seefeld zu, der aus seiner froschgrünen Brotdose eine Banane holte.

Der Nachmittag war angebrochen. Draußen dämmerte es und die ersten Kollegen der Schicht wechselten mit der Abendschicht. Petra beobachtete, wie zwei Uniformierte auf dem Hof Hände schüttelten, bevor einer der Beamten in seinem Privatwagen, der zweite Kollege im Hintereingang der Wache verschwand.

Sie trank den letzten Rest des kalten Kaffees und gähnte. »Wir machen Feierabend, Seefeld.« Sie wollte unbedingt heute Abend nach Finkenwerder zu den Kindern der Klönnes fahren, um nach Unterlagen zu fragen. Hedda hatte die Adresse herausgefunden und einen Termin um achtzehn Uhr für sie vereinbart.

»Ich hab es gleich. Noch drei Sätze, dann ist der Bericht für Friedrichsen und Puhphal fertig«, hörte sie Seefeld sagen.

Petra nickte nachdenklich. Mit den Beweisen gegen Schieler und Huth hatte sie gehofft, auch Gustav Hilkens Mörder erwischt zu haben. Der Fall Gustav Hilken ließ sie nicht los. Hilken hatte geschlafen, als die Axt in seinen Schädel fuhr. Sie kamen immer wieder zum gleichen Schluss. Der Mörder musste einen Schlüssel gehabt oder gewusst haben, dass Hilken den Zweitschlüssel im Vogelhäuschen aufbewahrte. Sie hatte gerade ihren Computer heruntergefahren, die Jacke angezogen und sich zur Heizung gebeugt, um diese auszustellen, als sie stockte.

»Seefeld!«

Oberkommissar Nils Seefeld zuckte zusammen wie ein verschrecktes Kind. »Meine Güte, Chefin.« Er schnaufte. »Was ist los?«

»Die Heizung«, sagte Petra knapp, während sie mit dem Zeigefinger auf die Heizungsrippen zeigte.

»Ja?« Seefeld sah Petra mit großen Augen an. »Und?«

»Hilkens Heizung. Die lief am Montag im gesamten Haus auf volle Pulle.«

»Sicher. Er hat sich vor zwei Wochen eine App auf sein Handy geladen, mit der er seine Heizung überall im Haus steuern konnte, wo auch immer er sich auf der Welt aufhielt. Steht im Bericht der KTU, wie alles, was die Kollegen auf Hilkens Smartphone gefunden haben.«

»Genau. Er wollte aus dem Urlaub in ein warmes Haus kommen. Wir haben Anfang Oktober, bis ein Haus durchgeheizt ist, braucht es Zeit.«

»Die Technik macht es möglich.« Seefeld wusste immer noch nicht, auf was seine Chefin hinauswollte.

»Wie oft hat er in den letzten zwei Wochen die Heizung über die App eingestellt?«

»Moment.« Seefeld tippte auf der Tastatur. »Im Bericht der Kollegen steht, die Heizung wurde in der Woche täglich abends gegen zwanzig bis zweiundzwanzig Uhr aktiviert. Die Heizung lief eine Viertelstunde und wurde dann per App wieder ausgeschaltet. So ging es drei oder viermal hintereinander. Das gleiche Spiel am Samstag und Sonntag, da ab mittags dreizehn Uhr. Am Samstagmittag, dem Tattag, wurde die App nicht verwendet.«

»Richtig. Hilken hat sich mit der App vertraut gemacht. Dieses An-und-aus-Spiel macht man nur, um zu lernen. Der Jüngste war er nicht mehr. Seine Tochter sagte, er hätte nach seinem Schlaganfall öfters etwas doppelt erzählt. Er wollte im Umgang mit der App sicher sein, bevor er nach Sylt fährt.«

»Ist einleuchtend, Chefin.«

»Was nicht einleuchtet, dass die App«, Petra beugte sich über Seefelds Rücken und scrollte über den Bericht der KTUler, »meist nur abends aktiviert wurde. Er war Rentner. Warum hat er sie nicht tagsüber ausprobiert?«

»Weil er abends beim Fernsehen nicht frieren wollte.«

»Nein, Seefeld. Es hat ihm abends jemand geholfen, der sich mit diesem Handykram auskennt.«

»Und der nur abends Zeit hat, weil er tagsüber arbeiten muss. Wollen Sie darauf hinaus?«

Petra wiegte unschlüssig den Kopf. »Könnte sein. Doch da ist noch etwas: Warum wurde an seinem Todestag die App nicht angewandt? Aber im ganzen Haus liefen die Heizungen auf volle Leistung. Seine vorherigen Versuche beschränkten sich nur auf das Wohnzimmer.«

»Er wollte es besonders warm haben, als er sich aufs Sofa zum Schläfchen gelegt hat.«

»Und dann rennt er durch das Haus vom Dachboden bis zum Keller und stellt in jedem Raum die Heizung manuell ein, obwohl sein Handy griffbereit auf dem Wohnzimmertisch liegt. Niemals, Seefeld. Wenn, hätte er wieder die App angeworfen.«

»Aber wenn Hilken es nicht war, kann es nur der Täter gewesen sein.«

»Ja, aber wenn der unbekannte Handyhelfer und der Täter eins sind, hätte er doch die Heizung nicht manuell, sondern über die App angestellt. Sonst ergibt es keinen Sinn. Und was ist, Seefeld, wenn der unbekannte Helfer nicht Hilkens Täter ist, sondern ein anderer, der von der App überhaupt nichts wusste?«

29.

Auf dem Flur sah Petra Nina Albrecht aus Friedrichsens Büro kommen. »So spät noch unterwegs?«, fragte Petra.

»Ja. Gut, dass ich Sie treffe. Ich wollte zu Ihnen. Hallo Nils.«

»'n Abend, Nina.«

»Wollen wir in mein Büro?«

»Nein, nur kurz. Ihr Chef Friedrichsen hat mich zu sich beordert. Er wollte mir brühwarm mitteilen, er hätte die zwei Mordfälle alleine gelöst und er würde dies gerne im Fernsehen hören.« Nina grinste. »Das mach ich nicht, kannst dich drauf verlassen. Oh, jetzt hab ich Sie geduzt, Entschuldigung. In unserem Beruf ist es gang und gäbe.« Nina Albrecht legte die Hand vor den Mund.

Petra lächelte. »Ich bin Petra«, sagte sie und streckte Nina die Hand entgegen.

»Nina.« Die Reporterin lächelte. Als sie Petras Hand drückte, sagte sie: »Ich weiß, ihr beide habt die Fälle gelöst. Und ich bin zur Wahrheit verpflichtet.«

»Nicht wir beide alleine«, Petra warf einen schnellen Blick zu Seefeld, »sondern gemeinsam mit einem fleißigen Team im Rücken. Wir haben alle unser Bestes gegeben.«

Die Reporterin nickte. »Was ist mit dem Axtmörder? Habt ihr den inzwischen im Visier?«

»Nein. Wir sind weiter auf die Mithilfe der Mitmenschen angewiesen, die Gustav Hilken kannten und irgendetwas Auffälliges oder irgendjemand Fremdes zur Tatzeit am Haus gesehen haben.« Dass sie davon ausgingen, es handle sich um einen gestellten Einbruch, und der Täter könne aus Hilkens näherem Umkreis stammen, verschwieg sie der Reporterin. Sie durften nicht vorschnell riskieren, den Täter aufzuscheuchen. Morgen würden sie erneut bei allen Hilken-Kindern, Enkelsöhnen, Nachbarn und Freunden mit ihren Ermittlungen beginnen. Ebenso jeden, der einen Haustürschlüssel besaß oder Zugang zu einem Schlüssel hatte, wusste, wo Hilken im Garten den Ersatzschlüssel aufbewahrte, setzten sie wieder auf die Liste der Verdächtigen.

»Ich schick dir eine Mail zum Vorablesen der Reportage.«

»Danke. Wann wird es ausgestrahlt?«

»Morgen Abend zu den achtzehn Uhr Nachrichten, früher nicht. Wir sind voll. Es reicht, wenn du mir am Vormittag eine Freigabe erteilst.«

»Mach ich«, sagte Petra.

»Tschüss, ihr zwei«, erwiderte Nina und rauschte durch die Glastür des Vordereingangs ins Freie.

Klönnes Kinder wohnten in einem schmucken Einfamilienhaus im Finksweg Nummer 17 und Nummer 19 in Finkenwerder.

Werner Klönnes, ein grauhaariger Mittsechziger öffnete Petra die Haustür und trat beiseite, um sie vorgehen zu lassen, als wäre er der Besucher und nicht sie.

»Bitte«, sagte er hinter Petra, als sie im Wohnzimmer angekommen waren. »Ich habe meine Schwester, Helga Jachtler Klönne, gebeten zu kommen, damit Sie nicht in der Straße hin und herlaufen müssen.«

Petra reichte einer Frau, die sie auf das gleiche Alter wie den Hausherrn schätzte, die Hand.

»Das ist zuvorkommend«, sagte sie und nahm auf dem angebotenen, dunkelblau gemusterten Polstersessel Platz. Ihr kurzer Blick blieb an dem weißen, rundgemauerten Kamin hängen, in dem ein munteres Feuer loderte. Die Wärme des Feuers, das um ihre Füßen kroch, tat ihr gut. »Vielen Dank, dass Sie sich für mich Zeit nehmen.«

»Gerne, Frau Taler. Wir kannten Ihre Großmutter. Sie war eine herzensgute Frau.«

»Ja, das war sie«, sagte Petra. Augenblicklich überfiel sie das schlechte Gewissen, nicht ähnliches über die Eltern der Menschen sagen zu können, die ihr gegenübersaßen.

»Ja«, sagte nun auch Werner Klönne und klatschte sich mit den flachen Händen auf die Oberschenkel, als wäre das Gespräch bereits wieder beendet. »Sie haben das Bauernhausanwesen Ihrer Großeltern geerbt?«

»Ja.«

»Wann ist Johanna verstorben?«

»Im Dezember vor zwei Jahren. Sie kannten meine Großeltern näher?«

»Im Alten Land auf den Dörfern kennt man sich. Und Ladekop ist von Königreich nur einen Katzensprung entfernt. Sie kennen wir ja auch. Ihre Oma hat immer viel von Ihnen erzählt. Und Ihr Opa Jonathan hat immer gehofft, dass Sie wie er Pianist werden.«

»Ach ja, das hat er mir nie gesagt.« Petra lächelte und dachte an die vielen Stunden, die sie mit Opa oben im ersten Stock am Flügel verbracht hatte. Sie hatte es geliebt, wenn die wundervollen Klänge durch das große Haus hallten. Für sie konnte es nicht laut genug sein. Aber ebenso hatte sie gespürt, dass sie nie so wunderbar Klavier spielen und nie so eine erfolgreiche Pianistin werden würde wie ihr Opa.

»Wir haben Sie manchmal auf dem Hof Ihrer Großeltern gesehen.«

»Ja, ich liebe den Hof meiner Großeltern und habe oft die Ferien dort verbracht.«

»Möchten Sie einen Tee?« Helga Jachtler Klönne, eine schlanke Frau mit blonden Haaren beugte sich vor und wies auf die gläserne Teekanne, die auf einem Stövchen stand. Es ist ein Kräutertee«, sagte sie, als hätte sie Petras Gedanken erraten, keinen Schwarztee trinken zu wollen.

»Nein, vielen Dank. Ich möchte Sie gar nicht lange stören.« Petra wurde ungeduldig. So gerne sie auch über ihre Großeltern redete und Neues erfuhr, so gerne wollte sie endlich wissen, ob sich ihr Weg gelohnt hatte und sie Antworten auf ihre Fragen bekam. »Ich bin nur hier, weil ich wissen möchte, ob Sie bei der Hofauflösung Ihrer Eltern Unterlagen früherer Mitarbeiter aus der Weberei gefunden und vielleicht aufgehoben haben.«

»Darf ich fragen, wofür Sie die benötigen?« Werner Klönne setzte sich auf.

»Entschuldigung. Das hab ich ja noch gar nicht erwähnt. Ich überfalle Sie und … Also, mein Keller stand seit meinem Einzug vor zwei Jahren bei Regen ständig unter Wasser. Kein Handwerker konnte Abhilfe schaffen. Bis vor gut vier Wochen. Sie wissen sicher, dass viele Bauern, wie auch meine Großeltern und Urgroßeltern, in den Kriegswirren polnische oder englische Flüchtlinge versteckt hielten.«

»Das war bei uns auf dem Hof ebenso«, bestätigte Werner Klönne kopfnickend. »Erst vor ein paar Tagen sahen wir einen Bericht im Fernsehen über das Alte Land. Da wurde auch über die Webereien berichtet.«

»Ja. Die geheimen Zimmer, die jetzt überall nach und nach auftauchen. Den Bericht sah ich ebenfalls. Aber um auf meinen Besuch zurückzukommen: Bei mir im Keller war ein Brunnen schuld an der Überschwemmung. Nein, es war nicht der Brunnen an sich, es war eine Leiche, die im Brunnen gefunden wurde, als er abgetragen wurde.«

Helga Jachtler Klönne erschrak. »Oh«, sagte sie und griff zur Teetasse.

»Das ist ja furchtbar. Und wer …«, begann Werner Klönne.

»Ein sechzehnjähriges irisches Mädchen. Sie lag einhundert Jahre im Keller. Sie trug Kleidung, die aus Irland stammte und war in Leinen, das im Alten Land in einer Weberei gefertigt wurde, eingewickelt. Sie wurde ermordet.«

»Und jetzt denken Sie, wir waren die Weberei, die …«

»Nein, das muss nicht sein.«

»Aber es könnte.« Werner Klönne sah Petra mit festem Blick an.

Petra zuckte die Schultern.

»Verstehe. Sie denken, unser Vater oder Großvater könnte ein Mörder sein.«

»Nein. Bitte, dass denke ich keineswegs. Aber ich will wissen, wer die Tote in meinem Keller war. Wie sie hieß, und wo sie arbeitete. Ihr Hof war nicht der Einzige im Alten Land, der eine Weberei betrieb. Doch als Polizistin kann ich nicht wegsehen.«

Werner Klönne sah zu seiner Schwester, die ebenfalls mit den Schultern zuckte. »Ja«, sagte er nach einer Pause. »Ja, wir haben Unterlagen gefunden. Leider sind die alle im Container gelandet.« Wieder warf er einen Blick zu seiner Schwester, die ihm einen knappen Augenaufschlag zuwarf.

»Ja.« Petra klang enttäuscht. »Das dachte ich mir.«

Werner Klönne schnaufte. »Was wir allerdings aufgehoben haben, sind etliche Fotoalben unserer Eltern. Einige Fotos zeigen auch frühere Mitarbeiter und Mitarbeiterinnen der Weberei.« Werner Klönne stand auf und öffnete die Schublade eines wuchtigen Wohnzimmerschrankes aus dunklem Naturholz. Mit einem dunkelgrünen Lederalbum setzte er sich Petra gegenüber. Er blätterte über ein paar Seiten. Das milchige Pergamentpapier, das die verblichenen Kartonseiten trennte, knisterte, und erinnerte Petra an die Alben, die sie oben auf ihrem Speicher gefunden hatte. »Hier müssten viele der Aushilfen abgelichtet sein.« Er schob Petra das Album an der Teekanne vorbei über den Wohnzimmertisch zu. »Das sind meine Schwester und ich und das sind meine Eltern. Links neben unseren Eltern stehen unsere Großeltern«, erklärte Klönne mit schmalem Lächeln. Er tippte mittig auf ein rechteckiges Schwarz-Weiß-Bild mit gezacktem Rand. Ein blondlockiges, lächelndes Kinderpaar stand vor einem beleibten Ehepaar, die schützend die Hände auf die Schultern der Kinder legten. »Alle anderen sind Aushilfen. Leider erinnere ich mich nicht mehr an die Namen.«

»Werner, darf ich mal«, mischte sich Helga Jachtler Klönne ein.

Sie blätterte ein paar Seiten weiter, bis sie mit ihrem rosé lackierten Fingernagel auf eine in altdeutscher Schrift verfasste Liste wies. »Hier, hier stehen sie alle mit Namen und Jahreszahl, wann sie bei Mutter und Vater gearbeitet haben.« Bedächtig drehte sie das Album wieder zu Petra. »Werden Sie es uns sagen, falls einer unserer früheren Mitarbeiter der …«

Petra bejahte. »Dürfte ich das Fotoalbum mitnehmen? Ich brauche die Liste.«

»Nein. Bitte, es ist alles, was wir noch an Erinnerungen unserer Eltern haben. Das möchte ich nicht aus der Hand geben. Ich mache Ihnen eine Kopie der Liste. Das Foto gebe ich Ihnen. Dieses und …« wieder sahen sich die Geschwister in einer Weise an, die Petra nicht deuten konnte. Was sagten nur diese stummen, ernsten Blicke aus? Die Frau blätterte zwei Seiten weiter und entfernte ein zweites, randgezacktes Foto aus dem Album, das einen Pulk von Frauen und Männern zeigte. »Sie kennen sicher die beiden Männer an der rechten Seite.« Sie schob Petra das Bild zu.

»Das ist Opa Jonathan und Uropa Godehard, der Vater meiner Oma.«

»Richtig. Ihr Uropa war öfters zu Besuch bei uns auf dem Hof.«

»Ja? Warum?«

»Das kann ich Ihnen leider nicht sagen. Wir haben ihn nur gesehen. Wir waren Steppkes, sieben oder acht Jahre alt. Es schickte sich nicht zu fragen, wir kamen auch gar nicht auf die Idee.«

Petra nickte. »Und als Sie älter waren, da haben Sie doch mit Ihren Eltern ab und an Fotoalben durchgeblättert. Haben sie Ihnen nichts über meinen Opa und Uropa erzählt?«

»Nein. Als Kind wurde uns nur gesagt: Das ist der und der,

der wohnt dort und dort, das ist der Mann und Vater von dem und der, das war alles. Mehr wurde nicht geredet. Zu unserer Zeit hatten wir Respekt vor den Eltern. Leider ist das ja in vielen Familien heute nicht mehr der Fall.«

Petra stöhnte kurz auf und stimmte der Seniorin zu. Sie erinnerte sich an den gestrigen Radiobericht. In Nordrhein-Westfalen hatte ein Sohn seine Eltern erschlagen, weil er nicht auf das Erbe warten wollte. Eine Tat, die kaum zu verstehen war. »Ich hörte, Godehard, mein Uropa, war ein Schwerenöter. Können Sie sich erinnern, ob sie ihn mit einer jungen Frau im Dorf gesehen haben?«

Die Geschwister Klönne stöhnten fast gleichzeitig auf. »Wie gesagt, er kam öfters auf unseren Hof. Ab und an hat er Leinen, Stoffballen und Tischdecken gekauft.«

»War er ein freundlicher Mann oder …?«

Wieder stöhnten die Geschwister. »Was sollen wir sagen?« Sie wechselten einen Blick. »Ja und nein. Die Zeiten damals waren hart, auch bei uns auf dem Dorf.«

Das wollte Petra nicht hören. »Kann ich das Bild mitnehmen?« Sie war sicher, die Geschwister hielten Informationen über ihren Uropa zurück. Trotzdem war sie ein Stückchen weitergekommen.

»Selbstverständlich.«

»Ja, dann …« Sie zögerte. Mit den Fingerspitzen strich sie über die Spitzendecke auf dem Wohnzimmertisch. Ihre Oma besaß Unmengen ähnlicher Decken mit filigranem handgearbeiteten Spitzenrand. Im Schrank auf dem Speicher lag ein riesiger Stapel. »Stammt die Tischdecke noch aus der Weberei Ihrer Eltern?«

»Ja. Ein paar Stücke haben wir behalten.«

»Sie ist sehr schön. Ich weiß, das klingt vielleicht ein wenig merkwürdig, aber würden Sie mir eine Decke überlassen? So eine, die in der Weberei Ihrer Eltern gefertigt wurde.«

»Das ist kein Problem«, sagte Helga Jachtler Klönne, »ich hole Ihnen eine aus dem Wäscheschrank.«

Von Finkenwerder brauste Petra mit ihrem Wagen die achtzehn Kilometer nach Jork Königreich. Sie lenkte den BMW neben ihren Blauen auf die eingefahrene Rasenfläche vor dem Haupthaus. Als sie die Haustür aufschloss, strömte ihr der Duft von Gebratenem in die Nase.

Horsts legendäres Zitronenhühnchen, das im Backofen schmorte, ließ Petra das Wasser im Mund zusammenlaufen. Seit drei Stunden hatte sie nichts mehr gegessen. Sie war ausgehungert, als wären es drei Tage gewesen.

»'n Abend, Horst, ich rieche Hühnchen, Zitrone und …«

»Mich.« Lüdersen kam um die Küchenecke geflitzt und zog Petra in die Arme.

»Wow, du bist auch da.«

»Ja. Ein armes, herrenloses Hündchen sucht ein warmes Zuhause.« Er grinste.

»Na gut, für einen Abend darf er sich bei uns ausruhen.« Petra schlang ihre Arme um Lüdersens Hals und zwinkerte ihrem Verlobten übermütig zu.

»Welch eine Großzügigkeit«, erwiderte Lüdersen.

»Kommt ihr beiden denn jetzt an den Tisch oder soll ich mit Fritzi das Huhn alleine verdrücken?« Horst unterbrach die Spielerei der Verliebten.

Das Essen war köstlich: der Salat, den Lüdersen angerichtet hatte, erfrischend, und Horsts geschmortes Huhn war butterzart mit einer weichen frischen Zitronen- und Kräuternote. Die Männer tranken Bier. Petra Mineralwasser. Nachdem sie gemeinsam die Küche aufgeräumt hatten, setzen sie sich mit einer Schüssel Popcorn und einer Kanne Kräutertee ins Wohnzimmer. Lüdersen holte ein zweites Bier aus dem Kühlschrank, während Horst mit Petra Tee trank. Seine fünf Jahre Obdachlosigkeit, der Alkoholkonsum und der zwischenzeitliche Verlust seiner Familie hatten ihn geprägt.

»Bist du in Finkenwerder weitergekommen?«, fragte Horst neugierig.

»Ja und nein. Ich hatte das Gefühl, die Geschwister verheimlichen mir etwas. Aber sie gaben mir zwei Fotografien. Auf einer ist mein Opa mit meinem Uropa. Wartet, ich zeige sie euch.« Petra sprang vom Sofa hoch und rannte in die Diele. Mit den beiden Fotos kuschelte sie sich zurück in Lüdersens Arme. »Hier, das ist das Foto aus der Weberei, von den Klönnes mit ihren Kindern, den Eltern und früheren Angestellten. Und dies Foto ist fast das Gleiche, nur, dass mein Opa und mein Uropa mütterlicherseits, der Vater meiner Oma, mit auf dem Bild sind.« Petra tippte mit dem Zeigefinger auf zwei Männer auf der rechten Seite des Bildes.

Lüdersen nahm Petra das Bild aus der Hand und betrachtete es eindringlich. Immer wieder verglich er das eine mit dem anderen Foto, dann reichte er sie Horst. Auch Horst schien über irgendetwas nachzudenken, während er wie Lüdersen die Fotografien verglich.

»Was? Was ist? Warum guckt ihr so komisch?«

»Ist dir an dem Bild denn nichts aufgefallen, Fräuleinschen?«

»Nein. Was soll mir aufgefallen sein?« Petra sah wechselnd von Lüdersen zu Horst. »Nun sagt es«, drängelte sie unruhig.

»Wenn das dein Uropa ist, frage ich mich, wessen Hand er hinter seinem Rücken festhält? Es muss eine Frau sein. Von ihrem Kopf ist leider nur ein Schatten zu erkennen. Auf dem anderen Bild ist die Frau auch zu sehen. Zwar ebenso undeutlich, aber wenn ich mich nicht täusche …«

»Gib her«, forderte Petra Horst mit winkender Geste auf.

»Hier«, Horst beugte sich über den Tisch und wies mit dem Zeigefinger auf das Foto ihres Uropas. »Siehst du doch auch, großer Jan, oder?«

Lüdersen nickte bedeutungsschwer.

»Verdammt, das ist mir überhaupt nicht aufgefallen. Ich schicke das Foto gleich morgen früh ins Labor, vielleicht können sie es vergrößern.«

»Gute Idee«, bestätigte Lüdersen. »Und was willst du mit dem Lappen?« Lüdersen nickte mit dem Kinn zur Sofalehne.«

»Lappen? Das ist eine Tischdecke, die in der Klönne – Weberei in Ladekop vor ungefähr hundert Jahren gewebt wurde.«

»Was willst du damit?«, fragte Horst neugierig. »Oben auf dem Speicher quillt der Schrank über mit diesen Decken.«

»Weiß ich. Nur ob es diese Decke ist, die wir im Schrank haben, weiß ich eben nicht. Ich mein, ob es der gleiche Stoff oder Faden ist, mit dem die Decke gewebt wurde.«

»Ah, jetzt dämmert es«, mischte sich Lüdersen ein. »Du willst einen Laborvergleich. Deine Decken und die Decke der Weberei und das Leinen, in das die Tote eingewickelt war.«

»Richtig, Herr Staatsanwalt. Und sollten die Materialen identisch sein, mit der Decke der Weberei oder einer meiner aus dem Speicherschrank und dem Leinen, dann weiß ich …«

»Dass dein Uropa und die Brunnentote zusammenhängen«, drückte sich Horst vorsichtig aus.

»Ja. Nein. So weit will ich nicht denken. Aber wenn …«

»… gibt es ein dunkles Geheimnis in deiner Familie«, setzte Lüdersen ihren Satz fort.

Petra blieb stumm. Ihr Enthusiasmus, im Fall des irischen Mädchens ein Stückchen vorangekommen zu sein, verpuffte mit dem Gedanken, unter ihren Ahnen einen Mörder zu enttarnen. War ihr Vater aus diesem Grund Richter geworden? Konnte sie sich keinen anderen Beruf als Polizistin vorstellen, weil ihre Seele ihre dunkle Seite offenbarte? Nein. Sie wollte Verbrecher fangen und kein Verbrechen begehen. Petra war verunsichert.

»Puhphal lässt ausrichten, er ist zufrieden mit deiner Arbeit.« Lüdersen holte Petra aus ihren Selbstzweifeln. »Allerdings wartet er dringend auf weitere positive Ermittlungsergebnisse über den Axtmörder.«

»Ja, wir auch. Dass die Mörder, die Edu und Sonka auf dem Gewissen haben, auch mit dem Mord an Hilken etwas zu tun haben, können wir ausschließen. Seefeld und ich sind auf ein anderes Detail gestoßen.« Petra trank einen Schluck Tee und spülte die unsicheren Gedanken über ihre Ahnen hinunter. »Hilken wollte nach Sylt in den Urlaub. Es ist Oktober, ein wenig kühl für die Jahreszeit. Vor zwei Wochen hat er eine App auf sein Smartphone geladen, womit er die Heizung im Haus ein- und ausschalten konnte. Ich nehme an, er wollte auf dem Weg vom Urlaub nach Hause seine Heizung hochdrehen, damit er in ein warmes Haus kommt«, begann Petra, als Lüdersen sie unterbrach.

»Du weißt schon, dass du ermittlungstechnische Dinge ausposaunst, die nicht für betriebsfremde Ohren bestimmt sind.« Er nickte zu Horst.

»Sitzt du privat oder dienstlich auf meinem Sofa?«

»Wie immer hat sie das letzte Wort. Ich vermute, ihr plauscht öfters über einen aktuellen Fall. Oder?«

Petra und Horst sahen sich schmunzelnd an.

»Dachte ich es mir. Schon bei diesem Kinderheimfall hatte ich das Gefühl, Horst weiß mehr, als er sollte.« Kopfschüttelnd sagte Lüdersen: »Rück raus. Was gibt es Neues?«

Petra schenkte Lüdersen einen verschwörerischen Augenaufschlag. »Hilken wurde am Samstagmittag zwischen dreizehn und vierzehn Uhr ermordet. Im Handy hat die KTU festgestellt, die App seiner Heizung wurde täglich abends drei bis viermal angestellt und wieder ausgestellt. Am Wochenende ging es bereits immer mittags los. Nur am Tattag blieb die Heizung aus. Als wir Montag ankamen, lief sie jedoch im gesamten Haus auf voller Stufe. Seefeld und ich denken, Hilken bekam Hilfe von jemanden, der sich mit Handytechnik auskennt.«

»Das ist nur was für die Jüngeren«, wandte Horst ein. »Mich kann man mit diesen Dingern jagen. Diese technischen Tüddeleien sind für mich böhmische Dörfer. Ich muss telefonieren können, mehr brauch ich nicht.«

Petra nickte. »Allerdings«, begann sie neu, »denken wir nicht, dass Hilken durch das Haus gerannt und die Heizung in jedem

Raum manuell eingestellt hat. Er hätte die App aktiviert. Aber unser Täter könnte die Heizung aufgedreht haben, um den Todeszeitpunkt zu verschleiern. Nur dann sind der Handyhelfer und der Täter nicht identisch. Denn der Helfer wäre ebenfalls nicht durch das Haus gerannt, um jede Heizung anzustellen, konnte er dies doch mit wenigen Knöpfen auf dem Handy erledigen.«

»Hatte Hilken nicht Enkelsöhne, die um die zwanzig sind?«, fragte Horst.

»Vier.«

»Wollte einer von denen vielleicht an Opas Erbe? Grad neulich sah ich im Fernsehen, dass ein Enkel seine Oma erschlagen hat, weil sie ihm kein Geld für ein Motorrad geben wollte.«

»Ja, diese Familientragödien gibt es. In Hilkens Fall haben die Enkelsöhne Alibis.«

»Jeder Mörder macht irgendwann einen klitzekleinen Fehler, meine Schöne.«

»Ich hoffe bald, Lüdersen. Morgen früh beginnen wir erneut. Wir pflücken zum x-ten Mal jeden auseinander, der Hilken kannte.«

30.

Petra stand mit dem Harburger Goldhändler Hasan Almici im Nebenraum und sah auf die Männer, die im Verhörraum einer Spiegelglasscheibe gegenüberstanden.

»Bitte sehen Sie sich die Männer noch einmal genau an«, bat sie. »Ist der Mann dabei, der Ihnen den Schmuck angeboten hat?«

»Das sind die gleichen Männer, wie vor ein paar Tagen«, sagte der Händler genervt.

»Ja. Nur manchmal spielt einem das Gedächtnis einen Streich. Man ist aufgeregt oder möchte niemanden beschuldigen.«

»Nein. Keiner der Männer war in meinem Laden. Der Mann, der vom Alter infrage kommen könnte, war blond, die sind alle dunkelhaarig.«

»Danke.« Petra öffnete die Tür. Enttäuscht sah sie dem Händler nach, der den Gang hinunter zum Ausgang eilte.

»Wieder ein Reinfall, Seefeld. Aber einer der Männer muss es gewesen sein.«

»Tja, nur wer? Freiwillig wird es keiner zugeben. Und Sie haben doch gehört, alle sind dunkelhaarig. Und ich vermute, der Händler würde unseren Mann auch dann nicht erkennen, wenn er blond oder rothaarig wäre. Er war viel zu unsicher.«

Seefeld war zu einer Hausbesichtigung aufgebrochen und Petra verbrachte eine weitere Stunde mit dem Bericht. Viel Neues konnte sie dem nicht zufügen. Friedrichsen und Puhphal würden nicht begeistert sein. Ihre innere Stimme meldete, wie scheißegal ihr das war. Sie druckte die Seiten aus und fuhr den Computer herunter. In einer halben Stunde war sie mit Lüdersen beim Italiener Emilio in der Lämmertwiete verabredet. Als sie den Schal umlegte, klopfte es an der Tür. Petra wartete, rief »Herein«, doch niemand trat ein. Als sie die Tür öffnete, sah sie, wie eine Frau den Gang der Wache hinunterlief und durch den Ausgang davoneilte. Kopfschüttelnd schloss sie die Bürotür ab und ging zum Wachtresen.

»Wer war die Frau?«, fragte sie Schneider, der in eine Möhrenstange biss.

»Wer?«

»Die Frau.«

»War sie nicht bei Ihnen?«

»Sie hat geklopft und ist abgehauen. Hat sie Ihnen ihren Namen gesagt?«

»Nein. Sie wollte nur dringend mit Ihnen sprechen.«

»Danke, Schneider. Guten Appetit.«

»Ja«, knurrte der. »Hat mir meine Frau eingepackt. Sie meint, ich könnte ein paar Pfündchen verlieren.«

»Und was meinen Sie?«

»Dass sie recht hat, meine Britta.«

»Na dann.« Petra lachte, hob grüßend die Hand und eilte durch den Hintereingang auf den Polizeihof.

Der smarte Italiener hinter dem Tresen lächelte ihr zu, kaum dass Petra das Restaurant betreten hatte.

»Emilio, du siehst aus, als hättest du auf mich gewartet.«

»Natürlich«, flötete er mit charmantem Akzent. »Ich und dein procuratore Lüdersen. Er eilte um den Tresen herum, auf dem Andenken seiner Heimat, Likörflaschen, Nippes und die italienische Nationalfahne standen. »Komm«, sagte er. »Ich dich bringe zu deinem Liebsten.«

Lüdersen saß an einem Zweiertisch am Fenster. Als er Petra kommen sah, sprang er auf und umarmte sie innig.

»Oh, mama mia, was eine heiße Liebe«, sagte Emilio und grinste so breit, dass Petra dachte, seine Mundwinkel erreichten seine Ohren. »Ihr zwei seid meine Gäste. Sucht euch aus, was ihr essen möchtet. Das ist mein Geschenk zu eurer Verlobung. Lucinda, bring eine Flasche Champagner«, rief er einer jungen Kellnerin zu, die in der Küche verschwinden wollte, dann wandte er sich wieder an Petra und Lüdersen: »Wann ist die Hochzeit?«, fragte er, ohne sein Grinsen zu unterbrechen.

»Emilio, sei nicht so neugierig«, sagte Lüdersen und griff zur Karte. »Hast du einen Wunsch?«

»Ich nehme das Gleiche wie du.«

»Du willst Fleisch essen?«

»Oh, ich jetzt habe auch Biofleisch. Extra für die hübsche Frau Taler auf Karte gesetzt.« Emilio in seiner schwarz-weißen Kellneruniform beugte sich dezent zu Petra. »Und … es wird immer verlangt mehr. Ich nicht hätte gedacht. Ein leckeres Ossobuco àlla Milanese heute ist auf der Tageskarte.«

»Zwei Mal, Emilio«, sagte Lüdersen nach Petras Zustimmung. Noch letzte Woche riet ihre Frauenärztin, sie solle an ihren Eisenhaushalt denken und ein wenig mehr Fleisch als zuvor essen. Der Versuch fiel ihr erstaunlich leicht. Ihre Essgewohnheiten seit der Schwangerschaft verwandelten sie von einer Fast-Vegetarierin nun ins Gegenteil. »Und bitte noch ein stilles Wasser«, sagte sie, bevor Emilio den Tisch verließ.

»Nun, Bella, was geht durch deinen Kopf? Du siehst nachdenklich aus.«

»Ja, mir geht was durch den Kopf. Es ist immer noch der Axtmörder. Wir kriegen keinen roten Faden.«

»Findet ihr keinen Anfang oder …?« Lüdersen brach seinen Satz ab, als Emilio die Vorspeise servierte. Einen Bohnen-Thunfisch-Salat, dazu geröstetes Ciabatta.

»Nicht wirklich«, sagte Petra, als Emilio wieder in der Küche verschwunden war. »Wir hatten den türkischen Goldhändler noch einmal zu einer Gegenüberstellung mit allen möglich infrage kommenden männlichen Verdächtigen oder auch nicht Verdächtigen gebeten. Das Ergebnis war gleich null.«

»Vielleicht solltet ihr das Pferd von hinten aufzäumen.«

»Wie meinst du das?« Petra tunkte das Brot in ihre Salatschüssel.

»Habt ihr daran gedacht, weiter auszuholen? Vielleicht die Verwandten der Verwandten heranzuziehen.«

»Die Geschwister der Ehefrauen und Ehemänner von Hilkens Kindern. Denkst du an die?«

»Zum Beispiel. Gibt es jemanden, der in einer schweren finanziellen Notlage steckt? Hat dieser jemand Hilken umgebracht, um dann von seinem erbenden Bruder oder seiner Schwester Geld zu erbetteln.«

»Das ist verdammt weit hergeholt, Lüdersen«, sagte Petra und steckte ein neues Stück Brot mit Bohnen-Thunfisch-Salat in den Mund.

»Stimmt, aber ...« Erneut wurde Lüdersen unterbrochen. Diesmal war es Lucinda, die eine Flasche Champagner in einem Eiskühler an den Tisch brachte. »Danke. Wir öffnen sie alleine.« Lüdersen nickte der Kellnerin lächelnd zu.

»Sehr gern, Herr Lüdersen«, antwortete sie und stellte das Tablett mit zwei Champagnerschalen auf einen Rollwagen.

»Wollen wir ihn öffnen?« Lüdersen nickte zur Flasche. »Ich hab gelesen, schwangere Frauen dürfen einen kleinen Schluck Wein oder Sekt trinken, wenn sie es nicht übertreiben.«

»Bitte, lass sie uns aufheben, bis die Kleine da ist«, bat Petra.

»*Die* Kleine. Weißt du wieder mehr als ich?«

»Nein, nur ...«

»Dann wird es ein Junge.«

»Warum ein Junge?«

»Weil du ein Mädchen willst.«

»Das hab ich nicht gesagt. Nur ...«

»Schhhh. Es ist egal, was es wird, oder?«

»Ja«, erwiderte Petra kleinlaut.

In der nächsten Stunde gab es nur Petra und Lüdersen und die in Gemüse geschmorten Beinscheiben, deren zartes Fleisch sie ohne Messer zerteilen konnten. Sie versanken in der Suche nach weiblichen und männlichen Babynamen und blätterten im Kalender nach einem Hochzeitstermin. Namen wie Jan, Finn, Riccardo, Luca, Maria, Johanna, Farina, Paola, Sophia, Aurora oder Juliana kamen auf die Liste. Und Lüdersen bestand darauf, da Petras Eltern bei ihrer Verlobung in Neapel nicht anwesend sein konnten, dass die Trauung in einer bayrischen Kirche stattfinden sollte.

Petra schnaufte. Das auch noch. »Meine Mutter wird mich mit ihren Vorschlägen für Blumenarrangements, Essen, Kleiderordnung und Gästeeinladungen erschlagen. Weißt du eigentlich, was du mir damit antust?«

Lüdersen lachte. »Lass uns am Wochenende nach München fliegen, damit ich deine Eltern kennenlernen kann. Es wird Zeit, deinen Vater um deine Hand zu bitten.«

»So richtig altmodisch. Mit Blumenstrauß für die Mutter und einem Jahrgangswein für den Vater.« Petra zog eine Flunsch.

»So wie es sich für einen katholischen Neapolitaner gehört«, mischte sich Emilio ein, der mit einer Kirsch-Panna-Cotta hinter den Verlobten auftauchte.

»Das Belauschen der Gäste gehört sich nicht«, sagte Lüdersen, ein verschmitztes Lächeln im Gesicht.

Nachdem sie die Panna Cotta gegessen und den Flug nach München, wie ein Hotel für das kommende Wochenende gebucht hatten, machte sich Petra auf ins Büro. Aus geplanter einer Stunde Mittagspause waren drei Stunden geworden.

Seefeld saß versunken an seinem Schreibtisch über einem Aktenberg.

»Bin wieder da, Kollege«, sagte Petra.

»Seh ich, Chefin. Wie war das Essen?«

»Köstlich. Sie hätten mitkommen sollen.«

»Ja, vielleicht, dann wäre mir Friedrichsens nervige Erfolgstirade erspart geblieben.«

»Was will er denn noch?«

»So schnell als möglich weitere Ergebnisse. Puhphal sitzt ihm im Nacken. Dann hat er sich über Nina aufgeregt, weil sie ihn im Fernsehen nur kurz als Chef unserer Abteilung erwähnt hat, während wir das Lob verdienen, da wir uns auf der Straße den Verbrechern gegenüberstellen.«

»Verstehe.« Petra stöhnte. »Lüdersen meinte, wir sollten das Pferd von hinten aufzäumen.«

»Wie hat er das gemeint?«

»Dass auch Verwandte der Ehepartner von Hilkens Kindern möglicherweise ein Motiv hätten.«

»Darüber hab ich ebenfalls nachgedacht und mir mit Hedda, als Sie zu Mittag waren, die Familienverzweigungen angesehen. Irgendwo müssen wir ja wieder ansetzen. Und tatsächlich gibt es eine Schwester des Ehemanns der Tassen, wie einen Bruder der Ehefrau des Ingo Hilken und zwei Töchter, im Alter um die zwanzig.«

»Ist einer aktenkundig?«

»Nein. Das heißt, ein Falschparker ist dabei. Mehr hat Hedda nicht gefunden, sie musste zum Zahnarzt.«

»Oh.« Petra fiel ihr Backenzahn ein, den der neapolitanische Zahnarzt nach der Wurzelbehandlung versorgt hatte. Drei schmerzhafte Behandlungen waren nötig gewesen, bis der Zahn endlich Ruhe gab. »Wie sieht es finanziell bei den Abkömmlingen aus?«

»Wissen wir noch nicht. Hedda holt morgen Bankeinkünfte ein.«

Petra nickte. »Mehr geht nicht, oder, Seefeld?«

Nils Seefelds Antwort musste warten. Der türkische Goldhändler aus Harburg steckte den Kopf zur Tür herein.

»Guten Tag«, sagte er. Er schien irritiert. »Ich glaube, ich hab mich vertan. Die Nummer sieben war bei mir im Laden.«

»Nun doch? Sind Sie sich sicher, Herr Almici?« Petra trat hinter dem Schreibtisch hervor und bot dem Goldhändler einen Besucherstuhl an. Sie nahm gegenüber Platz.

»Ja«, sagte der Händler zögerlich.

»Wie kommt ihr Sinneswandel in den letzten sechs Stunden zustande?«

»Als ich heute Vormittag ging, hab ich mir eine Zigarette vor der Wache angesteckt. Da kam er raus, die Nummer sieben, und mir sind diese blauen Augen aufgefallen. Und er hat mich so angesehen.«

»Wie, Herr Almici? Wie hat er sie angesehen?«

»So durchdringend, als sehe er durch mich hindurch. Daran erinnerte ich mich, das hatte er auch im Laden, diesen Ausdruck in den Augen. Irgendwie ängstlich und irgendwie drohend.«

»Sie sagten, der Mann in Ihrem Laden war blond. Die Nummer sieben ist dunkelhaarig.«

»Ja, da hab ich mich wohl auch vertan. Es war noch eine Frau im Laden, ich war abgelenkt. Die war dunkelhaarig.«

»Die Frau kam zusammen mit dem Mann?«

»Nein, sie war vorher da. Sie suchte nach einer Brosche für ihre Mutter zum Geburtstag. Ich legte ihr zwei Auslagen vor. Dann kam der Mann herein und wollte den Schmuck verkaufen. Granat und Goldarmbänder. Schöne alte Schmuckstücke. Er erzählte von einer Erbschaft. Da die Frau noch in den Schubladen der Broschen suchte, hörte ich nicht genau zu, sondern beobachtete, ob sie etwas einsteckte. Heutzutage weiß man nie.«

»Können Sie die Frau beschreiben?«

»Schlank, dunkelhaarig und groß.«

»Wie schätzen Sie das Alter der Frau ein?«

»Vierzig oder fünfzig Jahre könnte sie gewesen sein.«

»Haben Sie eine Kamera im Laden?«

»Die ist nur Attrappe. So viel Kundschaft kommt nicht. Und die zwanzig Jahre, die ich den Laden besitze, ist nie etwas passiert.«

»Danke, Herr Almici. Sie sind sich sicher, ja?«

»Ja.«

»Gut. Wir melden uns, falls wir Ihre Aussage erneut benötigen.

»Nummer sieben«, sagte Petra, als sich die Tür des Büros hinter dem Goldhändler geschlossen hatte. »Lassen wir den Herrn antanzen.«

31.

Zwei uniformierte Beamte brachten Bernd Prack auf die Wache und setzen ihn ins Verhörzimmer. Wie ein glitschiger Aal schlängelte sich Nummer sieben unruhig auf dem Stuhl hin und her. Schwitzte er, weil es im Verhörzimmer noch immer brütend heiß war, oder war er nervös?

Petra stand mit Seefeld hinter der Spiegelwand und beobachtete den Mittdreißiger, der sich mit dem Handrücken über die Stirn wischte.

»Wenn Prack beim Goldhändler war, um Hilkens Schmuck zu versilbern, hat er uns einiges zu erzählen. Erinnern Sie sich noch, Chefin, wie wir ihn am Montag vor Hilkens Garage erwischten, als er den Wagen holen wollte. Wenn die Familie so einen guten Draht zu Hilken hatte, hätte der Prack wissen müssen, dass der mit dem Wagen auf den Autozug nach Sylt wollte.«

»Das hätte er, Seefeld. Seine Ausrede, er hätte es vergessen, hab ich ihm eh nicht abgekauft. Gehen wir.«

»Herr Prack«, begann Petra das Verhör, nachdem das Aufnahmegerät eingeschaltet und die Personalien aufgenommen waren. »Wissen Sie, warum Sie hier sitzen?«

»Nein. Und es ist eine Sauerei, mich von meiner Arbeit zu holen und …«

»Stopp, Herr Prack. Die Sauerei haben Sie begangen, als Sie den Schmuck Ihres Nachbarn verscherbeln wollten.«

»Was für Schmuck? Ich weiß von keinem Schmuck!«

»Hören Sie auf, aus dieser Nummer kommen Sie nicht mehr raus. Wir haben einen Zeugen, der Sie erkannt hat.«

»So, und was will Ihr Zeuge gesehen haben? Vielleicht, wie ich die Armbänder ...« Prack stockte.

»Sehen Sie, Herr Prack«, triumphierte Seefeld, »so schnell plaudert man locker daher und merkt gar nicht, wie man sich in den Abgrund quatscht.«

»Ja, ich wollte Schmuck verkaufen. Aber die Stücke hat mir Gustav freiwillig gegeben, weil wir knapp mit Geld waren. Melanies Nasenoperation kostete ein paar Tausender, das hat ein Loch in die Kasse gerissen.«

»So wird das auch nichts, Herr Prack. Es gibt eine von Herrn Hilken akribisch angefertigte Liste, wo er alle seine Ausgaben vermerkt hat.« Seefeld schob Prack ein Blatt Papier über den Tisch. »Dreitausend Euro hat Herr Hilken für die neue Nase Ihrer Frau berappt.«

»Ja, das kann ich erklären. Der Termin hatte sich überschnitten. Meine Frau bekam einen früheren Termin. Gustav sagte, er würde das Geld auslegen. Doch erst nächsten Monat, da die Geburtstagsfeier ein Loch ins Konto gerissen hätte. Als ich ihm sagte, wenn wir den Termin nicht wahrnehmen, wäre er vergeben, meinte er, ich könnte mir einige Schmuckstücke aussuchen. Seine Kinder bräuchten nicht alles bekommen. Und so sei er ja gut angelegt. Schließlich sei es eine medizinische Notwendigkeit.«

»Wo wir ja wissen, dass es eine Schönheitsoperation und keine medizinische Operation war«, setzte Petra nach.

»Ja, das ...«, stotterte Prack. »Gustav gab mir den Schmuck freiwillig, das müssen Sie mir glauben.«

Petra nickte. *Das müssen Sie mir glauben.* Wie oft hatte sie diesen Satz schon gehört, seit sie bei der Polizei arbeitete. »Ich glaub Ihnen gar nichts, Herr Prack. Der Schmuck, den Sie verscherbeln wollten, wurde bereits ein halbes Jahr zuvor bei einem Einbruch in Hilkens Haus gestohlen. Es war kein Einbruch. Oder?« Petra ließ Prack keine Möglichkeit einer Antwort. »Sie hatten ja einen Schlüssel für das Schlaraffenland. Was haben Sie noch alles mitgehen lassen?«

»Nichts. Den Schmuck hat mir Gustav freiwillig gegeben. Wirklich. Ich hab nichts gestohlen. Warum sollte ich das? Er war ein großzügiger Mann.«

»Und warum lügen Sie uns an? Die Arztrechnung, dreitausend Euro, sind nicht von Ihrem, sondern von Hilkens Konto überwiesen worden.«

»Das hat er uns nicht gesagt.«

»Da bin ich auf Ihrer Seite. Sie haben es nicht gewusst. Sie waren nur wütend, dass Hilken Ihnen kein Geld geben wollte. Stimmt's? Hat er rausgekriegt, dass es eine Schönheitsoperation und keine medizinische Operation war?«

»Nein. Das …«

»Dumm gelaufen, Herr Prack. Ich sage Ihnen, wie es war: Sie waren wütend auf Hilken, und als Sie ihm am Samstag die Brötchen brachten, sind Sie mit ihm ins Haus. Sie haben mit ihm Kaffee getrunken, ihm das Beruhigungsmittel in den Kaffee gegeben und gewartet, bis Hilken schläfrig wurde. Als er sich auf das Sofa gelegt hat, haben Sie Ihren edlen Spender hinterrücks mit seiner Axt erschlagen.«

»Nein! Ich bin nicht ins Haus. Ich bin nach Hause, hab meine Arbeitsklamotten geholt und bin weiter zur Arbeit gefahren. Das können Sie nachprüfen.«

»Das haben wir. Ihr Chef sagte, Sie hätten die Nachmittagsschicht übernommen. Auch das haben wir schriftlich.« Petra zog ein weiteres Schreiben aus der Akte. »Bitte, Ihr Arbeitsplan.«

»Das kann ich erklären.«

»Schon wieder?«

»Ja. Ich bin zur Arbeit. Als ich ankam, sagte mein Chef, ich hätte die Nachmittagsschicht, aber da ich schon mal da sei, könne ich bleiben, falls ich die zweite Schicht dranhängen würde. Das hab ich gemacht. Wie ich sagte, wir brauchten das Geld.«

»Weil Sie mit Ihrer Frau ein Haus bauen wollen.«

»Richtig.«

»Auf dem Grundstück, das Gustav Hilken Ihnen für einen Euro verkauft hat.«

»Ist das verboten?«

Petra zuckte die Schultern und sah zu Seefeld. »Keine Ahnung. Ist es Steuerhinterziehung? Muss es das Finanzamt wissen?«

»Weiß ich nicht, Chefin. Ich gebe es den Kollegen vom Betrug. Die sollten sich damit auskennen.«

»Der Verkauf ist notariell beglaubigt.« Bernd Prack schwitzte.

»Zurück zu Gustav Hilken. Warum haben Sie ihm den Schmuck nicht zurückgegeben, als er die Operation bezahlt hat?«

»Ich hatte ihn schon verkauft.«

»Und das Geld eingesteckt. Wunderbar. Wo haben Sie den Schmuck verkauft?«

»In der Hamburger Innenstadt bei einem ausländischen Goldhändler.«

»Herr Prack, geben Sie zu, Herrn Gustav Hilken erschlagen zu haben?«

»Nein! Ich war das nicht!« Bernd Prack schob Hilkens Liste zu Petra. »Warum hätte ich es tun sollen? Ich hätte ja den Ast abgesägt auf dem ich saß.«

»Aus Geldgier. Vielleicht war Ihnen Hilkens Großzügigkeit nicht großzügig genug. Sie hatten Blut geleckt, wollten mehr. Es gab aber nicht mehr, weil Hilken zwei Braunschweiger Damen unterstützte. Sie kamen in Streit und …«

»Nein. Wir mussten nur …«

»Was?«

»Nichts. Ich sag nichts mehr. Ich will einen Anwalt.«

»Den bekommen Sie. So lange dürfen Sie in einem unserer komfortablen Einzelzimmer auf Staatskosten wohnen. Abführen, Kollege.« Petra winkte dem Beamten, der neben der Tür des Verhörraumes stand.

»Was denken Sie, Chefin?«, fragte Seefeld, nachdem der Kollege mit Bernd Prack verschwunden war.

»Dass ich ihm keinen Mord zutraue. Er ist eher der Typ Handlanger.«

»Von wem, Chefin?«

»Keine Ahnung. Aber er ist das einzige Verbindungsglied zu Hilken, das wir momentan haben.« Petra warf einen schnellen Blick über die Schulter zur offenen Tür, als wollte sie sich vergewissern, dass niemand, vor allem nicht Friedrichsen, auf dem Gang stand und ihre Zweifel belauschte.

»Aber dass er den Schmuck verkaufen wollte, ist eine Tatsache. Die Fakten sprechen gegen ihn.«

»Ich weiß, Seefeld. Ich hole uns einen Durchsuchungsbeschluss für das Prack-Haus.«

Friedrichsen war begeistert, als Petra ihm den Bericht und Bernd Prack als möglichen Täter vorlegte. Auch der Durchsuchungsbeschluss sei eine Notwendigkeit, die er sofort in die Wege leiten würde, da es keinen Aufschub duldete, um den Fall abzuschließen.

Ihr Einwand, Bernd Prack könnte im Auftrag einer anderen Person gehandelt haben, und der Mord an Gustav Hilken sei nach wie vor ungeklärt, wiegelte er kurzerhand ab. Die Fakten reichten für eine Verurteilung. Sie könne ihren restlichen Urlaub antreten. Abschließende Berichte würden sein Neffe und Seefeld erledigen.

Der Regen prasselte an die Fensterscheiben der Bauernküche. Petra saß am langen Esstisch. Es war ruhig im Haus. Sie konnte nicht schlafen. Zwei Stunden hatte sie sich im Bett hin und hergewälzt, während Lüdersen neben ihr tief und fest schlummerte und leise atmete. Immer wieder ging ihr das Verhör mit Bernd Prack und das Gespräch mit ihrem Chef durch den Kopf. Was stimmte hier nicht?

Um zwei Uhr war sie aufgestanden und hatte sich in der Küche heiße Milch mit Honig gekocht. In die warme Webfelldecke aus dem Wohnzimmer eingewickelt, beide Hände um den heißen Becher geschlungen, sah sie nach draußen in die Dunkelheit. Die angezündete Kerze auf dem Küchentisch spiegelte sich in der Fensterscheibe. In der Luft lag der Geruch des Abendessens. Eine leichte Minestrone, die Lüdersen gekocht hatte.

Petra schlürfte an der heißen Milch. Die kahlen Äste der Obstbäume schaukelten im Wind. Die Ernte für dieses Jahr war abgeschlossen. Im Hofladen lagen Äpfel, Birnen, Hasel- und Walnüsse. Die ersten Vorboten der Weihnachtszeit. Sie würde dafür sorgen, das Fallobst zu reduzieren. Nicht so wie auf Menkes Hof, wo Birnen auf dem Boden lagen. Früchte die aus Zeit- oder Personalmangel nicht abgeerntet werden konnten und vergammelten, dem konnte sie nicht zustimmen. Sie musste mit Horst reden und eine adäquate Lösung suchen.

Doch trotz der Überlegungen zur ländlichen Arbeit, stellte sich Petra immer wieder die gleiche Frage: Wer hatte Gustav Hilken umgebracht? Die Hausdurchsuchung bei den Pracks hatte nichts ergeben. Gefunden hatten sie einen Umschlag mit dreihundert Euro in Susanne Pracks Handtasche. Mühsam zusammengespartes Haushaltsgeld, wie sie aussagte. Sonst gab es nichts, was auf eine kriminelle Verbindung oder den Mord an Gustav Hilken hindeutete. Keine Bilder, weiterer Schmuck oder die noch immer verschwundene Münzsammlung.

Um neun Uhr wollte sie im Büro sein und die Ehepartner, Cousins und Cousinen von Hilkens Enkelsöhnen verhören. Einen Erfolg erhoffte sie sich nicht. Sie tat es auf Lüdersens Rat hin und weil es keinen Stillstand in der Ermittlung bedeutete. Sie hasste Stillstände, wenn sie nicht vorankam, ihr das Mosaiksteinchen zum Ganzen fehlte. Wie besessen hatte sie sich durch den Obduktionsbericht und die Fallunterlagen gelesen. Wieder und immer wieder. Aber nichts, was sie nicht bedacht hatten, gefunden. Die junge Frau, die über den Gang der Wache hastete, fiel ihr ein. Wer war sie? Warum hatte sie erst an ihrer Tür geklopft und war dann davongelaufen?

Petra trank den Rest Milch und schritt müde die Stufen in die erste Etage des Hauses hinauf. Lüdersen schlief tief und fest. Er lag auf der Seite und gab ein leises Schnarchgeräusch von sich. Sie kuschelte sich ins Bett und spürte die Restwärme der molligen Daunendecke.

Eine Minute später war sie eingeschlafen.

32.

Am liebsten wäre sie zu Hause geblieben, doch der Wecker klingelte unerbittlich. Sie hatte ausgiebig geduscht, um ihren Kreislauf in Schwung zu bringen, aber auch das hatte nicht geholfen. Ihre Augen waren gerötet und ihre Haut war so blass, dass die feinen blauen Äderchen durchschienen. Den Versuch, ihre Locken zu bändigen, ließ sie bleiben und band sie stattdessen mit einem Haarband stramm auf dem Oberkopf zusammen. In der Küche griff sie nach einer Flasche Wasser und dem Rest Ciabattabrot, das sie am Abend zu der Minestrone gegessen hatten. In der Gefriertüte war es zäh wie eine Gummisohle geworden. Petra riss ein Stück Brot ab und steckte es in den Mund. Kauend griff sie nach Jacke und Schuhen. Im Haus war es noch immer so still wie in der Nacht. Lüdersen war von dem Wecker kurz aufgewacht, hatte sich an sie geschmiegt und war, nachdem sie das Gebimmel ausgestellt hatte, sofort wieder eingeschlafen. Sein gleichmäßiger Atem in ihrem Nacken und sein schlafwarmer Körper, der sich eng an ihren Rücken drückte, hatten sie kurz einnicken, aber schnell wieder aufwachen lassen. Sie war müde und abgeschlagen und stand dennoch wie unter Strom. Ob das an der Schwangerschaft lag?

Wie in Trance fuhr sie von der Königreicher Straße Richtung Neuenfelde und weiter auf der B73 nach Harburg. Die Heizung im Wagen lief auf höchster Stufe und pustete ihr unablässlich heiße Luft ins Gesicht. Als sie an der Wache ankam, war ihr Gesicht gerötet und sah aus, als hätte sie eine Winterwanderung hinter sich. Sie schälte sich aus Jacke und Schal und setzte sich hinter den Schreibtisch. Wie durch einen Tunnel hörte sie das Diensttelefon läuten. Sie sah auf das Display. Hedda Oberwerk. Sie griff zum Hörer, während sie gleichzeitig auf die Uhr über der Bürotür blickte. Viertel nach neun. »Morgen, Hedda«, nuschelte sie mit belegter Stimme ins Telefon.«

»Morgen, Frau Taler. Ich möchte mich für zwei Tage krankmelden. Die Behandlung gestern war aufwendiger, als mein Zahnarzt gedacht hatte.«

»Sie waren beim Zahnarzt. Ja. Stimmt. Ich weiß Bescheid. Gute Besserung. Servus.« Petra legte den Hörer zurück. Mit dem Rücken an das Polster des Bürostuhles gelehnt schloss sie die Augen. Sie war fünf Minuten eingenickt, als es hefig an der Tür klopfte und Friedrichsen im Büro stand.

»Frau Taler.« Er sah sich um. »Wo sind Hedda und Ihr Kollege?«

»Ja.« Petra rutschte aufrecht und unterdrückte ein Gähnen. »Hedda ist krank. Der Zahn. Seefeld kommt später.«

»Wo ist er?«

»Er hat auch einen Zahnarzttermin«, log Petra unbeholfen. Heute um zehn Uhr war die Besichtigung des Resthofes in Rübke. Nichts was Friedrichsen wissen musste. Es waren Vereinbarungen, die sie untereinander trafen.

»Und was machen Sie hier? Ich denke, Sie sind im Urlaub, nachdem der Fall abgeschlossen ist.«

»Der Fall ist nicht abgeschlossen, Chef. Wir können Bernd Prack den Mord an Gustav Hilken nicht nachweisen und müssen ihn laufen lassen.«

»Er hat den gestohlenen Schmuck. Was brauchen Sie noch für Beweise?«

»Ja, er hat den Schmuck und auch sonst bei einigen Punkten nicht die Wahrheit gesagt. Nur gibt es keinen weiteren Anhaltspunkt, dass er auch der Mörder ist.«

»Meinetwegen. Und wie beabsichtigen Sie, in dem Fall weiter zu verfahren?«

»Wir beginnen am Anfang. Kollege Seefeld und Hedda haben weitere Verwandte von Hilken aufgetan. Es sind die Geschwister und Kinder der Ehegatten von Hilkens Kindern.«

»Was ist das denn für ein Gewusel?«

»Entfernte Verwandtschaftsgrade, die …«

Friedrichsen winkte ungehalten ab. »Und was gibt es da für einen Zusammenhang?«

»Staatsanwalt Lüdersen ist der Meinung, wir sollten weiter ausholen.«

»Gut. Sehr gut. Das ist eine Option, die ich Staatsanwalt Puhphal weitergeben kann. Der Fall muss endlich aufgeklärt werden.«

»Nichts anderes habe ich vor, Chef.«

»Ich verlass mich auf Sie.« Friedrichsen machte kehrt und legte die Hand auf die Klinke.

»Wie immer, Chef.«

»Wie?«

»Wie immer, Chef. Alles läuft wie immer. Sobald es neue Sachverhalte gibt, werde ich Sie informieren.«

»Tun Sie das. Und Kollege Seefeld … mein Neffe kann Ihnen helfen.« Friedrichsen warf einen Blick auf Seefelds verwaisten Schreibtisch, bevor er sich verabschiedete.

Petra stöhnte.

Die erste Aufmunterung kam, als Achim aus dem Labor anrief und mitteilte, er konnte die Frau auf Klönnes Fotografie vergrößern. Das Gesicht sei zwar noch immer ein wenig unscharf, aber es sei eine Frau, die erkennbar auch auf dem zweiten Bild in der Gruppe der Frauen stand. Kurz darauf rief Jensen an und teilte mit, der forensische Anthropologe konnte in Zusammenarbeit mit einem Maskenbildner das plastische Gesicht des irischen Mädchens konstruieren. Er sende dieses für einen Ausdruck als Mailanhang.

Zwei Nachrichten, die Petra die Müdigkeit vertrieben. Aufgeregt öffnete sie ihren Mailaccount. Das Foto einer rotblonden

Frau mit meerblauen Augen erschien auf dem Bildschirm. Jetzt hatte die Brunnentote ein Gesicht. Ein hübsches, jugendliches Gesicht, wie Petra fand. Sie druckte das Foto aus und legte es vor sich auf den Schreibtisch. Ihre Gedanken hingen bei ihrem Uropa und dem Mädchen. Was verband die beiden miteinander? War es eine Liebesbeziehung? Wilhelm Lindemann sagte, Godehard war ein Schwerenöter. Doch Godehard war über sechzig und das Mädchen sechzehn. Auch wenn Verbindungen bei diesen Altersunterschieden vorkamen, konnte sie sich das bei ihrem Uropa beim besten Willen nicht vorstellen. Seefeld, der zur Tür hereinkam, unterbrach ihre Exkursion in die Vergangenheit.

»Morgen, Chefin. Haben Sie schon angefangen?«

»Morgen, Seefeld. Womit?«

»Mit der Befragung der Verwandten?«

»Nein, wieso?«

»Weil draußen auf dem Flur ein Pulk Menschen sitzt.«

»Vorhin saßen da keine«, erwiderte Petra.

»Ist alles okay bei Ihnen, Chefin?«, fragte Seefeld besorgt. Ihr Kollege besaß feine Antennen für atmosphärische Störungen.

Petra zögerte einen Moment, dann sagte sie: »Ja. Es geht mir gut. Ich habe jetzt ein Gesicht zu der Brunnentoten. Endlich komme ich voran.«

»Oh, sie ist hübsch«, sagte Seefeld, als Petra ihm den farbigen Ausdruck zeigte. »Ich weiß auch nicht, warum Friedrichsen sich stur stellt. Wir könnten leicht zweigleisig ermitteln.«

»Nein, lassen Sie nur, Seefeld. Der Hilken-Fall hat Vorrang. Er muss nur nicht wissen, dass ich das Labor und Jensen bemüht habe.« Petra legte den Zeigefinger auf ihren Mund. »Wie war es in Rübke?«

»Klasse. Erzähl ich nachher ausführlich. Besser wir kriegen den Gang leer, bevor unser Chef wieder auftaucht.«

»Der war eben bei mir im Büro.«

»Ja, und bevor er an mir mit seinem Wagen vorbeirauschte, meinte er, Sie hätten Bernd Prack entlassen.«

Petra schnaufte. »Ja. Es gibt keinen Grund ihn festzuhalten, nur weil er einige Stücke von Hilkens Schmuck verkaufen wollte. Hilken könnte ihm den Schmuck tatsächlich freiwillig gegeben haben. Wir können ihm nichts Gegenteiliges beweisen und weder den Raub noch den Mord anhängen.«

Demotiviert stand Petra auf und bat die Geschwister der Ehepartner von Hilkens Kindern ins Büro. Lieber säße sie im Verhörzimmer, doch der Grund, warum der Raum so aufgeheizt war, lag an einer defekten Heizung, die nicht auszustellen war. Der Klempner hatte sich die Heizung angesehen, aber keine Ersatzteile im Werkzeugkoffer. Diese müsste er erst bestellen. Eine Woche könnte es dauern.

Frank Schacht, der Bruder von Ingo Hilkens Frau, kam mit Frau Nadine und Tochter Andrea aus Harburg. Sie bestätigten, auf Hilkens Geburtstagsfeier gewesen zu sein. Weiter hätten sie keinen Kontakt zu Gustav gepflegt. Am Samstag, Gustavs Todestag, war er mit Frau und neunzehnjähriger Tochter zu Hause. Dies bezeuge der Klavierlehrer, der um dreizehn Uhr ihr Haus am Frankenberg betrat.

Auch Sabine Kleinert, die Schwester von Beate Tassens Ehemann, wohnhaft in Hamburg Blankenese, erschien mit Ehemann und Tochter im Büro. Die Kleinerts waren beide Mitte fünfzig. Er war groß und von schmächtiger Gestalt. Sein schmales Gesicht mit dem jungenhaften Haarschnitt und der randlosen Brille ließ ihn jünger erscheinen, als er war. Frau Kleinert war kleiner und üppiger proportioniert, sodass ihr Mann neben ihr wie ein ausgehungerter Riese wirkte. Die Tochter war ein Gemisch der Eltern. Etwas größer als die Mutter, dafür schlanker und mit Brille, die der ihres Vaters glich.

»Sie haben uns richtig erschreckt, als ein Anruf von der Kriminalpolizei kam, dass wir bei Ihnen erscheinen sollen«, beschwerte sich Sabine Kleinert. »Und noch dazu auf der Arbeit. Meine Gesellinnen im Friseursalon werden sich das Maul zerreißen.«

»Warum sollten Sie, Frau Kleinert. Haben Sie einen Grund?«

»Nein. Aber Tratsch und Gerede ist schnell verbreitet. Und was ist, wenn das eine meiner Kundinnen mitbekommt? Wie stehe ich dann da?«

»Es tut mir leid, falls wir Ihnen Unannehmlichkeiten mit unserem Telefonat bereitet haben.«

»Das sollte es auch.« Sabine Kleinert verzog das Gesicht.

»Wir hätten Sie nicht bemüht, wenn es nicht dringend wäre«, sagte Petra nachdrücklich. »Aber nun …« Als Petra mit der Befragung begann, klopfte es an der Tür. Nach kaum merklicher Verzögerung trat eine junge Frau in den Raum.

»Sind Sie Kommissarin Taler?«, wollte sie stockend wissen.

Auf Petras Nicken und Nachfragen, was sie denn wolle, verschwand die Frau aus dem Büro mit den Worten: »Ich warte draußen.«

Wie Frank und Nadine Schacht bestätigten die Kleinerts ebenfalls, nur auf Gustav Hilkens achtzigsten Geburtstag gewesen zu sein. Ihr Erscheinen auf der Feier beruhte auf Höflichkeit. Eine weitere Beziehung oder der Wunsch, sich nahe zu kommen, bestand nicht. Er wäre ein Griesgram und Großmaul gewesen, der auf sein Recht bestand und fremde Menschen der Familie vorgezogen hatte. Von dem Streit auf der Feier zwischen seinen Kindern, bezüglich des Testaments, erfuhren sie in einem Gespräch mit Gustavs Schwägerin Mathilde Wickendorf. Ihre Alibis am Samstagvormittag belegten sie mir ihrer Arbeit. Sabine Kleinert besaß einen Friseursalon, in dem auch ihre Tochter Lena arbeitete. Ihr Mann, als Versicherungsvertreter tätig, besuchte zu Gustav Hilkens Todeszeitpunkt ein Seminar in Hamburg.

»Herrschaftszeiten«, fluchte Petra. »Wieder nichts.«

»Sie fluchen. Ihnen geht es besser.«

Petra spürte, wie ihre Wangen zu brennen begannen. Sie war wütend. »Nein, aber …« Sie hatte noch nicht ausgesprochen, als ihr die Frau wieder einfiel, die an die Tür geklopft hatte. Mit einem Satz sprang sie auf. Auf der Besucherbank saß niemand mehr und auch der Seitengang der Wache war menschenleer.

»Weg. Sie ist weg, Seefeld«, sagte Petra, als sie ins Büro zurückkam. »Es muss die Frau gewesen sein, die gestern abgehauen ist.«

»Alle guten Dinge sind drei, Chefin«, witzelte Seefeld, als das rote Lämpchen auf dem Diensttelefon läutete. Ein Anrufer, der die Bürodurchwahl kannte.

»Ich geh ran.« Petra schwang sich auf ihren Stuhl. »Taler.«

»Frau Taler, Hedda hier.«

»Hedda. Sie?«

»Ja, hören Sie, ich habe gestern eine Akte auf Nils Schreibtisch gelegt und …«

»Ja. Die haben wir gefunden. Vielen Dank. Und jetzt schonen Sie sich und hören auf zu reden.«

»Ja, gleich. In der Akte stehen die Namen und Adressen der Prack-Anhänger. Was ich gestern nicht mehr geschafft habe, waren die Bankauskünfte und …«

»Das hat Zeit, Hedda. Wir …«

»Moment, Frau Taler. Ich habe heute Vormittag weiter recherchiert und herausgefunden, dass Melanie drei Monate in der Psychiatrie war. Und zwar in Bielefeld, dort wo sie vor einem Jahr mit ihrer Sippschaft weggezogen ist.«

»Und weswegen war sie in Behandlung?«

»Das wollte mir aus der Klinik niemand sagen. Datenschutz. Aber vielleicht kommen Sie voran.«

»Hedda, das ist großartig. Vielen, vielen Dank. Und jetzt ruhen Sie sich aus.«

Die Klinikleitung stellte sich stur. Ohne eine Einwilligung der Patientin oder einen richterlichen Beschluss würden sie keine Daten herausgeben, ob an die Polizei oder den Papst. Wütend knallte Petra den Hörer auf die Gabel. Sie wollte laut losfluchen, als es an der Tür klopfte.

»Herein«, rief sie mürrisch.

»Entschuldigung«, sagte eine flüsternde Stimme, als sich die Tür spaltbreit öffnete. »Sind Sie Frau Taler?«

»Ja. Und Sie sind die Frau, die vor mir geflüchtet ist.«

»Ja.« Die Frau, die Petra auf Mitte zwanzig schätzte, lächelte verhalten. »Aber ich bin nicht geflüchtet. Gestern, ja, aber eben war ich auf der Toilette.«

»Kommen Sie«, sagte Petra. »Setzen Sie sich zu mir.« Sie rückte der Frau einen Besucherstuhl am Tischchen zurecht. »Was führt Sie zu uns, Frau …?« Petra warf einen auffordernden Blick zu Seefeld, der sofort verstand und die Finger auf die Tastatur legte.

»Sandra Behrens. Ich weiß nicht, wie ich anfangen soll.« Die Frau wirkte schüchtern. Ihre Hände lagen im Schoß und sie spielte mit einem silbernen Bandring, den sie am linken Ringfinger trug. Mit blauen Augen, die von einem dunkelblauen zarten Kajalstrich umrahmt wurden, sah sie von Seefeld zu Petra.

»Ich sah im Fernsehen einen Bericht, dass ein alter Mann in Meckelfeld mit einer Axt ermordet wurde.«

»Ja«, stöhnte Petra. Dass das Detail der Axt an die Presse gelangt war, verdankten sie einem übereifrigen Jungkollegen. Glücklicherweise hatte er verschwiegen, dass Hilken schlafend auf dem Sofa lag, als die Axt seinen Hinterkopf spaltete. »Kennen Sie den Ermordeten?«

Die Frau in der schwarzen Winterjacke nickte und wickelte den buttergelben Strickschal vom Hals. »Gustav Hilken, oder?« Fragend sah sie Petra an.

»Ja. Es ist Gustav Hilken. Woher kennen Sie ihn, Frau Behrens?«

»Er war der Nachbar meiner Freundin.«

Petra sah die Frau auffordernd an und wartete, bis sie weitersprach.

»Melanie. Melanie Prack ist eine Freundin. Nicht richtig eine Freundin. Wir sind zusammen in der Volkshochschule und lernen Französisch und ab und an treffen wir uns privat in der

Stadt. Die Sprache brauche ich für die Arbeit. Nächstes Jahr schickt mich meine Firma ein Jahr nach Toulouse, da will ich vorsorgen.«

»Wo arbeiten Sie?«

»In Hamburg, in einem Eimsbüttler Autohandel. Französische Autos. Citroën, Peugeot, diese Marken eben.«

»Verstehe. Und Melanie, warum macht sie den Kurs? Hat sie Ihnen etwas erzählt.«

Sandra Behrens nickte. »Das ist es ja, warum ich hier bin.« Sie zögerte.

»Bitte«, sagte Petra. »Sie wären uns eine große Hilfe, wenn Sie uns in dem Mordfall weiterhelfen. Jedes kleinste Detail könnte wichtig sein.«

»Ja. Ich weiß, mein Freund ist auch Polizist. Ich erzählte ihm gestern, was … Er hat mich hergeschickt. Er meinte, ich müsste sagen, was ich über Melanie weiß.«

»Dem stimme ich zu, Frau Behrens.« Nach dem Namen des Kollegen zu fragen, überging Petra. Dafür wäre später Zeit. Erst musste sie erfahren, was diese Frau über Gustavs Nachbarin wusste.

»Melanie will eine Frankreichtour mit ihrem Mann und der Tochter machen. Sie bräuchten eine Auszeit, hat sie mir erzählt. Ich sagte noch, das sei aber teuer und sie wollten doch bauen. Sie hat nur die Schultern gezuckt und gesagt, es gibt immer Möglichkeiten an Geld zu kommen.«

»Wann hat sie Ihnen das erzählt?«

»Vor zwei oder drei Monaten. Ja. Das kommt hin. Alle Kursteilnehmer trafen sich in Harburg in einem französischen Restaurant. Unser Dozent meinte, wir sollten ins kalte Wasser springen und beweisen, was wir gelernt haben. Melanie hatte ordentlich getrunken, aber sie wollte noch nicht nach Hause. Da war ein Kellner, der ihr gefiel und umgedreht wohl auch. Sie ist verheiratet, aber …« Sandra Behrens rollte die Augen. »Das macht man nicht.« Sandra wartete auf Petras Nicken, dann sagte sie: »Als alle Kursteilnehmer gegangen waren, wollte ich sie nicht alleine im Restaurant lassen. Heutzutage weiß man nie, was einer Frau allein passieren kann.«

»Melanie kann sich glücklich schätzen, dass sie eine Freundin wie Sie hat, die auf sie aufpasst«, bemerkte Petra bewundernd.

»Na ja, das sollte selbstverständlich sein.«

»Sie sind im Restaurant geblieben. Was hat Melanie noch erzählt?«

»Wie gesagt, sie war ordentlich angetrunken. Sie war laut und hat gelacht. Mir war das peinlich vor den Gästen an den Nebentischen. Wir kamen auch auf das Gespräch mit ihrem Nachbarn. Sie hat gesagt, ihr Mann wollte auch einmal jemandem mit einer Axt einen über den Schädel hauen.« Mit geweiteten Augen sah Sandra Behrens zu Petra.

»Und wem?«

»Seinem Schwager Kai. Da gibt es oft Streit. Schon früher, als sie noch in Bielefeld gewohnt haben.«

»Und wann wollte er …«

»Vor vier Jahren. Melanie meinte, die beiden hätten immer mehr gestritten. Sie wollten unbedingt ein Kind und hatten alles versucht. Melanies Bruder hat sie immer aufgezogen. Seinen Schwager als Schwächling hingestellt. Irgendwann ist der Streit eskaliert. Bernd, Melanies Mann, hat die Axt aus dem Keller geholt und ist auf Kai losgegangen.«

»Hat sie Ihnen von dem Aufenthalt in der Psychiatrie erzählt?«

Sandra Behrens nickte. »Ja. Melanie hat die Geschichte so mitgenommen, dass sie drei Monate Erholung brauchte.«

»Und sonst? Ich meine, was hat Melanie in ihrer Plauderlaune noch erzählt?«

»Eigentlich nicht viel. Und das ist vielleicht auch nicht wichtig. Nur … Ich hab mich gewundert, dass ihr Portemonnaie voller Scheine war. Alles Zweihunderter. Als sie meinen erstaunten Blick bemerkte, grinste sie nur und meinte, der Alte nebenan war spendabel. Er hätte immer ein paar Scheine zu Hause rumliegen, und wenn sie ihn unter dem Kinn kraule, spucke er was aus.«

»Mit dem Alten meinte sie Gustav Hilken.«

Sandra Behrens bejahte. »Von ihm haben sie auch das Grundstück, worauf sie bauen wollen. Sicher hätte er ihnen auch die Auszeit bezahlt.«

»Das hat sie Ihnen alles erzählt.«

»Ja. Und Herr Hilken hätte versprochen, sie finanziell zu unterstützen, wenn sie das Haus bauen.«

»Hat sie immer vom Alten gesprochen. Den Mann nie mit Namen angesprochen?«

»Meistens. Manchmal hat sie Gusti gesagt. Aber eigentlich der Alte.«

»Haben Sie sie daraufhin angesprochen?«

»Nein. Ich sag ja, so dicke waren wir nicht. Sie hat erzählt, ich hab zugehört. Im Sommer war ich einmal zum Grillen eingeladen. Da war der Nachbar auch da. Die Männer haben aus seinem Haus nebenan ordentlich was rausgeschleppt. Fleisch, Salate und Getränke. Ich bin Vegetarierin. Ein wenig Brot und Salat reichte mir. Als ich bezahlen wollte, sagte Melanie, ich wäre eingeladen und es sei alles bezahlt. Sie hat gelacht und Herrn Hilken zugeblinzelt.«

»Hatten Sie das Gefühl, Melanie oder alle Familienmitglieder würden Herrn Hilken ausnehmen, finanziell meine ich? Immerhin war er achtzig Jahre. In diesem Alter sind viele Menschen leicht zu übervorteilen. Kam er Ihnen verwirrt vor?«

»Ja, das Gefühl hatte ich. Und nicht nur einmal. Auch den Volkshochschulkurs hat er bezahlt. Aber verwirrt? Nein. Mir kam Herr Hilken recht munter vor. Er dichtete und hat einige seiner Werke vorgelesen. Ich konnte damit nichts anfangen, aber Melanie und ihre Familie haben geklatscht, als applaudierten sie einem Superstar. Mehr kann ich Ihnen nicht sagen. Sie hat nicht immer von ihrem Nachbarn gesprochen. Meist ging es um ihre Familie und ihre Tochter.«

»Vielen Dank, Frau Behrens, dass Sie uns aufgesucht haben. Sollte Ihnen noch etwas einfallen, zögern Sie nicht, sich bei uns zu melden.«

»Ja, das mache ich. Aber ich hätte eine Bitte. Könnten Sie Melanie meinen Besuch bei Ihnen verschweigen? Wenn sie erfährt, dass ich bei Ihnen war, finde ich keine ruhige Minute. Und ich möchte den Kurs in Ruhe beenden.«

»Das sollten wir hinbekommen«, beruhigte Petra die Frau.

»Seefeld, was sagen Sie?«, fragte Petra, als Sandra Behrens das Büro verlassen hatte. »Bernd Prack als Axtmörder? Ist er jetzt doch unser Täter?«

»Die Aussage gibt dem Fall einen neuen Ansatz, Chefin. Aber logisch ist es immer noch nicht.«

»Nein. Wer ist so blöd und bringt den um, der ihm am meisten nützt? Allerdings wusste er, dass sie erben werden. Warum warten, bis Hilken eines natürlichen Todes stirbt? Wenn er noch so rüstig war, wie die Behrens und seine Kinder sagen, hätte das noch Jahre dauern können. Habgier ist so alt wie die Menschheit.«

»Vielleicht war es der Mord an Hilken, den Melanie meinte, als sie sagte: Es gibt immer Möglichkeiten, schnell an Geld zu kommen. Aber er hat der Familie aus der Hand gefressen, da wäre immer genug drin gewesen, warum ein perfider Mord? Oder war die Gier zu groß und die Geduld zu klein?«

»Sicher beides, Seefeld.«

»Ja«, sagte der nachdenklich, und: »Welcher Kollege die Behrens wohl hergeschickt hat?«

»Mist. Hab ich vergessen zu fragen. Später. Lassen Sie erst einen Haftbefehl für Bernd Prack ausstellen.«

»Na, der wird sich freuen. Erst lassen wir ihn laufen, weil wir nicht genügend Anklagepunkte haben, und jetzt holen wir ihn, weil er vor Jahren ausgetickt ist. Ob das langt?«

»Für Friedrichsen allemal.«

Seefeld nickte und griff zum Diensttelefon.

Es ging auf siebzehn Uhr zu, als Petra mit Seefeld und zwei Kollegen sowie dem Haftbefehl an der Haustür der Prack-Familie in Meckelfeld klingelte. Bernd Prack, der die Tür öffnete, starrte kurz auf das Papier in Petras Hand, dann lachte er los.

»Sie schon wieder? Sie haben mich vor ein paar Stunden aus Ihrem gemütlichen Heim rausgeschmissen.« Grinsend sah er auf das Papier in Petras Hand. »Wieder ein Durchsuchungsbeschluss für unser Haus. Haben Sie vergessen, die Dachziegel abzunehmen?«

»Nein. Wir haben einen Haftbefehl, Herr Prack.« Petra hatte kaum ausgesprochen, da warf Prack die Tür mit Knall wieder zu.

»Sie sichern die Rückseite des Hauses. Seefeld und ich bleiben hier«, wies sie die beiden Kollegen an.

»Ich rufe Verstärkung«, sagte Seefeld. »Sie setzen sich in den Wagen.«

»Nein. Ich bleibe.«

»Gehen Sie«, befahl Seefeld. »Sonst rufe ich Lüdersen.«

»Ja«, maulte Petra, als im Haus vernehmbares Stimmengewirr begann.

Aus dem geöffneten Wagenfenster heraus hörte sie, wie Seefeld an das Holz der Eingangstür hämmerte und Bernd Prack aufforderte, die Tür zu öffnen, weil er so nur seine Situation verschlimmern würde. Die üblichen Sprüche, die einen Kriminellen zum Aufgeben bewegen sollten und meist kaum Erfolg brachten.

In der Ferne hörte sie Sirenen. Die Verstärkung.

Dann schwang die Eingangstür mit einer Wucht auf und schlug gegen Seefeld. Der taumelte rückwärts und fiel zwei Steinstufen hinunter auf harten Betonboden. Zeitgleich tauchte Bernd Prack mit einem Küchenmesser in der Tür auf und hielt es Seefeld an den Hals.

»Aufstehen. Und Sie verschwinden alle«, schrie er, »sonst stech ich ihn ab.« Prack unterstrich seinen Befehl mit einer Kopfbewegung. Er atmete heftig, was es ihm schwer machte, das Messer ruhig zu halten.

Petra sprang aus dem Wagen und zog ihre Waffe. Die Sirenen wurden lauter.

»Loslassen, Prack!«, schrie sie, die Waffe auf Prack gerichtet, der Seefeld wie einen Schutzschild vor sich hielt.

»Hau ab da vom Wagen«, forderte er. Er hatte die Sirenen nicht gehört. Er hielt Seefeld, die Jacke über die Arme gezogen, sodass dieser sich nicht bewegen konnte. Die Messerspitze bohrte in Seefelds Hals. Petra sah eine Blutspur am Hals ihres Kollegen. Doch der verhielt sich ruhig und wirkte nicht, als hätte er Angst.

»Geben Sie auf!«, rief Petra, sich langsam auf die beiden Männer im Vorgarten zubewegend. Der Schein der Straßenlaternen im Rücken und ein schwaches Hauslicht beleuchteten ihren Weg über die Gehwegplatten. »Das hat keinen Sinn. Noch können wir Ihnen helfen. Vielleicht haben Sie Gustav Hilken im Affekt getötet. Da gibt es Möglichkeiten, dass Sie mit einem blauen Auge davonkommen. Hilken war kein umgänglicher Mensch.« Sie wusste, dass sie Unsinn schwafelte, aber sie musste sich Zeit verschaffen. Wenn sie gut genug zielen würde … Sie durfte nicht riskieren, ihren Kollegen zu verletzen.

»Der Alte war ein notgeiler Bock, der sich an meine Frau rangemacht hat. Er hat es verdient.« Pracks Augen verengten sich und sein Atem beschleunigte. Petra sah die Entschlossenheit in seinem Gesicht.

Die Sirenen näherten sich, doch Bernd Prack schien ihr Heulen nicht zu bemerken, so abgelenkt war er von seinem Vorhaben, sich zu verteidigen.

»Verschwinden Sie.« Prack fuchtelte mit dem Messer in der Luft. »Und runter mit der Waffe.« Seine Aufforderung kam zu spät. Ein Augenblick, der Petra reichte, um abzudrücken. *Bumm!* Bernd Prack schrie schmerzerfüllt auf. Das Messer fiel auf die Betonplatten. Petra hatte ihm am Oberarm getroffen. Aus dem Ärmel seines hellblauen zerfetzten T-Shirts sickerte Blut. Sekundenschnell wand sich Seefeld aus seiner misslichen Lage, rutschte in die Ärmel seiner Jacke und schnappte Prack am Kragen.

In der Tür tauchte die restliche Prack-Familie auf und sparte nicht mit Schimpfworten, die sie Petra entgegenspuckten. Erst Seefelds Warnung, sie dürften alle mit einer Strafe wegen Beamtenbeleidigung rechnen und er erwarte sie umgehend auf der Wache, ließ die Familie verstummen.

Die Sanitäter des Rettungswagens stellten an Pracks Oberarm einen tiefen Streifschuss fest. Keine lebensbedrohliche Verletzung. Er wurde für eine Nacht zur Überwachung ins Krankenhaus gebracht. Vor seiner Tür postierte Petra die Kollegen Arndt und Kollmann.

»Danke«, sagte Seefeld. »Sie haben mein Leben gerettet.«

»Ach was. Er hätte nicht zugestochen. Er war viel zu aufgeregt.« Gerade die sind die Unberechenbaren, dachte sie, aber sparte sich, es auszusprechen.

Seefeld beugte sich zum Außenspiegel des BMWs und begutachtete das Pflaster, das ihm ein Sanitäter auf den Hals geklebt hatte. »Einen Stich habe ich abbekommen. Glücklicherweise bin ich gegen Tetanus geimpft, wer weiß, was der Prack vorher alles mit dem Messer geschnitten hat.«

33.

Am nächsten Morgen saß Bernd Prack mit verbundenem Arm und Handschellen im Verhörraum der Wache. Petra stellte das Aufnahmegerät ein und begann mit Pracks Personalien.

»Herr Prack, fangen Sie an. Warum haben Sie Gustav Hilken mit der Axt erschlagen?«

»Weil er mich genervt hat.«

»So genervt wie Ihr Schwager vor vier Jahren?«

Bernd Prack sah Petra irritiert an. »Ja. Nein. Was ist das hier drinnen so heiß? Ich möchte was trinken. Oder ist das eine neue Foltermethode der Polizei? Die Verdächtigen in einem kleinen Raum schmoren lassen. Stellen Sie die verdammte Heizung aus, dann mach ich vielleicht den Mund auf.«

»Interessanter Gedanke, aber leider nein, die Heizung ist defekt und der Klempner hat kein Ersatzteil. Was hat er getan, um Sie zu nerven?«

»Er hat meine Frau angebaggert. Kriege ich jetzt was zu trinken?«

»Später. Und da hätten Sie nicht mit ihm reden können?«

»Nein. Und jetzt will ich telefonieren.«

»Mit wem?«

»Privatsache. Mir steht ein Anruf zu.«

»Sie sehen zu viele Fernsehkrimis, Herr Prack.«

Es klopfte und ein Uniformierter öffnete die Tür.

»Frau Taler, Herr Almici ist noch einmal gekommen. Er sagt …«

»Da, das ist er, der hat mir die Armbänder angeboten«, schnitt

Hasan Almici dem Beamten aufgeregt das Wort ab, als er durch den Türspalt einen Blick auf Prack erhaschen konnte.

Petra sah, wie Prack das Gesicht verzog. Seine Kiefer mahlten und seine Augen wurden schmale Schlitze. Hasan Almici hatte ihn identifiziert, aus dieser Sache kam er nicht mehr raus.

»Seefeld, bringen Sie Herrn Almici in den Besucherraum. Fragen Sie, was er uns sagen wollte?«

»Sicher. Aber nicht ohne …« Seefeld winkte Oberkommissar Dradeberg ins Verhörzimmer. »Unterstütz unsere Chefin.«

»So, Herr Prack, was sagen Sie jetzt?«

»Was soll ich sagen? Ich hab ja zugegeben, dass ich dem Alten eins übergebraten habe.«

»Das ist der Mord. Was aber ist mit den Einbrüchen? Die Schmuckstücke, die Sie in Harburg verkaufen wollten, wurden Monate zuvor bei vier Einbrüchen in Gustav Hilkens Haus gestohlen. Erklären Sie mir das. Hilken war überaus spendabel. Die Nasenoperation, der Französischkurs, Schuhe, Lebensmittel, Kleidung, und nicht zuletzt das Grundstück. Er hat Sie und Ihre Familie als die eigene angesehen und sein Testament zu Ihren Gunsten geändert. Hätten Sie mehr gewollt, wäre es ein Leichtes gewesen ihn zu belabern, damit er das Portemonnaie weiter aufmacht. Warum die Einbrüche? Warum lügen Sie uns an und erzählen, Herr Hilken hätte Ihnen den Schmuck freiwillig gegeben?«

»Ich sag nichts mehr.«

»Warum nicht? Ist es Ihnen peinlich? Sie geben einen Mord zu, aber verschweigen, warum sie bei Hilken ins Haus eingebrochen sind. Wofür Sie einen Schlüssel besitzen.«

»Ich sag nichts.«

»Gut, lassen wir das. Erzählen Sie mir, was an dem Samstagvormittag in Hilkens Haus geschehen ist, bevor Sie den alten Mann mit der Axt erschlagen haben. Sie haben ihm Brötchen gebracht und …«

Bernd Prack zögerte. »Ja, ich hab ihm Brötchen gebracht. Wie immer am Samstag. Danach bin ich zu uns rüber, hab gefrühstückt und wollte zur Arbeit. Als ich zum Bus an Gustavs Haus vorbei bin, sah ich Melanie, sie kam vom Einkaufen. Gustav hat sie abgepasst und mit ihr gequatscht, dabei hat er ihr immer wieder an den Hintern gefasst. Auf offener Straße. Diese Drecksau.« Prack schlug die Fäuste auf den Tisch. Die Handschellen rasselten.

»Warum hat sich Ihre Frau nicht gewehrt?«

»Hat sie doch. Sie ist immer ausgewichen, aber der Alte ist um sie herumscharwenzelt, als wäre er ein pubertierender Teenager, der nicht wüsste, was richtig und falsch ist. Er hat sich das Recht rausgenommen, meine Frau zu betatschen, wann immer es ihm gefiel.«

»Weil er Ihnen finanziell unter die Arme gegriffen hat. War das der Grund für die Anzüglichkeiten?«

»Ja. Bis zu einem gewissen Grad hat meine Frau ja mitgemacht, aber ... Seit wir das Grundstück haben, wurde er immer aufdringlicher. Ich hab ihm ein paarmal ins Gewissen geredet. Auch an dem Samstagmorgen. Aber er wollte nicht hören. Da hab ich die Axt genommen und zugeschlagen.«

»Die Axt, die neben dem Sofa stand.«

»Richtig.«

»Und wo stand Herr Hilken, als Sie ihn erschlagen haben?«

»Wie? Na, im Wohnzimmer.«

»Am Wohnzimmerschrank oder am Esstisch? Hat er gesessen oder gestanden?«

»Gesessen. Nein. Gestanden. Ja, am Wohnzimmerschrank. Er suchte nach einem Buch.«

»Sie streiten mit ihm und er sucht ein Buch. Außergewöhnlich. Finden Sie nicht?«

»Der Alte hatte die Vollklatsche.«

»Und da haben Sie die Axt genommen, die neben dem Sofa stand, und als Gustav Hilken Ihnen den Rücken zugedreht hat, zugeschlagen.«

»Ja, genau so war es. Aber was fragen Sie, wenn Sie es wissen?«

»Ich möchte mich nur vergewissern, dass alles seine Richtigkeit hat. Wie ging es weiter?«

»Ich bin raus und hab von der Gartenseite das Fenster eingeschlagen, damit es wie ein Einbruch aussieht. Dann fuhr ich zur Arbeit.«

»Und vorher haben Sie Hilken auf das Sofa gelegt, noch die Heizung in Hilkens Wohnzimmer mit der App aktiviert und den Blumentopf zerdeppert, der vor dem Fenster stand.«

»Äh? Ja. Hab ich gemacht.«

Petra nickte und wandte sie sich an Oberkommissar Drademann, der am Türrahmen lehnte. »Herr Kollege, machen Sie dem Herrn die Handschellen ab und bringen Sie ihm ein Telefon. Nach seinem Telefonat darf er in die Zelle. Und informieren Sie die Kollegen vom Einbruch. Sie sind dran. Ich bin mit ihm fertig. Wenn was ist, ich bin in meinem Büro.«

Im Aufenthaltsraum ließ Petra die Kaffeemaschine eine Tasse entkoffeinierten Kaffee auswerfen, gab ordentlich Zucker und Milch hinzu und lud sich zwei Schokoladenmuffins auf einen Teller, die eine Kollegin der Schutzpolizei zu ihrem Geburtstag auf den Tisch gestellt hatte.

Mit ihrer Ausbeute ging sie ins Büro. Seefeld saß an seinem Schreibtisch über Unterlagen gebeugt.

»Na«, sagte er und sah kurz hoch. »Wie ist es gelaufen?«

Petra stellte den Kaffee und Teller auf ihren Schreibtisch. Sie griff nach einem Muffin und legte ihn neben ihre Tastatur. Das zweite Gebäck auf dem Teller stellte sie Seefeld auf den Tisch.

»Eine Spende von Ramona«, sagte sie, ohne auf Seefelds Frage zu antworten. Sie schob ihr Hinterteil auf ihren Schreibtisch und griff zum Muffin. Während sie das Papierförmchen abwickelte, sagte sie: »Er war es nicht.«

»Wie, er war es nicht?«

»Er hat Hilken nicht umgebracht.«

»Wie?« Seefeld drückte den Rücken ans Polster.

»Glaub ich zumindest. Sagen mir meine Haarwurzeln. Entweder er ist ein guter Schauspieler und er hat mich absichtlich verarscht, oder er ist der Mörder.«

»Was ist passiert?«

»Er meint, er hat Hilken erschlagen, weil der seine Frau betatscht hat. Das hat er nicht mehr mit ansehen wollen.«

»Eifersucht. Klassisches Motiv, Chefin.«

»Schön wärs. Dann sagt er, Hilken stand am Samstagmittag am Auto neben seiner Frau und hätte sie betatscht. Doch die Buchholz hat ausgesagt, dass sie, als sie mit ihrer Schwester am Haus ankam, nur Melanie alleine am Wagen hat stehen sehen. Zudem war Hilken da schon tot. Außerdem wusste er nicht, dass Hilken auf dem Sofa gelegen und geschlafen hat, als er ermordet wurde. Ein Detail, das nur der Mörder wissen kann. Er behauptet, Hilken stand am Wohnzimmerschrank und suchte nach einem Buch, als er ihm die Axt über den Schädel gehauen hat. Dann sei er in den Garten und hätte die Scheibe eingeschlagen. Weiterhin hätte er die Heizung im Wohnzimmer mit der App angestellt und den Blumentopf zerdeppert.«

»Und jetzt?«

Petra zuckte die Schultern und biss ins Gebäck. Ein weicher Schokokern ergoss sich über ihre Lippen und lief über ihr Kinn.

Mit dem Zeigefinger schob sie die Schokoladensoße in den Mund und eilte zum Waschbecken. »Das hätte Ramona als Warnhinweis dazuschreiben sollen.« Sie grinste, blickte in den Spiegel und drehte den Wasserhahn auf.

»Was ist mit den Einbrüchen? Der Goldhändler hat ihn identifiziert. Warum hat er die verübt?«

»Er schweigt. Auch etwas, was ich nicht verstehe. Er gesteht einen Mord, aber verweigert die Aussage, wenn es um die Einbrüche geht«, sagte Petra und wischte sich den Mund mit einem

Papiertuch trocken. »Aber darum kümmern sich die Kollegen vom Einbruch. Was wollte der Goldhändler?«

»Ach so, ja, uns nur sagen, dass er von der Frau, die ebenfalls im Laden war, die Personalien hätte. Und ob wir diese bräuchten? Ich hab sie aufgeschrieben. Vorsichtshalber.«

Petra nickte. »Wir sollten die Eltern der Prack-Geschwister erneut verhören. Gestern, als die Sippschaft auf der Wache war, wichen sie immer wieder aus, sobald ich auf das Thema Psychiatrie zu sprechen kam. Rufen Sie sie an, Seefeld. Sie sollen in zwei Stunden hier sein. Ich brauch eine Pause und fahr an den See. Mein Handy ist an.«

Petra lenkte ihren Wagen in die Straße Gotthelfsweg Am Harburger Außenmühlensee und parkte gegenüber dem kleinen Kiosk. Die Vormittagssonne leuchtete und die herbstlich gefärbten Bäume warfen ihr Spiegelbild auf das Wasser. Ein Entenpaar schnatterte an ihr vorbei, hoffend auf Brotkrumen. Es war ruhig. Auch der kleine Spielplatz mit dem eingezäunten Schiff lag verwaist vor ihr.

Petra schritt den Sandweg zum Frei- und Hallenbad *Midsommerland* hinauf, ging vorbei an der Gartenkolonie und weiter am See entlang. Ein Jogger lief ihr entgegen. Er war verschwitzt und schnaufte. Sein Trainingshemd zeigte ein nasses V auf der Brust. Ihre letzte Joggingrunde lag Wochen zurück. Es wurde Zeit, dass sie etwas für ihre Fitness tat. Als sie die Hälfte des Sees umrundet hatte, drehte sie um und ging zu ihrem Wagen.

Vom Kiosk flog Pommesduft zu ihr herüber. Ihr Magen knurrte. Petra sah auf die Uhr. Zeit genug. Sie stellte sich hinter ein Pärchen an die Kioskwand und las die Speisekarte des kleinen, angeschlossenen Seerestaurants.

»Einmal Pommes mit Ketchup«, sagte Petra, als sie an der Reihe war. »Ach, ich kenne Sie. Sie sind die Cousine von Melanie Prack. Ihr Name ist Andrea …«

Die Verkäuferin hinter dem Tresen lächelte. »Schacht«, erwiderte sie. »Andrea Schacht. Ja, die bin ich. Ich war mit meinen Eltern bei Ihnen im Büro.« Die Pommes zischten ins heiße Fett. »Möchten Sie sie im Restaurant essen oder mitnehmen.«

»Ich weiß nicht. Ich kann sie auch im Restaurant essen. Würden Sie sich zu mir setzen?«

»Na ja, ich muss …« Andrea sah über den Parkplatz und den Sandweg hinauf zum Schwimmbad. »Solange kein Gast kommt, habe ich Zeit.«

Der Gastraum war in die Jahre gekommen. Aber alles war penibel sauber. Petra setzte sich an einen Fenstertisch mit wunderbarem Blick über den in der Sonne glänzenden See. Eine Kindergartengruppe lärmte vorbei Richtung Spielplatz und ein Rentner führte seinen Hund aus.

»Ich bin gerne hier am See. Die Natur mitten in der Stadt ist so entspannend. Ich hab Sie noch nie hier gesehen. Arbeiten Sie schon lange hier?«

»Nein, erst seit drei Wochen. Ich verdiene mir etwas zu meinem Medizinstudium dazu.«

»Sie wissen, dass wir Bernd Prack festgenommen haben.«

»Ja. Tante Heike erzählte es. Sie haben auf Bernd geschossen.«

»Das ist richtig. Er hat meinen Kollegen mit einem Messer bedroht. Ich hatte keine Wahl. Es war nur ein Streifschuss.«

»Ja.« Die Studentin nickte. Sie hatte braungrüne Augen, ihr herzförmiges Gesicht wurde von kastanienbraunen Haaren umrahmt.

»Sie erzählten im Büro, dass Sie Gustav Hilken nur oberflächlich kannten.« Petra tunkte ein Pommesstäbchen in den Ketchup.

»Ja, das ist richtig.«

»Sie haben ihn nie gesehen?« Petra kaute. Die Pommes mit dem süßscharfen Ketchup schmeckten herrlich.

»Nein, das hab ich doch gesagt. Wird das jetzt ein Verhör?«

»Entschuldigen Sie, Berufskrankheit. Manchmal schieße ich über das Ziel hinaus und bin nicht zu halten, wenn ich einen Fall nicht lösen kann. Es ist nur so, ich vermute, dass Bernd nicht der Täter war. Er kennt keine Details des Tatorts, sondern verstrickt sich in Unwahrheiten. Dennoch hat er den Mord gestanden. Er sagte, Hilken hätte seine Frau belästigt, das wollte er nicht mehr hinnehmen. Als wir ihn als Einbrecher in Hilkens Haus überführten, schwieg er. Und das passt nicht zusammen.« Jetzt schoss sie wirklich über das Ziel hinaus. Sie plauderte über eine laufende Ermittlung. Doch irgendwie musste sie den Täter aus der Reserve locken. Und warum nicht mit Klatsch unter Verwandten?

»Ja, das ist eine komische Sache.«

»Ja, nicht wahr?« Petra tunkte den letzten Pommes in den Ketchup. »Vielen Dank, das waren die besten Pommes, die ich in der letzten Zeit gegessen habe.«

»Das freut mich. Ich lasse jeden Abend das Fett ab und wechsele es gegen Neues. Aber verraten Sie es nicht dem Chef.« Andrea Schacht lächelte.

»Ich kann schweigen. Machen Sie es gut, Frau Schacht. Ich muss leider wieder los. Die Arbeit ruft.«

Vom Parkplatz aus winkte Petra der Frau, die wieder hinter dem Tresen des Kiosks stand. Mit dem Gefühl, die Studentin verschweige ihr etwas, trat sie die Bremse durch und drückte den Startknopf. Der Motor sprang an.

Keine zehn Minuten später rollte sie mit dem Wagen auf den Innenhof der Wache.

Die Nachmittagsstunden verbrachte Petra mit dem schriftlichen Bericht über die Aussage von Bernd Prack. Wenn er den Mord nicht begangen hatte, wer war es dann? Doch eines von Hilkens Kindern? Silke Buchholz und Beate Tassen hatten noch am Tattag ihren Vater aufgesucht. Auf dem Axtstiel fanden sich genügend Fingerabdrücke, nur keine der Schwestern. Die Abdrücke stammten von Hilken, seinem Gärtner und den Nachbarn. Ebenso fanden sich selbige Fingerabdrücke auf Rasenmäher, Säge, Schaufel und anderen Gartengeräten. Was nicht ungewöhnlich war, hatten sie doch gemeinsam Bäume gefällt und das Grundstück für den anstehenden Hausbau freigelegt.

Sie musste etwas übersehen haben.

34.

Ein wundervoller Abend und eine romantische Nacht lagen hinter Petra, als sie am nächsten Morgen im Büro eintraf. Es ging ihr so gut wie nie. Die Übelkeit war verschwunden und das Glas Orangensaft schmeckte, ohne dass sie sofort Richtung Toilette rennen musste.

Als sie am Schreibtisch saß, meldete ihr Handy eine WhatsApp-Nachricht.

Es war wunderschön mit dir letzte Nacht, meine Bella. Und ich werde dich nie aus meinen Armen lassen und dich immer beschützen. Dich und unser Kind. Was auch kommen mag. Das verspreche ich. Ich liebe dich.

Ich liebe dich auch und –

Petra stockte. Dich immer beschützen. Dich und unser Kind. Sie wurde aus ihren Gedanken gerissen, als die Tür aufschwang und Seefeld ins Büro stürmte.

»Morgen, Chefin. Es hat geklappt, wir kriegen den Resthof in Rübke.«

»Was?«

»Der Resthof. Wir haben ihn gekauft. Im Frühjahr können wir einziehen. Vorausgesetzt, wir sind bis dahin mit der Renovierung fertig. Was es da alles zu tun gibt, du meine Güte.«

»Gratuliere, Seefeld«, sagte Petra abwesend, und: »Sagen Sie, könnte es sein, dass der Prack jemanden aus seiner Familie schützen will? Seine Frau oder seine Schwester, seine Mutter?«

»Möglich. Aber wie kommen Sie jetzt darauf? Er hat den Mord gestanden. Doch wüsste er, wer es war, wüsste er auch die Details des Mordes. Die aber hat er nicht gewusst.«

»Ja, aber nehmen wir an, die Person erzählte ihm, dass sie Hilken umgebracht hat, hat aber die Details verschwiegen.«

»Dann war das ziemlich blöd, weil wir dem schnell auf die Schliche kommen. Oder, wie wir vermuteten – Prack hat uns veräppelt.«

»Was sagen die Kollegen vom Einbruch, ist er mit der Sprache rausgerückt, warum er bei Hilken eingestiegen ist, obwohl er einen Schlüssel hatte?«

»Nein. Er mauert und fragt nur nach einem Anwalt.«

»Das ist alles verworren, Seefeld. Warum bricht er bei Hilken viermal ein? Was sollte die Aktion? Und wenn einer aus der Prack-Familie Hilken umgebracht hat, warum? Sie haben ein Grundstück für lau bekommen. Sie standen im Testament. Hilken war achtzig. Die paar Jahre, falls es noch Jahre wären, hätten sie warten können.«

»Sie wollten mehr?«

»Nein. Sie hätten mehr bekommen, da bin ich sicher. Sie haben Hilken eine Gehirnwäsche verpasst. Sie wussten genau, wie sie ihn kriegen, damit er das Geldsäckchen öffnet.«

»Aber was ist, wenn er ihnen den Geldhahn zugedreht hat?«

»Einfach so? Was war der Grund?« Petras Diensttelefon läutete.

»Hedda, was gibt's?«

»Hier ist eine Cousine, eine Frau Schacht, sie möchte mit Ihnen sprechen.«

»So schnell hätte ich sie nicht erwartet.«

»Ähm, ja das weiß ich nicht. Ich hab sie nicht angerufen. Ich war dabei, die Hilken-Kinder und die Pracks zu kontaktieren. Sie kommen alle in einer Stunde.«

»Danke, Hedda. Schicken Sie mir Frau Schacht ins Büro. Melanie Pracks Cousine, ich traf sie gestern an der Außenmühle und habe ein wenig auf Bauchgefühl gespielt«, erklärte sie Seefeld knapp, während sie das Diensttelefon auflegte.

»Guten Morgen, Frau Taler«, sagte Andrea Schacht. Sie nickte zu Seefeld. »Ich würde gerne eine Aussage machen.«

»Bitte, setzen Sie sich«, bat Petra und trat hinter ihrem Schreibtisch vor.

»Unser gestriges Gespräch ging mir nicht mehr aus dem Kopf. Sie sagten, Sie denken Bernd sei unschuldig. Zumindest am Mord seines Nachbarn.«

»Ja, das denken wir.«

»Haben Sie noch andere Verdächtige?«

»Nun, das kann ich Ihnen nicht sagen, es ist eine laufende Ermittlung. Aber Sie wollten mir etwas erzählen.«

»Ja. Wenn Bernd unschuldig ist ... Es ist so, ich kenne Herrn Hilken. Ich war am Donnerstagabend vor seinem Geburtstag bei ihm.« Die Studentin warf Petra einen unsicheren Blick zu.

»Frau Schacht, Sie sind hier, weil Sie nicht wollen, dass ein Unschuldiger ins Gefängnis kommt. Und das ist richtig, aber bitte helfen Sie uns, den wahren Mörder zu fassen.«

Die junge Frau stand auf. »Ich kann ... Ich schaffe es nicht.«

»Was schaffen Sie nicht? Einen Familienangehörigen zu belasten. Ist es das?«

»Ja.«

»Das tun Sie nicht. Sie erzählen nur, was Sie wissen. Für die Dinge, die im weiteren behördlichen Verlauf geschehen, sind Sie nicht verantwortlich.«

»Ich war bei Herrn Hilken«, begann Andrea neu und setzte sich wieder. »Ich hab ihm erzählt, was Melanie mir erzählt hat. Wir gehen manchmal zusammen in die Sauna. Ich jobbe nicht nur im Kiosk an der Außenmühle, sondern auch im Fitnesscenter an der Moorstraße. Eines Tages kam sie und buchte ein Wellnesspaket. Kosmetik, Personaltrainer, Sauna, Sonnendusche und das Drumherum. Ich bekomme einige Wellnessangebote kostenlos. Und ich darf jemanden mitnehmen. Melanie ist immer begeistert. Na jedenfalls kamen wir bei ihren Besuchen ins Gespräch. Es ging auch um Herrn Hilken. Meist waren es abfällige Worte, die sie für ihn übrighatte. Sie brüstete sich, was … der alte geile Bock wieder rausgerückt hätte. Sie bräuchte nur ein wenig mit dem Hintern wackeln. Schuhe, Schmuck, Kleidung. Und ich solle mir auch einen vertrottelten Alten suchen, dann könnte ich meine Nebenjobs an den Nagel hängen.« Andrea Schacht schüttelte ablehnend den Kopf. »Ich arbeite für mein Geld.« Sie holte tief Luft. »Die Einbrüche waren vorgetäuscht. Jeder einzelne. Das war es, was Bernd nicht sagen wollte. Er und Melanie planten und verübten die Einbrüche, um ihrem Nachbarn Angst einzujagen. Er sollte ausziehen, damit sie das Haus billig kaufen können. Sie wollten drei Häuser auf einer Ecke. Und fast hätte es geklappt. Herr Hilken hatte sich eine Eigentumswohnung auf Sylt angesehen, aber überlegte, Sicherheitsglas in die Terrassentür einbauen zu lassen. Was glauben Sie, wie wütend Melanie war. Sie hat sich gar nicht mehr eingekriegt.«

»Sie haben Herrn Hilken von Melanies Vorhaben erzählt.«

»Ja.«

»Wie hat er reagiert?«

»Erst war er ernst, fast kam er mir wütend vor. Ich dachte, er schmeißt mich aus dem Haus, aber dann hat er gelacht und gemeint, ich wolle ihn auf den Arm nehmen. Bernd und Melanie würden das nie tun. Sie seien wie seine Familie. Als ich ihm aber Einzelheiten erzählte, die ich nicht wissen konnte, außer ich hätte sie von Melanie, wurde er nachdenklich.«

»Was waren das für Einzelheiten?«

»Die Nasenoperation. Das war nichts Medizinisches. Ich bin im vierten Semester Medizin und ein wenig kenne ich mich aus. Als ich Melanie daraufhin ansprach, sagte sie, sie ließe die halbtote Jammergestalt, nachdem er das Haus nicht verkauft, erst recht bluten. Sie wüsste, wie sie es anstellte. Ein geöffneter Knopf mehr an der Bluse, keinen BH und ein paar laszive Bewegungen und der geile aber impotente Bock wäre sprungbereit.« Andrea Schacht bat um ein Glas Wasser. Als sie einen Schluck getrunken hatte, sagte sie: »Dann waren da die neuen Stiefel für Emily und Ohrringe, ihr Bauchnabelpiercing, Bernds Zahnarztrechnung und viele Dinge, die ich nur wissen konnte, weil sie mir Melanie erzählt hatte. Sie meinte, die Vampire aus Braunschweig sollten Nase machen. Sie sei am Zug.«

»Hat Melanie vom Testament erzählt, dass Gustav Hilken vor drei Wochen zugunsten der Prack-Familie geändert hat?«

»Oh ja. Das war ihr Lieblingsthema. Sie sagte, sie hätte dem Alten so eine Gehirnwäsche verpasst, das wäre filmreif. Und Emily, ihre Tochter, war das beste Mittel zum Zweck, das sie einsetzen konnte. Sie hat ihr das Wort Opa eingetrichtert und Gustav erzählt, wie gerne die Kleine so einen lieben Opa wie ihn hätte. Wie schade es sei, dass er nicht ihr richtiger Opa sei. Wie sie täglich nach ihm frage und, und, und. Das hat sie so lange gemacht, bis er Emily adoptieren wollte. Melanie war aus dem Häuschen und meinte nur, sie würde hoffen, der alte Knacker segne bald das Zeitliche, damit sie an das Haus kämen.«

»Das Gespräch mit Ihnen muss Herrn Hilken ordentlich zugesetzt haben.«

»Ja. Und ich hatte ein furchtbar schlechtes Gewissen, den alten Mann alleine zu lassen. Am Abend rief ich ihn noch einmal an und wollte wissen, ob es ihm gutginge. Er sagte ja, aber er klang angeschlagen. Die Nacht darauf konnte ich kaum schlafen. Ich war so durcheinander und hab mir Sorgen gemacht. Am anderen Morgen, am Freitag, hab ich es nicht einmal zur Uni geschafft. Ich hab ihn erneut angerufen. Ich wollte mich entschuldigen für meinen Besuch, aber er meinte nur, er wüsste jetzt, was zu tun sei. Mehr war nicht.«

»Danke«, sagte Petra und warf einen Blick zu Seefeld, der die Finger von der Tastatur hob und nickte. »Sie haben uns sehr geholfen.«

»Meinen Sie, Melanie hat ihren Nachbarn umgebracht?«

Petra zuckte die Schultern. »Möglich.«

»Sie hatten recht, Frau Taler. Es war gut, dass ich es Ihnen erzählt habe. Mir geht es besser. Auf Wiedersehen.«

»So, Seefeld«, sagte Petra, als sie sich von Andrea Schacht verabschiedet hatte, »jetzt ist die Frage, wie wir Melanie am Kragen kriegen. Dass sie Hilken umgebracht hat, beweist die Aussage der Cousine leider nicht. Nur ihre widerliche Art, den alten Mann um den Finger zu wickeln und auszunehmen.«

»Und, dass sie mit ihrem Mann die Einbrüche verübt hat, um so an Hilkens Haus zu kommen.«

»Ja. Was sie aber nicht geschafft haben. Hilken wollte nicht verkaufen. Nur, was ist, wenn Hilken dieser raffgierigen Person erzählt hat, dass er von ihrem Vorhaben wusste? Wusste, dass sie mit ihrem Mann die Einbrüche ausgeübt hat.«

»Das hätte sie sicher abgestritten.«

»Möglich, aber genützt hätte es ihr nichts. Hilken hat sein Testament am Freitagmorgen an seinem achtzigsten Geburtstag wieder zugunsten seiner Kinder geändert. Der Grund dafür war sicher der Besuch der Schacht, die ihm endlich die Augen geöffnet hat. Dennoch hat er den Mund gehalten und auf seiner Feier niemandem etwas verraten, sonst hätten seine Kinder nicht mit ihm gestritten. Und auf seiner Beerdigung waren die Pracks in Feierlaune und ließen den Champagner in Strömen fließen. Sie wussten somit auch nichts. Auch die Gierlings aus Brauschweig hatten keine Ahnung. Erst, als ich allen vom geänderten Testament erzählte, ging das Theater los.«

»Womit wir wieder am Anfang sind, denn weder die Pracks noch die Gierlings wussten bis zur Beerdigung, dass Hilken sein Testament erneut geändert hat und sie leer ausgehen.«

»Stimmt, Seefeld. Hm. Also doch Bernd Prack, der uns mit seinem Gefasel auf eine falsche Fährte schicken wollte. Das klassische Motiv – Eifersucht.«

»Es ist zumindest ein Motiv. Und sein Alibi ist mehr als wackelig.«

»Das ist das von Hilkens Töchtern auch. Sie geben zu, dass sie am Todestag bei ihm waren. Aber sie waren es nicht.«

»Warum nicht, Chefin? Genug Wut hatten sie im Bauch.«

»Mag sein, aber Beate Tassen ist, wie ihre Schwester erzählte, ein Sensibelchen. Sie hat mit dem Trinken angefangen, als ihr die Schüler über den Kopf wuchsen und sie dem Mobbing ausgesetzt war. Sie hätte es nie geschafft, ihren Vater zu ermorden. Er hätte ihr noch so viele Beschimpfungen und Beleidigungen an den Kopf werfen können. Silke Buchholz habe ich es eher zugetraut. Aber sie hätte ihren Vater nie vor ihrer Schwester ermordet. Sie wollte ihre Schwester beschützen und ihr beistehen.«

»Und was ist mit den Gierlings? Ihr Alibi vom Besuch im botanischen Garten ist ebenso unbrauchbar.«

»Aber wir haben ihre Bahnfahrkarten.«

»Ja, stimmt«, sagte Seefeld.

Petra lehnte sich auf dem Stuhl zurück. »Also gut. Zäumen wir das Pferd von hinten auf. Hilken war für sein Alter recht agil. Er schrieb Gedichte, hatte ein Smartphone, hat Apps heruntergeladen und war in Netzwerken aktiv. Mit der Technik mitzukommen schafft manch Fünfzigjähriger nicht. Wer könnte ihm jeden Abend geholfen haben? Doch nur jemand, der in der Nähe wohnt und allabendlich Zeit hat. Ausschließen können wir seine Kinder, die Gierlings und seine Freunde aus Sinstorf. Es bleiben die Nachbarn gegenüber und auf rechter Seite und die Pracks nebenan. Seefeld, sagen Sie Hedda, das mit Hilkens Kindern und Verwandten hat sich erledigt und rufen Sie … Moment …« Petra blätterte in der Akte. »Rufen Sie die Dorns, Schlüters und Lamperts, aber nicht die Pracks an, und fragen, ob einer allabendlich mit Hilken Handy-Apps geladen hat. Mir spukt da was im Kopf herum.«

»Geht klar, Chefin«, sagte Seefeld und griff zum Telefon.

Petra stand auf und holte eine Flasche Mineralwasser aus der Kiste. Sie nahm einen kräftigen Schluck und sah neugierig zu Seefeld, der den Hörer auflegte. »Nun?«

»Keiner der Nachbarn hat mit Hilken Apps geladen«, sagte er.

»Gehen wir. Lassen Sie Melanie Prack in den Verhörraum bringen.«

»Nicht ins Büro? Der Klempner war immer noch nicht da. Es ist da drinnen wie in der Sauna.«

»Es ist alles, wie es sein soll, Seefeld. Holen Sie sie.«

Melanie Prack wurde es zusehends unwohler in der Wärme des Verhörraumes. Sie strich sich die Haare aus dem Gesicht und klimperte mit dick getuschten Wimpern. »Warum ist es so heiß?«, fragte sie.

Petra nahm einen kräftigen Schluck aus ihrer Wasserflasche, ohne Melanie ebenfalls etwas zu trinken anzubieten. »Oh, das tut gut.« Obwohl sie die Wärme seit ihrer Schwangerschaft suchte, hatte Melanie recht: Es wurde unerträglich. »Ja, der Klempner war einmal da und hat sich die Heizung angesehen. Er meint, er könnte nichts machen, da irgendjemand von uns mit seinem Handy die Heizung kontrolliert. Wir wissen auch, wer es war, aber der Kollege ist im Urlaub und wir kriegen ihn nicht ans Telefon. Was uns aber auch nichts nützt, weil wir sein Handy brauchen, um die Heizung per App umzustellen. Somit müssen wir noch drei Wochen schmoren.«

»Wer sagt, dass Sie die Heizung nicht umstellen können?«, fragte Melanie Prack ungehalten.

»Der Klempner.«

»Ach, was für ein Blödsinn. Kaufen Sie einen Heizkörperthermostat, den kriegen Sie ab zehn Euro im Internet, bringen Sie den an die Heizung an und nachdem Sie die neue App geladen haben, können Sie mit Ihrem Handy die Temperatur neu steuern.«

»Und das funktioniert?«, fragte Petra überrascht.

»Ja. Das hat mir ein früherer Freund beigebracht, der war Gas- und Wasserinstallateur. Ich habe es G–« Melanie Prack biss sich auf die Unterlippe.

»Genauso haben Sie bei Gustav Hilken nach seinem Tod die Heizung eingestellt«, beendete Petra den Satz der Siebenundzwanzigjährigen. Sie wollten die Tatzeit verschleiern.«

»Wie? Nein. Ich, ich kann das gar nicht, die App ist auf Gustavs …«

»Tja, und das war das zweite Mal, dass Sie sich verplappert haben, Frau Prack. Herr Hilken hatte eine App auf seinem Handy. Doch obwohl er mit seinen achtzig Jahren recht munter war, mit der Technik hat es ein wenig gehapert. Sie haben ihm geholfen. Stimmt's?«

»Nein, ich war das nicht. Mein Mann …«

»Hören Sie auf, Frau Prack. Ihr Mann saß genau wie Sie hier in dem Raum und hat geschwitzt, aber kein Wort darüber verloren, wie die Heizung abzustellen ist. Sie aber …«

»Na und. Ich hab ihm geholfen. Was ist dabei?«

»Nichts. Nur haben unsere Techniker festgestellt, dass Herr Hilkens Handy nach seinem Tod erneut aktiviert wurde. Und das hätte er schlecht alleine machen können, da er bereits erschlagen auf seinem Sofa lag. Dies konnte nur sein Mörder getan haben.«

Es entstand eine Pause. Melanie schnaufte. Ihr Atem zitterte.

»Verdammt! Ja! Dieser alte geile Drecksack! Als seine Töchter weg waren, hat er mich rübergerufen. Er wollte mit mir sprechen. Von wegen sprechen. Zur Sau hat er mich gemacht. Gesagt, er wüsste, dass ich mit Bernd …«

»Sprechen Sie sich aus, Frau Prack. Oder darf ich helfen?«

Melanie Prack blieb stumm.

»Gustav Hilken wusste, dass Sie mit Ihrem Mann die Einbrüche verübt haben, um ihm Angst einzujagen. Und das ist Ihnen fast geglückt. Als Herr Hilken die Eigentumswohnung auf Sylt nicht gekauft, sondern eine Sicherheitstür an der Terrasse hat einbauen lassen, wurden Sie richtig wütend.«

»Der Trottel. Er hat es sich selber zuzuschreiben. Was glauben Sie, warum ich die nette Nachbarin gespielt habe? Er hat versprochen, er zahlt die Raten für das Haus, das wir bauen wollen, bis wir über das Gröbste raus sind.«

»Und das wollte er nicht mehr?«

»Nein. Er hätte einen Zeugen, der aussagen würde, wir hätten die Einbrüche verübt. Er würde uns anzeigen und das Testament gleich nach seinem Geburtstag und dem Wochenende wieder auf seine Kinder umschreiben. Wir und die Gierlings, die auch nicht besser wären, kriegten keinen Cent. Ebenso wollte er das Grundstück zurückfordern. Die Frist zur endgültigen Übergabe liefe noch. Er quatschte von rechtlichen Urteilen, die greifen, da wir kriminelle Subjekte ihn bestohlen hätten.«

»Und da haben Sie die Axt genommen und …«

»Nein. Ich bin wutentbrannt rausgerannt. Ich wollte mit Bernd reden. Aber der hat gesagt, soll er uns anzeigen, niemand könne ihm etwas nachweisen und der Schmuck unter dem … Er liegt im Garten vergraben unter dem Oleander. Er wollte ihn ausgraben und erneut versuchen zu verkaufen, sobald wir den Strauch im Frühjahr rausreißen.«

»Wie lange blieben Sie zu Hause?«

»Eine Stunde oder zwei. Ich weiß es nicht mehr. Ich war so wütend und hatte Angst, dass er uns anzeigt.«

»Und dann sind Sie wieder rüber.«

»Ja. Ich wollte noch einmal mit Gustav reden. Aber auf mein Klingeln hat er nicht aufgemacht. Ich bin ums Haus in den Garten. Durch die Terrassentür sah ich ihn auf dem Sofa liegen. Ich holte seinen Schlüssel und schloss auf. Ich wollte ihn wecken und mit ihm reden, sagen, es täte uns leid. Aber als ich sah, wie er im Schlaf gelächelt hat … So hinterlistig, die Mundwinkel verzerrt angezogen. Da nahm ich die Axt und hab zugeschlagen.«

»Und dann haben Sie die Terrassentür zerkratzt und das Fenster daneben aufgebrochen, damit es nach einem Einbruch aussieht.«

Melanie Prack bejahte.

»Wissen Sie, was ich nicht verstehe, Frau Prack. Warum haben Sie einen Blumentopf vor das eingeschlagene Fenster gestellt? Wollten Sie, dass weniger Hitze entweicht oder warum?«

»Der Blumentopf stand immer vor dem Fenster. Ich hab ihn weggenommen, bevor ich das Fenster mit dem Glasschneider geöffnet habe. Ich wollte … ach was weiß ich, was ich wollte. Ich mag eben Blumen.«

»Ihr neues Heim wird etwas kleiner ausfallen, und ob es Blumentöpfe gibt, die Sie versorgen können …« Petra zuckte die Schultern und nickte zum uniformierten Beamten.

»Woher wussten Sie, dass es Melanie war?«, fragte Seefeld, als Melanie Prack abgeführt wurde.

»Ich habe es nicht gewusst, Seefeld, nur geahnt. Hilken hatte Valium im Blut. Das Gespräch mit Melanie am Tattag, als er ihr erzählte, es gäbe einen Zeugen für ihre Machenschaften, hat ihn so aufgeregt, dass er ein Beruhigungsmittel geschluckt und sich auf das Sofa zum Ausruhen gelegt hat. Nur so erklärt sich die Einnahme des Medikaments. Silke Buchholz sagte aus, ihr Vater war ein Fels in der Brandung und hätte nie Beruhigungsmedikamente genommen. Als Melanie ein zweites Mal das Haus betrat, schlief Hilken tief und fest. Als sie eben im überheizten Verhörraum saß, sagte ich ihr, unsere Techniker hätten festgestellt, dass Hilkens Handy-App nach seinem Tod erneut aktiviert wurde. Stimmte ja nicht. Doch da Melanie jeden Abend Hilken half, die App zu verstehen, brachte sie meine Aussage so durcheinander, dass sie nicht mehr wusste, ob sie die Heizung manuell oder per App eingestellt hatte oder überhaupt. Und genau darauf habe ich gehofft. Wer einen Mord begeht, auf so viele Kleinigkeiten achtet wie den Blumentopf, vergisst auch mal etwas. Ich habe gepokert und gewonnen. Sie hat sich verplappert.«

35.

»Ich bin doch keine Plaudertante. Obwohl, dein Nachbar, dieser Hinrich Targen, hat scheinbar eine Freundin.«

»Ach was, Räuber Hotzenplotz hat eine Frau abgekriegt. Wie hat er denn das angestellt? Hat er sie mit dem Lasso eingefangen und ihr die Füße festgebunden, damit sie ihm nicht auskommt?« Petra lachte.

»Schöne Vorstellung. Scheint eine aus seiner Kirchengemeinde zu sein«, sagte Horst.

»Na, dann können wir ja in Zukunft ruhigere Fernsehabende genießen.« Lüdersen blinzelte zu Petra. »Ich soll dir übrigens von Kollege Puhphal gratulieren.«

»Ach was. Wieso das denn?«

»Die Zusammenarbeit mit einer *Widerspenstigen*, empfand er als durchaus angenehm.«

»Einer *Widerspenstigen*. Meint er mich damit?«

»Genau. *Die* Petra Taler, eine fast dreißigjährige attraktive Frau, mit langen dunklen Locken, misstrauischen braunen Augen, die mit Leib und Seele Polizistin ist. Die hart arbeitet und gerne Anweisungen von oberster Stelle in den Wind schlägt, wenn ihre Ungeduld siegt. Und die, gepaart mit ihrem bayrischen Sturkopf, ihr Herz auf der Zunge trägt. Von den ausschweifenden Flüchen, wenn sie mit einem nackten Mann huckepack geschultert im Fahrstuhl fährt, ganz zu schweigen. Auf der Wache nennen Kollegen sie *Die Widerspenstige*, was sich jedoch niemand traut laut auszusprechen.«

»Das ist ja …« Petra brach ihren Satz ab und schmunzelte.

»Na ja, der Fall ist gelöst und ich hab ein Lob von Puhphal, was will ich mehr?« Petra griff zum Handy, das auf dem Mooreichentisch zu vibrieren begann. Seefeld ruft an, stand auf dem Display. »Kollege, sagen Sie jetzt nicht, es gibt eine Leiche.«

»Nein, Chefin, aber drei Geländewagen aus Harburg wurden soeben als gestohlen gemeldet.«

»Und das müssen Sie mir um zweiundzwanzig Uhr erzählen.«

»Die Nachricht hat mich auch eben erst erreicht. Die Kollegen meinen, es könnte mit unserem Fall zusammenhängen. Und dass Theo Schwalbe …«

»Unser Fall ist abgeschlossen, Seefeld«, fuhr Petra in Seefelds Satz. »Richten Sie das den Kollegen aus. Sie müssen sich selber durchwursteln. Bis morgen. Grüßen Sie Monika. Gute Nacht.«

»Jetzt schalt es endlich aus«, bat Lüdersen. »Du warst einverstanden, deinen Bereitschaftsdienst auszusetzen.«

Petra blinzelte zu Lüdersen und stopfte ihr Handy in die Hosentasche.

»Was ist mit der Weberei, wo das Mädchen gearbeitet hat, sind die Laborproben eingetroffen? Sind sie identisch mit dem Leinen? Ist sie die Brunnentote?«, wollte jetzt Horst wissen.

»Nein, es gibt leider noch kein Ergebnis vom Materialabgleich. Was aber feststeht: Das Mädchen auf dem Foto ist meine Brunnenleiche. Mein Brunnenmädchen, wie ich sie ab sofort nennen möchte. Sie ist mir irgendwie vertraut.« Petra holte tief Luft. Nach einer kleinen Pause sagte sie: »Ich habe die Mitarbeiterliste. Nur weiß ich nicht, welcher Frauenname zu welcher weiblichen Arbeiterin gehört, die noch auf dem Foto zu sehen sind.«

»Und was dein Uropa mit einem Mord zu tun hat«, fügte Lüdersen an.

»Ich werde das Familiengeheimnis irgendwann lüften«, sagte Petra nachdenklich. »Hoffentlich.«

Epilog

Nie im Leben hätte Petra sich träumen lassen, dass sie in einer bayrischen katholischen Kirche neben einem Mann stehen und »Ja, ich will« flüstern würde. Noch dazu im vierten Monat schwanger und in einem weißen Brautkleid. Vor einem Jahr wäre dies undenkbar gewesen.

Die Kirche war für sie immer ein rotes Tuch. Das würde sich auch zukünftig nicht ändern. Nur ihrer Schwiegermutter und ihren Eltern zuliebe ließ sie sich überreden, eine Kirche zu betreten.

Aber irgendwie fühlte sie sich gut in dem schlichten weißen Satin, der sich an ihr kleines Bäuchlein schmiegte. Auf einen Schleier hatte sie verzichtet und sich für einen prunklosen Hut mit breiter weichfallender Krempe entschieden, an dem eine blutrote Rose steckte, und unter der ihre dunklen Locken herauszwirbelten.

Lüdersen sah unglaublich gut aus in seinem schwarzen Anzug und der blutroten Krawatte. Woher hatte er nur gewusst, dass sie selbige Farbe für die Rose an ihrem Hut gewählt hatte? Manchmal war ihr dieser Mann unheimlich. Sie kannten sich erst ein gutes Jahr und es kam ihr vor, als seien sie sich schon in einem anderen Leben begegnet. Was Quatsch war. Petra glaubte weder an Reinkarnation noch an andere religiöse Seelenwanderungen.

Es war zwar nicht der zwölfte Dezember, an dem sie heirateten, sondern der einundzwanzigste Dezember, drei Tage nach dem Geburtstag von Lüdersens Vater. Ein schönes Datum für eine Heirat in der Adventszeit, da waren sich alle Familienmitglieder einig.

Lüdersens Mutter mit ihren zwei Schwestern und Angehörigen reiste aus Neapel an. Seine Schwester und sein Vater mit weiteren Angehörigen aus Norwegen. Alleine mit Lüdersens Verwandtschaft platzte die romantische Kirche St. Martin, die Petra an Münchens Stadtrand in Gemering ausgesucht hatte, schon aus allen Nähten.

Aus der Familie Taler kamen die zwei Brüder ihrer Mutter und eine Schwester ihres Vaters mit ihren Partnern sowie deren Kinder. Petra staunte, auch ihr Bruder, der seine Reise in die Fremdenlegion abgesagt hatte, stand in einem schwarzen Anzug neben einer jungen hübschen Blonden, die Petra aufmerksam musterte. Wie ihre Mutter ihr zuflüsterte, handelte es sich um Günthers neue Freundin. Die reiche Erbin eines erfolgreichen Münchner Möbelhauses. Wer seine vierundzwanzigtausend Euro Schulden bezahlt hatte, wollte ihre Mutter nicht verraten.

Hinter Petras und Lüdersens Angehörigen drängten sich Nachbarn aus Grünwald, Mutters klatschsüchtige Freundinnen, ihre Dirndeldesignerin, Arbeitskollegen von Vater mit ihren Ehefrauen, ein Haufen neugieriger Menschen, die zur High Society aus Grünwald, Starnberg und Bad Tölz gehörten und mit denen Petras Eltern in irgendeiner Verbindung standen. Petra pustete. Für sie hätte eine kleine Bergkapelle mit Lüdersens und ihren Eltern gereicht. Oder eine kleine Kirche im Alten Land, wo auch Seefeld, Jensen und ihre Arbeitskollegen hätten dabei sein können. Aber das war wohl bei einer neapolitanisch-bayrischen Verbindung unmöglich, überhaupt nur in Erwägung zu ziehen.

Vor mehr als neun Wochen hatte sie mit Seefeld und ihrem Team drei Morde aufgeklärt. Edu Coman wurde von zwei Harburger aktenkundigen Männern erschossen und in die Elbe geworfen. Er hatte seine Diebeskollegen betrogen. Nach Puhphals Freigabe überführten ihn seine Eltern in sein Heimatland Rumänien. Edus Partnerin Sonka Mazur agierte als Lockvogel, die sich mit Bitte um Arbeit Zutritt in die Häuser verschaffte und Videoaufnahmen der Innenräume filmte. Ebenso geschah dies in Gustav Hilkens Haus.

Mit einem aus Holland gestohlenen Fahrzeug verschleierten sie ihre Diebstähle, die nur der Anfang einer langen Diebestour waren. Der Zusammenhang mit dem erschlagenen Gustav Hilken und den vier Einbrüchen in seinem Haus löste sich, als Sonka Mazur erwürgt in der Apfelplantage von Bauer Strömer gefunden wurde. Als die Phantombilder über das Fernsehen gesendet wurden, hatte sie den Kopf der Diebesbande, Udo Schieler, erpresst und dieser sie erwürgt.

Gustav Hilkens Mörderin konnten sie dennoch ermitteln. Melanie Prack hatte zusammen mit ihrem Mann versucht, dem alten Gustav Hilken mit ihren fingierten Einbrüchen Angst einzujagen, um ihn aus seinem Haus zu vertreiben. Sie wollten das Haus günstig für ihre Familie erwerben. Als dies nicht fruchtete, Hilken von den Einbrüchen erfuhr und Melanie und ihren Mann anzeigen wollte, sah sie rot und erschlug Hilken mit der Axt. Für sie stand zu viel auf dem Spiel. Sie hätte alles verloren. Ihre Tochter, die Familie, ihre Existenz.

Unfassbar, wie Habgier Menschen grauenhafte Dinge tun ließ.

Rigoros vertrieb Petra die Gedanken an die letzten Arbeitswochen aus ihrem Kopf. Für sie waren alle Fälle abgeschlossen.

Zumindest fast. Was blieb, war ihr Brunnenmädchen. Drei der Frauennamen hatte sie inzwischen herausfinden können, von denen keine ihre Tote war. Sieben weitere Namen standen aus.

Aber jetzt kam ihre Zukunft. Lüdersen, sie und das Kind, das in ihrem Bauch heranwuchs. Farina Johanna. Die Namen ihrer Großmütter. Es würde ein Mädchen werden, wie ihr die Ärztin verraten hatte. Lächelnd sah sie zu Lüdersen, der sanft ihre Hand drückte.

Als der Pfarrer verkündete, der Bräutigam dürfe jetzt seine Braut küssen, hörte Petra hinter ihrem Rücken, wie Taschentuchpackungen knisterten und Nasen geschnäuzt wurden.

Leidenschaftlich gab sie sich seinem Kuss hin.

Nachbemerkung der Autorin

Wieder ist ein neues und aufregendes Buchprojekt zu Ende gegangen. Als Autorin habe ich mir auch in dieser Geschichte die Freiheit genommen, Personen und Handlungen zu erfinden, die meiner Phantasie entsprungen sind. Sollten dennoch Ähnlichkeiten jeglicher Art auftreten, dann wären diese reiner Zufall.

Meinem lieben Mann danke ich für seine ruhige und geduldige Art, die er mir entgegengebracht hat, wenn ich Abend für Abend in mein Kabäuschen verschwand und die Welt um mich herum vergessen habe. Ich sage danke auch für seine ehrliche und schonungslose Meinung als Testleser, die mir einige Male eine rote Nase verpasst hat. Gut so.

Auch danke ich allen anderen Testlesern und den Menschen, die mir fachkundig meine Fragen zur Arbeit des Obstanbaus, historischen Ereignissen des Alten Landes, der Kriminalpolizei und vielen weiteren Recherchen beantwortet haben. Sollten hier Abweichungen entstanden sein, so liegt das allein an meiner Person.

Dem ganzen Midnight by Ullstein Verlagsteam sage ich Danke für eine erneute wunderbare Zusammenarbeit! Besonders danke ich meinen Lektorinnen Louisa Pagel und Nina Pagel, die mit ihrem Erfahrungsschatz der Geschichte einen letzten Schliff verliehen haben.

Doch *Faule Ernte* wäre nicht erschienen, wenn Sie nicht wären, liebe Leser. Ich danke Ihnen, dass Sie mir bis zu den letzten Zeilen gefolgt sind.